U0854792

海的尽头有歌声

程伟 著

天津出版传媒集团
百花文艺出版社

图书在版编目（CIP）数据

海的尽头有歌声 / 程伟著. -- 天津 : 百花文艺出版社, 2025. 3. -- ISBN 978-7-5306-8971-4

Ⅰ. I247.5

中国国家版本馆 CIP 数据核字第 20251SZ353 号

海的尽头有歌声

HAI DE JINTOU YOU GESHENG

程伟 著

出 版 人：薛印胜

选题策划：唐冠群　　**责任编辑：**贾芳凝

美术编辑：郭亚红　　**封面设计：**末末美书

出版发行：百花文艺出版社

地址：天津市和平区西康路 35 号　**邮编：**300051

电话传真：+86-22-23332651（发行部）

+86-22-23332656（总编室）

+86-22-23332478（邮购部）

网址：http://www.baihuawenyi.com

印刷：天津鸿景印刷有限公司

开本：880 毫米×1230 毫米　1/32

字数：236 千字

印张：10

版次：2025 年 3 月第 1 版

印次：2025 年 3 月第 1 次印刷

定价：48.00元

如有印装质量问题，请与天津鸿景印刷有限公司联系调换

地址：天津市宝坻区马家店工业园区金广路

电话：(022)29644216

邮编：301800

版权所有　侵权必究

诱惑是平静的

目录

寒露之秋

这是2018年的深秋。深秋是东北最美的、最有气韵的时节，少了夏日令人心焦的燥热，又不会有冬日直刺骨髓的寒冷，天空总是像水洗过一般，湛蓝湛蓝的。十月的云霭与飒风，为千里大地披上了一袭彩色的华美的外衣。落叶伴着鸟儿清脆的啾鸣，安稳地伏在了静谧的大地上，诉说着属于它们的秋日故事。东北的秋是短暂的，似人生的少年时光，一不留神便溜走了。

位于太平洋西岸、中国东北的沧海市市中心马路两旁巨大的梧桐树叶，随着一夜清凉而妩媚的风，变成金黄色，镶嵌在绿色的树叶中，交相辉映，叠翠流金。

漫步沧海，数不尽的俄式建筑沉淀着久远岁月的韵味，宛若走在百年前的欧洲，给人以穿越时空的异域风情。几个小孩儿在江边的广场上间歇地喊着、闹着；几对大学生模样的小情侣在温情地拥抱、热烈忘我地亲吻，或是手牵着手，享受着恬静而柔美的时光。

沧海市中心的百年港湾广场上，一群年轻人在弹着吉他唱歌。

从《燃烧我的卡路里》到罗大佑的《童年》，歌声吸引着路人驻足欣赏。当罗大佑的《恋曲 1990》响起时，围观人群随着旋律打节拍。秋天的萧索在集体轻和的歌声中被消解，沧海市历史的厚重感与年轻人的朝气蓬勃相遇，这个处于繁华市中心的广场，容纳了日常生活的另一种绮丽。

沧海市市中心，马栏河横穿而过，落日余晖的照耀下，河水缓慢平静。马栏河岸边修建了绵延几公里的栈道，供沧海市市民散步。张启结束了一天繁忙而枯燥的工作，沿着马栏河岸边的栈道踱着步，走到百年港湾广场，被这一群年轻人的歌声吸引。年轻的歌手们站在麦克风前，旁边还放着一部手机，正在进行直播。

就在张启沉醉于美妙动人的歌曲声中时，有人从身后拍了拍他的肩膀。张启连忙转过头，原来是大学同学盛海。

张启惊讶地问："你怎么也在这里，没值班哪？"

盛海把张启从人群中拉了出来，走到人少的地方，在张启耳边喁喁私语："我今天出便衣任务。"

张启说："你啊，真是累！天天闲不下来，上下班也没个固定时间。"

张启停顿了一下，指了指伴着音乐起舞的人们，继续说："你看，这才是生活。那个扶着自行车的人，刚才还坐在地上边吃着面包边听歌。估计他是停车场的保安，能边听歌边工作，比你这个苦哈哈的警察爽多了！"张启所说的这个男子，一米八左右的身高，穿着一身物业保安制服，戴着保安特有款式的帽子，帽檐很低，遮住了眼睛和半张脸，很难看得清具体的模样，但依然可以模糊地感觉到，这是一个三十多岁的中年男人。保安随着音乐的律动，合着音乐的节拍摆动着身体，他脖子上挂着一枚被红线穿起来的细细的金戒指，明晃晃地在空中来回晃动。

盛海顺着张启指引的方向看了一眼保安后，说道："一个大男人，脖子上挂着这么一个小金戒指，倒是有点儿奇怪。”

张启回道：“嘿，这是人家的自由嘛！你职业病吧，总是想找点与众不同的地方。”

盛海抬头看了张启一眼：“你怎么下班了不回家？这次是你老婆还是你小舅子，又跟你吵架了？”

张启无奈地笑了笑：“回家？还不如在这儿散散步。”

张启在沧海城市管理行政执法局工作，妻子范婷家庭条件优渥，范家的企业在沧海小有名气。范婷觉得嫁给张启委屈自己了，平时对张启呼来喝去的。在妻子范婷，甚至在所有范家人眼中，张启就是典型的“软饭男”。张启结婚以后，只要他被范家讥讽，无处排解郁闷，便找盛海喝酒，时间长了，盛海也了解张启的家庭情况。

盛海看张启一脸无所谓的样子说：“报应啊，年轻的时候风流成性，现在光你老婆一个就够你受的。咱们当年读大学那会儿，你跟王雨菲在一起，多好啊，非要劈腿，找你初恋。再不济，那个旁听生悠悠，话虽然不多，人可漂亮啊！”

盛海和张启聊天儿时，那保安的手机铃声响起，他接起电话，默默地点了点头，挂断后骑上自行车，静静地离开了人群。正值沧海市的下班晚高峰，中山路上挤满了车辆。中山路是一条双向四车道的城市主干道，这个时间段拥堵得很厉害。那保安在机动车道上骑着自行车，在把马路堵得水泄不通的车辆中穿行。他在一辆黑色豪华轿车后短暂地停顿了一下，然后用力地往前骑，突然发出“砰”的一声，保安的车子把这辆车的后视镜给撞了。保安下了自行车，哈着腰，站在司机位置的窗口旁边，满脸堆笑地看着司机，又踮着脚朝后排看去。他似乎在寻找着什么，也似乎在等待着司机下来兴师问罪。

很快，四十多岁的胖司机打开车门跳了下来，怒气冲冲地骂道：“你这个臭保安，是不是瞎，怎么就往车上撞？你赔得起吗？”

保安没说什么，顺着车窗低着腰，依然望向后排，笑嘻嘻地问了一句：“您是秦颂先生吧？”后排的人听到后，下意识地看了一眼保安，并没有说话，脸上浮现出不耐烦的神情。

这时，只见保安从手提包内拿出了一支已经安装好消声器的手枪。黑洞洞的枪口对准司机的头，随着“噗”的一声轻微枪响，司机的额头处被打出了一个小洞，鲜血从前额渗了出来，一大摊鲜血溅射到黑色轿车上。司机的身体“扑通”一声砸到地上，发出了一声不大的闷响。车内后排的秦颂看见司机被杀，惊慌地解开安全带，试图逃走。这时，保安拿着枪，迅速地把头探进了车内，朝着秦颂的头和胸部连着开了两枪。瞬间，秦颂一动不动，一股一股的鲜血从额头和胸部溅射出来。保安熟练地把枪收入手提包内，从容淡定地用手机拍了几张秦颂中枪后的照片，骑着自行车快速离开。

保安刚离开事发现场，很快，传来一个女人的尖叫声：“杀人啦，杀人啦，杀人啦……我的妈呀，杀人啦！”

原本站着闲聊的张启和盛海，被这阵尖叫声打断，循着声音传来的方向望去。人群已经将道路围堵得水泄不通，汽车喇叭声、人群中的尖叫声，以及不明所以的人们大声的叫喊声，让现场乱成一团。

盛海下意识地说了一句：“不好，出人命了！张启，你留在这里别动。”

盛海立刻向人群的方向跑去，几个箭步就冲到了刚才尖叫的女人身边。盛海从这个惊恐的女人的话中得知，杀人者是一个骑着自行车的保安，并知道了保安的骑行方向，盛海快速地向保安逃跑的方向追去。因为交通堵塞，保安骑行的速度并不是很快，盛海还可以看到保安就在前方。

盛海边追着，边喊着周围的同事：“抓住前面那个骑自行车的保安，他杀人了，抓住他！”

在盛海的周围，还有其他几个便衣警察，听到盛海的话后，都开始纷纷跟着盛海追逐保安。

保安骑着自行车离开了中山路，拐进了旁边城中村的巷子里。这条巷子看起来笔直幽深，但巷子里的小商铺星罗棋布，行人游客连绵不断。盛海不敢开枪，只能大声喊："警察！不许动！要不然开枪了！"保安从手提包内拿出手枪，朝着盛海的方向连开两枪。盛海看到保安提枪后，下意识地闪避，一个翻身就卧倒在了地上。但很快盛海就意识到，这个保安并没有想杀他，子弹都是从他身边擦过的。行人们被枪声吓得惊慌失措，四散奔逃。这阻挡了盛海的追捕，没一会儿工夫，保安便不见了踪影。

巷子里的一家网红餐厅中，一对年轻情侣周子泉和蒋舒扬正坐在二楼天台吃饭。蒋舒扬听到盛海大喊"警察，不许动，要不然开枪了"，往下看去，人群中，盛海在奋力追捕犯罪嫌疑人。她提醒正在给她剥虾的子泉："你看，那个是不是盛海？他好像在追人。"

子泉往楼下看了一眼，盛海跑步的姿势他太熟悉了，大学时俩人一起夜跑了大半年。子泉急匆匆跑出餐厅，想问问盛海需不需要帮忙，他刚推开餐厅的门，就被几声枪响吓回了餐厅。蒋舒扬吓得站在餐厅收银台前不知所措，子泉赶紧将她揽在怀里安抚："没事没事，盛海是警察，可能在执行任务，别怕。"

前往机场的必经之路经纬大道上，王雨菲坐在网约车后排，给大学同学景外发语音消息："咱们超市这个季度的供货商，咱俩抽时间再审核吧。我现在要坐飞机去深圳，给一家企业做保险的风险评估，快赶不上飞机啦。"发完信息，王雨菲看起了直播带货。王雨菲是国内金融圈小有名气的注册私人银行家，和景外合股，在沧海开了一家大型进口商超，王雨菲负责投资，景外负责管理。王雨菲发微信的同时，车载音响传来广播电台主持人的播报："紧急插播一条道路信息，就在刚刚，中山路发生一起恶性枪击事件，整条道路封锁，请绕行。”王雨菲思考了几秒，对司机说：“掉头，在经纬大道三岔路口拐进和平道，我知道一条小道去机场更快。”司机从后视镜看着后排干练冷静的王雨菲，掉头行驶，去了机场。

正在大学教室讲课的景外，发现学生们开始窃窃私语。此时，放在讲台上的手机振动了一下，显示来自王雨菲的语音消息。景外随手摁掉手机，继续讲课，学生们窃窃私语的声音更大了。

“大家安静一会儿呗，发生什么了？你们讨论得那么激烈，也跟我说说。”学生们被景外这话打断，第一排的一个男孩举起手机：“老师，你快看啊，刚才中山路发生了枪击事件，都上热搜了。”景外看着学生举起的手机上的“本地热搜”，第一条就是“中山路恶性枪击事件”，图片是中山路枪击现场乱作一团的人群，隐约可见惊慌的人群中有个男子在奋力奔跑。看完后，景外安抚了同学们的情绪，继续上课。

城中村赶来了大批警察，但并没有抓到那个保安。如此恶劣的凶杀案，沧海市近几十年来都未曾有过。行凶者留下的唯一线索，就是脖子上挂着一枚细细的金戒指，这让盛海他们感到前所未有的破案压力。

晚上，张启给盛海打电话，问他是否安全。他得知盛海所追捕的是一个职业杀手，并被职业杀手连着打了两枪，不由得为盛海捏了一把汗。张启嘱咐了几句注意安全，正巧景外给张启打电话，张启和盛海匆匆挂断电话。

景外和张启、盛海是沧海大学本科时期的室友，景外在本校读了硕博，博士毕业后留在沧海大学教书。大学老师时间自由，景外和同窗好友王雨菲合股开办了进口商超。最近，超市总有小混混惹事，景外拜托城管局的张启打探一下消息。

张启接起景外的电话，景外在电话另一头打趣：“哟，怎么提示我‘对方正在通话中’，和哪个妹子聊天儿呢？”

张启笑着骂了景外两句，把下午和盛海的见闻告诉了景外。景外听完后，说："原来下午那起枪击事件是盛海在追查啊。光天化日之下，这也太嚣张了。盛海这工作，听得我心惊胆战的，劝劝他，换份工作吧，命最重要。"

张启无奈地笑道："你又不是不知道，盛海的倔强，那是出了名的。"

景外回道："是呀，大学那会儿我就知道了。唉，说到这儿，咱们学校最近组织校友同学会，咱们毕业也快十年了，要不，也搞一搞？有些同学都十年没见了。"

张启的婚姻生活不顺利，正好能趁着组织同学聚会，分散下注意力，便欣然答应。

挂了电话后，张启瞥见电视上正在播放许巍的《蓝莲花》："没有什么能够阻挡，你对自由的向往。天马行空的生涯，你的心了无牵挂。穿过幽暗的岁月，也曾感到彷徨……"

张启的思绪回到大学时代，那时的他还是个浪荡少年，为了追求班里的旁听生悠悠，特意组局，邀请全班同学在海边聚餐，当时在海边，他唱的就是这首歌。

当年，读大学的张启风流倜傥，悠悠是他唯一没追求成功的女孩。在他模糊的印象中，虽然悠悠表面上看起来乖巧温顺，但她身上有种清冷的疏离感，仿佛始终拒人于千里之外。悠悠身上的故事感深深吸引着张启，哪怕多年后的现在，张启都会想到这个瘦削女孩清秀双眸中的坚韧与深邃。

彩云

1987年，美国总统里根发表“星球大战”演说；苹果公司推出第一款Macintosh电脑[①]；中葡两国发表联合声明，宣布中国将于1999年对澳门恢复行使主权；全球人口突破五十亿。

这一年，一个漆黑的夜里，在中国东北，彩云卑微地降生在一个只有十几户人家的村落里。世界的喧嚣与她无关。

彩云家充斥着贫穷的味道，一间土房中，生活着父母和爷爷奶奶。贫困压弯了奶奶的脊梁，她干瘦的身躯托着尖尖的头，头发花白，五十多岁的年龄。她的灵魂苍白，眼神被生活的霜雪擦去了亮色，似黑夜中的洞窟，灰暗无神。彩云刚出生时，奶奶盘腿坐在炕上，眯缝着眼，抽着旱烟，听到孩子的哭声，像许久没有闻到腥味的猫一样，循着声音，跃到门口，问：“带不带把儿？”她急切地盼望着孙子到来，结果事与愿违，她在门外听到“是个孙女”的声音后，嫌

① 译为“麦金塔电脑”。

弃地哀叹一声,没看彩云一眼,便走开了。

彩云的父亲关二勇是个壮小伙,俊朗的脸上露出灿烂的笑容。他乐滋滋地抱着彩云,笑个不停。彩云的母亲吴芳年纪也不大,面庞清秀,水灵灵的眼睛一闪一闪的,看着丈夫,也“咯咯”地笑出了声。农村的生活太过艰辛,他们一心一意地想教育好彩云,让她读大学,这是他们最大的心愿。

五年过去了,一家人的生活虽然贫穷,但关二勇和吴芳对彩云十分关爱,眼看女儿马上到上小学的年纪,但靠着种庄稼仅能勉强糊口,让孩子上学更是难上加难。

临近1992年春节,彩云家的收音机里每天播放着“邓小平南方谈话”的新闻。广播里的深圳,对中国东北的农民一家来说,是遥远又陌生的地方。关二勇决定去遍地是黄金、处处是机会的深圳打工。

刚过完正月十五,关二勇和吴芳就去了深圳,做建筑工人。彩云被留给了爷爷奶奶,成了留守儿童。

关二勇和吴芳经济拮据,每三年才回一次家。他们定期给彩云寄钱、寄东西。慢慢地,彩云也逐渐学会了通过奶奶的喜怒判断父母有没有寄钱。通常,奶奶收到钱的那几天,心情会变得很好,饭桌上会添个荤菜,还主动给彩云夹菜。奶奶还用糨糊往墙上贴了一张日历,念叨着“一天画一个数,把这张纸上的数字都画完,你爸妈就回家过年咯”。彩云看着日历上的图片,终于敢在饭桌上开口,问道:“什么是东方之珠啊?”奶奶一个劲儿地嘟囔:“猪……猪……吃肉。”又给彩云夹了一筷子肉。

在和彩云共同生活的岁月里,奶奶总骂彩云,嘴不停地说着:“一个丫头片子迟早要嫁人,迟早是别人家的外姓人。”彩云生怕说错话,惹来奶奶的白眼和怒骂,开始变得沉默寡言。爷爷也十分惧怕奶奶,每当奶奶破口大骂时,爷爷只能把彩云揽在怀里,捂住彩云的耳朵。他总叮嘱彩云，要好好念书。

1999年，小升初时，彩云以全年级第一名的成绩考上了初中。

彩云的爷爷托人给儿子写信："彩云考试全校第一名，上了初中，老师说以后一定能考上大学。你妈死活不想再管彩云了，你们快回来吧。"

8月下旬，彩云的父母回来了。他们在乡中学的旁边租了一间民房，关二勇把妻子和孩子都安顿好后，准备重新去深圳打工。

关二勇临行前几天，彩云的大伯关大勇登门了。奶奶抽着旱烟，对关二勇说："你在深圳赚大钱，这回带上你哥。你们兄弟俩在外也互相有个照应。"

关大勇眯缝着眼睛到处乱瞄，看到桌子上的香烟，拿起来放到鼻尖下闻了闻，说："城里的东西就是好啊。"随手把香烟塞进了自己口袋。

关二勇忙着给关大勇倒水，答应着："深圳那个地方，都说'时间就是金钱，效率就是生命'。大哥要是愿意跟着我出去吃苦，那我们哥俩就一起走。"

8月30日，吴芳留在家里照顾彩云，关二勇要出去打工了。离开前的那个夜里，关二勇看着熟睡的彩云，轻抚着妻子的脸庞。妻子曾经白皙的双颊已挂上了贫苦岁月留下的痕迹，夫妻俩紧紧地抱着，泪水汇成了难舍难分的哀愁。

彩云在妈妈的悉心照料下，开始变得"话痨"，她每天放学回家后都要和妈妈分享学校里的事情，叽叽喳喳的，像只百灵鸟。第一个学期期中考试，彩云考了全年级第一名。吴芳把成绩单夹在信里，寄给丈夫。在陪伴孩子成长的日子里，在与丈夫分居两地的思念中，吴芳的日子过得平淡又幸福。吴芳也会给彩云讲深圳，讲和关二勇刚去深圳时，看到都市的震惊，讲深圳的人来人往，讲深圳的高楼、汽车。彩云对都市有了美好的憧憬，她也想去城市。

11月，关大勇回来了，手里抱着一个方方的木盒子。

关二勇死了。

关大勇说，二勇在工地上干活儿时，被倒塌的脚手架砸死了。

吴芳这时已经怀孕五个月，她抱着骨灰盒，哭得不知晕厥了多少次。最后，她不哭了，没有了眼泪，也没有了声音，呆呆地抱着骨灰盒，瘫坐在冰冷的土地上。彩云也跟着哭，哭累了，依偎在母亲身边。她还不知道，她的世界倒塌了。

关二勇去世后，吴芳一直处在对未来生活的迷惘中。

一个月后，彩云奶奶上门取走了儿子的遗物。她觉得既然儿子死了，儿媳妇早晚会跟别人跑，又只生了个孙女，要儿媳妇也没什么用。

她高声咒骂吴芳："扫把星，就是你克死了我儿子。"态度蛮横地将吴芳赶回了娘家，强行带走了彩云。

彩云不想走，她双手紧紧抱着母亲，她想和母亲一起生活。可一个女孩子又能有多少力气，关大勇硬生生地把彩云从吴芳的身上抢走了。彩云在关大勇的怀里拼命地挣扎着、蹬着、撕扯着。彩云奶奶看到这一幕，用力地打了彩云几巴掌。彩云声嘶力竭地哭着，盯着奶奶，带着对奶奶不解的眼泪。她不理解为什么奶奶会如此厌恶她和她的母亲。吴芳不想失去女儿，也不想离开和丈夫曾经的家，但她的一切努力都是徒劳。她还是被婆婆赶走了，女儿也被婆家人抢走。

彩云又回到了曾经和爷爷奶奶住过的小土屋。她要去找母亲，被奶奶拦下，奶奶用长长的烟杆戳着彩云的肩膀，呵斥道："你长得跟你那个克夫的死妈一模一样，她想要带走你？做梦！让她难受去吧。"

"你不能骂我妈，我妈是好人！"彩云想维护自己母亲，她急切地说道。

"死丫头片子，还敢和我顶嘴。你要不是我儿子的唯一骨血，我也不会带你回来,多了一张吃饭的嘴,迟早是别人家的货。"说着,她用烟杆敲打彩云的脑袋。彩云眼里含着泪花,心中升起愤怒。爷爷看到彩云被打了,忙出来阻止,把彩云搂在了怀里,他心疼这个苦命的孙女。

彩云奶奶对彩云非打即骂,只要能让那个儿媳妇痛苦难受,她就心满意足。

吴芳的娘家人几次上门想把彩云带走,都被彩云的奶奶挡了回去。娘家人见状,便不再坚持。村里的妇女主任在外嚣张跋扈,在家里却总是被丈夫骂来骂去的,她嫉妒吴芳的貌美,特别是看到彩云父母恩爱,更是让她恨得牙痒痒。她自作主张,以严重违反计划为由,私自派了几个人,强制将吴芳拉到乡里的卫生所引产,虽然吴芳百般不愿,但无济于事。吴芳尚未从丧夫的悲伤中走出,身子弱,加之卫生所医疗条件差,造成了严重感染,身体垮掉了。

弥留之际,吴芳使尽全身的力气拉着哥哥,用微弱的声音乞求着:"哥,你把彩云带回来,让我看一眼吧!"

彩云的舅舅再次去接彩云,彩云的奶奶依旧态度蛮横地拒绝了,还拿出钉耙,打走了彩云舅舅。吴芳在对女儿和亡夫的思念中死了。死的时候,盼望女儿的眼睛都未能闭上。

一年不到的时间,彩云被父母怜爱的生活灰飞烟灭了。十三岁的彩云,从留守儿童变成了孤儿。

彩云的奶奶得知这个消息后,更觉得这个儿媳妇晦气。彩云舅舅登门,想让彩云送吴芳出殡,彩云奶奶又拿起钉耙赶走了彩云舅舅,紧闭大门,不允许彩云出门。当彩云从舅舅口中得知母亲的死讯时,她的泪水瞬间簌簌滑落,她呆住了,她知道她失去了这个世界上最爱自己的人,彻底失去了。她想去看母亲最后一眼。

她跪着乞求奶奶:"让我跟舅舅走吧!"

可奶奶把她锁在了屋子里,不让她离开半步。彩云用力砸着门，她想走，想离开这里。

第二天，彩云趁着早晨谁都没醒来的时候，还是偷偷跑到了舅舅家，她跟着舅舅，找到了那个新土填成的土包，土包里有她的母亲。她跪在母亲的坟前，不断磕着头，额头和发丝上都是黑色的土粒，那是她和母亲今世间最近的距离。

从吴芳死去的那天起，彩云奶奶不再斥责彩云了，她整天哼着小曲喝着酒，高兴了，还会给彩云和老伴儿夹一筷子肉。

吴芳去世后的第七天，彩云奶奶早晨醒来，开始胡言乱语。她躺在床上，胡乱挥舞着手臂，嘴里大声喊着听不清的话。给她喂水也喂不进，全都顺着嘴角流出来，掀开被子一看，大小便都失禁了。找来村里的医生，扎针挂水也不见好。有人说得去后山找王大仙儿，无奈之下，彩云爷爷找来了王大仙儿。

王大仙儿一进门，就闻到了一股恶臭。经过一天的叫喊，彩云奶奶已经没了力气，嘴里依旧小声嘟囔着听不清的话。王大仙儿对彩云奶奶没有任何同情，说彩云奶奶被厉鬼缠身，治不好了。“唉，你们怎么不让老二媳妇养着彩云，反而生生把人家娘儿俩分开。你既然留下孩子了，就得对孩子好点儿。现在，孩子她娘死了，心里还记挂着孩子，放心不下，回来一看，孩子在遭罪，难怪找上门来。老犟种没救了，你们赶紧给她准备后事吧。”王大仙儿拍拍屁股就走了。果然，彩云奶奶当晚便死了。

彩云和爷爷相依为命，彩云爷爷心疼这个没了爹娘的孙女，什么好吃的都留给彩云，生怕这个苦命的孙女再受委屈。可彩云总是让爷爷先吃，然后自己才肯吃，爷爷更加怜惜这个懂事的孙女了。初冬第一场雪过后，院子里积了厚厚的白雪。天寒地冻，爷爷不小心滑倒，摔折了腿，寒气入体。彩云跑去求乡里的医生来看看爷爷，脸因为寒冷红扑扑的。

医生是个二十岁出头的小姑娘，从医药中专毕业后，被分配到乡里的诊所当医生。看着气喘吁吁的彩云，背上急救箱就跟彩云走了。雪天路滑，俩人到家时，彩云爷爷疼得在床上呻吟。

医生看过后，告诉彩云，老人家年纪大了，身子弱，送去城里的医院，医生也不敢动手术，最好是保守治疗。彩云爷爷也心疼动手术的钱，坚决不去医院。

彩云拉着医生的手，把医生叫到外屋，问道："姐姐，你说实话，我爷爷真的不能做手术吗？"

年轻的医生看着眼前十几岁的孩子，拍着彩云的肩膀承诺，目前的情况真的无法手术。

屋子里爷爷的呻吟声一阵阵地传来，彩云急切地继续说："姐姐，我爷爷腿疼，你有什么办法让他不那么疼吗？让他睡个安稳觉。"说完，彩云跑着从枕头下面掏出一个塑料袋，拿出里面裹着的布袋子，数了一沓零钱想要递给医生。

医生摆摆手，没要钱，从急救箱拿出止疼药，告诉彩云，这些止疼药是国家补贴的，不花钱。交代清楚使用剂量后，女医生走了。

东北的冬天越来越冷，似乎从嘴里呵一口热气出来，都能冻成冰碴儿，彩云的爷爷每天盖着厚厚的被子，卧床休养。彩云隔几天就去冰封的湖面上凿冰捕鱼，带回来给爷爷熬鱼汤补身体。日子一天比一天冷，爷爷新病旧疾一起发作，终究没熬过这个冬天，不到一个月，就撒手人寰了。

临终前，彩云爷爷拉着大儿子关大勇的手，用祈求的眼神，颤巍巍地说："儿啊，爹要死了。你一定要照顾好彩云，她就快读大学了。别嫌烦，日子过得快！彩云是个知恩图报的好孩子，你们不会吃亏！"说罢，爷爷眼角流出来泪水，没多久便咽了气。

关大勇答应了父亲的要求，将彩云接到了自己家。父亲临终的话，他得听。但关大勇也有自己的盘算，他觉得如果他不养彩云，肯定会被同村人耻笑，被戳脊梁骨，那以后还怎么在村子里混。收养了彩云，全村老少爷们都得对他竖大拇指，这以后在村子里说话，可就硬气多了，就连村主任都会佩服他几分。而且彩云已经十三岁了，村里的姑娘结婚早，再养几年就能嫁人，彩云长得又这么好看，到时候彩礼肯定很多，要是能嫁个有权势的人家，攀个高门亲戚，这笔买卖只赚不赔。他才不想让彩云去读大学，他早就听说过，上了大学的女娃娃时兴自由恋爱，都不会向男方要彩礼，这可是他不能接受的。自彩云父亲去世后，关大勇就再也没回深圳打工。

2001年春节，是彩云在大伯家过的第一个年。年关将近，大伯母带彩云去买了新衣服。“彩云呀，以后你就是我们家的孩子了，小五有的，我们彩云也有。”大伯父抽着烟，冷哼了一声。

关大勇的性格和他母亲如出一辙，每天喝酒后，得意扬扬地看着自己的儿子小五，看着这个家唯一的血脉。“还是儿子好啊，女儿有啥用？迟早是别人家的。”说着，还会一身酒气地去抱小五。

彩云知道，大伯把小五看成眼珠子一样疼爱，在大伯家，照顾堂弟小五，就是彩云的头等大事。弟弟哭了，大伯只会训斥彩云；喝多了，还会拿着木条抽打彩云。大伯母瘦弱的身躯根本拦不住大伯的木条，有时她还会替彩云挨几下。

弟弟小五受伤了，喝醉的大伯就把过错推到彩云身上。他拿起木条抽打彩云，边打边骂：“给你吃那么多的饭，都吃到狗肚子里去了吗？狗还能看个家！你能干什么？照顾你弟弟都不行，真是个没用的东西！”彩云沉默着挨打。

大伯看着咬着嘴唇、一言不发地站在原地的彩云，怒火中烧：“你是不是故意没看好你弟弟的？你个没用的东西，你爸妈怎么就生出你这个没用的丫头来……”大伯话音未落，彩云抬起右手，抓住了大伯手里的木条，死死攥住，大伯往回拉了一下，没拉动。

彩云抬头看着大伯，眼泪在眼眶里打转，她咬紧嘴唇，忍住不让眼泪出来。大伯看着彩云的眼神，似狂风骤雨般汹涌，又充满了不屑。大伯从醉酒的状态中稍微清醒了，他又试着抽回木条，彩云扬起的右手依然攥着。大伯松手了。

从这天起，大伯喝醉后，再也没打过彩云。

大伯母回家后，看着彩云身上的伤痕，心疼得直掉眼泪。她一边给彩云抹药，一边跟彩云说："以后大伯母不在家，你大伯再打你，你就求饶啊，你就哭啊，你哭着求他，他可能就不打你了。"

彩云反而安慰大伯母："大伯母，我根本就不疼。大伯喝醉了，没用多少力气，你看，我胳膊还能动。"说着，彩云上下挥手，让大伯母看她还能灵活地晃动双臂，把大伯母逗笑了。

大伯母继续轻柔地给彩云抹药："彩云啊，你学习好，等上了高中，就住校了，大伯母每周都做了好吃的，去学校看你。咱少跟你大伯见面。"彩云乐呵呵地应和着大伯母。彩云也觉得，以后读高中，住校生活，考上大学，就再也不用在这里受气了。再坚持几年就好了，她觉得未来的生活一定会好的。

彩云从不在大伯母面前流露自己的悲伤难过，大伯母对她太好了，她不想让大伯母再为自己操心。她最好的朋友，是一只从小伴她长大的米黄色土狗，她管它叫"大黄"。大黄是她唯一可以倾诉悲伤的对象，大黄长得瘦弱且丑陋，但她认为大黄美得像春日的朝霞。每当大黄听到她的呼唤声，都会乐颠颠地摇着尾巴，晃着脑袋、龇着牙地跑到她身边。她会带着大黄，漫山遍野地自由奔跑，和大黄说心里话，说那些隐秘的事儿、那些幼稚的事儿、那些看似荒唐却又朴素的事儿。

彩云对大黄说："大伯母不在家，今天大伯又打我了，可我还得吃人家的饭，打我，那我就挨着呗。好生气呀，大伯骂我没看好弟弟就算了，弟弟摔伤，我也很心疼啊，可大伯提我爸妈了！"想到父母，彩云的眼里满是泪水。大黄安静地坐在她身边听着，不时舔舔她的脸。大黄似乎听懂了小主人的悲伤，要安慰安慰这个美丽善良的少女。

有一天，彩云放学回家，没有看见大黄。之前，每当她放学回到家，大黄都会激动地扑上来迎接她。她会捧着大黄的脸来回揉搓，一人一狗都高兴坏了。而这天，她找了好久，并没有找到大黄。“大黄去哪里了？”她纳闷儿。后来，她进屋闻到了肉香。听大伯说，这是大黄的肉。

原来，大黄跑的速度太快，撞倒了弟弟，害得弟弟手臂擦破了皮，让大伯极度气愤，就被吊死了。大伯叫来邻居一起吃肉，彩云看到这一切，呆住了。她不敢当着大伯的面流露出一丝的悲伤，放下书包，去了经常和大黄玩的小山丘旁。她心里难受极了，似乎被一块巨石压着，喘不过气来。她不自觉地跪在地上，放声号啕大哭，为一个挚友的死而悲伤，因不能保护它而啜泣。

她对上苍祈祷：“老天爷啊，你让大黄进天堂吧。”她哭了许久、许久，昏厥了；又过了许久、许久，她从冰凉的地上醒来。太阳落山后，彩云红着眼睛，拖着疲惫的身子回到家中。暮色是弱者的保镖，她不想让任何人知道自己哭过。

彩云被大伯打骂后，经常去村子旁的小山丘，躺在郁郁葱葱的草地上，望着天空中飘浮不定的白云。她久久地盯着白云，觉得当她看向白云时，白云也在温柔地注视着她。

夏日，山里的蝴蝶很多，大多是小小的纯色蝴蝶，有白色的、深黄色的、红彤彤的，它们在草地上飞来飞去，在五彩斑斓的植被中嬉戏。

在彩云母亲死后的那个夏季，一天，有一只闪着钻石般光泽的紫蓝色蝴蝶悄然落在彩云的鼻尖上。它静静地停着，两只硕大的翅膀偶尔会缓缓翕动。它时不时地用两根触须整理长而纤细的黑色口器，悠然自得。此刻，彩云的注意力被这只蝴蝶吸引，她不敢用力呼吸，生怕把这只精灵惊走。她忘记了生活的苦痛，忘记了自己的悲伤,只停留在感受大自然生灵的自由之中。过了一会儿,这只紫蓝色蝴蝶飞走了,似乎它是专程为彩云赶走悲伤一般,当彩云不再难过时,它便离开了。

当彩云悲伤时,她总会和这只紫蓝色蝴蝶在山野中相遇。彩云把所有委屈都向它诉说,蝴蝶似是一个安静的聆听者,默默听着。它永远在等待着彩云,等彩云倾诉完所有委屈,恢复了快乐,它便慢慢翕动翅膀,飞舞在彩云身边,似乎在说:“你把所有委屈都说出来吧,以后的日子一定会好起来的。”这是彩云一个人的秘密。彩云从不伸手去触碰它,怕手上的灰尘玷污了蝴蝶美丽的翅膀,减损它的光泽。

彩云每天从家里分到的食物仅仅够果腹。一个不大的玉米面饼子、一碗没有菜的汤水,往往就是她的一顿饭。

她大伯说:“女孩子家的,吃那么多干什么,早晚也是要便宜别人家的货。你把饭菜多给弟弟吃,弟弟才是家里人。以后你在婆家受委屈了,还要你弟弟去给你撑腰呢!”

彩云只能听着。即使属于她的玉米面饼子很少,她还是会偷偷地藏起来一半,给三爷爷吃。三爷爷是谁?是彩云爷爷的亲三弟。彩云听同村的人说,三奶奶在三爷爷三十多岁的时候病死了,留下了一个十一二岁的儿子。那时的三爷爷很帅气,好多人想给他续弦,都被回绝了,他怕新妻子对儿子不好,怕儿子受气,一辈子没有再娶老婆。

现在,三爷爷快八十岁了,被他儿子放在装粮食的仓房中过活。三爷爷患上了脑血栓,半身不遂,躺在土炕上。土炕的一半是他躺着的地方,另一半则堆满了装着玉米、高粱的袋子,沉甸甸的。彩云有时候幻想,这里面装着的是玉米面饼子,还有白白的馒头和香喷喷的白面饼。仓房里不仅有粮食,还有其他杂物,各种各样的农具和灰尘铺满了整个屋子。仓房的窗户很小,灰尘犹如一层厚厚的漆,涂满了矮小的玻璃窗,让仓房显得凄冷,像垂死的人。三爷爷已经不能说话，只能从喉咙深处发出支支吾吾的声响，眼神混浊。

在乡下，没有用处的老人就像一只不能看家护院的老狗，被主人随意放在不会惹人嫌的角落，等待死亡。

三爷爷的儿子每日只给三爷爷送一次饭。儿子一家吃剩下的饭菜，一些分给饲养的猪和狗，另一些则装在一只布满泥垢的小铝盆里，给三爷爷吃。儿子嫌弃老父亲拉屎多，觉得少吃饭就会少拉点儿，不肯多给父亲食物。三爷爷饿得厉害了，就叫了起来，叫啊、叫啊，叫多了，人没了力气，睡着了，也就不觉得饿了。悲戚的叫声在小小的仓房里不时回荡着。

彩云没事的时候，会偷偷地去看三爷爷。她把省下的一半玉米饼送到三爷爷的嘴边。三爷爷用干瘪得像枯树枝一般的双手，捧着那半个玉米饼，用力地啃起来。他早已没了牙齿，牙床和干硬玉米饼摩擦的声音唰啦唰啦的，从口腔中传出来。他边吃着，边流出了泪，喉咙里发出"呜呜"的声响。彩云两眼微红，她想起了健康时候的三爷爷。

那时候，三爷爷的衣服总是干干净净的，衣服口袋里还会放一块洁白如雪的手绢。有时候，还会藏着绿色、红色、粉色等各种颜色的硬糖块，三爷爷告诉彩云，这叫水果糖。三爷爷会把水果糖送给她，糖果咬起来会发出脆脆的声音，彩云觉得那是世界上最美的、最香甜的东西。现在，三爷爷的衣服破破烂烂，一块块黄色的东西附着在衣服上、附着在被褥上。屋子里充满着屎尿的味道，呛人鼻眼。可彩云并不在意，她总是偷偷把节省下来的食物送给三爷爷，即使她的肚子饿得叽里咕噜地叫。

后来，彩云因为饿得没有力气，抱堂弟时摔了。她偷偷把玉米饼送给三爷爷的事就此被大伯发现。大伯无比气愤，勃然大怒。他觉得彩云吃里爬外，浪费自家粮食，根本不会持家，这以后要是嫁人了，婆家怎么能容得了彩云，他要好好管教管教彩云。关大勇拿着木条抽打彩云，大伯母拦都拦不住。彩云依旧倔强地站在院子里，任凭大伯手中的木条狂风暴雨般地抽打在她身上。大伯母哭喊着，求大伯停手，甚至小五都哭着抱住大伯的腿，求着“不要再打姐姐”。关大勇全然不顾，继续发狠地抽打她。大伯母转而哭着劝说彩云讨饶，可彩云无动于衷。

始终身处贫穷困厄中的人，不会觉得那困厄是人生的灾难。

2002 年，十五岁的彩云考上了当地最好的高中。结束了九年义务教育，高中需要缴学费，大伯却直接告诉彩云：“你想上学可以，想让我花钱供你上学，门儿都没有。你弟弟小五过几年也要上学了，我得给我儿子攒钱。”

彩云听了后，回道：“大伯，你放心吧，我不花你的钱。”大伯抽着烟，仿佛没听见彩云说话。

大伯家的钱，大伯母是做不了主的。中考后的暑假，每天凌晨四点，天刚蒙蒙亮，大伯母就叫醒睡梦中的彩云，俩人去山里挖野菜，再步行两个多小时，到乡里的早市卖了。可就算这样，彩云的学费还差一截。

彩云开始找亲戚们一家一家地借钱。亲戚们知道彩云是孤儿，都觉得借给彩云的钱肯定还不回来，纷纷关紧大门。

彩云回家后，发现大伯不像平时一样在院子里抽烟，反而哼着小曲，和小五商量着买台彩色电视机，给小五看动画片。

彩云避开大伯，悄悄问小五家里谁来过。小五小声告诉彩云：“姐姐，我害怕傻子叔叔，你能不去他们家当媳妇吗？”

彩云想明白了，大伯不想让自己念高中，想把自己许配给隔壁厂长家的儿子。隔壁厂长有个傻儿子，三十多岁，长得五大三粗，智力有些缺陷，见人就“嘿嘿”直笑，天天在附近的村子里闲晃。

“小五，刚才来的那个人，你爸跟他要多少钱？”五岁的小五虽然不懂大人们的讲话内容，但小五会学大人讲话：“爸爸说了，要二十万，以后给我娶媳妇。”

彩云听到这话，心“扑通扑通”跳得厉害，说不清是生气愤怒、委屈难过，还是对大伯的失望怨恨。

晚上临睡前，彩云听到了大伯和大伯母的争吵。尽管俩人压低了声音，彩云还是听到大伯母被大伯斥责的声音。大伯母小声地嘟囔着，她不同意彩云的这门婚事。关大勇骂老婆头发长见识短，没眼光。关大勇觉得厂长家的傻儿子并不是天生傻，而是小时候得了急性脑炎，才落下了病根。等彩云嫁过去，生的孩子一定不傻，彩云肯定能当家，说了算。厂长家那么多钱，以后都得是彩云的！厂长家的钱是普通家庭几辈子都赚不来的，与其嫁给别人吃苦，还不如嫁给厂长家的傻儿子，嫁过去就是一辈子享福的命！

彩云觉得只有离开，才不会被迫嫁给傻子；去城市里打工，早点儿赚钱，也能脱离看人眼色生活的日子。

这晚，彩云趁着大伯一家人都睡着了，她战战兢兢地从大伯的上衣口袋里偷出一百三十元钱。在月光下，一个人沿着乡村小路走向县城的火车站。一路上，她听到了蛐蛐的叫声，听到了猫头鹰的叫声，听到了玉米地里发出的“沙沙”声。她感到恐惧、害怕，身后似乎有什么东西在追着她，可她往后一看，除了黑夜，什么都没有。她越走越快，开始汗流浃背，喘着粗气。她心里只有一个念头，要赶紧离开这里，她不想嫁给傻子，她想去城里赚钱，然后读书。她听妈妈说过，大城市里有好多工厂，除了纺织厂，还有电子厂、服装厂，只要肯干，就有赚不完的钱。在天蒙蒙亮的时候，她终于走完了五十多里的土路，到了县城火车站，乘上了去往一千公里外沧海市的慢速绿皮火车。在悲伤与绝望中，彩云逃离了家乡，莽撞地冲进了她想象的城市生活中。

这一年，她十五岁。

悠悠

关彩云带着对未来生活的憧憬，走入沧海市。她在沧海火车站门口，看到很多举着牌子招工的人，她选择了在一家电子厂做工。沧海市的工厂里也有彩云的同乡人，她不想让同村人听到她的名字，也不想让同村人知道她在哪里。她在来沧海市的火车上，听到女广播员用甜美的声音念了一句诗，“白云一片去悠悠”。她觉得这首诗格外美丽，听得她心里美滋滋的，于是，她给自己取了一个新名字——悠悠。初到城市，她既欣喜，又紧张惶恐。

在其他人眼中简陋破败的宿舍，悠悠却很满意。一间15平方米左右的房间，两边各放着三张铁架子焊成的上下铺，住了六个人。每个铺位上，只有一床被子和一个褥子，外加一个枕头。宿舍门口放着女工们洗漱用的盆，并没有专门放衣服的柜子，女孩子们只能把衣物放在床铺下的箱子里。

她想着家乡生活，看着眼前的宿舍，内心有一丝暖流。她觉得无论怎样，起码有了栖身之所，有了一个可以不再承受打骂之苦的方寸之地。在这一张小小的床铺之上，一切都属于她：一床被褥；一个从地摊上花五块钱买来的二手洋娃娃；一面小镜子；一个小梳妆盒，里面放着一些廉价的化妆品。虽然廉价，但那是属于她的。

夜晚，悠悠躺在宿舍狭窄的小床上，抱着洋娃娃，蜷缩着身子，默默地流泪。她想起了爸爸妈妈，曾经，她也被妈妈搂在怀里，哄着入睡。童年那短暂却又充满幸福的时光，只有在夜深人静之时，她才能在脑海中反复回忆。“妈妈，我一个人也能过得很好。”悠悠流着泪，睡着了。

工厂食堂的饭菜简单，悠悠却很知足。她终于能够吃得饱饱的了。三个月下来，她原本瘦弱的身子，变得肌骨莹润起来。十五岁的悠悠出落得楚楚动人，眉黛春山，眼颦秋水，身姿绰约。

悠悠赚了工资后，她会花几块钱买口红和眉笔，学着宿舍年龄稍大些的姑娘化妆。虽然化妆技术拙劣，但上天给了她一副好的面孔和身材，加之青春年少，即使再廉价的衣物和化妆品，只要搭配上这副面孔和身材，都会显得她熠熠生辉。并不是化妆为她增添了风采，而是她成就了那些廉价的化妆品。

悠悠在电子厂第一个月的工资，用来买了日用品；第二个月之后的工资，她都会拿出一小部分，寄给大伯母。刚参加工作时，悠悠又是喜悦，又是疲惫。早晨八点上班，晚上七点下班，有时候加班到晚上九点钟、十点钟，都再正常不过，一周只休息一天。她努力工作，争取一切可以加班的机会。有的时候，甚至连续工作两天两夜，累得回到宿舍坐在椅子上便睡着了。她总是提前半个小时到工作岗位，最后一个离开。经过一年的努力，她被工厂评为优秀员工，并被奖励了五百元。她不敢乱花一分钱，她想早点儿攒够钱，再去读书。

悠悠没事的时候，喜欢到沧海市的黑石礁散散心。关于黑石礁有一个传说，这片海域本来是乌鱼的乐园。一天，来了一大群鲨鱼，要把黑石礁据为己有，乌鱼自然不会甘心家园被侵占，开始和鲨鱼战斗。鲨鱼体形巨大，吞食了大量乌鱼。就在鲨鱼快要完全占据黑石礁的时候，天上的太上老君看不下去了，他随手扔下一块炼丹的青石，把鲨鱼王砸到了深深的海底。其他鲨鱼见状，纷纷逃窜，乌鱼才得以保住了自己的家。本来，这片水域的礁石是白色的，但乌鱼在和鲨鱼的打斗中，喷出的大量墨汁把白色的礁石染成了黑色。自那以后，这里就叫黑石礁了。悠悠喜欢关于黑石礁的传说，觉得黑石礁这里有几分神奇，她喜欢乌鱼的勇气，也喜欢太上老君的正义。悠悠坐在黑石礁的沙滩上，听着海浪和礁石碰撞的声音，烦心事也就没了。

一年后的夏季，悠悠的工厂新来了一个工头。工头叫胡卫，四十多岁的样子，头已经秃了，在灯光的映射下，闪闪发光。他大腹便便，一米六左右的身高，一百八十斤的体重，走起路来，整个身体都在摇动，站不稳，左歪歪、右歪歪，看起来憨憨的。他注意到了悠悠，看到一个如此美丽的小姑娘，却有着一股子为了工作不惜一切的倔强，这让他对悠悠充满好奇，也心生怜惜。每次排班，胡卫都尽量不给悠悠排夜班，还让悠悠周末双休，明里暗里地对悠悠照顾有加。悠悠感受到了这种细致的关怀所带来的温暖，她心里感激胡卫对她的照顾。

一个周末，悠悠独自一人在宿舍休息。胡卫借口检查工作，骗她打开了门。此时，正值炎炎夏日，没有空调的宿舍里格外湿热，悠悠一身清凉的着装，散发出青春的魅力。打开门的胡卫，看到如此青春靓丽的悠悠，顿时兽性大发，他猛地抱住悠悠，把她按在了床上，开始扒她的衣服。悠悠痛打着胡卫，但拳头打在胡卫的身上，不仅没有造成什么伤害，反而变相地成了一种刺激，让胡卫更加肆无忌惮。许久后，胡卫留下几句承诺，走出宿舍，留下了满是泪痕、全身多处瘀青的悠悠和床单上一处让她感到羞耻的血迹。就这样，悠悠告别了青涩的少女时代。

夏日午后，是多少人浪漫故事的开始，可留给悠悠的，却只有悲伤。十六岁的她不知道该怎么办，不断地在痛楚中哭泣，似乎整个世界都已坍塌。她不知道这是怎么一回事儿，一份难言的屈辱从心中升起来。

悠悠把带血迹的床单用清水洗了一遍又一遍，搭在带着锈迹的铁丝上晒着，似乎在把她年少的心放在烈日下灼烧。那些还未来得及做的梦，化为了灰烬。

晚上，悠悠的室友们回到宿舍，七嘴八舌地讨论着逛街时的见闻。悠悠低着头，不敢直视室友，满脑子想的都是白天和胡卫的事情。

悠悠在心里默默地想着："这种事情传出去，名声就坏了，一辈子就完了。传出去，工厂也不能继续待下去，又能去哪儿？胡卫这个人还不错，经常会给大家争取福利，工友们都夸他人好。他说，以后一定会对我好，会珍惜我，也许是真的吧？他说早晚会娶我的，他已经要了我的身子，不嫁给他，我又能怎么办？"她紧闭双唇，咬着牙，发出了一声长长的叹息，这叹息声，小得连她自己都听不清楚。这一晚，悠悠辗转反侧，想了许久，决定和胡卫谈一谈。

悠悠知道，胡卫每天早晨要提前一个小时进厂房车间检查机器。第二天早上，悠悠蹲在胡卫进厂房的小道上，看着胡卫趿拉着鞋、打着哈欠、睡眼惺忪的懒散样子。悠悠拦住胡卫，让胡卫跟她到厂房后的拐角处聊聊。

胡卫被突然出现的悠悠吓了一跳，睡意全无，跟在悠悠身后，来到角落。

悠悠个子长高了一些，比胡卫还要高一点儿。悠悠看着耷拉着脑袋的胡卫，先小声开口："我昨天想了一晚上，你……你说的是真的吗？"

胡卫低头盯着自己的鞋，不敢抬头看悠悠，闷声说："我说的什么是真的？”声音比悠悠的还要小。

悠悠看了眼周围，确定没有人，才开口低声说：“我们昨天……你昨天对我做了那样的事，说以后会跟我好好过日子，会娶我。”悠悠说完，自己也脸红了，心跳得厉害，分不清是羞涩紧张，还是害怕听到不一样的答案。

胡卫终于敢抬头看向悠悠，嗫嚅着：“当然是真的了。虽然我昨天……没忍住，可我真的喜欢你，我会对你好的，你放心。”

悠悠听到胡卫这么说，心里稍微踏实了。胡卫要求悠悠不能公开他们的关系，悠悠答应了。

悠悠觉得胡卫的承诺是一根救命稻草，可以让她有所依托。就这样，他们保持着秘密的情侣关系。虽然胡卫年龄太大，形象样貌也不好，不是悠悠心中的理想型男友，但胡卫给她买好吃的零食，买好看的衣服，带她去逛街，去游乐场。胡卫甚至给她租了一间房子，这是他们的幽会之地。悠悠不用挤在简陋的六人间宿舍，她有了自己的小家。房子在一个破旧的小区，四十多年的房龄，设施陈旧，路面破败，周围住着的都是老年人。那些迈着缓慢沉重步伐的老人们，或聚在树荫下纳凉，或聚在一起打扑克、谈天。小区氛围是灰色的，犹如衰老的人一般，暮气沉沉。

悠悠是这暮气沉沉小区里的一抹亮色，她那么青春，蹦蹦跳跳，轻快的步伐、明丽的衣着，都与这老旧小区格格不入。老人们喜欢这个年轻的姑娘，他们看到悠悠，满是褶皱的脸上开出花来。但当他们看到悠悠和胡卫手挽手地走在一起时，老人们的笑容消失了，他们开始指指点点。一些微妙的流言开始流传，有惋惜的，有惊讶的，有中伤的，有诽谤的，也有不解的。悠悠并不在意这些人的冷言冷语。

悠悠决定了和胡卫在一起后，就不再计较胡卫的年龄和样貌了。悠悠觉得，只要这个男人真心实意地待自己，给自己一个家，就足够了。从悠悠记事起，悠悠父亲在深圳打工，一家三口聚少离多，在悠悠模糊的记忆中，父母相处和睦。胡卫给了自己一个小家，悠悠有了只属于自己的房间、自己的天地。她随心所欲地布置着，买一些玩具、一些鲜艳颜色的被褥。她学会了淘宝，学会了对比价格，学会了用最少的开销满足自己对生活的想象。

跟胡卫一起生活了一段时间，唯一让悠悠不满意的，是胡卫在床上不会怜惜她。胡卫有时候甚至不分时间，突然把悠悠拥入怀中，粗暴地释放着欲望。他不会顾及悠悠的感受，那种撕裂的、粗鲁的爱，让悠悠感到不适，甚至疼痛。起初，悠悠会试图阻止胡卫的粗暴，但换来的是更猛烈的回应。她试图温声乞求，却也无济于事。最后，她选择了沉默，她选择了忍受，即使疼痛，也不再反抗。

悠悠没有恋爱经验，她将这份不适埋在了心底，难以启齿。悠悠也会想，情侣之间的爱有很多种，影视剧中的爱情，男女主角约会逛街，胡卫也给过她。可能胡卫只有在床上时，才会粗暴无礼。每次事毕，悠悠会帮胡卫洗澡，擦拭着男人圆滚滚的身体，她却莫名地觉得亲切。除了床事以外，胡卫都对悠悠千依百顺。胡卫给了悠悠一个家，让悠悠有了被爱的感受。悠悠逐渐地真正接纳了胡卫，她对胡卫的感情，有女人对于男人的爱情，也有漂泊不定时得到的归属感，她越来越信任胡卫。

时间一天天地过着，没多久，悠悠有了恶心想吐的反应。刚开始，她觉得是因为天气热，工厂内又没有空调，温度高，可能中暑了。但这种情况并没有随着气温的下降而减弱，反而越发严重。悠悠意识到，自己可能怀孕了。她在电视剧里就看到过谈恋爱的女生，有这种反应时，就是怀孕了。

有一天，悠悠路过药店，她内心萌生一个想法，要去买一支验孕棒。于是，她大着胆子走进了药店。

悠悠带着颤音、低着头，佯装镇定地对店员说：“老板，我要一支验孕棒。”说这几句话，她感觉似乎用了一个世纪的时光。店员冷冷地看了看年少的悠悠，给了一支验孕棒。悠悠快速地把验孕棒塞到衣服兜里，刚要付钱，忽然想起来：“万一一支验孕棒不准怎么办？”

于是，她又磕磕巴巴地和店员说：“再拿两支吧。”

当拿到三支验孕棒后，她慌张得像临阵脱逃的士兵一样跑出药店，走向去工厂的路。

到工厂后，悠悠小心翼翼地把验孕棒带到卫生间，开始测验。看着验孕棒上的标识由一道红杠逐渐变成了两道红杠，“突突”的心跳声，她听得一清二楚，额头上渗出了汗珠。看着验孕棒上的两道红杠，她的大脑一片空白，不知道该怎么办。过了一会儿，她忽然想到，也许验孕棒不准，于是急忙打开另一支进行测验，试纸上依然出现了两道横杠。她不死心，用了最后一支验孕棒。看着验孕棒上很快出现了第一道红杠，然后，尿液在试纸上缓慢地渗透着，慢慢地，过了一分钟，并没有出现第二道红杠。这时，悠悠紧张的心终于得以平复下来，额头上的汗珠也少了许多。

悠悠心想：“运气不会那么差的，胡卫曾经坚定地说过不会有问题，一定不会怀孕的。”恍惚中走着神，想着乱七八糟的事情，等她回过神来，重新把目光聚焦在验孕试纸上时，曾经的一道红杠已经变成两道。她知道，她怀孕了。当看到第三次的测验结果依然显示怀孕后，她腿一软，瘫坐在卫生间。她一阵眩晕，陷入迷茫与无助。悠悠头低垂着，没有一丝力气。过了不知道多久，工友进入卫生间，发现了瘫坐在地上的悠悠，在工友的搀扶下，她才缓缓地从地上站起来。

悠悠从惶恐的情绪中渐渐地走了出来，摸着并无明显隆起的肚子。她知道，肚子里已经有一个小生命。她不再恐惧，她好奇这个小生命是男孩还是女孩。她觉得自己将要成为妈妈，一个要给予未来孩子幸福生活的妈妈。想到这里，她的心中涌出一股暖流，是幸福的感觉。她要像自己的妈妈照顾自己那样，精心地呵护她的孩子。悠悠脑海中甚至萌生出未来和孩子一同生活的景象。她想用自己的一双手，去保护这个还未出生的孩子，一种与悠悠年龄并不相称的母爱之情，像山上迸出的一股清泉，汩汩流出。她急切地想去寻找胡卫，去告诉他，他们将要有孩子的好消息。

悠悠找了好久，行过长长的走廊，推开一扇又一扇门，问了一个又一个人，也没有找到胡卫。后来才知道，胡卫请假了，估计要过一段时间才能回来。悠悠感觉到不可思议，心里想："为什么自己的男人请假，却不和她说一声？"她感到了一种被抛弃的孤独，慢慢地踱着步子，在偌大的工厂中走着。胡卫不声不响地离开，让她无法理解。悠悠心想："难道恋人之间要离开，不应该说一声吗？难道他遇到了什么难言之隐，不方便告诉我？"想到这里，她又不由得开始担心胡卫的安危。

悠悠没有找到胡卫，她一边担忧着胡卫，一边畅想着未来。

悠悠心想："虽然在电子厂干着没日没夜的工作，收入少得可怜，但自己还年轻，只要努力工作，肯吃苦肯学习，生活一定会越来越好，以后说不定也能在电子厂做个小领导什么的。还有胡卫，两个人一同抚养一个孩子，不会有问题。即使再困难，也不会比村里的生活难。有一双手可以劳动，就会有希望，一定能够过好的。"想着想着，嘴角扬起一丝微笑。

悠悠回到工位上继续做工，脑子里却幻想未来与孩子的美好生活。她绞尽脑汁地想着未来孩子的名字。男孩就叫子健，希望他健健康康的；女孩就叫若水，希望她温温柔柔的。想到这两个名字后，她觉得未来充满希望。

希望是人生的一味良药，可以克服一切苦难，抚平一切创伤。只要希望在，人就会燃起无限的斗志，和困苦抗争，和灾厄为友，也不会觉得悲哀。

正在悠悠沉浸在对未来的无限遐想时，一位四十多岁的中年女人——胖胖的，个子不高，走起路来像一个正方体在移动——径直地向悠悠走来。中年胖女人走到悠悠面前，说话时，脸部肌肉一颤一颤的，她怒容满面地说：“你是不是悠悠？”

悠悠被突如其来的声音惊了一下，转过头，看到一个面目狰狞的中年女人正站在她的身后。

中年女人从悠悠的眼神中得到了答案，她知道眼前的小姑娘就是她要找的人，恶狠狠地骂道：“原来你就是那个从农村来的小婊子！”

悠悠疑惑，为什么这个中年女人会骂她“婊子”。她全身的肌肉都在颤抖，眼睛睁得大大的，错愕地张着口，缓缓地、断断续续地说：“你认错人了吧？”工友们听到这女人的谩骂声，都纷纷看向悠悠。

中年女人挥动着粗壮的手臂，厚厚的手掌打在悠悠的脸上。沉重的力量撞击到脸的瞬间，“嘭”的一声，悠悠从工位上摔倒在地，痛感瞬间传遍了每一寸肌肤。

中年女人继续说：“爷们儿们，娘们儿们，大家给做个证，给评评理，就是这个小骚货，年纪轻轻，不学好，专门勾搭别人家的男人。和自己的领导睡觉，多不要脸！你们这儿的胡卫就是我男人，我们孩子都十岁了。她太不要脸了，和自己爹一样大的男人睡觉。大家说该不该打。”

中年女人边粗鲁地叫嚷着，边环视四周。工人们纷纷放下了手中的工作，看向这里，开始窃窃私语。

中年女人用脚猛劲儿地踢悠悠，一脚又一脚地踢着。悠悠发出痛苦的惨叫声，她试图站起来，但还没等起身，又被踢倒在地。她下意识地蜷缩着身子，试图去抱住中年女人的腿，想制止中年女人。

悠悠忍痛说着:“我没有,他是单身,你找错人了。”

中年女人右手抓着悠悠的头发,把她从地上薅了起来。

中年女人咬着牙说:“有什么错的?! 我们二十年夫妻了,就你还想破坏我家庭,想得美吧。你这个乡下人,还想到城里来抢别人的男人。我家男人睡你,也是白睡。别整天想着美事儿。”

中年女人疯狂地抽着悠悠嘴巴,让悠悠大脑受到巨大冲击,意识一时之间空白了。本来还在挣扎的悠悠,变得一动不动,眼睛闭着。她流着鲜血的嘴唇,呼噜噜地发出弱弱的声音:“救救我,我怀孕了,怀孕了……”中年女人听到悠悠说自己怀孕后,愣了一下,眼神中充斥着惊讶,继而转为愤怒,脾气更加暴躁,更用力地踢着悠悠的腹部,一脚又一脚。

当强者凌弱时, 弱者的忍耐是强者施暴的春药。弱者越是忍耐、越是顺从,施暴者反而越发肆无忌惮,越发疯狂,成为吃羊的饿狼,成为嗜血的魔王。

悠悠的裤子出现一片殷红色,一个工友知道这是出大事儿了,立刻发出了尖锐的吼声:“出人命啦,出人命啦! 快来人哪,快来人哪!”

此时的悠悠躺在地上一动不动,没有声响。在工友和保安的阻拦下,中年女人终于被拉走。由此,一场暴力打人事件告一段落。

悠悠身处一片黑暗之中,她什么也看不见,心中更加慌乱。她张开双手试图触碰四周,却没有任何东西的存在,只能在黑暗中没有方向感地走着。走了许久,依然看不到一丝光亮,悠悠内心越发焦灼,她开始奔跑,汗水顺着额头、脸颊滴落。不知过了多久,悠悠没有一丝力气,瘫坐在地上,开始放声大哭。泪水如雨珠般落下,却听不到哭声,四周安静极了,没有任何声响,仿佛进入虚空之境。

这时,一道柔和温暖的白光突然出现,光晕越来越大,悠悠循着光的方向走去,越靠近白光,身体越温暖轻盈。最终,悠悠感觉脚下一片虚空，她浮了起来，慢慢地飘向白光深处，内心也不再恐惧。悠悠闭上了眼睛，心想，就这样睡着吧。

忽然，悠悠耳边传来蝴蝶扇动翅膀的声音，声音轻微，却将沉睡着的悠悠唤醒。她看到了那只泛着光泽的紫蓝色蝴蝶，正贴着她的耳边上下飞舞，一种亲情般的情愫涌上心头。蝴蝶轻轻落在悠悠鼻尖上，与童年山坡上的数次相遇别无二致。蝴蝶开始往白光相反的方向飞去，原本漆黑的空间闪出一丝缝隙，透过这狭长的缝隙，悠悠看到了一抹绿色。蝴蝶飞入了缝隙，悠悠起身跟随而去。

缝隙之外，竟是童年家乡的那片小山坡，是她和蝴蝶相遇的秘密基地。悠悠想穿过这道缝隙，躺在绿色的草地上，却感觉身体越来越冷，只好后退，循着白光的方向取暖。这时，蝴蝶的翅膀突然变得巨大无比，遮挡住悠悠回望白光的眼神。悠悠感觉自己快被冻死了，她试图拨开蝴蝶翅膀，靠近白光取暖，却没有力气，身体逐渐僵硬，连呼出的气都凝结成霜。要被冻死了，她充满绝望。

这时，蝴蝶包裹住悠悠，越过缝隙，坠入绿色山野。悠悠重重地摔倒在地，感到了撕心裂肺的痛。蝴蝶恢复了原样，围着她飞舞。她四肢僵硬，被传遍全身的疼痛折磨得叫出声，这次她听到了自己的声音。抬头看时，蝴蝶飞走了，悠悠只能静静看着，无法动弹。

等悠悠再一次睁开眼睛时，已是在医院的病床上了。一阵阵眩晕让她感到不适，她想去找那只飞走的蝴蝶，可并没有找到。她这才明白，刚才发生的一切，不过是一场梦。

“这是哪里，我为什么会来到这里？”悠悠心中充满疑惑。脑袋也疼痛得厉害，剧烈的疼痛让她不得不闭上眼睛。她想坐起来，可无论怎么努力尝试，她都无法动弹一下。她感觉自己的身体全然不听命令了，她甚至无法动一下手指。这时，她听到有人进来的声音，她用余光看着，原来是一个穿着白色大褂的护士。

悠悠想问问护士自己为什么不能动，嘴却无法张开，喉咙里只能发出“呼噜噜”的声音。

“醒了就好，醒了就好，都担心你挺不过来了！别着急，麻药劲儿过了，就好了。”说完这几句话，护士又检查了一下悠悠身边的医疗器械和盐水瓶的药量，并给悠悠盖了盖被子，然后走出了房间，留下悠悠一个人，在病床上静静地看着天花板。

悠悠把目光从天花板上的灯慢慢地转向窗外，湛蓝的天空中飘浮着几朵云，阳光透过玻璃窗洒在了病床上，白色的被子上跳跃着几处光影。

悠悠的意识慢慢清醒，本来麻木的四肢逐渐开始活动，说话的声音也渐渐清晰。傍晚时，几名医生和护士“呼啦呼啦”地来到了她的病床旁。悠悠从他们的口中得知，因为这次被打，她永远失去了做母亲的资格。

这一刻，悠悠的手瞬间变得冰冷，心“咯噔”一下，似乎要停跳一般。这是她未曾谋面就充满无限期待的孩子。曾经的她，一想到孩子，所有的痛苦不再是痛苦，所有的苦难不再是苦难。那么多关于未来的美好想象，在这一瞬间，变成了幻想。

晴天霹雳一般的现实，让悠悠无所适从，她觉得对不起这未曾谋面就失去生命的孩子。

悠悠费力地坐了起来，半靠着病床的靠背，嘟囔着：“这一定是幻觉，不是真的，一定是我的幻觉，不是真的。是我自己乱想的，我真是糊涂了，怎么会想这些。”

悠悠失声痛哭，哀号着。哭声中透着绝望的悲凄，回荡在病房中，穿透了每一个人的心。

当众人离去后，病房熄灯，病友们微弱的鼾声萦绕在小小的病房内。悠悠呆呆地望着窗外漆黑的夜空。她迷茫了，似乎残酷的命运和她开了一个玩笑。她把未来人生的意义都寄托在这个还未出生的孩子身上，可这个小生命却这样与她失之交臂。她恨自己，没有保护好那一个小生命，深深的自责萦绕心头。

悠悠稚嫩的脸庞上布满了重重的泪痕。身体似一潭静谧的湖水，安静地躺在病床上，可她的心却如湖水下不断涌动着的暗流，那么杂乱、那么无助，又那么凄苦。她感受到了来自生活的恶意，她感受到了来自命运的不公。

“我该怎么办，我该怎么办？人世间也没有什么好让我留恋的了。”她心里不断重复这句话。

一个可怕的念头笼罩在这个可怜凄苦的女孩心头——死亡。这个让无数耄耋之年的老者都不寒而栗的词语，在悠悠的身旁回荡着。

凌晨四点，她来到了黑石礁的海边，面向大海，眼前是黑黢黢的夜和要吞噬一切的涛声，身后是霓虹闪烁的繁华都市。梦与现实交织在脑海中，她更觉得人生不过是一场幻梦罢了，她不想再与寒冷的梦为伴。她要与这个世界诀别——一次永恒的诀别。她缓缓地走进寒意刺骨的海水中，海水逐渐漫过脚踝、膝盖、腹部和头顶。

悠悠见到了一匹通体雪白、双眼晶莹的白马，白马对她说：“你和我走吧，离开这个凄凉薄情的世界；我带你去永恒，你将永不孤独，快乐的温暖与你永伴。”悠悠凝望着白马，她环视着周围的世界，这看不到冰雪的冰雪般寒凉的世界，看看自己身着的单衣，她迟疑了一下，缓缓地伸手要去触摸白马。就在悠悠即将触碰到白马的一瞬间，一只硕大的泛着紫蓝色光泽的蝴蝶，突然隔在了悠悠与白马之间。这只蝴蝶瞬间变得巨大无比，扇动着巨大的翅膀。它扇起来的并不是风，而是一波波耀眼的，混合着白色的、蓝色的、紫色的光。悠悠被这多彩的光刺得睁不开眼睛，过了一会儿，光逝去了，白马已经消失得无影无踪。

悠悠被海浪推回了岸边，趴在黑色的礁石旁。她全身湿透，被海水呛得呕吐不止，耳边传来阵阵歌谣。

这时,她看见沙滩上燃起了一堆火。一个苍老女人的声音伴随着火的光亮钻进了她的耳朵。

悠悠仔细看了看,那是一个披散着白发的老妇,身体干瘪得似乎一阵风就可以将她摧折。火光在她满是沟壑的脸上来回游荡着,她看样子得有九十多岁。老妇人在烧黄纸,祭奠着什么。好奇心驱使着悠悠,让她拖着湿透的身子,一步步地走近了这个老者。祭奠逝者的火光温暖着悠悠,驱散了海水的寒意。

老者似乎在对着火,又似乎在对着悠悠,又似乎在自言自语道:“我今年九十八岁了,我的儿啊,你要是活着也已经七十八岁了,不过你不要着急,妈妈给你送钱来了,送钱来了。我的孙啊,你要是活着也已经四十八岁了吧,不过你不要着急,奶奶给你送钱来了,送钱来了。你们都不要着急,再过几年我就来陪你们。你们不要着急,再过几年我就来陪你们。”随后,老者用苍凉悲怆的嗓音吟唱着歌谣:

大海是我们无私的慈母,
赐予我们生的甘甜味苦,
也必将收殓我们的骸骨。
或是凄惨悲凉后的陨灭,
或者欢喜愉悦后的枯萎。
生生死死的爱恋和倦怠,
命运注定着生死的轮回。
死啊你慢些再慢些饥饿,
让我享用完生命的嘉禾。

最后一张黄纸,烧尽了。火光慢慢随风而灭,老妇弓着几乎九十度的腰,吃力地一步一步走了,每一步都走得颤颤巍巍,似乎每一步都会摔倒，被沙滩吞噬，可她并没有，最终消失在黑夜里。

“如果，我现在死了，会有人为我哭吗？没有的，没有的，一个也没有！活下去，坚强地活下去，会幸福的。”想着想着，悠悠心情沉重，脸庞挂着晶莹的泪。

这时，海的尽头，泛起了太阳初升的微光，天要亮了。

一点朦胧的光

得知悠悠从昏迷中苏醒，派出所民警赶到医院仔细询问悠悠发生冲突的具体情况。悠悠这才知道，打她的中年妇女的确是胡卫的老婆。悠悠沉浸在失去孩子的痛苦中，又得知自己被胡卫欺骗，成为插足别人家庭的第三者，委屈、悔恨、自责等复杂的情绪缠绕在心头。她忍住眼泪，喉咙涌上一股腥甜，再开口时，声音已略显沙哑，气息微弱："会怎么处理杀死我孩子的那女人？"

前来调查情况的两位警官，看着年纪尚小的悠悠独自躺在病床上，脸色苍白，不禁顿生同情。年长一点儿的警察告诉悠悠："她动手打你，还让你失去了孩子，已经属于严重的故意伤害了，判刑是肯定的。"

听到"判刑"两个字，悠悠的眼神才稍稍聚焦，她双手隔着被子轻轻地摸了摸小腹，看着警察，轻轻点了点头。

年长的警察正了正警帽，轻柔却不失坚定地说："你放心，现在是法治社会，我们一定会严肃处理的。这一家子太欺负人了，你……好好养身体。”

悠悠始终沉默着，她太累了，没有力气说话，点了点头。她从小到大没有和警察打过交道，此刻她对这两位警察充满信任与感激。

悠悠在医院住了一段时间，每天下午四点，她向护士申请去住院楼后面的小花园走走。下午四点是一天中太阳最柔和温暖的时刻，既没有烈日当头的灼热，也没有即将落下的暗沉。悠悠坐在小花园的长椅上，套着宽大的病号服，更显得她身形单薄。她每天看着住院楼前或行色匆匆，或黯然神伤的人群，一言不发。曾经以为新生命的到来会开启人生新篇章，生活却以充满戏剧性的逆转将她推向另一个低谷。

太阳即将下山时，悠悠起身从小花园离开，准备回到病房。等电梯时，她听到缴费窗口的工作人员不耐烦地斥责：“你去旁边看清楚了再来，后边排那么多人，赶紧的，下一个。”

悠悠无意间扭头看过去，缴费窗口前站着一位头发花白的老奶奶，手里拿着一沓单据和用手绢包起来的钱，神色焦急却说不出话，她的身后排着长长的缴费队伍，已经有人不耐烦地催促。

电梯还停在17层，悠悠转身走向老太太：

“奶奶，怎么了？我帮您吧？”

老太太看到悠悠，迟疑了一下，忙不迭地收起手上所有单据，递给悠悠：“姑娘，你帮我看看，这些单子，是在这里缴费吗？”

悠悠拉着老太太站到缴费窗口的另一侧，让后面的人先缴费，自己细细地看单据。老太太把已经缴过费的发票、单据和未缴费的单据放在了一起，缴费窗口的工作人员不愿意花时间再挑选。悠悠叹了口气，帮老太太挑选出未缴费的单子，从手绢里数出正好的现金，随口问老太太家人怎么没陪着一起来。

老太太一直看着悠悠，听到这句问话，叹了口气。

悠悠把需要缴费的单子一齐塞到老太太手里，帮老太太缴完费，才回到病房。

悠悠住的是四人间病房，其他人聊天儿时，她也不插话。她隔壁病床的姐姐是高龄产妇，为了安心保胎，每天卧床休养，请了护工阿姨照看。高龄产妇和护工阿姨看悠悠年纪太小，又见警察来询问情况，猜了个大概，也能知道小姑娘受了委屈，又没有家人出头，就对悠悠格外照顾。看到瘦弱的悠悠有时候躺在病床上默默地流眼泪，护工阿姨也心疼。她会跟悠悠讲自己年轻时的事，讲自己也吃了很多苦，现在熬出头了，儿子在大学城读书，为了陪读，她原本在大学城饭店里打工。后来学了护工，在医院照顾病人，挣得更多。护工阿姨能说善言，让悠悠深陷泥沼、倍感绝望的情绪得到了一丝舒缓。

护士通知悠悠，再观察两天，如果没有身体不适，就可以出院了。悠悠打工的工厂老板早已把医药费结算了，对于一个从乡村来到城市的十六岁的少女来说，出院后她应该去哪里？经过了这一次严重的生理和心理创伤，她已经不想再回到那个充满噩梦的电子厂，也不想再去接触工厂中的任何人。此前工厂老板说起过悠悠工作的事情，老板想把她安排到一个轻松的岗位，但被她拒绝了。可拒绝之后该去哪里？她在病房里犯了愁，毕竟还是要吃饭的。她并没有把自己的事情告诉家人。悠悠在这个世界上唯一的亲人就是大伯一家了，她从大伯家离开后还没回去过。现在遭遇了这些事情，她心里明白，大伯即使知道了，不仅不会帮她，可能还会瞧不起她，让她回老家，嫁给傻子；大伯母除了担心，也帮不上什么忙。

悠悠知道，长大是人生必经的苦痛。在破败的人生面前，她要活下去。

悠悠办完出院手续，回病房把出院单交给护士，在走廊上碰到了正要去打水的护工阿姨。

护工阿姨笑着跟悠悠打了声招呼，就进了开水间。悠悠看着护工阿姨的背影，脑子里想起护工阿姨说自己曾经在大学城打工，她去找了护工阿姨，问阿姨能不能帮自己联系一下工作。

护工阿姨看着悠悠，耐心地说道："好孩子，大学城里有很多餐馆，阿姨以前就在大学城的餐馆干活儿，端盘子、择菜、打扫卫生，什么都干。需要的话，阿姨给你问问，不过这些活都很累的，你这身子还虚弱着……"

悠悠亮晶晶的眼睛看着护工阿姨："阿姨，只要能有份工作，我做什么都可以的！"

护工阿姨给以前工作过的餐馆老板打了几个电话，却都无人接听。阿姨叹了口气说："可能这个老板不干了，孩子，你自己去大学城看看，那里餐馆特别多，基本都招人。"

悠悠问道："那他们管吃住吗？"

护工阿姨痛快地说："有的包吃包住，有的不管，你得跟老板谈。"

悠悠笑了笑，大概了解了情况，谢过护工阿姨后，准备离开。护工阿姨拉住悠悠的手，欲言又止，最后说："孩子，你这身子刚好，就算去餐馆打工，也尽量别碰凉水啊，要不会落下病根。"

悠悠想到自己以后再也不能生育了，眼眶迅速泛红，回握了阿姨的手，离开了医院。

悠悠到了大学城附近的商业街。大学城餐馆里的顾客多数都是大学生，来来往往的年轻人充满朝气与活力，和她在电子厂接触到的年轻人有着完全不同的精神气质。她沿街一家一家地询问需不需要人手帮忙干活儿，大多数商家看到她弱小的身子、未成年的样子，都拒绝了。有些老板会多问几句，问她干没干过类似的活，听到悠悠说从没干过后，也拒绝了。

悠悠带着疲惫，看到一间门面不大的小餐馆"老宋饭馆"，门前贴了一张手写的招工启事，悠悠推门进去。小餐馆面积不大，紧挨着大学的北门，她走向小餐馆的前台，打算问问需不需要人手。

前台的老太太说："诶？丫头，你在这附近上学？"

悠悠诧异地看着面前眼熟的陌生老人，想不起在哪儿见过了。

老太太看着悠悠背着大大的背包，手上也拎着一个大大的包裹，赶紧迎着悠悠，快步走过去，接下悠悠手上的包裹。但老太太没提动，包裹"砰"地掉在了地上。

悠悠只顾着打量老太太了——六十岁左右的样子，头发花白，身体瘦削，走起路来有些迟缓。

老太太冲后厨大声喊着："老宋，老宋，快过来，快过来帮忙。"

很快，一个六十多岁的胖乎乎的小老头儿从小饭馆后厨快步跑了出来。小老头儿叫老宋，头发已经花白，微微发黄的脸上挂着岁月沉淀下来的皱纹。老宋头个子不高，一米六多一些。圆圆的身材，圆圆的脸，看着分外忠厚。

老宋头边跑着边嘴里念叨着："小姑娘你放下吧，我来拿，我来拿。"说着就接过了老太太和悠悠手中的包裹，放在收银台旁一个干净的角落。

老太太嘴里念叨着："老宋，这就是我跟你提过的。那天咱餐馆有提前预订的单子，你没陪着我去医院，在医院有人帮我，你忘啦？"

悠悠这才想起几天前在医院缴费处帮过这个老太太。

老太太吩咐老宋去给悠悠煮碗面，拿了一条干净的毛巾："小姑娘，你看你，满头都是汗。快擦擦吧。"边说边帮悠悠擦拭汗珠。

老宋太太问道："孩子，你是出远门吗？"

悠悠摇了摇头，用手背擦着脸上的汗珠，问道："奶奶，你们这里招工吗？我想找个活儿。"

老宋太太看着眼前的小姑娘被汗水打湿的碎发贴在额前，笑着说："你叫我宋奶奶就行，你要是愿意，就来奶奶这儿？"

老宋这时端着热气腾腾的面放在悠悠跟前："吃吧，姑娘。"

老宋太太继续说着："你别担心，我们这个小破店开了十几年了，来吃饭的都是附近的大学生，奶奶我啊，不骗人。"

说到这儿，吃完饭要离开的学生跟老宋太太打招呼："宋奶奶，饭钱放前台盒子里啦，我们去上课啦。"

悠悠吹了吹热气腾腾的面条说："奶奶，我先不跟您客气了，我叫悠悠。您要是愿意，我就在您这儿给您打工。"

老宋太太继续说："你来干活儿，当然好了。我们这小店你也看到了，只有中午和晚上人多一些。你就负责把老头子做好的菜送到客人的餐桌上，收拾一下卫生，然后洗洗碗筷之类的就行。"

悠悠听完，说："那我不要工资，我先在这里试几天。您管我吃饭就行。"

老宋太太笑眯眯地说："哪怕你就干几天，也得给你工钱。不过，我们这里的规矩都是管吃不管住的，你要是想管住也行，正好旁边小区我们有套两室一厅的房子，空了个房间，现在住的也是个女孩。然后，房租从你的工资里扣，你先住那儿去吧。"

老宋太太带着悠悠来到住的地方，主卧已经住了一个女孩，老宋太太打开一间次卧，从柜子里拿出干净的被罩和床单："孩子，你先住在这里吧，主卧租给了一个女孩，叫陈红，性格直爽，也是个好姑娘。你安心住在这里，这是一套床单、被罩，就用过几次，我按照七折卖给你吧。"悠悠点了点头，表示答应。

老宋太太安顿好悠悠的住处就离开了。悠悠收拾好衣物，躺在大大的床上，感到不真实，像是梦一样。前一段时间，自己还绝望地面对生活的困难与折磨，此时，却有了一个安身立命的地方，心里开心极了。

悠悠把头深深埋入被子里，一股清香涌入鼻腔，这是洗衣粉的味道。她把目光投向了窗外。此时，夜空似乎变得温柔，路灯投下的不是昏黄的光，而是对美好生活的希望。

苦难跟随一个人太久，遇到哪怕命运赠予的一丝温柔的爱，都会让身处苦难中的人觉得受之有愧、惶恐不安。

这一夜，悠悠睡得很香、很甜、很安稳。梦中的她，开心快乐地在大海边踩着水，那是带着绿色荧光的海，海面上有点点的白帆船。

悠悠开始在老宋夫妇餐馆里打工了，收银择菜、洗碗擦地，悠悠的到来的确让老宋夫妇轻松了许多。悠悠在老宋夫妇店里工作了一段时间后，发现餐馆的经营存在问题：餐馆太小了，碰到用餐高峰期，好多顾客都得站着等好久，等的时间久了，就都去别家吃饭了。老宋在后厨炒菜，老宋太太就得招呼这些顾客，忙前忙后的更累了。悠悠跟老宋夫妇商量了一下，把店里的电话和老宋拿手的几个菜，印成名片发给顾客，可以提前打电话预订，这样既能在用餐高峰期分散店里的人流，还能维持原有顾客。一段时间下来，店里的经营状况果然比以前好多了。

悠悠还推出促销活动，顾客吃完饭，如果自行把餐盘放回回收处，就能得到一张代金券或一份小零食。不仅减少了悠悠和老宋太太的工作量，附近的大学生们也更愿意来店里吃饭了。老宋太太看到小饭馆的业绩翻了三倍，便给悠悠每个月涨了二百元的工资。

餐馆的食客都是附近的大学生，女孩子们看到长相甜美的悠悠，甚至会当面夸赞悠悠的美貌，有胆大的男生，也会主动上前搭话。

时间久了，老宋饭馆有个长相甜美的小姑娘就成为大学生间相传的趣事，悠悠的身材凹凸有致，皮肤白皙，肤如凝脂，明眸皓齿，双瞳剪水。有人说她是勤工俭学的学生，有人说她是学舞蹈的，有人说她是学表演的。有学生直接问悠悠的身份，悠悠只是笑笑不回答，更引发大家的猜测。只有她自己明白，她的人生早已昏暗不堪，童年的创伤、情感的背叛，让她与这些象牙塔里的学生，早已成为两个世界的人。

悠悠爱听大学生们吃饭时的闲谈，她一旦忙完事情，会找个适当的位置坐下来，在不干扰食客吃饭的情况下，听大学生们的谈话。她对他们的谈话感到惊奇，什么文学、艺术、话剧、舞剧、音乐、历史等，听得津津有味。甚至有时候，听入迷了，会听不到食客叫她的声音，便会被老宋太太斥责。

"难道我就不能继续读书吗？"悠悠萌生了读书的念头，她开始趁着休息的时间，偷偷溜进沧海大学课堂里蹭课。

刚开始蹭课的时候，她心里忐忑不安，感觉像做贼一样。她不敢和课堂上的其他同学说话，不敢与其他人交流，生怕别人知道她是偷听的，把她赶走。上课时，教师问到她问题，她站起来，不出声，只是红着脸。其实有的问题，并非她不知道，而是她不敢说，她怕老师记住她，一对花名册，发现她是偷听生，把她赶走。她也怕自己回答好了，会抢别的同学风头，被其他上课的学生赶走。她听课听得小心翼翼。时间久了，她就想通过正规渠道办理听课手续。她大着胆子问授课的专业课老师，专业课老师让她去找行政楼里的老师问。她又跑到行政楼，不知道从哪一间办公室问起，只能一边打听，一边寻找管这件事情的老师。她会碰到不耐烦的老师，根本不理她。她自己还要打工生活，只能抽出下班时间去问，而她下班的时候，负责行政的老师们也早已下班。事情就这样磨来磨去，耗时两个多月，她才找到负责管理旁听工作的老师。可一问，那个老师说悠悠已经过了申请时间，只能等明年再说了。

2005 年 9 月的一天，一位五十多岁的女老师带着几个学生到小饭馆聚餐。这位女老师是沧海大学的文学教授，叫郭琪。悠悠蹭过她的课，认识她。当郭琪和学生们讨论问题时，悠悠就聚精会神地在一旁听。待到郭琪领着她的学生们要走出小饭馆的时候，悠悠追了上去。

悠悠说:“您是沧海大学的老师吧?”

“是的,我是中文系的老师,叫郭琪。”

“我……我……我可以做您的学生吗?我想继续读书!”悠悠大着胆子说着,脸已经憋得通红,心跳得厉害。

郭琪问道:“你多大了?”

悠悠回道:“十八岁。”

郭琪道:“高中毕业了吗?”

悠悠腼腆地回道:“没有,我初中毕业就来城市打工了。”

郭琪若有所思地说了句:“那有点儿可惜了”。

老师没有接着问下去,准备和她的学生们离开。

“那么……那么……我可以做您的学生吗?”悠悠大着胆子追问。

郭琪看到一脸无助、又渴望得到正面回答的悠悠,迟疑了一下:“倒也不是不行”。

悠悠听到郭琪的回答,眼神中充满着光。

郭琪继续说:“不过,你通过高考,应该是来不及了,而且时间成本也高,你可以读函授本科,虽然含金量不如正常本科高,但我觉得只要你学到了真本事,就没有问题。”

郭琪对悠悠说:“小姑娘,我们算有缘,我正在带一个函授班,主修文学,你要是感兴趣可以来听听。晚上上课,还不耽误你多少工作。”

郭琪给悠悠留下了联系方式,便离开了。

饭店打烊后,悠悠把要去读书的事情和老宋太太说了,情绪有些低落。

老宋太太缓缓地走到悠悠面前,坐下后,跟悠悠说:“你是不是担心学费?”

悠悠听到老宋太太这么一问，低头小声地说："奶奶，这两年的工资我都攒着了，学费够用。我去听课，肯定会耽误这里的工作。"

老宋太太笑呵呵地说："悠悠，你不要多想。年轻人本来就是要多读书才好。你空了就来干活儿，工资我给你按五折结算好了。我再请一个小时工，应该没问题的。"

悠悠高兴地回道："您放心，只要我一下课就过来！"

悠悠算了算，虽然只拿打五折的工资，但她省吃俭用，也可以读书，此刻她无比欢愉。

这一夜，悠悠睡得很沉很香。在梦中，她见到了那只紫蓝色的泛着光泽的蝴蝶。在家乡山野绿茵茵的草地上，她仰望着被水洗过的湛蓝天空，一阵阵微微的清风吹拂着她的面庞。悠悠缓缓地说："蝴蝶啊，蝴蝶，你是来祝福我的吧。我好开心，我好快乐。蝴蝶啊，蝴蝶，你要多来看我，我好想你，好想你。"说着说着，悠悠感觉蝴蝶似乎化成了一道蓝色的光带，在她的额头上轻轻点了一下，然后，飞向天空。

悠悠睁开眼睛，天亮了，晨曦的微光铺满了屋子。

新生

悠悠以函授方式入学了。在这个班上，悠悠结识了张启、盛海、周子泉、蒋舒扬、王雨菲、景外。本科时代风流成性的张启，第一次见到悠悠就被吸引住了。他目不转睛地看着悠悠，哈喇子都快流了出来。他想方设法与悠悠套近乎，一来二去地，关系熟络了起来。当时中文系学生的思想观念还比较保守，大家经过炼狱般的高中学习，努力进入中文系，对于函授班这种“旁门左道”的捷径，中文系的本科生自然是瞧不上的。中文系的女孩子多，还有那么一丝丝清高。悠悠又长得漂亮，难免遭到有些女孩子的忌妒，有的女生甚至会在言语之间嘲讽她函授生的身份。有时，郭琪在课堂上提问时，有人瞎起哄，执意让悠悠作答，她只好站起来，却常常陷入说不出答案的窘境。

有一次，郭琪问道：“你们谁知道新文化运动的意义是什么？”她把目光投向了教室内的同学，想了想，目光锁定在了悠悠身上。“悠悠，你来说说看吧。”

悠悠哪里知道什么是新文化运动，站起来后，脸蛋儿憋得通红，然后不好意思地说道："我不知道什么是……新文化运动。"悠悠话音还未完全落下，女同学们就哄堂大笑，这笑声中多是嘲讽。

每次笑得最大声的女生就是沈洁。她个子不高，但长得很娟秀，清澈的眼睛中装着倔强的清高。她的父母都是国企下岗工人，虽然家境衰落，但学习成绩优异的她，骨子里有一种对知识的敬畏。她本来就瞧不上函授班的同学，加上悠悠又被男生众星捧月般地围着，更让沈洁忌妒。她对悠悠的反感，既有女孩子间的忌妒，也有她捍卫知识神圣性的意味。对于她来说，除了知识，她再没有可以引以为豪的事情了，她不允许任何人以任何形式，让她心中神圣的知识殿堂蒙尘。

面对沈洁的嘲讽，悠悠往往置之不理。悠悠觉得，自己确实知识不如人，同学们笑就笑吧，自己跟他们也不熟悉。她也不想给郭琪惹麻烦，能进校园听课，这个机会就已经来之不易了。

课后，悠悠在洗手间碰到沈洁，沈洁和同行的女生看到悠悠后，窃窃私语。沈洁故意学着悠悠在课堂上回答不出问题的窘样："我不知道什么是……"说完哈哈大笑。正在弯腰洗手的悠悠，关上了水龙头，直起身子，从镜子中用犀利的眼神看着沈洁，直盯得沈洁停住了笑声，讪讪而去。

沈洁离开后，悠悠看着镜子中的自己，长舒一口气，走出洗手间。

"新文化运动的意义是什么？"这个问题对于中文系的本科生来说，属于常识问题，只是看谁能答得更加锦上添花而已。女同学们没想到悠悠连这个都答不上来，顿时觉得悠悠美丽的外表只是皮囊，实则是一个草包。她们感觉悠悠的失败似乎就是自己的胜利。男生们见到悠悠为难，出自"英雄救美"的天性，便热情地帮助悠悠。张启就是其中最热情的一个，悠悠刚坐下，身后便传过来了小纸条，悠悠打开小纸条一看，原来是张启传过来的。

纸条上写着：“没事儿，别理她们，她们就是爱看人笑话。晚上我约你吃饭吧，去咱们市区华尔顿饭店吃海鲜。守护你的启。”

悠悠看到纸条内容，倒没有觉得怎么样，只是看到了落款时，不禁笑出了声。她觉得这落款多少有点儿幼稚，并没有理会张启。张启见纸条迟迟没有回音，下课时，走到了悠悠身边，直接当面问悠悠。

张启靠着悠悠的座位说：“看了纸条没？走哇！”说着还往外摆了摆手。

悠悠看了看张启，然后站起来说：“我们不去外面吃了吧，我请你吃食堂。我喜欢大学食堂的味道。”就这样，张启以为用去高档饭店吃饭的套路可以一举俘获悠悠的心，没想到吃了闭门羹。他的那点儿骗小姑娘的套路，在悠悠这里完全不管用。尽管张启没有追求成功，但他毕竟是个热情的人，俩人很快成了好朋友。

一次，大学组织班级的团支部活动，同学们选择去西山水库公园搞野炊，悠悠也参加了。这个公园很大，许多人在水边划着充气艇。张启怎么会错过这次和悠悠相处的机会，他先让景外去叫悠悠，一起划充气艇，并且拉上了周子泉。但是，张启私下里早已与子泉、景外都说好，只要悠悠一上充气艇，子泉和景外就要找个借口下去，让他和悠悠单独相处。悠悠稀里糊涂地上了充气艇，景外和子泉找借口下了艇，只留下张启和悠悠。张启的开心溢于言表，和悠悠单独相处，而且还是在水中的充气艇上，难免多了几分暧昧的味道。

张启和悠悠有说有笑地划着充气艇，看着水库边的风景。充气艇往水库中心方向划着，悠悠不会水，内心深处有几分惶恐。有时，一阵微风吹过，充气艇就会晃动一下，这让悠悠感到恐惧，不自觉地会用手拉住张启，张启享受着和悠悠来之不易的肢体接触。悠悠觉得小充气艇再往江心划去很危险，让张启赶紧向岸边划，自己也在拼命地往岸边划去，张启虽然有几分不情愿，但还是照做了。因为内心对江水的恐惧，悠悠越划越快、越来越激动，加上来了一阵强风，小充气艇瞬间倾覆，这时他们离岸边还有二十多米。

悠悠“啊”的一声，掉进了水里，开始扑腾着，脑袋在水里一上一下。

张启也掉入了水中，虽然他平时可以勉强在游泳池里面游一游，可技术一般，从来也没有被训练过救人。但看到在水中挣扎的悠悠，张启还是奋不顾身地去救她。

不会游泳的人在掉入水中时产生的恐惧，犹如一个身处光明的人突然坠入深渊一般。悠悠想抓住身边的一切，试图往上浮，这增加了救人者的施救难度。张启本来水性一般，悠悠又因恐惧而剧烈挣扎，让张启在救悠悠的过程中力不从心。他一直努力推举着悠悠，试图往岸边游去，可很快，力气便用完了，他也要沉到水里。这时，岸边的盛海看到了在水中挣扎的悠悠和张启，一个猛子扎进水里，用尽全身力气，才把两个人救回岸上，盛海也瘫软在了岸边。

盛海呛水程度严重，上岸后，已经意识模糊。景外和子泉赶紧给盛海做人工呼吸，做了好久，盛海才吐出水，有了自主呼吸。悠悠看到盛海的危急状况，眼泪掉了下来，同学们马上把盛海送到医院接受治疗。盛海因肺部感染，在医院住了半个多月。悠悠没事的时候，会去医院照顾盛海。她也因这件事，甚是感激盛海和张启，但她并没有答应张启的追求。经过落水事件，悠悠、盛海和张启三人便有了过命的交情。

一个夏日的傍晚，明亮的圆月挂在天边，海面上游船依稀可见。盛海、张启、悠悠、周子泉、蒋舒扬、王雨菲，来到了石漕烧烤。石漕是离学校不远的一处海边沙滩，每个人都喝了几瓶啤酒。张启租了一个大音箱，放着许巍的《蓝莲花》。他经常去 KTV 唱歌，此时自然是他大展歌喉的机会。张启想多表现表现自己，增加在悠悠心中的好感；悠悠根本不会唱，只能静静地听着；周子泉则一心一意地为蒋舒扬弄吃的；王雨菲会在张启唱歌的时候深情地望着他，双手打着节拍；盛海则是一脸肃穆地凝望着海的远方。在大家吃吃喝喝的时候，盛海大段大段地吟诵起《春江花月夜》："春江潮水连海平，海上明月共潮生。滟滟随波千万里，何处春江无月明……"盛海厚重中带有磁性的声音，让大家顿时从当下的欢愉中，体味到了几分岁月的悲怆。

同学们吃着烧烤，喝着啤酒，听着徐徐而来的涛声。张启心情愉悦地说："这么美丽的月夜，这么好的年华，这么棒的海滩。咱们都聊聊自己的心事，畅想下未来吧！先说好，咱们谁都不能说假话，说空话，说大话哈。我先给大家打个样儿。"说罢，张启大谈自己期待的公务员的生活。张启的这些见识让同学们感到新奇，他们从来不曾想象过公务员的日子还可能这么丰富。张启看到大家对自己的话题很感兴趣，笑嘻嘻地接着说："我以后要进公务员系统，做大官。我要说的就这么多，接下来让子泉说，他总是不爱说话！咱们就按照座位顺序，先是子泉，然后雨菲、悠悠、盛海，一个一个地说，谁也不许不好意思！"

子泉看张启让自己也聊聊，便含情脉脉地握着舒扬的手，缓缓地说："我们打算毕业后就结婚，过过小日子。"舒扬在听到子泉说这话的时候，脸上露出了腼腆而害羞的笑容。

王雨菲带着几分落寞的神情说："父母让我毕业后回家里的公司帮忙，以后跟着父母一起经营公司。我也不想人生就这样了，一毕业就回家帮忙，可是我没办法！不听父母的话，还能怎么办？"雨菲说这话时，她心里是不好意思的，她觉得自己这就是啃老。

轮到了悠悠："我跟你们不一样，我对未来没有太多想法，毕业后能有个活儿干，我就很开心啦。"悠悠头略微低了下去。等悠悠说完，大家把目光投向盛海。

盛海说道："有什么不一样的？大家都是同学，都坐在一间教室内。悠悠你不要这么想，函授生怎么啦？只要学到了真功夫，一样可以大有作为。而且，我相信你，你一定可以的。"盛海说这些话的时候，语气坚定，眼神中透出一股真挚，他是发自内心地觉得，悠悠会好的。

张启赶紧笑嘻嘻地补充道："就是呀，咱们都一样！"他要努力哄悠悠开心，生怕这次聚会伤到悠悠的自尊心。

其他几个同学也纷纷安慰着悠悠。

可是悠悠心里明白，她又怎么会和这些同学一样呢？她羡慕这些同学，她也感激这些同学能够平等地看待她。她听到盛海的话后，望着盛海，眼神中藏着感动。

盛海继而激动地讲着他对大学与知识的理解。"我要做一个中华传统文化的传播者和继承者，这是我的理想。有人觉得作为二十多岁的大学生，满脑子都是传承中国传统文学的想法，有点儿过于理想主义，甚至可笑。我才不理会他们的议论，如果读书只是为了学分，为了一点点的奖学金，甚至是为了获得找工作的敲门砖，那就失去了读书的意义。读书是人类社会生活中最高尚的活动，每读一页书，都是在和先贤智者们的灵魂对话。难道这不应该是最伟大、最值得为之高兴的事情吗？"

盛海的这些浪漫主义的看法，和其他同学世俗的观点比起来，显得那么特别，让悠悠眼前一亮，她情不自禁地为盛海鼓掌。其他几个同学，也跟着拍起手来。这次聚会上，大家都在诉说着心里的事情，聊聊过去高中时代的趣事，憧憬着未来的日子。几个人一起开开心心地唱着许巍的《蓝莲花》，内心对未来的生活充满着美好的期待。

之后不久，一个细雨蒙蒙的夏日，盛海在宿舍内望着窗外飘飞的雨丝，反反复复地吟诵着杜牧的《江南春·千里莺啼绿映红》："千里莺啼绿映红，水村山郭酒旗风。南朝四百八十寺，多少楼台烟雨中。"他突然间兴致大发："烟雨蒙蒙的天气，不是正应该在雨中散散步，体会细雨拂面的感觉吗？"盛海想着想着，竟然跑出宿舍，在雨天一个人出去压马路。等他回来的时候，已经全身湿透。他觉得这样才能体会到古诗中的那种情怀。虽然是蒙蒙细雨，可盛海还是着了凉，高烧不退，在宿舍卧床了一个多星期，身体才有所好转。

张启觉得盛海的这些举动有些怪异，可悠悠觉得盛海没有张启的轻浮，更多的是质朴的率真。盛海文质彬彬，一脸的书卷气。她从来没听盛海说过一个脏字，骂过一句脏话，甚至连一丝丝粗鲁的口头语都没听见他说过。盛海是一个多么好的男孩子呀！这种男孩子怎么是怪，只是单纯罢了。

悠悠总能看到盛海一个人拿着一本中国古代文学作品集，在学校湖边的垂柳下，声情并茂地朗读诗歌。他清瘦的脸上，有着文人隽永飘逸的气质。盛海救了悠悠，每当悠悠说些感谢话时，盛海就会一脸纯真地挠挠头，对悠悠说："这都是分内的事，同学情谊，而且换成其他人遇险，我也一样会救人的。你不要放在心上。"

悠悠打心底里欣赏这个男孩子，总觉得要送点什么东西来表示自己的感谢才行。

她想着："要买点什么东西？送一支英雄牌子的钢笔吧，文人不是都喜欢写东西嘛。一支好的钢笔对于文人来说，就像一把好用的钢枪对于士兵的意义。每当盛海用我送他的英雄牌钢笔写东西时，就可以想到我，这该多好！"

她想到这里，内心升腾出了几分愉悦，可转念一想："钢笔毕竟是一件商品，只要有钱，随处都可以买到，如果只是送一支钢笔，可能会显得有些不用心，有些敷衍。那要送什么才好，送一本书吗？哎，不行，不行。书不也和钢笔一样是商品嘛，也是随处都可以买到的。那该怎么办？”

悠悠继续想着：“请盛海吃一顿饭，这难免显得有点儿庸俗了，不适合盛海诗人一般的气质，还是不太适合。该怎么办？给盛海写一封感谢信，嗯，这个办法倒是很好，写一封情真意切的感谢信倒是很好。可如果只是写一封信，而又什么都不送，可能还会让人觉得小气，甚至吝啬。人家盛海救了我一命，最后只是用几页纸、几千个字作为感谢，还是不太好。”

突然，她的脑海中闪现出电视剧中的一个情节：“要不然给盛海织一条羊毛围脖吧，然后再配上信，这样才是独一无二的感谢。”想到这里，她的脸上浮现出了满意的微笑。她去市场买来了最好的纯羊毛毛线，然后在网上学织围脖的方法。悠悠学得很快，不久就会了好几种织法。

悠悠用了两个月时间，终于织成了一条又长又宽又厚的围脖。并写了一封感谢信，送给了盛海。盛海刚开始坚决推辞，但在悠悠的一再坚持下，他只能接了下来。

一次，悠悠赶时间，坐在盛海的自行车后座上，校园内扑面而来的暖风伴着青春的幻想，让悠悠沉醉了。校园的路面并不是很平坦，自行车碰到坑坑洼洼的路面后，突然颠簸起来，悠悠下意识地轻轻抱住了盛海的腰。一刹那间，她觉得电流传遍了全身，这是她人生中前所未有的体验。这种感觉让悠悠大吃一惊，无所适从。悠悠忙把手从盛海的身上移开，感觉到脸颊火辣辣地滚烫，心脏“扑通扑通”的，仿佛快要跳了出来。

“难道这就是所谓爱情吗？”悠悠突然被这个想法吓得惊慌失措。

晚上，悠悠难以入睡，在床上来来回回地翻着身，打开手机一看，已经是凌晨三点钟。“难道这就是爱情吗？我该不该告诉盛海我对他的好感呢？如果我直接和盛海说，他会不会觉得我过于轻佻？”

悠悠前思后想，反而更难以入睡了。她不知道该如何将这种思慕的情绪表达出来，累积的感情在她的心中久久徘徊，她有些胆怯。“可是，如果不说，又怎么能够知道行不行，勇敢地追求爱情，不正是青年人的权利吗？难道还要等到年老后才能去爱、去说？那是多么可悲！”

悠悠想着想着，自言自语道：“嗯，一定要去试试！”

想到这里，悠悠兴奋的心情燃烧着她年轻的灵魂，令她毫无睡意，直到天蒙蒙亮的时候，她才睡下。

第二天早晨，悠悠睡眼惺忪，带着昨夜勇敢的少女心思，想把心里话说给盛海听。她刚到校门口便碰到了张启，假装无意地问起了盛海的情感状况。

“张启，我突然想起来个事情。咱们中文系那么多女生，盛海怎么还单身？”悠悠问话的时候，表情看似轻松，可心早“怦怦”跳得厉害了，她极力掩饰着自己的内心活动。

“啊，这个事儿啊……盛海这个人有点儿奇怪。我跟你说，咱们中文系有好多女孩子追求过盛海，其中还不乏‘白富美’！但都被盛海拒绝了，难以置信吧？更让人费解的是拒绝的理由，据盛海和我说，因为那些女孩子不喜欢中国古典文学，具体来说是不喜欢中国古代诗歌，盛海觉得没有共同话题。你就说盛海这个家伙，是不是傻里傻气的，不可救药！”张启满不在意地说着。

张启停顿了一下，用好奇的神情看着悠悠，然后继续说道：“你怎么问起这个事儿了，难道你对盛海有意思？快老实招来！”张启说完，“哈哈”地笑着。

“没有，没有，怎么可能！我就是突然想到了，随口一问，你别乱说！”悠悠的眼神中充满着紧张。

悠悠听到张启这些话后，那些昨夜泛起的微妙情感，又悄悄地被藏在了心底。她想：“我这样的出身，有过一段不清白的历史，又怎么能够配得上盛海。”

长期的自卑迅速似一团团巨大沉重的黑云压住了她:“我出身于那么贫穷的家庭,没有了贞洁,还不能生育,我本就不配拥有爱情吧!”悠悠曾因为要对盛海表白而眼中闪烁的喜悦,瞬间变为黯淡绝望的虚空。

张启发现了悠悠的情绪变化,问悠悠怎么了。但悠悠遮掩了一下,搪塞了过去,匆匆回了家。这一天她没有去上课,这是她读书生涯中第一次,也是唯一一次旷课。

她难过地在深夜抱着被子,哭了许久许久:“哎……也许这就是我的命吧!”她把青涩的爱锁在了眼泪里,流向了渺茫的远方。

于是,悠悠把所有的热情和青春的精力都放在了读书上。

平时,悠悠会到图书馆看看书,当她看到一排排书被整齐地摆放时,心潮澎湃。她在图书馆看喜欢的书,文学的、艺术的、历史的、哲学的,甚至是天文学的,等等。她在图书馆看到感兴趣的书,就会拿来细读。这些书打开了她的新世界,一个通往多元生活方式的世界。她在恬静的夕阳下,伴着蝉鸣,翻看着一页又一页的书。她看到周围同学都沉浸在读书的氛围中,不禁内心感叹图书馆是一个多么伟大、多么神奇的地方。她看到了和曾经电子厂完全不同的景象:电子厂是那么忙碌,那么绝望;而这里是如此温馨,如此静雅。

郭琪偶尔也会叫悠悠一起在图书馆的咖啡吧聚一聚,郭琪会给悠悠点一杯卡布奇诺。悠悠此前根本就不知道咖啡是什么味道,只是在电视中看过。郭琪会和悠悠聊聊生活,聊聊文学,聊聊综艺。悠悠虽然并不能完全理解郭琪所讲的深远含义,但她觉得那就是未来。咖啡的香味,弥漫着整个空间,这是生活的味道。

祸事

悠悠开始读大学了，她还是如往常一样，早晨第一个来小餐馆，把锁着的门打开，做好一切营业准备再去上学；晚上下了课，再回到小餐馆。有顾客的时候，悠悠就忙不迭地帮忙干活儿，没有顾客，悠悠就把卫生打扫干净，帮老宋夫妇收拾好一切，锁好门后，才肯离去。日子虽然辛苦，但她依然干劲儿十足，因为她看到了未来新生活的光。除了学校里必须参加的集体活动以外，她的世界里只有图书馆和小饭馆。她不会永远在小餐馆里工作，她已经想好了，等她函授毕业后，就可以去一家好一点儿的公司，开始另一番生活了，现在所有的汗水、所有的辛苦，都是值得的。

只要是没有课的时间，悠悠就会在小饭馆工作，有时她累得回到出租屋里倒头就睡，甚至会打呼噜。无论是周六日，还是寒暑假，悠悠几乎从不请假，实在太累的时候，她会吃“止痛片”，靠着药物让自己坚持下去。每请一天假，老宋太太就会扣一百元。

隔壁烧烤店的老板娘三十七八岁的样子，高挑的身材中带着丰腴。她听说悠悠的遭遇后，撇着嘴嘟囔着："这老两口儿，对人还是这么苛刻，怎么就不多积德呢！儿子一家都没了，还不长记性！"

悠悠诧异地问道："他们家儿子没了？怎么没的？"悠悠自从来到老宋夫妇的饭馆打工，从来没有听老宋夫妇提过儿女的事儿，也不敢多问。听烧烤店老板娘这么一说，悠悠充满着好奇。

老板娘拽了拽自己的围裙，凝视着悠悠，然后说道："你真的想听？"

悠悠立刻回道："嗯，我想听，我想知道这到底是怎么回事。"

老板娘看了看悠悠，又看了看门口，确认周围没有别人，小声地说起来："老宋这老两口儿，不想让别人知道，我也从来不和外人提起这事儿。"

老板娘叹了一口气，然后继续说："人哪，有的时候就逃不过一个'命'字。人家的儿子可厉害了呢，名牌大学毕业的工程师，做啥软件游戏的，听说之前年薪百万呢。儿子优秀，本不需要老两口儿再继续做饭馆生意，可是老两口儿惦记着多赚一点儿是一点儿，非要做。人家儿子优秀，儿媳自然也差不了，听说也是公司高管，两个人买了别墅。他们的女儿小学就在美国寄宿读书了。儿子儿媳和小孙女，是老两口儿的骄傲。当别人提起他儿子一家人的时候，老两口儿得意得尾巴都要翘上天了。这老两口儿原本从来不过生日的，那一年也不知道怎么了，非要闹腾着过生日。老宋太太让儿子儿媳和孙女给老头子庆祝庆祝。这老头子，你别看他嘴上总说不想过生日，可是当听说其他同辈人过生日，儿孙绕膝的，也眼馋。"

悠悠聚精会神地听着："然后呢？"

老板娘继续说："你别着急，我慢慢跟你说。儿子儿媳知道老人家有这个心思，自然就要办得风光啦。远在美国读书的小孙女，知道要给爷爷过生日，也请假回国。听说老宋生日的那天，儿子在公司工作到很晚。等忙完工作，怕耽误给父亲过生日，赶紧开车接上了妻子和女儿。那天还下着大雨、刮着大风。就在快到这里的时候，十字路口，一辆大工程车闯红灯，撞在了老宋头儿子的车上。听说那辆工程车侧翻后，直接拍扁了老宋头儿子的小轿车，现场特别惨烈。”

悠悠吓得张开了嘴巴：“那他们后来怎么样了？”

老板娘露出不耐烦的表情：“都把车拍扁了，你说还能怎么样？人都没了。听说老宋头、老宋太太到了现场，两个人全晕倒了，送了医院，老两口在医院住了一个多月才缓过来。老年丧子，得多难受！还是因为要给老头子过生日，你就说他们得是什么心情。咋说呢，老宋这两口子也是命不好，你说平时都不怎么过生日，偏偏到了老的时候，搞这个事儿。哎，他们家的儿子儿媳和小孙女，可怜人哪！儿子还那么优秀，儿媳妇也是高管，小孙女又在外国留学，你想想这是多让人眼馋的一家人。结果，全都完了。”

老板娘说到这里，下意识地撇了撇嘴，继续道：“儿子一家死后留下了很多财产，保险公司还赔偿了不少，结果这老两口儿还要扣你那一百两百的，真不知道脑子里想的是啥。”

悠悠聚精会神地听着，不禁黯然神伤。还没等烧烤店的老板娘把话说完，就听到老宋太太急切地喊悠悠回来干活儿，悠悠便赶紧过去了。

悠悠的日子就这样辛苦且平静地过着，转眼到了2005年的隆冬时节。

晚饭时，小饭馆里来了四个三十多岁的男人，其中一个为首的，戴着墨镜，留着光头，手臂上还有黑青色的两条龙文身。这人个子一米七左右，挺着大大的啤酒肚，脖子上还挂着一串大金链子，走起路来脚步都是外八字。这个为首的男子，带着另外三个也看起来凶神恶煞般的男子，走进了老宋夫妇的小饭馆。这个中年男子走到了离老宋太太最近的桌子旁坐下，然后跷起了二郎腿，从手提包中拿出一盒烟。刚抽出一支烟，旁边的一个小弟就立刻从兜里拿出了打火机，哈着腰，急忙给点上火。中年男子吸了一口烟，从嘴中吐出了个烟圈，烟圈缓缓地在空中扩散开来。老宋太太闻到了烟味，不禁咳嗽了一下。

接着中年男人带来的一个小弟开了腔："老太太，这是我们老大'周五'，这一片的人都叫他'五爷'。听说你们家馆子不错，今儿来尝尝味儿。就瞅瞅你们家的菜是真好吃啊，还是那帮人瞎白话。我告诉你，你们家这菜要是味道不咋地，可别说我不给钱，知道不?！"

周五抽了口烟，另一只手敲了敲饭桌，那个正在说话的小弟立刻闭了嘴。周五说道："好多人都说这个馆子好，有啥好的？看看这装修，太拉胯了吧。"

这四个人，酒过三巡，菜过五味之后，夸奖小饭馆的菜品确实不错。他们大吵大嚷，又是猜拳又是猜谜语的。

饭店的其他食客早都被这些粗鲁的中年男人吓走了。老宋太太听不下去了，走到他们桌前，送了一碟菜，和气劝解着："咱家地方小，来的都是附近的大学生，还请你们声音小一些。"

周五酒意上涌，被老宋太太打断了兴致，抬手把刚端上来的菜扫到地上，连带着桌子上的杯子都落了地，玻璃碎片四处飞溅。周五站起来，指着老宋太太开始咒骂。

后厨的老宋听到声音，赶紧跑出来阻止。周五更猖狂了，拿起桌子上的酒瓶摔在地上，身边的小弟们拍着桌子肆意起哄，酒香迅速在小饭馆中弥漫开来。

周五挥出了重重的一拳，捣向老宋的胸口，老宋被打得退后了好几步，差点儿摔倒。周五伸手将老宋太太推倒在地上，并转头盯着老宋。

这时，悠悠推门进来，看到老宋夫妇被欺负的场景：五大三粗的周五抬手准备再劈向宋爷爷;宋奶奶躺在地上呻吟着,试图站起来;周围全是鼓掌起哄的醉汉。悠悠怒喝一声:“你们干什么!”她疾步跑上前去,把老宋太太搀扶起来。

周五被这声音吓住了几秒,抬起的手放下,看向悠悠。悠悠的头发被风吹散了,有种凌乱的美。周五不怀好意的目光转移到悠悠身上。悠悠拿手机报警,被周五看到,周五随即一把打掉手机,伸手想要摸悠悠的脸蛋儿。悠悠内心慌乱极了,她随手摸起桌子上的啤酒瓶,砸向周五。周五没想到这个柔柔弱弱的小姑娘竟有如此大的力气,下意识挡了一下,胳膊痛得没有了知觉。

周五的小弟们看到周五被打,起哄得更厉害了,讥笑着:“老大也有今天。”

老宋头趁机捶了周五一拳。周五回过神来,大声咒骂着:“你个死老头子,找死是吧!”说罢,他猛烈地挥舞着拳头,不断地砸向老宋,还猛烈地踹了老宋几脚,老宋头已然一动不动。这时,悠悠扑在了老宋头的身上。周五一脚又一脚的重踢落在了悠悠身体上,她发出了痛苦的尖叫声。周五把悠悠从老宋头的身上揪了起来。悠悠趁机抓住周五的小腿,狠狠地咬了下去,不松口。周五疼得叫了一下,便一脚踢开了悠悠,悠悠的头重重地撞到了桌角,陷入了短暂的眩晕。

周五发现老宋头一动不动了,也没有了呻吟。这让周五从醉酒的迷狂中瞬间清醒了过来。他上前用手摸了摸老宋头的脖子,摸了一下,就突然把手收了回来。老宋头已经没有了脉搏,周五知道大事不妙,冲与他一同来的小弟们说:“咱们快走,快走!”

这几个人听周五这么一说,刚才嚣张跋扈的劲头瞬间烟消云散,几个人从小饭馆仓皇逃跑。

很快,悠悠从眩晕中清醒了过来,迅速地拨通了120急救中心的电话,并且报了警。

老宋太太抚摸着老宋头的额头，眼泪哗哗地流着，嘴里还念叨着："老头儿啊，你可得坚持住！老头儿啊，你可得坚持住！你不能抛下我，不能不管我，我可离不开你，老头儿啊，老头儿啊，你可得扛住了啊，老头儿啊……"老宋太太摇晃着身体，也摇晃着老宋头的脑袋，似乎想把一个正在熟睡的人从梦中叫醒。

无尽的夜

经过医院的急救，老宋头虽然救过来了，但是身体大不如前，老两口儿的小店再也没法儿经营下去，二人就打算卖掉店面和房产，住进养老院，颐养天年。这样，悠悠就要重新找住处。

悠悠知道这个消息后，回到了住的地方。还没等打开入户门，她就听到房子里有“叮叮当当”的声音。打开门一看，原来是陈红在收拾东西。

悠悠搬过来时，陈红已经在这里住了一段时间了。陈红二十三四岁，虽只是初中毕业，屋子里却摆满了书。陈红在和悠悠闲聊的时候，就说人可以没上过学，但不能不读书。她人长得白净精致，个子高挑，美丽中带着一股子风尘的味道。陈红白天休息，晚上上班，与悠悠的作息时间刚好相反。陈红是从省内别的城市来的，属于城乡接合部的青年女子，十八岁来到沧海。悠悠曾经和她聊过关于工作的事儿，陈红倒是也不避讳，她坦言在会所里面工作。据陈红说，自己在会所里干一天赚的钱，就够悠悠一个月的收入了。一开始悠悠还不知道会所是什么，就好奇在里面为什么能赚这么多。

陈红倒也干脆，直截了当地回道："还能干啥，就是陪男人喝酒玩乐呗！"

悠悠被这么一句话震惊了，她知道这就是所谓"小姐"。但她觉得陈红是一个和善的女人，为人爽快，给她一种大姐姐的感觉。陈红没事儿的时候，也会和悠悠谈起会所工作中七七八八的事情。

"我一个女孩子，要学历没有学历，要家庭背景没有家庭背景，又不想去工厂里吃苦，我想要钱，只能走这一条路。我有年轻的肉体和美貌的脸蛋儿，那些有钱的男人们，用钱来换我的青春，我让他们开心，他们就让我有钱，社会就这样。我不需要爱情，我也不奢望爱情。我就喜欢钱，有钱了，就踏实了，我就有了自由。这么多年，我算是看透了这个社会，不就是钱、权、色来回置换和轮转？我认了，反正干几年我就撤，到时候手里攒够了钱，我还可以堂堂正正地做人。八仙过海，各显神通嘛。"

陈红稍微停顿了一下，叹息中带有哀怨："悠悠，你知道钱是什么吗？对于我这种底层人来说，钱就是自由、是自由啊！"陈红说着说着，情绪激动了起来。只有她自己知道，她为了自由而牺牲身体换来的金钱中，藏着无尽的血泪和屈辱。

陈红继续说着："社会的偏见始终压迫着我，让我感到窒息。他们觉得我这种人就是贱货、不知廉耻的淫荡女人。可是我也并没有害过谁，没有做过什么伤天害理的事情。我没有建设那些贻害无穷的豆腐渣工程，也没有像贪官污吏那样，去榨取老百姓的血汗钱。"陈红说着说着，便语塞了，她缓缓地点起了一支烟，默默地吸着。

陈红虽然风姿绰约，惹来会所里那么多男人的歆羡，可她知道这群男人不过是图她的身子罢了。陈红的内心是孤独的，她不知道能把这些事儿和谁说。她只跟家人说，她在给一个有钱老板做家庭保姆。大老板不差钱，只要她能伺候好老板的孩子，把家里收拾得井井有条,老板便不会吝惜钱财。其实,陈红的父母多少能够隐约知道自己的女儿在城市里做什么职业, 可当他们看到陈红带回来的一沓沓红色的钱和贵重礼物,感受到生活得到了巨大改善时,女儿到底做什么职业便不重要了。

每年春节,陈红回乡过年,都会给父母和全家亲戚带回各种各样的贵重礼物。看着陈红的穿着打扮、举手投足间的风尘气息,亲戚们坦然接受陈红的礼物后,却在背后窃窃私语,议论着陈红的职业。陈红的二姨,手里拿着陈红送的金项链,爱不释手,还放在嘴里咬了一下,眯着眼睛,笑着对周围的邻居说:“看看,这可是纯金的!还是红红在外面有本事,赚大钱,有出息!”等陈红离开,陈红二姨又对着门啐了口痰, 小声咒骂着:“谁知道从哪儿来的不干不净的钱。”

有一年春节,陈红因为炒股亏损了一大笔钱,春节回家带的礼物较之以往大为逊色。不仅亲戚们开始冷嘲热讽,连陈红的父母都觉得在亲戚面前颜面尽失,开始责骂陈红吝啬小气。

陈红的家乡在一个地级市的城乡接合部, 她的母亲自从知道陈红开始赚钱后,便大手大脚地挥霍,穿金戴银,用这种方式满足着自己的虚荣心。陈红每次回家陪母亲逛街,母亲都要买一堆华而不实的衣物,让陈红付款。虽然陈红母亲嘴里念叨着:“太贵了,没必要穿这么贵的。”但如果陈红流露出没必要购买的态度,母亲立马翻脸,借机对丈夫大呼小叫、颐指气使。陈红的父亲,是个瘦弱的小老头儿,一辈子惧怕陈红母亲。陈红看着父亲畏畏缩缩的样子,难免心疼,面对母亲所有的无理要求,都一一答应。母亲的强势、父亲的懦弱,让陈红体会不到家庭的一丝温暖。

陈红内心的纠结无人诉说,浸染社会多年的陈红,看一眼就知道,悠悠并无城府,心思单纯。陈红对悠悠无话不说,极为信任。

悠悠见到陈红收拾东西,就纳闷儿地问陈红:“红姐,你打算搬到哪里去？”

陈红看到悠悠进了门，紧紧地抱住了悠悠，然后开心地说道：“我自己买房子了，精装修，今天交的房子。本来说要再过半个月才交房，可是提前了，我还没来得及和你说，我先把一些东西放过去。那边还有许多东西需要添置，都弄好了，我就搬过去了，可能还要在这里住几天。”

陈红说这些话时，像十七八岁的小姑娘，跳跃着、欢呼着，憧憬着未来的美好生活。

悠悠被陈红抱得有点儿喘不过气，开心地回道：“红姐，真好，真好。你要有自己的房子啦，太好了！我一定得去看看，我真为你开心。我不仅要去看看你的新房子，还要给你买好吃的，为你庆祝。”

陈红注意到自己把悠悠抱得太紧了，放开了悠悠。然后回道：“真的吗，真的吗，你真的为我开心吗？”

悠悠看着陈红似乎完全变成了另一个人，像一个青涩的姑娘，说道：“当然是真的，我还能骗你吗，我的好姐姐。”

陈红定了定神，也说道：“就知道你这个小丫头忠厚、善良，姐没看错你。”

陈红买房子的事情，没告诉她的父母，她心里明白，父母要是知道了，肯定会责怪她只顾着自己享受。陈红有一个小她五岁的弟弟，弟弟读完高中就没有再继续读书，觉得自己读书不好，考不上本科，又瞧不起专科，高中毕业后，就在城市里面晃悠。刚开始去保险公司卖保险，让家里的亲戚朋友买他的保险，后来亲戚朋友的资源都用完了，就很难干得下去了；转而去干家电售后工作，可是又觉得这种工作枯燥，天天要伺候客户，没有尊严，干了没多久就不做了。兜兜转转，无论做什么事情都难做得长久。后来陈红的弟弟交了女朋友，女朋友在小店里卖卖衣服，收入也微薄。这个准弟媳，要求陈红家得给她在市内买大三室的学区房，还要专门写她一个人的名字，再加一辆二十万的车和五十万的彩礼，才肯嫁给陈红的弟弟。陈红的父母觉得儿子找了女朋友不容易，而且这个卖衣服的小姑娘长得也好。陈红父母没有能力给儿子买房子，就把这个压力传导给了陈红。陈红算了算准弟媳的要求，起码得两百万才能搞定。陈红觉得这样只知道要钱的女人，不是真爱，她不想出这笔钱。况且，陈红觉得自己辛辛苦苦，不知道遭了多少罪才攒的钱，为什么都要给一个陌生的女人，也不知道这个女人能和自己的弟弟过多久。陈红的辛酸和压力，也只有她自己知道。她压力大的时候，偶尔会把她这些年的委屈和辛酸，说给悠悠听。人世间，一颗赤裸裸的孤苦的灵魂，寻找另一颗孤苦的灵魂为伴。陈红找到了悠悠。悠悠成了陈红一个可靠的情感支柱。房子不仅是陈红的安身之所，也是她迈向自由的重要一步。有了房子的喜悦似洪水猛兽，需要一个出口宣泄。

陈红从悠悠的表情中看出，她是真心实意地为自己买房开心，内心的喜悦就又增加了几分。她拉着悠悠的手说道："我的小悠悠，真是个好姑娘。"

陈红说完，把手机中的新房视频给悠悠看，如数家珍一般地把房子的每一个角落向悠悠解说。悠悠从陈红的眼中看到了光亮，这种光亮是她与陈红认识这么久以来从来没有见过的。陈红对房子的介绍，就像父母介绍自己优秀的孩子一般，那么兴奋，那么骄傲。

悠悠发自心底地为陈红感到高兴，她们两个都是苦命的人，只身一人闯社会，其中的辛酸只有自己知道。陈红不过是一个不甘心被命运折磨的苦命女孩，在道德与生存之间该如何抉择？是高傲的贫穷还是背负着道德束缚挣扎着的富有？陈红选择了后者。

悠悠看到陈红兴奋地诉说着，眼含泪花。悠悠说："红姐，你怎么还说着说着，就哭了。"

陈红停住了笑声，抹了抹眼眶："傻丫头，我这是高兴的，用你们大学生时髦的话来讲，就叫喜极而泣。小丫头，我的开心事儿和你分享过了。我听说咱们的房东要卖房子，你日后打算怎么办？”

悠悠道：“我再找个便宜的房子住吧！”

陈红回道：“我啊，当时来大学附近租房子，就是想着能够多感受下大学生文化。我这行当的客户，都喜欢学生气的，我也算是近朱者赤吧。老宋这两口子大概也知道我是做什么行当的，只要我每个月按时交房租，他俩从来不干涉，也从来没有瞧不起我，挺让我感动的。”

悠悠望着陈红，不好意思地继续说道：“红姐，我可以暂时去你那里借住几天吗？等我找到工作和新的住处，我再搬走。”

“借住啥，那么大的房子，我自己住也寂寞，直接在姐这儿住就行。”陈红说完后，看着悠悠。

悠悠听到陈红的话后，开心极了，她终于有了住的地方。她激动地说道：“红姐，谢谢你啦。”

陈红若有所思地说着：“客气啥，都是苦命的人！”

陈红放下二郎腿，用食指弹了弹手中的烟灰，在烟灰缸中发出轻柔的“吧嗒”一声。“这个地方和咱们的缘分也已经尽了，悠悠你跟我走吧，我给你找个工作。你放心，不用陪男人睡觉，你就在会所里，负责给客人们点歌就行，不用陪酒，也不用陪睡。特别安全，而且赚得还多，你可以用这笔钱完成你的学业。而且，这个工作从晚上七点多上班，到凌晨一点左右就能结束，也不耽误你读书。你就坚持个一年，把四年读书的钱给赚回来，多好！”陈红越说越坚定，“悠悠，你放心，有我在，就没人敢欺负你。”

悠悠听到陈红给自己的建议，低着头思考着，并没有立刻给陈红回话。陈红看出了悠悠的心思，知道悠悠有所迟疑。陈红便补充道：“我的好妹妹啊，你说你还能有啥别的退路吗？再去电子厂打工吗，还是去烧烤店老板娘那里端盘子？赚那么一点点的钱，你怎么生存？天天累死累活，也赚不了几个钱，然后还耽误你读书的时间。人总要面对现实才对，我罩着你，干一年就够挣你四年的生活费、读书费了。只有你读书读好了，未来才有出路。不要像我这样，都不知道明天的路在哪里。趁着年轻，抓紧读书吧！”陈红越说越激动，甚至把悠悠的双手给抓住了，边摇着悠悠边说着话。

悠悠被陈红的真挚给打动了，而且她也想过，觉得自己确实也没有什么其他出路。在大城市生活，吃饭要钱，住宿要钱，读书要钱，打电话要钱，出行要钱，什么地方都需要钱。只要在大城市生活一天，就要一天的钱，在大城市生活，没有钱寸步难行。悠悠在学校的这段时间里，见识到了另一个世界，那个世界有光、有希望，她不想就此放弃。

悠悠思来想去，在极短的时间内就给了陈红一个肯定的答案。悠悠坚定地说：“红姐，我去！”

2006年春节，悠悠和陈红一起搬到了陈红新买的房子里。这是一套在市中心繁华地段的高档住房，开发商是全国知名的，每平方米的物业费六块多。物业的员工都是俊男靓女，年龄二十出头的样子。一切看起来欣欣向荣。

悠悠到陈红的会所上班了。这是沧海的一家高级会所，消费水平极高，员工赚得也多。悠悠本以为负责给客人点歌的服务生就只负责点歌，没想到，这个工作也要接受岗前培训，包括和客人说话的相关话术、文明用词等，有一套规范的流程。这出乎悠悠的想象，她没想到，连这种工作竞争都如此激烈。培训时，老板甚至请来了大学礼仪专业的教师，专门负责给她们做礼仪培训和形体训练，教怎么走路、怎么下蹲、怎么鞠躬，等等。这些培训课程让悠悠感到不可思议。

经过一个月的培训，悠悠上岗了。她的工作时间是晚上七点到凌晨一点，一个月的固定薪资是一万元，如果客人给小费的话，都归服务生自己所有。但如果有客人投诉,第一次投诉,扣除工资一千元;第二次投诉,扣除工资两千元;第三次投诉,扣除工资三千元,以此类推。如果一个星期内连续被投诉三次,就要被开除。悠悠这时候才知道,这个工作看似待遇高,其实背后还有着高压力。悠悠负责给客人们点歌,只要他们说出歌曲名字,悠悠就要在电脑操作台上快速地点出。有的时候点得慢了,有的老板不会在意,有的老板则会辱骂一番。这些悠悠都能忍受,因为在岗前培训时,已经有老师给做好了心理建设,这对于悠悠来说都是小菜一碟。在这里,她见识到了人世间的百态。有的老板会带几个年轻的姑娘一起到包间内唱歌,喝着价格不菲的酒。小老板在大佬面前卑躬屈膝,一副奴颜婢膝的模样。那些小老板们,在大老板拿出烟的一刻,马上把火给点着;在大老板眼神看到酒杯时,立刻把酒倒满;在大老板看向在场的某个女人时,会立刻把姑娘推到大老板的面前。悠悠看到了在权力和金钱面前人性的扭曲。烟雾缭绕中、昏暗的灯光下,悠悠看清了那些纵情享乐的男男女女。

会所里面的一切是那么原始,每个来到会所的人,似乎都褪去了文明的外衣,变成了一头又一头野兽,互相撕咬着,也在吞噬着自己。悠悠感觉会所里的空气充满着淫乐的和原始兽性般的味道,那些伟大的理想、沉重的责任、崇高的梦想、深切的意志,都在这种空气里死去了。这让她感到剧烈的恶心,几乎无法呼吸,但她没有办法,为了生活,她要坚持住,一切都是为了生活。

作为点歌小妹的悠悠,在衣着上遵循公司的严格要求,着统一工装,不许性感,身体被包裹得严严实实。这是该会所的特色,会所的老板认为,每一个工种都要有每个工种的性质和特征。作为点歌的小妹,就是要礼貌端庄。而陪酒的小妹,则要性感靓丽,衣着上尽量是薄漏短透。这和别的会所不同,别的会所会让所有女孩子都打扮得性感妖娆。悠悠工作会所的老板则对此不以为然,也许正是这种独特性，让会所生意兴隆。这个会所让悠悠想起老舍笔下的《茶馆》，鱼龙混杂，各色人等都在这里出现。也会有文雅的知识分子，来了以后也不找姑娘，几个人在这里唱唱歌，给了小费就走。也有大老板，来了之后，他们谈生意，云淡风轻的，不管生意谈没谈成，最后给一笔小费就走了。

一天，一行六七个男人来到了会所，为首的是一个五十岁左右叫王哥的男子，带着其他几个二三十岁的男人。他们一进会所，就被众多小弟众星捧月般地送到固定包间。接着，陪酒的姑娘们鱼贯而入，陈红也在其中。酒过三巡，王哥醉醺醺地抱着陈红上下其手，陈红倒也没避讳，在王哥怀里欲拒还迎，拿起酒杯喂王哥喝酒。

包间里萦绕着震耳欲聋的音乐，屋顶上方不断变换色彩的旋转灯球让房间充满纸醉金迷的暧昧气息。王哥在灯红酒绿中兽性大发，从随身带着的皮包里拿出一捆钱，重重地摔在桌子上，轻蔑地对陈红说："想要这钱吗？"

陈红看了眼钱，笑了一下，风情万种地说："没有人不爱钱。"

王哥哈哈大笑，站起来把这捆钱撒向空中，红色的百元纸钞纷纷散落，随处飘向房间各处。房间里的音乐停止了，扭动身躯跳舞的年轻男女也停了下来，都看向王哥。

王哥对陈红说："你不是爱钱吗？来，趴在地上，学着狗的样子，把钱一张张叼起来，这些钱，全是你的。"王哥说着，随手又抓起一把钱，扔在陈红面前。

陈红脸上的笑容消失了，包间里所有人都在看着她。有人开始吹口哨，起哄："叼起来，叼起来，叼起来……"

陈红脸憋得通红，这样的情况，她从没遇到过。

坐在点歌台的悠悠，看到陈红被众人围观，在王哥的羞辱下不知所措的样子，切换了一首歌，音乐响起，男女们继续跳舞喝酒。

悠悠静静地走到陈红身边，站在她前面，拉着她的手，不卑不亢地对王哥说："大哥，我们确实都爱钱，但不是以这种方式，我们也有尊严。"

王哥看着面前的悠悠，透过暖黄色的光线，他甚至可以看见悠悠白皙的脸颊上又薄又软的绒毛。陈红见王哥眼神充满兽性，拉了拉悠悠，打着圆场："王哥，王哥，您看今天全场的消费，我买单，大家玩好。"

王哥冷哼一声："你买单？想让我玩好，行啊，陈红，你别学狗叫了，让她学！"王哥看悠悠的眼神，仿佛猎人瞄准猎物，尽是玩味。

悠悠更加冷静，没有理会他，拉着陈红的手，向门口走去。王哥见状，追上去要拉住悠悠。陈红眼看王哥的手要碰到悠悠，想要轻巧地用身体阻挡住王哥，却被王哥扇了一耳光，倒在地上。王哥狠狠地踹着陈红："别耽误老子的事儿。"陈红脑袋磕在了大理石桌角上，晕厥过去。

王哥抓住悠悠不放，就一会儿的工夫，悠悠的外套被撕碎，露出内衣。一件粉色的内衣包裹着吹弹可破的白皙细嫩、充满青春气息的皮肤，这强烈的视觉冲击，让王哥犹如一头发了情的野猪一般，任凭谁也别想阻止他兽性大发。他嘴里还不停地念叨着："这个小妮子，应该是个有肉胸脯的货。让你王哥尝尝，亏不了你的。"他立即把悠悠按倒在地上。

悠悠叫喊着，努力试图反抗，沉浸在纸醉金迷中的男女对此早已熟视无睹。王哥摁住悠悠的双手，骑在了悠悠身上。慌乱之中的悠悠环顾四周，看到了不远处厚重的烟灰缸。悠悠伸手去拿，由于烟灰缸太重，没有抓稳。王哥已经把悠悠的外套撕破了，露出贴身内衣包裹着的胸脯。他并没有马上撕下悠悠的内衣，反而欣赏了起来，似肉食动物捕获猎物后，并不急着进食，而是先玩味戏耍一番。

悠悠被巨大的屈辱感包裹，被男性强迫时无法反抗的无力感令她想起了胡卫。王哥露出贪婪的目光，趁着他审视悠悠身体的间隙，悠悠伸手拿起那只沉重的烟灰缸，狠狠砸向了王哥的头。瞬间，王哥"嗷"地发出一声惨叫，鲜血从头上流了下来。王哥双手摸着自己的头，倒在了地板上。悠悠趁机往包间外跑去。

包间陷入混乱，有人去搀扶王哥，有人去追悠悠。王哥被烟灰缸砸清醒了，向手下的小弟气急败坏地吩咐道："别让那个小婊子跑了，给我抓住那个小婊子。"

已经跑到门口的悠悠，听到这一句"小婊子"，心中的怒火被瞬间点燃。她想起了曾经在电子厂被胡卫老婆殴打的屈辱，想起了自己未曾谋面就已经失去的孩子，也想起了童年时期，奶奶咒骂母亲的那些难听字眼。悠悠以为这些惨痛的过去会逐渐消逝，但记忆深处的猛兽又被唤醒。

人在肉体上遭受的创伤会随着时间的流逝逐渐痊愈，但心灵上的创伤会在某个时刻被重新触发，一旦想起，便无法控制。

悠悠内心的猛兽变得面目狰狞，那些至暗时刻的委屈，在这一刻爆发了。

悠悠从门口折返了回来，追赶她的小弟们见状停下了脚步，怔怔地站在原地，看着满脸怒气的悠悠。悠悠从地上捡起烟灰缸，试图再次砸向咒骂中的王哥，小弟们反应过来后，夺过烟灰缸，把悠悠牢牢地控制住了。悠悠犹如一只任人宰割的小白兔，无论如何挣扎，终究是徒劳。

头上还在流血的王哥，踉踉跄跄地爬了起来。刚才的情欲，早已被悠悠的重击打得烟消云散。王哥站起来后，看了看已经被两个手下架起来的悠悠，嘴里依然念叨着："这个小婊子，倒是挺烈性。"说着，用右手狠狠地抽打着悠悠的脸。

一个两百斤重的壮汉，用尽了全身的力气，反复地扇着悠悠耳光。四五下后，悠悠的嘴和鼻子都已经开始流血。还有一颗牙齿，随着王哥重重的打击，从悠悠的口中被甩出，在地面上滚动。

王哥停了下来，然后骂道："你这个小婊子，竟然敢打我！看你还敢不敢打我了！"

悠悠被打得天旋地转，她死死地盯着王哥，嘴里发出了"呼噜噜"的声音。悠悠的嘴巴已经被打肿了，说话的声音不甚清楚。此时，王哥重重一脚把悠悠从包间内踢到了走廊上，他恶狠狠地骂道："你这个小婊子！"

悠悠本已被打得模糊的意识，在听到"小婊子"这声辱骂后，又开始逐渐清晰起来。她试图立刻站起来，但她的腿脚似生了锈的机器，只能缓慢地响应着意识，最终还是没能站起来。她努力地靠着走廊墙壁坐着，双腿搭在地面上，但头高高地抬着，充满血丝的双眼带着仇恨的光，死死地盯着王哥。这目光中有不屈服的抗争，有视死如归的勇气，有对尊严的捍卫。

王哥看到悠悠的眼神，好似看到某种挑衅一般，他觉得这个小服务员是真不知道天高地厚，这回非要教教她如何做人才行。王哥照着悠悠的手臂重重地踢了一脚，瞬间，撕心裂肺的疼痛传遍了悠悠的全身。

忽然，旁边传来一个严厉的声音。"他娘的，王老二，住手！"声音并不大。

王老二在听到"他娘的"三个字以后，扭头看向了声音传来的方向，瞬间像一只哈巴狗，低头哈腰，快步走到了那个人身边，急忙鞠躬，说道："李总，李总，不知道您在这儿，小的教训不听话的员工，惊扰到您了，罪过罪过。"

李总六十多岁的样子，穿着一身高档面料的中山装，身材清瘦，一米七左右的个子，头发已经有了些许的花白，颇有几分乡野气。他并不跛脚，却拄着一根黄花梨木的手杖，手杖的上头刻着一只重明鸟。

李总用不紧不慢的口吻说道："王老二，你怎么对一个小姑娘下这么重的手哇？”

王老二听到后，有点儿不好意思地解释道：“她跟我装纯洁，我就下手教训教训她。”

悠悠听到这几个字后，强撑着，用已经说不清话的嘴，艰难地说出了几个字：“我不是，不是……”嘴里鲜血渗出。

李总看到悠悠如一团棉絮般瘫软在地上，却挣扎着摇头否认。李总朝手下指了指悠悠，立刻有人上前为悠悠披上外套。他们想要扶悠悠起身，发现悠悠根本没有力气。李总自己蹲下身，从兜里掏出一块洁白的手帕，递给悠悠，然后又站了起来，对王老二说：“这么小的姑娘，你也能下得去这么狠的手，我看你也是没有什么出息了。”

李总说了这句话后，静静地看着王老二。王老二低着头，内心惶恐。

李总继续问道：“这小姑娘，怎么惹到你了？”

王老二根本不敢说实话，嗫嚅着：“就……不听话呗。”

李总转向王老二身后的手下：“你说。”

王老二的手下忌惮王老二，但更害怕李总，只能硬着头皮回答：“就……王哥，想……想要了她，没想到这女孩，下狠手打了王哥，王哥这才……”

李总嗤笑了一声，王老二的手下也不敢继续说话了，连王老二都开始伸手擦额头上的汗珠。

李总向前走了一步，轻声说：“王老二，看来我上次跟你说的，你还是记不住啊。跪下，给这个小姑娘赔礼道歉。”

王老二一时有点儿蒙，听到“跪下”这两个字后，愣在了原地，似乎没有听清李总的话，又似乎在等李总重新说一次。可李总站在原地，目光如炬，不发一言。

王老二在李总愤怒的注视中逐渐没了气势，开口说了句“李总”,额头上渗出的汗珠顺着血迹滑落,更显狼狈。李总气定神闲,岿然不动,王老二顾不得擦拭额头上的汗珠,“扑通”一声跪在了地上,对着悠悠说:“小祖宗,是我做得不对。”

李总看到王老二跪下道歉后,又淡淡地向着王老二说了一句:“滚吧!”

王老二听到李总这话,从地上爬起来,一边后退着离开,一边不停地给李总道歉,随后一溜烟地跑出了会所。

李总蹲下来和悠悠说:“小姑娘,让你受苦了,你放心去休养一段时间吧,所有费用我来承担。”说罢,他示意手下来处理善后工作,然后就走了。

事情果然如李总所说,悠悠被送到医院的高级病房,有护士和医生单独照顾。经过检查,悠悠只受了些皮外伤,身体内部并无大碍。而且,悠悠工作的会所还派来了代表安慰悠悠,不仅休养时她的工资照发,而且还有一笔李总送来的慰问金,五万块。

陈红来医院看望悠悠,充满愧疚地说:“悠悠啊,我真对不住你。因为我,让你也受牵连。”

悠悠对陈红笑了笑,说:“红姐,你别这样,我也没帮上忙,还让你也挨了打。”

陈红拍了拍悠悠的手,忍住眼眶中的泪,对悠悠说:“咱们姐妹俩……行了,不说了,都记在心里。”或许是俩人都羞于表达内心的情感,陈红也不想把气氛弄得很伤感,就迅速转移了话题,聊起了自己的房子。

俩人闲聊了一会儿,陈红说:“悠悠,要不是姐知道你的底细,还以为你和李总认识。这回你运气好,碰上了李总。你这事儿,放在以前,只要跟顾客起冲突,惹顾客不高兴了,无论谁的错,一律开除。你不仅没被开除,还有这待遇,我也没被开除,想都不敢想啊,运气真好。”

悠悠回道："咱俩无缘无故被打成这个样子，还谈什么运气好。被人随便侮辱殴打后，是给几个钱就可以了事的吗？"

陈红也不去反驳悠悠，只是淡淡地说道："那还能怎么样，这已经是好的了。我们没权没势，又是在这个行当里混饭吃的。多多少少都得受着委屈，也就是这份委屈，才让我们赚钱的。那个李总实在是太厉害了，几句话就把那个王老二给弄服了。我听说他是个大人物，外号'铁拐李'，不知道还能不能见到，他也算是你的贵人。幸亏你没事儿，你要是有事情，我得自责死了。"陈红说着，有点儿黯然神伤，继续说道："我啊，也就你这么一个知冷知热的好姐妹，可不想出问题。希望你能赚够钱，赶紧读书，再也不要来这个地方了。"陈红越说越来劲，似乎在咬着牙说："嗯，好妹妹，再也不要来这个地方了。你索性身体养好了以后，直接辞职。李总给的五万块钱，加上你之前赚的，你节省一点儿花，也够你读完大学了。好妹妹，你觉得咋样？"

悠悠点了点头，说道："是呀，红姐，我也不想再去了。不过，不过……"悠悠话中带着迟疑。

陈红看出了悠悠似乎有什么难处，继而问道："怎么了，你是不是有什么难处？和我说说看。"

悠悠听陈红这么一说，继续道："那你也别做了吧，咱们一起不做了。那地方实在是危险，你一直在那里做，以后可怎么办？我也担心你。"

陈红听完后，苦笑了一下，说道："我啊，还能怎么办，入行太久太深了。如果不做了，要换一个城市生活才行。这里的好多顾客都认识我，有我的联系方式，我如果想开始新生活，就得离开这里。可是你看我刚买了房子，手头也没有钱，我想再多赚些钱，再做一年吧，我就走。悠悠，我们两个情况不一样，你可以回头，我不行。"

陈红说着说着，点燃了一支烟，只有烟草才能缓解紧绷的神经，安抚她内心的不安。

陈红抽了几口烟后，继续说道："再做一年吧，我就不做了，找个没有人认识我的地方，开个小店，说不定哪天就找个男人嫁掉。也许会生一个，或者两个孩子，过过日子。"说到这里，陈红突然微笑了一下，声音不大。

悠悠不解地问道："那如果你离开后，我也不能和你联系了吗？"

陈红吸了几口烟后，回道："是呀，我的好妹妹。我要重新开始生活，就要和现在的一切切割，不带着旧生活一丝一毫的味道。去一个陌生地方，开始一段生活。"陈红右手夹着烟，原地转了几个圈，似乎已经要有新生活一样，开心地转着。

悠悠看着在地上转着圈的陈红，一袭红色的裙摆，也随着陈红在转着，阳光打在红色裙摆上，像一朵快乐的玫瑰。悠悠笑着说："红姐，我不希望和你断了联系。不过只要你开心，我怎么样都行。你好美啊，阳光下的你，好美。"

陈红停下了转着的裙摆，右手把香烟放在身后，另一只手轻轻地触碰着悠悠乌黑的秀发："我的傻妹妹，你也会幸福的。以后的事情以后再说，没准儿我还会让你做我孩子的干娘呢。"说罢，两个年轻的姑娘笑出了声。

悠悠伤好后，向会所的老板提了辞职，但会所老板并没有同意。"铁拐李"替悠悠出头，教训了王老二，会所老板也摸不清悠悠和"铁拐李"之间的关系，留下悠悠总有用处。会所老板亲自跟悠悠谈了谈，大概的意思是公司花了那么多钱培训员工，这都是有成本的，不能让员工轻易辞职，他们可以辞退员工，但员工不可以自己主动提出辞职。陈红也试图居中调解，但依然无果。就这样，悠悠只能继续在这家会所工作。

时间过得很快，转眼之间，悠悠自从康复后，已经工作了半年。

这半年的时间，悠悠思考了很多的事情，让她的思想发生了很大的转变。她觉得财富就是力量，财富越多，力量就越大。财富犹如魔法一样，可以改变一个人。年老的“铁拐李”一句话，竟然可以让王老二犹如哈巴狗一样顺从。她听说之所以打伤老宋夫妇的周五还没有被抓到，也是因为周五背后的老大财力雄厚，让周五逃之夭夭。她对财富充满着渴望，她想通过更加努力地读书，毕业后找一个好工作，赚很多的钱。

一天早晨，悠悠正在与陈红一起在家吃早饭，陈红和悠悠说：“我和老板谈过了，再过一周，我准备金盆洗手，不干了。”

悠悠听了以后，停下了手上的筷子，满脸开心：“真的吗红姐？你下周就可以开启新生活了，真为你开心哪。”

陈红点了点头：“是呀，终于熬出了头，可以过有尊严的生活了。悠悠我告诉你，你的事儿，我也和老板谈过了，如果你愿意，我们可以一起辞职。”

悠悠开心地跳了起来，大声地说：“真的吗，红姐？真的吗，红姐？我也可以辞职啦，太好了，太好了！”悠悠抱着陈红，在她的额头上重重地亲了一口。

陈红回道：“当然是真的了，我还能骗你吗，你这个傻丫头？不过，我们这一周要站好最后一班岗才行。辞职后，咱们明年8月去北京看奥运会，怎么样？”

悠悠爽快地回道：“好哇，我们去北京看奥运会。红姐，我悄悄地和你说，我现在已经攒了二十万了，读书毫无问题。”

陈红欣慰地说：“知道了，知道了。加油啊，我们的大学生。”

悠悠吃过早饭后，便去学校上课了。她踩着上课铃声走进教室后，并没有见到总是早早来教室的郭琪，这让她感到有点儿意外。平时郭琪总是早早地站在讲台上，等着同学们进教室，这是她雷打不动的习惯。

悠悠带着狐疑，走到教室后排坐下，这时，张启神色凝重地凑过来，和悠悠说，郭琪得了胃癌，正在住院。悠悠坐在座位上，心神不宁，难以相信这个事实，难以相信郭琪会得胃癌。

很快，辅导员走了进来，果然说了郭琪病重的事情，号召同学们捐款。从辅导员的口中，悠悠才得知，原来郭琪离异后，带着一个读高中的女儿过日子，收入有限，日子过得紧巴巴的。

悠悠为郭琪罹患重病感到痛心。上课时，悠悠一直在想："该怎么帮助郭老师？该捐多少钱？"悠悠想了许久。她打开了书包夹层，她的存折一直都放在书包的内夹层中。存折上的二十万元，是她用种种屈辱和珍贵的青春时光换来的，她如同爱惜生命一般珍惜这份资产。她手拿存折，看着看着，慢慢地入了神，流下了几滴泪水。

下课后，悠悠跑到学校附近的银行，把存折上的二十万元全部取了出来，装进一个袋子。悠悠把装着二十万元的袋子，放到辅导员的办公桌上。她告诉辅导员，千万不要和郭琪透露她捐了多少钱。辅导员是一个二十七八岁的男子，打开袋子看到如此多的钱，无法相信一个函授班的女孩子竟然能够拿出这么多钱。其他同学一般捐几百元，相比之下，悠悠的捐款则是一笔巨款。这让辅导员感到震惊。

悠悠把所有家当都捐了出去，虽有心疼，却如释重负，她觉得这样做对得起良心。悠悠心想："只要不是冷血动物，就会倾尽全力去报答郭琪的提携之恩。如果不是郭琪萍水相逢中的善意，自己现在也许在刷盘子，也许在切菜，一辈子也许只能干这些事情，在最困苦、最无望的底层徘徊挣扎。郭琪为自己的人生指明了另一种可能，她似乎用一种莫名的引力带领自己走出泥淖。"

悠悠觉得，是郭琪的善念改变了自己的人生轨迹，让自己有了现在的生活，这是她之前不敢想，也无法想象的。她也要用善念去帮助善良的郭琪，去报答郭琪对自己的恩情。只要有能力，钱财都是可以再赚的，而人的生命只有一次。她把所有积蓄拿出来去救郭琪，她觉得值得。她来不及悲伤，中午买了一束康乃馨，看望了住院的郭琪。她们简短地聊了几句，悠悠便离开了。她并未说自己捐了多少钱，只是叮嘱郭琪安心养病，一切都会好起来的。后来，辅导员在全年级大会上公布了捐款的总额，并不点名地说出了有一个同学捐了二十万元。同学们听到这个数字都感到震惊，并纷纷猜测是谁，谁也不会想到这个人会是函授插班生悠悠，郭琪更不会想到是悠悠。

那天晚上，悠悠把自己捐给郭琪二十万元的事情和陈红说了。

陈红听完，紧紧地抱住悠悠，心情激动地带着颤抖的声音说：“我就知道，我这个傻妹妹是个有良心的人。我没看错你，没看错你！”

陈红停了停后，继续说：“不要为了钱财担心，以后会赚到的。如果良心没有了，那一切都没有了！”

两个女孩子互相抱得更紧了，她们两个知道，彼此都是可以值得为对方骄傲和自豪的好人。

陈红白天并没有工作要做，除非是一些重要客户约她，白天的时间都属于她自己。她看着自己的房子，这钢筋混凝土的空间，每一寸都是她用屈辱换来的。她又走到阳台上，看着窗外的小区，那些高档的设施、完美的绿化，都是她这么多年拼搏得来的。她想着马上就要离开这座城市，开始新生活了，这个房子也得卖掉，心中有些不舍。不久之后，就要与过去彻底告别，这让陈红不禁感慨世间的沧桑。马上，她就要和现在所熟悉的一切彻底说再见，包括不停向她提要求的父母。想到这里，陈红似乎觉得她是一个孤儿，是这个世界的弃儿。悠悠是她在这个世界上唯一一个可以倾诉心声的人，至于以后会不会也和悠悠进行切割，这让陈红一时还拿不定主意。陈红想，这种事情以后再说吧，也许她在一个新的城市、新的环境中会认识新的人，甚至会遇到一个她爱的男人，组建一个家庭。她可能会有自己的孩子，像普通家庭一样，过着正常的生活。今天晚上，将是她旧时代的最后一个夜晚，她无比欢喜。

在会所工作的最后一天，悠悠半夜十二点多准备收拾下班。她在会所走廊碰到了陈红，陈红向悠悠抱怨道："我都准备跟你一起打车回家了，突然又来了个客人，我还得去应付一下。悠悠你先回家吧，不用等我啦，明天咱们就自由了。领到工资后，姐带你去韩国济州岛看长腿'欧巴'。"说罢，陈红急匆匆地进了一个包间。

过了没一会儿，楼道里开始有急促的脚步声。悠悠正在等电梯，准备下楼，一个六十多岁的老者快速走到她身旁。悠悠定睛一看，这不就是曾经救过她的李总嘛。

悠悠试探性地开口："李总？"

六十多岁的男人回道："你是哪位？"

悠悠从这个男人的口气中，确定了这人就是李总，带着欣喜的语气地回道："半年前，我被王老二打了，您救了我，您忘啦？"

六十多岁的男人稍微思索了下，似乎想了起来，看了一眼悠悠，点了点头。

悠悠注意到，李总眼神中有惊惧与慌乱。悠悠盯着李总说道："李总，我叫悠悠，您相信我吗？"

李总被悠悠给问愣了，不知道她怎么突然这样说。但李总凭借多年来的人生阅历，觉得眼前这个姑娘是一个值得相信的人，他下意识地点着头，说："相信！"

悠悠紧接着说道："那好，您是不是遇到了什么困难，我可以帮您！"

李总冷静地回应道："可以！"他没想到，一个小姑娘竟然能够这么爽快。

李总继续说："今天有人要害我，我们一起下楼，如果有路过的人问，你就说我是你的爷爷，接你下班回家，其他话一句都别说，记住了吗？”悠悠点了点头，眼神中有着坚定。

他们一起下了电梯，刚到楼下，一伙年轻的男子匆匆忙忙地跑了进来。为首的男子手臂上文着双龙，悠悠一眼就认出了他是周五。周五并没有注意到悠悠，直接走向了李总，抓住李总的衣领，恶狠狠地问道：“你是李金龙？”

还没等李总说话，悠悠马上回道：“你是周五吧？！”

周五听到这话，顿时警觉起来。他在大学城小餐馆故意寻衅滋事，知道的人并不多。警察好几次找他，周五躲了一阵子后，觉得没人继续追查了，才放下心来，开始继续当混混。

周五看到悠悠，想起这个女孩子就是他曾经在饭店调戏过的姑娘，一种不寒而栗的感觉涌上心头。周五心想，如果悠悠报警，那就麻烦了，自己非要被警察抓走不可。想到这里，周五也顾不上在悠悠身边的老头儿是不是李总了，拔腿就跑，边跑边对一同来的其他男子说：“我先走了，具体事情回头我再和老大说，你们快上去找人。”

悠悠尝试抓住周五，但没能抓住。李金龙拉着悠悠立刻离开了。他们刚出会所不远，就听到会所里响起了猛烈的枪声。枪声响得厉害，悠悠被吓得咬紧嘴唇，感到恐惧。她从来没有听过枪响，平时只是在电影和电视剧中听到过。但李总似乎早有预料，并不慌张，而是拉着悠悠坐上了停在门口的出租车，快速离开了。

李金龙带着悠悠来到郊区的一处别墅，这是他众多住宅中的一处。

第二天，悠悠回家之后，并没有看到陈红。她给陈红打电话，但电话是关机状态。这让悠悠充满担忧，她内心极度慌张。她想去会所看看，想知道昨晚会所里到底发生了什么事情。

在悠悠准备出门时，门铃响了。昨天发生的事情，让悠悠内心惊恐,她不敢直接开门,也不敢问按门铃的人是谁。她壮着胆子,悄悄走到了入户门的门口,从可视门禁中看到了外面的情况。原来是几个警察,其中就有曾经侦办过老宋头被打案的唐警官。悠悠看到了唐警官,心便安定了好多,打开了门。

唐警官一进门,看到悠悠后感到意外,说:“悠悠,怎么是你?你怎么住在陈红这里?”

再次遇见唐警官,悠悠感到很意外,她平复了一下心情,然后把怎么来到陈红住处的事情以及和陈红相识的历史,都一五一十地讲给了唐警官。

唐警官叹了一口气说:“我跟你说个事,陈红可能走了!”

悠悠内心更加慌乱了,她焦急地问:“走了,去哪里了?”

唐警官看到一脸疑惑的悠悠,用低沉的声音补充道:“陈红可能死了,我们今天就是来了解陈红平时的状况。正好你们熟悉,你就多谈谈吧。”

悠悠似遭遇到晴天霹雳,一脸迷惑地重复道:“什么叫‘可能死了’?你们把话说清楚。”悠悠双手抓着唐警官的双臂。

唐警官把陈红昨天夜里的情况说了一遍。

昨晚,陈红在和悠悠告别之后去了一个包间。在包间内没多久,就冲过来一伙儿人。进了包间后,他们二话不说,便向包间内的所有人直接开枪。包间内的人也都开枪回击,霎时间,包间成了一个火并的地方。包间内,除了一个点歌的小妹受重伤,其他人都死了。警察看了会所的排班表,陈红当晚应该也在包间,包间内的尸体被打得面目全非,目前尸检结果还未出来,尸体中大概率就有陈红。这伙儿人是为了杀李金龙而来,但扑了个空。

唐警官问悠悠知不知道其他情况,悠悠摇了摇头。唐警官嘱咐悠悠:“以后别去会所工作了啊,被我们查封了。”

唐警官离开后,悠悠心神不宁地坐在沙发上,她并没有对唐警官说出实情。

悠悠离开李金龙的别墅时,李金龙已经叮嘱过悠悠,让她什么都不要和警察说。还说不要担心警察会查到任何线索,会所内没有任何监视器,谁也不会知道会所内发生的事情。

第二天,陈红的父母带着陈红的弟弟就过来了。悠悠并没有从他们脸上看到多么悲伤的表情。

陈红母亲说:“死就死了,活着的人还得活。”悠悠听他们在感叹房子的豪华,甚至埋怨陈红竟然瞒着他们买房子,责怪陈红不孝。悠悠听到陈红的母亲说,可以把这个房子卖掉,给陈红弟弟在老家买房子了,还能买一辆特别好的车,甚至彩礼钱、未来陈红弟弟生孩子、养孩子的钱都不愁了。

一个可怜人的死去,竟然让这么多人变得兴奋满足。悠悠陷入了忧郁的凄凉心绪中,陈红父母冷漠残忍的心让悠悠为陈红短暂的人生感到痛彻心扉的惋惜。悠悠带着为昔日好友鸣不平的激动,向陈红父母开了腔:“难道你们就不心疼陈红吗?女儿没了,还能这么开心!”悠悠在说这些话时,带着愤怒和鄙夷的情绪,她瞧不上对待亲生女儿都如此凉薄的父母。

陈红父母见悠悠如此说,并不觉得他们家的事情与这个小姑娘有几分相干。陈红母亲带着几分不悦的语气回道:“她有什么好让人心疼的?住着这么好的房子,都不和家里人说,一个没良心的白眼狼!”陈红的母亲边说着边用白眼瞟了一眼悠悠,似乎在用眼神告诉悠悠,他们家的事情与悠悠没关系,少掺和,哪儿凉快哪儿待着去。

陈红母亲冷冰冰的话深深刺痛着悠悠的心。悠悠的父母虽然早逝,但在她为数不多的童年记忆中,爸爸妈妈永远都是最疼爱她的。爸爸为了她和妈妈在深圳打工,妈妈会把她打扮得干净漂亮。她无法想象,竟然有父母如此对待亲生女儿。陈红为了家庭,不惜付出青春的身体、贞洁的名誉，却被她的父母像一块用过的抹布一样扔掉，毫不心疼。

悠悠终于忍不住内心的愤怒，骂他们无耻。陈红父母被悠悠突如其来的怒骂吓傻了，不敢反驳一句。

悠悠痛骂一番后，跑出了房子。

李金龙是借着中国改革开放的春风最早投身到经商大潮中的一员。那时候的李金龙还很年轻，二十啷当岁，开货车做贩卖牛羊的小本生意。初冬时节，为了节省时间，便从尚未结冰的河上走，河水并不算深，刚刚没过膝盖。李金龙经常走这条路，都安然无事。那天不知怎么了，本来经常走的路线上出现了一个不大不小的坑，车翻了。车上的牛羊被甩到了冰冷的河水中，李金龙虽然受了伤，但为了能够救回那些牛羊，顾不得冰冷刺骨的河水，下水抓牛羊。

这是他全部的家当，要是有个闪失，他就会破产。最后牛羊是救了上来，可是因为长时间泡在冰冷的河水里，伤到了李金龙的命根子，从此无法享受男欢女爱，更无法生育。他一辈子没有结婚，无儿无女。长久地一个人生活，让李金龙也感到灵魂上的寂寞孤独。年轻时，追求事业成功，还可以抚平这一份孤独；年老之后，他才觉出一个人在无眠深夜中的悲凉。

李金龙在会所第一次见到悠悠的时候，心里一惊：悠悠长得太像他的初恋女友了。年轻时候的李金龙已经到了和初恋女友谈婚论嫁的程度，可是因为他顶着冰冷刺骨的河水救牛羊，落下了房事不举的病根，他不想耽误女友下半生的幸福，忍着泪水主动分手，这是他一生的痛。见到悠悠这个像自己初恋的女孩子被打，他动了恻隐之心。但理性告诉他，相像毕竟只是相像，他并没有想进一步了解悠悠。可机缘巧合之下，悠悠竟然救了他一命，李金龙觉得这是上天的安排，是一份缘，李金龙对悠悠天然有种亲近感。为了表达对悠悠救命之恩的感激，他礼貌地询问悠悠，可不可以给悠悠一笔不菲的费用；自己名下房产众多，他甚至可以为悠悠提供一处住所。但这些都被悠悠拒绝了。

这时候的李金龙自言自语道："他娘的，这小妮子怎么回事儿，怎么连钱都不要！"

当李金龙说"他娘的"三个字的时候，他下意识地告诉自己不许再说脏话。他感觉自己已经是大人物了，说脏话有失体面。可是说完"他娘的"三个字，确实让他心里舒服至极，甚至有意犹未尽的感觉，每次都无法控制住。他最怕别人嘲笑他是大老粗，他想让自己文雅起来，为此，他天天都要穿定制的高级面料中山装。他认为这个世界上，就没有比中山装显得更有文化的衣服了。他是粗中带细，俗中带雅的人。

李金龙对悠悠感到好奇，他不明白这个女孩子到底要干什么。于是，他派人去调查悠悠。两周后，负责调查的人提交了一份详尽的调查报告，包括悠悠的出身、在读大学和专业、住址，以及打工经历，历历在目，此人还提及了悠悠给郭琪捐款 20 万的事情。一个如此贫穷的女孩子，竟然可以拿出 20 万给她的老师治病，这让李金龙对悠悠另眼相看。

陈红死后，悠悠在学校附近租了一个房租便宜的小房间，继续求学读书。她没有接受李金龙赠予的钱财，她觉得不是通过自己双手赚来的钱，花起来不踏实。不久之后，周五被警察抓了，他只承认和老宋头发生了肢体冲突，却不承认和会所枪杀李金龙未遂的事儿有丝毫联系。警察在没有确凿证据的情况下，也只能把周五归到老宋头的案件上去。唐警官通知悠悠，去警局办理结案，至于对周五的处罚，会移交司法机关。

唐警官快四十岁了，女儿和悠悠年纪差不多。唐警官在派出所工作了十几年，看出了悠悠虽经历过生活鞭打，却依旧保有良善之心。接连办理了老宋头和陈红两起案件，唐警官看着悠悠相继失去朋友,想到自己的女儿尚承欢膝下,同样年纪的悠悠却遭遇如此多的磨难,顿生恻隐之心,嘱咐悠悠:“以后有什么困难,都可以直接找我。”

在DNA尸检结果未出之时,陈红的父母就断定女儿必然是死了,而且是横死。他们不肯要这个横死女儿的尸体,担心影响陈家的风水,便在郊区买了一块墓地,草草放了几件陈红的衣服了事。

陈红,悠悠心灵上的挚友,这样一个美丽的、真诚的、鲜活的生命突然香消玉殒,让悠悠心中涌动着无尽的波澜。本应是多彩浪漫的青春岁月,在同龄人享受生命赠予的甜蜜光阴时,陈红的生命却枯萎了。悠悠感到了命运的悲苦和充满着忧郁的孤独,她的灵魂感到了冷酷而悲痛的愁闷。悠悠为陈红的死在深夜中哭泣。

在一个雾气蒙蒙的傍晚,悠悠来到了陈红的墓地,这是座位于城郊、极为简陋的墓园。荒凉的墓园中,立着一块写着陈红名字的劣质长碑。周围的墓碑上都贴着逝者的照片,唯独陈红的墓碑上空落落的,似无人认领的弃儿。

悠悠双腿盘坐在陈红的墓碑前,从钱包里拿出和陈红搬到新家第一天时拍的合影。照片上,陈红一袭淡粉色长裙,笑容犹如三月的春风,和煦恬静。悠悠把合照从中间撕开,把有着陈红的一半照片放在墓碑的透明塑料盒子内。接着,悠悠将她带来的一小捧芬芳的玫瑰花摆在墓碑下。

悠悠对着墓碑说:“红姐,我来看你了。我知道你最喜欢红色玫瑰花,你说红色玫瑰花代表浪漫,我今天给你带来了。愿你在那边,像这玫瑰一样的美。红姐,你是我这辈子遇到的最好的朋友,你让我知道了友谊的真挚与纯洁,让我感受到了友情的力量。我以后会经常给你烧纸,让你能够在那边买得起大房子,再也不用忙碌操劳。我不知道未来会怎样,但只要我有能力,就会给你换个好的地方住,你先在这里将就将就。以后,每年我都会来这里,送你最爱的红玫瑰。红姐,你在那边多保重吧!一定要保重啊!不要那么累了,一定不要那么累了!”悠悠说着说着,眼眶湿润了,声音变得沙哑起来。

夜色逐渐笼罩墓园,似乎要吞噬一切。悠悠离开了,伴着无尽的黑夜。

成长

陈红的死，让悠悠开始变得沉默寡言，她那昔日闪烁着光芒的小鹿般的眼睛，在世事无常的打击下变得黯淡无光。

两个星期后，唐警官告诉悠悠，会所包间里所有尸体的DNA结果出来了，和陈红父母对比之后，确认尸体中没有陈红。他们也调查了，当天会所排班表上确实有陈红，但她提前下班了，没有人知道她去哪儿了。陈红和本案无关，也就不会继续调查陈红。

悠悠不知道陈红去了哪里，她为陈红父母的态度感到寒心，为陈红莫名其妙地失踪感到不安，千愁万绪汇聚在一起。

没过几天，悠悠从学校下课准备离开，张启递给悠悠一张明信片。明信片上是浩瀚的大海，背后写着“鱼儿尝到了风的味道”，邮戳显示来自韩国济州岛。

悠悠看着明信片笑了，笑着笑着流出了眼泪。她知道，这是陈红寄给她的。只有悠悠知道，陈红曾经说过，等她自由了，一定去韩国济州岛。悠悠明白了，陈红的不告而别，是彻底地和过去告别。

陈红的明信片,给悠悠的生活带来一丝喜悦。悠悠决定开启新的生活。

悠悠大三了,她开始去参加各种招聘会,投简历找实习。她想着得早点儿适应职场生活,自己本来就是函授生,毕业后没什么竞争力,如果不提早准备,毕业后的就业前景堪忧。只有早点儿实习,多一些实践经验,才能在和别人的竞争中取得相对优势。她海投简历,不停地参加面试,希望去一家有名气的公司积攒实习经验。一天,她接到了沧海市征明集团的面试通知,她上网一搜,才知道征明集团的总裁是与她有过几面之缘的李金龙。李金龙曾经给她留下过联系方式,但是她不想去找李金龙。她觉得如果自己什么能力都没有,去找别人,即使别人会帮助自己,那也会被人暗地里瞧不起,而且做自己无法胜任的活儿,是不会长久的。她要靠自己的能力,争取到这个实习机会。

她在网上看了很多有关征明集团的资料,征明集团涉及的业务众多,但最主要的生意还是建筑和房地产。她做足了功课,去参加面试。这次招聘的是征明集团行政部的文员实习岗,参加面试的人有十二个,采用无领导小组的模式竞聘岗位。面试结束后,当场出结果,最后留下来六个人中并没有她。

面试结束后,面试者们纷纷离开征明集团。悠悠虽然很努力地去表现自己,但还是失败了,她心里很不是滋味,心中充满失落。在等电梯时,她想了一下,要去问问人事部门她到底哪里不足,她觉得只有改进不足,以后才能有新的机会。于是,她折返到面试会议室,礼貌地问尚未离开的面试官,她的不足之处在哪儿。

面试官是个中年女性,短发,显得人非常干练。她对悠悠说:"我们对你印象很深刻,因为只有你是函授本科。首先,学历上就不过关。我们让你来参加面试,是看中了你中文系的专业背景,还能写点儿汇报材料。但我们发现你才大三呢,我们要毕业年级的学生，能尽快入职来处理工作。”

悠悠非常诚恳地问：“函授学历这一点，确实是我的问题。虽然我现在大三，但如果有工作需要，我绝对不会耽误的。谢谢你们给我这次面试机会。”悠悠离开会议室，刚走到楼下，就接到了电话：“悠悠，我们决定给你一次实习的机会。”

原来悠悠走后，在场的另一个女面试官说：“这孩子看着还不错，挺勇敢的，还有反思精神。大三也不妨事，能在这儿实习两年到毕业呢。实习生嘛，工资也不高的，我们不如让她在这里实习，部门也没增加多少支出。”她是征明集团的总裁秘书，叫颜如玉。

颜如玉是李金龙的秘书，从美国哥伦比亚大学经济学硕士毕业后，进入李金龙的征明集团。颜如玉身材曼妙，栗色披肩长发，永远待人如春风般和煦。她跟随李金龙从征明公司一步步做到征明集团，见证了李金龙如何摸爬滚打，成为如今的商业大亨。她待人大方得体、体恤下属，成为征明集团无人不知的“如玉姐”。李金龙的下属们犯了错，永远都会第一时间求助颜如玉，颜如玉无一拒绝，和和气气地解决问题，赢得了征明上下所有人的尊重。

征明集团的实习岗失而复得，让悠悠非常开心。她立刻在征明集团办理了实习手续，开启了她的实习生涯。实习前一天，李金龙就知道了这件事。实际上，李金龙自从上次被悠悠救了之后，便一直关注着悠悠。他从不欠别人的人情，这是他做人的原则，何况是悠悠的救命之恩。他想给一笔钱了结此事，但悠悠不要钱，这让李金龙有点儿心神不安。李金龙觉得有恩不报，会损伤自己的功德和阳寿，也绝非他做人的原则。他要仔细瞧瞧这个小姑娘到底是一个什么样的人。在征明集团，哪怕一个实习岗位都竞争激烈，他没想到悠悠能够应聘成功。李金龙本以为悠悠会向自己索取什么，但悠悠却一直没有主动联系过他。李金龙内心对这个小姑娘多看重了几分。

悠悠有自己的想法，她想要有尊严地活着，她不想去求任何人,她只想通过自己的实力过上体面的生活。

悠悠被分配到行政部门,主要负责一些简单的材料打印、预订会议室等工作,以及配合其他部门处理行政事务。虽然工资低得可怜,但悠悠充满了对工作的热情。当初坚持把悠悠招聘进来的颜如玉,不仅是总裁助理,也是行政部的负责人。

颜如玉急匆匆地拿着材料，准备去参加每月一次的工作汇报总结会议。在征明集团每月一次的大会上,李金龙等高层领导都会出席，各部门负责人对当月工作进行例行汇报。颜如玉往电梯间走,悠悠急忙跟上去。等电梯的人很多,颜如玉看了看手表上的时间,担心会迟到。这时,悠悠走到她身边,拉着她的手往回走。颜如玉不明所以,甚至有些生气:“悠悠,有什么事儿等我开完会再说。”

悠悠拥着颜如玉的肩膀:“主任,我现在就得跟您说,很着急很着急。就耽误您两分钟,不会迟到的。”她把手里的纸袋塞进颜如玉怀里。

颜如玉不明所以,跟着悠悠来到卫生间。悠悠说:“主任,您的衣服脏了。”

颜如玉这才反应过来,她生完孩子后就来上班,还在哺乳期。低头一看,胸前的奶渍浸染了一大片。悠悠拿出纸袋里的衣服,说:“主任,先披上我这件外套,扣子一系,遮住了看不出来的。”

颜如玉披上悠悠的外套,笑着说:“你这丫头。谢谢,等我开完会再来处理一下。”

经过这件事,颜如玉觉得悠悠心思细腻、办事周到,对悠悠的关注自然多了几分。她有意识地把悠悠派去别的部门帮忙,让悠悠多一些历练的机会。

悠悠人长得漂亮,性格也好,作为实习生,遇到脏活累活甚至棘手的工作,需要加班,也都笑眯眯地答应。时间久了,其他部门经常向行政部借调悠悠帮忙。工作中，她也不多说话，不和同事搬弄是非，遇到不会处理的问题，就虚心向公司里的前辈们请教。

悠悠在征明集团的实习，让她意识到了，想要赚钱，就必须抓住一切学习的机会。悠悠为了弄清楚经济学原理，去学校的经济学院旁听他们的课程，从最基础的大一课程学起，并向老师们请教相关阅读书目。

她在图书馆如痴如醉地恶补经济学理论。她从亚当·斯密的《国富论》中，懂得了自由市场机制对经济发展的作用；从约翰·梅纳德·凯恩斯的《就业、利息和货币通论》中，懂得了国家对经济干预的作用；她甚至还仔细地阅读了卡尔·马克思的《资本论》。悠悠努力研读弗兰科·莫迪利安尼、让·梯若尔等经济学家的著作，她的思路清晰明确，她要阅读那些获得过诺贝尔经济学奖以及世界上最著名的经济学家的书籍。

悠悠当然不能只凭自己的能力完全看懂那些高深莫测的经济学理论书籍，于是，她去请教经济学院的教授们，去参加企业论坛，不断地汲取着知识。经济学对于悠悠来说太难、太晦涩了，过度的劳累让她晕倒在宿舍，等她醒来的时候，时间已经过去了一个多小时。但即使再难她也不放弃，她知道苦难可以摧毁一个人，但不屈服于苦难的精神也可以成就一个人。

当大学同班同学还沉浸在校园的象牙塔中时，悠悠借征明集团这个平台看到了更广阔的世界。

半年后，悠悠在行政部表现优异，被调岗去了征明集团预算部。这时的悠悠，已经褪去了学生的青涩稚嫩，开始有了些许职场人的干练。

预算部的领导雷长江和颜如玉截然不同，雷长江四十多岁，虽然身形干瘪，却精力异常充沛，能力极强。他平时工作非常严肃，不苟言笑，对下属非常苛刻，工作中绝不允许员工出现任何失误，因此，预算部门的工作氛围也像雷长江一样，非常严肃。

面对这样一位领导，悠悠心里有几分畏惧，压力巨大。她知道，要想在这种部门立足，工作上一定要更加仔细才行。

一次，悠悠在预算部加班，雷长江折返回办公室取东西，恰好碰到了低头研究案例的悠悠，雷长江驻足看了好一会儿，问了保安，才得知，悠悠已经这样加班工作了好多天。

雷长江下楼买了夜宵，递给悠悠。悠悠对雷长江的到来感到诧异，更觉得不可思议的是，平时不苟言笑的雷长江，竟然给自己带夜宵。雷长江在预算部一直以严厉著称，此时的和颜悦色，让她以为是领导对员工的体恤。悠悠淡淡地谢过雷长江，继续工作。

雷长江没想到悠悠会是这般淡然的态度，他看着埋头伏案工作的悠悠，继续笑着说："小姑娘不要太累了，工作可以慢慢学，身体可不能熬坏了。以后工作上遇到难题，可以来问我。"

听到这里，悠悠睁大双眼："好的，领导，正好有个预算报表，看了好几天没有头绪，向您请教一下。"雷长江给悠悠讲了半个多小时，把预算表上的每个数字都讲得透彻易懂。

就这样，雷长江隔三岔五去给加班的悠悠"开小灶"，美其名曰"帮助员工一起成长"，一心扑在工作上的悠悠起初并不在意。直到有一次，雷长江在他的办公室内轻轻地将悠悠揽在怀里，悠悠这才明白了雷长江的不怀好意。

被悠悠推开后，雷长江没有恼怒，正了正衣领，说："你要是跟了我，你想要的那些，都会有。"

悠悠心里一惊，她没想到雷长江会是这样的人，她意识到，原来严肃只不过是雷长江的面具，面具之下是另一副面孔。她冷静地说道："谢谢雷总，我还有事儿，我要走了！"转身离开了雷长江的办公室，这让雷长江气急败坏，自言自语地说了一句："真是不知好歹！"

一个星期后，雷长江找到悠悠："我在电脑上给你发了一份合同，是咱们公司和新业房地产公司合作的'徽盛茂'项目合同，你核对一下，马上打印出来，十分钟后送到第一会议室，我们要签。"雷长江都没有正眼瞧一下悠悠便离开了。

十五分钟后，悠悠才把打印好的合同送到了会议室。在会议室等待的雷长江并没有因为悠悠的超时而发火。他甚至带着微笑对悠悠说："都核对没问题了吧？"

"嗯，我都核对好了，领导。"悠悠站在雷长江的旁边说。

雷长江打开合同，立刻翻到第三页，目光在第三页第二段上看了几秒钟。他把刚看完的合同直接扔在了地上，冷冷地说："让你核对文件、核对文件，你看看你核对的都是什么?！'徽盛茂'的'徽'字，怎么写成了'微笑'的'微'?！还是学中文的，这就是你的素质吗？太不负责！"

悠悠默默地捡起合同，放在了办公桌上，看了一眼雷长江，然后离开了会议室。悠悠立刻将其改正，重新打印了一份合同，送到了会议室。

悠悠早就清楚，自从拒绝了雷长江的职场"潜规则"后，雷长江总是故意找碴儿，想要设圈套害自己。

悠悠接到雷长江布置的任务时就感到奇怪：为什么这么重要的合同，却要得这么紧急？心里有了几分狐疑，她立刻仔细查看了一遍合同。在预算部工作的这段时间，悠悠对数字非常谨慎。项目合同中的所有数字都没有问题，她才敢打印出来送给雷长江。合同内容也仔细看过，可是"徽盛茂"的"徽"和"微"字形太相似，悠悠没发现这个纰漏。

雷长江的阴谋得逞了，他很开心，晚上便给悠悠发了条含有暗示意味的信息，意思是悠悠如果想继续在这个公司做下去，就得听从雷长江的一切命令，一切。悠悠并没有理会雷长江，她也没有把雷长江的这些小动作和任何人说。她在心里反复对自己说，以后一定要万分小心这个人，现在还不是和雷长江翻脸的时候。

雷长江眼看悠悠不屈服，便在几天后，以悠悠工作不努力、工作态度不认真为由，向上级提交了辞退悠悠的报告。雷长江觉得一定可以清除掉悠悠这个不听话、没有眼力见的实习生，可是报告递上去后，杳无音信。

李金龙看到了雷长江请求辞退悠悠的报告，他并没有批准，也没有反驳回去。他知道下属之间的权力斗争是工作常态，他不想去干预，但他也知道悠悠并不是雷长江所说的那种人。他总是在暗中观察着悠悠，越来越喜欢悠悠身上踏实肯干的劲头。他想带一带悠悠，不然这个像自己初恋女友的小姑娘，虽然干劲儿足，但很有可能会迷失方向。他开始私下里带悠悠参加和外面其他企业老总的聚会。

悠悠再次见到李金龙，是在集团的总裁办公室内。李金龙和她说，以后要带她去参加一些私人聚会，悠悠这次没有拒绝李金龙的好意。经过雷长江的事后，她意识到了，如果不找一个靠山，自己就很难在公司立足。

一次饭局上，李金龙就带上了悠悠，正好趁此机会让悠悠多见识一下商业应酬，李金龙的商业对手秦颂也在。

秦颂四十多岁，是蔚然集团的董事长。众人都知道，秦颂的蔚然集团是为了母亲余蔚然建立的。秦颂的母亲是余家独女，外祖父是南方某市龙头企业的老板。秦颂的父亲曾是沧海市里的领导，余蔚然嫁给秦颂父亲以后，夫妻俩并未在一起生活多久，余蔚然就带着年幼的秦颂久居国外。十多年前，秦颂外祖父突然去世，余家偌大的企业只得由秦颂继承。靠着外祖父家的商业积淀，秦颂进入商界打拼，在沧海市创办了蔚然集团，成为与征明集团相互掣肘的建筑集团。

秦颂自幼跟随母亲在国外生活，又是秦家和余家的独子，众星捧月之下长大，性格自由散漫且张狂。看到李金龙带着从未见过的女孩出席，秦颂漫不经心地说道：“哟，李叔，换人了。”说这话时，身子都未从座位上抬起来。

李金龙对秦颂轻蔑的态度早已见惯，与俩人在投标竞标现场争夺土地拍卖权时相比，秦颂今天的态度已经算好的了。

李金龙一边回答“他娘的，换啥人，如玉这会儿还在出差回来的飞机上”，一边落座，悠悠顺势坐在李金龙身边。

这次饭局是市商业协会会长组织的，邀请的都是市里各大企业的老板。席间谈起各位老总的发家史，悠悠听到秦颂得意扬扬地说自己是靠投资股市翻盘的。

“当年我拿出五个亿，五个亿啊，先投到一只表现平常的中等企业股票上。诶，随后这只股票的价格就被拉起来了。很快，一大群散户看到这只股票暴涨，都来跟进。他们以为自己找到了一支潜力巨大的绩优股吗？呵呵，笑话！我等到这只股票涨幅达到 50%后，就全抛了，就这一次，没几天，我就赚了 50%啊！50%是多少？2.5 个亿！那些散户老百姓还想赚大钱？哈哈哈哈……”

悠悠看到众人跟着纷纷大笑，她也笑了。她的笑不是曲意迎合，而是笑自己身为底层人的心酸。这一刻，悠悠觉得不真实。生意场上拿来调侃的 2.5 亿，是普通人这辈子都无法想象的财富。身为生活艰辛的底层人，不是他们不够努力，而是根本无法打破资本和信息差的屏障，无论如何努力挣扎，都不可避免地身陷一个又一个精心为他们设置的资本迷局，底层人只能徒劳地自我折磨，而无法逃脱被宰割的宿命。那些通过计谋手段获得巨大利益的人，没有丝毫的忏悔之心，反而是在觥筹交错中，在高档雪茄的烟雾缭绕中，在搂着各色妙龄美女的宴请中，幸灾乐祸地旁观着、嘲笑着底层人的痛苦与绝望。

悠悠异于众人的笑，被秦颂看在眼里，他拿起面前的雪茄点燃，轻蔑地看着对面的悠悠。秦颂一眼看穿了悠悠出身底层的身世，也看到了悠悠眼神中的不屑和不满。

秦颂的手从三十多岁风韵正盛的女下属胸前放下来。他黄褐色的脸上，满是痤疮遗留下的疤痕。他用带有挑衅意味的目光打量着悠悠，说："铁拐李，你带来的这个，好像在看戏呀！"说完，他抖了抖手上的雪茄，懒洋洋地靠在了椅背上。

李金龙当然知道，秦颂的举动更多是冲自己来的，但当众也只能让悠悠给秦颂敬酒赔罪。悠悠将高脚杯倒满红酒，然后缓缓站起来，心跳得厉害，紧张地说："尊敬的秦颂先生，我敬您一杯，愿您生意兴隆！"秦颂稳稳地靠在椅背上，无动于衷。

悠悠将满满的一大杯红酒一口饮尽，因为喝得太急，咳嗽了几下。还没等悠悠坐下，秦颂便开了腔："真有意思，我还是第一次见喝红酒一口闷的。酒喝错了不要紧，事儿做错了……呵呵，老李，你们公司的人还得多培训啊。"秦颂说完，饭桌上的人又是一阵哄笑，李金龙也跟着点了点头，然后示意悠悠坐下。

悠悠僵硬着身子落座了，周围人推杯换盏、虚与委蛇的声音似乎与她相去甚远，她仿佛置身四野阒然的虚空。悠悠想起了曾经寄居在大伯家的生活，想起了瘫痪在床的三爷爷，那段吃不饱的日子，时刻被痛苦侵蚀。三爷爷被丢弃在农村的仓房里，瘫痪在床，被儿子嫌弃，日日吃不饱饭。他骨瘦如柴的身躯蜷缩在床上，不分昼夜地忍受着疼痛的折磨。面前这些商人，轻轻吐出一句"散户还想赚钱"，动动手指就决定了底层老百姓的命运。他们挥金如土，穷奢极欲，丝毫不知有些底层人吃口饱饭都是一种奢望。

悠悠痛恨秦颂之流，痛恨这些有钱有势的人肆意妄为地玩弄女性。女性要想继续在公司里生存，就必须喝下一杯又一杯不合规矩的酒，必须忍受一道道心怀不轨的视线。女性在社交酒局上毫无尊严，像宠物般被玩弄、被调戏，却不敢流露出不悦，只能曲意逢迎，痛苦地微笑。

这些翻手为云、覆手为雨的权势之人，如此轻易地碾碎底层人的尊严。悠悠太清楚底层人生活的艰辛。她站在这名利场暴风雨的中心，感觉自己离权势那么近。她也想成为像李金龙和秦颂那样有能量的人，能够为自己的命运做主，而不是任人摆布。她要努力争取一切机会表现自己，让自己在征明集团快速成长。她相信，通过自己的努力，一定可以做到和雷长江一样的位置，甚至还要高。她要让“狗眼看人低”的“秦颂”们对她刮目相看。

李金龙的公司在申请承建一个政府惠民住房建筑工程项目，利润率虽然相对较低，但这种工程毫无风险，只要拿到手，就是稳赚不赔的买卖。对工程审批有重要话语权的官员是一位大学经济学教授出身的黄主任。黄主任年龄快六十岁，读书时深受计划经济理论的影响，在大学执教后对凯恩斯主义有着深深的情怀。黄主任看了太多私营企业唯利是图，为了利益修建豆腐渣工程的案例。虽然李金龙公司给出的工程报价相对于一同参加竞标的国有建筑企业更低，给出的设计蓝图更具有现代建筑的美感和实用性，但黄主任心中暗藏着对征明集团的不信任。最后一次送交申报方案，李金龙派了悠悠去。

悠悠带着一大堆竞标材料来到黄主任的办公室。她见到了身材敦实、满头银发、脸庞方正、圆圆滚滚的黄主任。黄主任正从办公椅上起身，他一眼瞥到悠悠手中材料上征明建筑集团的标志，还没等悠悠开口，黄主任说：“你先坐，我出去一下，马上回来。”话音未落，黄主任便走出了办公室，去了卫生间。

黄主任的办公室，摆设极为简朴，办公桌后方的书架上摆满了关于经济学和哲学的书籍。书籍的纸张有的已经泛黑，有的则泛黄。办公桌的笔筒旁，放着一本厚厚的、显得破旧不堪的《资本论》。

悠悠对这个版本的《资本论》很熟悉，她在图书馆看的《资本论》也是这种20世纪60年代出版的。好奇心促使悠悠把竞标材料放在了桌上，拿起《资本论》仔细地看了看，又翻了几页。

就在悠悠仔细阅读《资本论》时，黄主任已经回了办公桌前。悠悠看到黄主任后，立刻轻声问道："黄主任，冒昧地问一下，可不可以向您请教《资本论》中的一个问题？"

"噢，你也看过《资本论》？"黄主任用疑惑的语气问道。

"我看过三遍，这本书是人类文化史上最宝贵、最璀璨的明珠！"悠悠脸上褪去了慌张的神色，她太熟悉《资本论》了，谈起熟悉的书籍，她的眼神中带着自信。

"那么，小姑娘，你想问什么？"黄主任好奇地问道。

"我想问问您，您如何看待《资本论》在当代的价值和意义？毕竟《资本论》已经出版一百多年的时间了，很多人觉得它显得过于陈旧。"悠悠干脆利索地说。

"嗯，这是个好问题。"黄主任若有所思地点了点头，停了一下，然后继续说，"其实，经典之所以为经典，就是因为它可以超越时间，历久弥新，犹如《诗经》《道德经》之于中华文化、《圣经》之于欧美文明。最简单地说，《资本论》的当代意义至少有三个方面。第一，《资本论》指明了资本主义的基本运作方式，这是很伟大的；第二，《资本论》的唯物史观是极好的，是极为重要的方法论；第三，《资本论》关怀人，把人作为目的，而不是作为工具来看，这是永远不过时的。只要人类存在，《资本论》就会一直有意义。"

黄主任眼中流露出激动的神情。说罢，他问道："没想到你这么年轻的姑娘，竟然会看这种大部头的书！小姑娘，你是学什么专业的？"

"汉语言文学。"

"噢？一个学汉语言文学的人竟然会看《资本论》！据我所知，就是学哲学和经济学的学生，也不一定会看《资本论》的！”黄主任不相信悠悠的话。

这时，黄主任已经坐在了办公椅上，并示意悠悠坐下。可悠悠依然站着。

“啊，领导，那我给您背几段我最喜欢的《资本论》中的内容吧！”说罢，悠悠流利地大段大段背诵起了《资本论》，那自信从容的态度、笃定的神情，让黄主任感到惊讶。

黄主任万万没想到，一个如此年轻的姑娘竟然能背诵《资本论》。他的博士生都无法做到，而且他的博士生对《资本论》也并没有多少兴趣。古板而正派的黄主任激动地从办公椅上缓缓站了起来，眼神中透露着对悠悠的赞许。

悠悠和黄主任谈了关于《资本论》的许多体悟。黄主任还问到了约翰·梅纳德·凯恩斯、亨利·乔治、保罗·A.萨缪尔森，悠悠都对答如流。当然，他们大谈的还是《资本论》，悠悠用年轻人少有的谦逊态度与黄主任交谈着。

“你这孩子，简直学得太好了，你可以考我的博士！”黄主任对悠悠很满意，也很震惊。

“谢谢您，我只是热爱知识。”悠悠被夸后，脸上泛起了红晕。

“小姑娘，你一定会有一个远大的前程，一定会的。没想到你们私企竟然会有如此热爱《资本论》的人，真好，真好！”黄主任说着，还不断地点着头。

“小姑娘，你叫什么名字？”黄主任问道。

“悠悠。”

“你好，悠悠。作为私营公司的员工，更要读读《资本论》，永永远远要记住，人是目的，而不是工具。你们要对员工好一些，一定要对员工好一些！”黄主任语重心长地说。

“嗯，嗯，我们会的，您放心！”悠悠的语气非常坚定。

和悠悠谈了一段时间后，黄主任愉快地接下了悠悠送来的竞标材料。

后来,李金龙的公司拿下了惠民工程项目。李金龙听说,在惠民工程竞标评审会上,黄主任并没有投反对票,他后来才知道,黄主任是由于悠悠的缘故才让竞标成功的，但他不知道悠悠和黄主任谈了什么说服了黄主任。经过这段时间的磨砺,悠悠变得沉稳了许多。这次竞标过后,李金龙觉得时机到了,便让悠悠成为自己的助理。

悠悠一跃成为李金龙的助理,令公司很多人心生不满。大家早已习惯了颜如玉的总裁助理身份，对悠悠这个年轻小姑娘充满鄙夷。凡是悠悠的工作,他们都竭尽全力搪塞,或者施展各种手段拆台,让悠悠在工作上陷入被动局面。

2009 年,悠悠大学毕业,正式入职征明集团。两年多的时间,悠悠跟着李金龙学到了不少商业管理的知识;在颜如玉身上,悠悠也学到了不少人际交往的精髓。她毕业后直接成为征明集团的总裁助理,听闻省里要借上海世博会之机建设场馆,她便主张拿下这一业务。有内部消息称,有的省领导已经准备把这项工程给另一家建筑公司。如果悠悠想从别的公司“虎口夺食”,只能把价格做到极低,让一些省领导无法拒绝。可是这样一来,这一单建筑项目就会亏本。2009 年,是世界经济颇不宁静的一年,从美国发端的金融危机席卷全世界,中国也受到波及。李金龙的公司运营陷入困境,资金紧张,销售业绩下滑,面临挑战众多。如果经营不善,公司很可能走向破产。可悠悠觉得,即使亏本也只是暂时的,而且可以在如此大的项目中做出品牌，其巨大而长久的广告效应对于提升公司的品牌价值有着重要意义。悠悠坚信,只要顶住暂时的困难,公司以后一定可以做大做强。

悠悠的提议遭到了公司副总和部门经理们的一致反对。他们都觉得悠悠的想法是出于大学生的幼稚思维。公司就是为了赚钱，怎么能够赔本赚吆喝？尤其是公司副总雷长江，在公司工作十几年，一步步坐到副总的位置。他一方面认为悠悠的想法过于幼稚简单，不符合市场运行逻辑，根本瞧不上悠悠的做派，甚至认为李金龙器重悠悠，二人背后肯定有上不得台面的关联。另一方面，他和悠悠之间有过节，他担心悠悠发展起来后会对自己不利。很快，恶意中伤悠悠的流言在公司内部传播开来。有人说，悠悠不过是李金龙豢养的金丝雀，靠着年轻的肉体和漂亮的脸蛋儿才换来如今的位置。

在开项目研讨会时，悠悠被一众人群起而攻之，李金龙坐在总裁的位置上，默默看着听着，从头到尾没说一句话。悠悠举出了很多国际知名公司付出资本做广告后换来巨大商业价值的案例，以此来印证自己所提方案在商业逻辑上的可行性和正确性。副总们和经理们却根本不听悠悠这个小丫头的话，雷长江甚至把悠悠做的项目方案直接摔在地上，用最激烈的语气责骂悠悠是在胡闹。

会议室闹成一团，颜如玉看了眼闭目养神的李金龙，起身劝解大家不要冲动："咱们都是为了征明，大家和和气气的，有话好好说嘛。"

颜如玉的声音不大，却让会议室顿时安静下来。她走到门口，接过助理买回的咖啡和茶点，招呼道："悠悠，来，咱俩一起分给大家。开会这么久了，大家正好休息一下。"

颜如玉的举动，让悠悠暂时脱离了众矢之的的境遇，悠悠感激地看了一眼颜如玉，然后不卑不亢地和颜如玉一起分发茶点。

悠悠不断地在心里告诉自己："不要紧张，不要紧张，那些批评她的声音，那些咒骂的声音，不过是乡村盛夏的深夜树叶间流动的风声，虽然恐怖，但只要自己不慌张、不乱跑，就不会被伤害分毫。这是自己难得的一次机会，一定要把握住，不能露出胆怯。"短暂的茶歇过后，会议继续。经过刚才的闹剧，悠悠不但没有在众人的冷嘲热讽中受到打击，反而在接下来的陈述中更加冷静。她没有表现出一丝一毫的愤怒和紧张，继续自顾自地讲着她对项目的具体看法，分析其中的利弊。悠悠建构了一个数据模型，用来分析建筑公司广告投入与价值收益之间的关系。悠悠在质疑声、责骂声、起哄声中沉着冷静地做完了项目分析报告。

悠悠做完分析报告后，用果决而洪亮的声音说：“诸位领导，我认为我的分析是正确的，我可以为我的分析报告负责！”

此话一出，招来很多管理层人员的哄堂大笑，这笑声中藏着讽刺，更藏着蔑视。

研讨会之后没多久，李金龙拍板，用远低于成本价的价格承接了省里的体育场馆工程项目，悠悠被派去出差，专门盯着完成这个项目。其实，李金龙心里早就想推动这个项目，他看出了品牌效应在未来商业竞争中的决定性作用，但董事会内部的反对声音太大，要是他自己直接站出来做这件事，难免会让大家处在比较尴尬的境地。就在这个时候，他知道悠悠在力推此事，便顺水推舟，将其促成。苦的是悠悠，成了众矢之的。

随着上海世博会的胜利召开，省内媒体大规模报道征明建设集团承建的场馆，征明集团借着世博会的东风，品牌声誉在省内一炮而红，成了全省人心目中的金牌建筑企业。在后续的房地产开发招标中，民众将征明建设集团公司的房地产项目当成首要选择，楼房刚一开盘即被一抢而光。那些曾经瞧不起悠悠的副总和部门经理们被现实狠狠地上了一课，他们不得不发自内心地佩服悠悠的眼光。雷长江也在李金龙面前承认悠悠的决定是正确的。李金龙越来越认可悠悠的能力，逐渐地把更多权力交给了悠悠。悠悠不分昼夜地在公司研究数据和报表，到处出差，监督集团公司的施工情况，虽然身份是总裁助理，却有了几分总裁的模样。

李金龙已年过六旬,这几年征明集团涉足的领域越来越多,高强度的工作耗费了李金龙更多的时间和精力，这让李金龙原本疲惫亏空的身体每况愈下。悠悠的成长让李金龙颇为欣慰,这个果敢坚韧、异常聪慧的年轻女孩不断用行动赢得李金龙的信任,他便逐渐放权给悠悠。

2015年,沉寂多年的中国股市迎来了牛市。1月初的首个交易日,沪指开盘后一路高歌猛进,几乎每天都在涨,热钱不断地拥进沪指。起初,人们觉得这不过就是一波小牛市而已,可股市行情从一月份涨到二月份,从二月份涨到三月份。这时,征明建设集团公司的股东们终于坐不住了,强烈要求集团参与股市投资。李金龙在股东们的压力下,面对着每日不断上涨的股市,也开始蠢蠢欲动,把集团公司可以调动的流动资金全部投入到了股市中。经过三月份一个月的股市大涨,股东们纷纷要求李金龙拆借资金,动用更高的杠杆投资股市,征明建设集团把杠杆加到了最大。

悠悠觉得股市如此疯涨并不正常。她觉得中国经济的基本面并没有发生质的飞跃，中国股市的大涨并不能反映中国市场主体的现实收益。她极力劝说李金龙不要把杠杆做得太大,万一资金链断裂，公司会陷入万劫不复的深渊。可李金龙责备她还是学生思维,富贵本就是险中求,中庸的思想只能导致稳定的贫穷。叱咤商场几十年的固有经验告诉李金龙,这次股市必定是长牛,是又一次财富暴增的机会。李金龙并没有理会悠悠。

李金龙的判断并没有错,在他投资沪指后,沪指大盘还是一路飘红,征明建设集团公司在账面上赚得盆满钵满,股东们也都兴高采烈,并且依然没有满足。

股市的水涨船高、股民的一路狂欢、征明集团的持续投入,让悠悠内心始终惴惴不安。她觉得在经济基本面不变,没有爆炸性技术诞生的前提下,股市不过是零和游戏罢了——有人赚钱,就必然有人赔钱,怎么可能都赚钱?

一天,悠悠下班后,已经是晚上九点多,她拖着疲惫的身体去读大学时常去的十三月饭店吃饭。悠悠坐在室外的小饭桌边,要了一碗朝鲜冷面。吹着夏日的风,吃着凉凉的冷面,一阵阵关于大学时代的回忆涌现在脑海中。还没等她完全沉浸其中,身边端送冷面的老太太开口问她是不是买了股票, 老太太笑呵呵地劝她赶紧买股票,买到就是赚到,老太太笑容满面地告诉悠悠,她已经买了一万多块,还有她修拉锁的、修鞋的朋友,也都买了股票,每天都在赚钱。

悠悠笑眯眯的,一边吃面一边附和着老太太。老太太说着:“哎呀,没想到我们穷人也有轻松赚大钱的这一天呀!现在日子真是越过越好。”

悠悠脑子里一直盘旋着“我们穷人也有轻松赚大钱的这一天”这句话,她觉得这种事情在人类社会的任何历史阶段都不会发生。每当人们以为一夜暴富的机会唾手可得时,一定会爆发重大危机,股票市场一定会迎来大衰退。她仿佛看到了一张张巨大的、贪婪的嘴,要把股票市场上的所有资本一扫而光,吃干抹净。

悠悠觉得,股市这一波大涨中透着几分怪异,又听到连送菜送饭的六十多岁的老太太,和她修拉锁、修鞋的朋友都买了股票,并相信股票还会涨,悠悠就觉得这场股市的大牛市应该会马上结束,没有一条路能让所有人都轻松致富,何况,投资股市已是一条众所周知的暴富路。

第二天早晨上班后,悠悠找到李金龙,她言辞诚恳地劝说李金龙赶紧把股票抛售掉,把集团公司投资股市的钱撤回。李金龙已经和悠悠说过多次,不要再插手股票的事情。今天,悠悠还继续劝说李金龙,换来的却是李金龙暴躁的责骂。他觉得悠悠在质疑他的权威,气愤不已,便把悠悠停职一个月,并声称如果她再提反对意见,就离开公司。李金龙有自己的计划，他知道没有一直涨的股票，他准备在一路暴涨的股票迎来第一次下挫时全部抛出，这样必然万无一失。悠悠没有再坚持反驳，她面不改色，也没有情绪上的波澜，淡定地离开了，她觉得她做得问心无愧。曾经在集团公司炙手可热，被下属众星捧月的悠悠，一夜之间，从权力顶端跌落。

悠悠到韩国的济州岛度假，她在这里住了一个多月的时间，一个人看日出日落，吹吹海风，彻底放空自己。有一天，她一个人安静地坐在咖啡吧角落的高脚椅上，百无聊赖地用勺子搅动着手中的咖啡，远处海面上洒满了傍晚的霞光。这时，女服务生给悠悠送上了一块小蛋糕，用蹩脚的中文告知，这是一位顾客赠送给悠悠的。女服务生用手指比画着，指向咖啡厅的门口。

悠悠心生疑惑，拉开咖啡厅透明的玻璃门。咖啡厅外的路上人很多，她四处张望着，过了一会儿，在一群人中，她发现了一位身材高挑，散着披肩发的年轻女人，那女人右手牵着一个三四岁的小男孩，等她想再仔细看看的时候，女人已经消失在了茫茫人海。

悠悠带着疑惑，站在济州岛的街头。自己来这里并没有认识新的朋友，当初选择来济州岛散心，是因为内心隐隐想起一个名字。既然是朋友，为什么不见一面呢？

另一条街上，那个三四岁的小男孩被妈妈牵着手，噘着嘴奶声奶气地问："妈妈，为什么你给刚才那个阿姨买蛋糕，怎么不给我买呢？"

"因为那个阿姨是一个人，你有妈妈呀！"陈红摸了摸儿子的头，眼神中充满着怜爱与平静。

陈红牵着儿子的小手，走向人群之中。

悠悠再也没看到领着孩子的年轻女人，眼前只有熙攘的人群，和她在阵阵海风中飘零的发丝。她在心里揣度着，从身形上看，那个领着孩子的女人和陈红极为相似，莫非是陈红？想到这里，止不住的泪水像一眼细泉，幸福地淌过悠悠的脸颊，此时，她没有悲伤，只有发自心底的快乐。第二天，她乘飞机回到了沧海市。

悠悠永远都无法知道，陈红已经嫁给了一个韩国男人，而且还生了一个可爱帅气的儿子。陈红的男人学过几年中文，第一次见到陈红就喜欢上了她，两个人一个月后便结了婚。陈红的男人木讷寡言，但对妻子体贴入微，时时刻刻照顾着陈红的情绪，他们的日子过得平淡而幸福。

股票啊股票

股市一路狂飙，参与者们满面笑容，很多人不是在加杠杆，就是走在加杠杆的路上。伴随着股市的暴涨，股东们对悠悠的恨意也更大了。

又过了一个月，沪指风向突然发生了巨大变化，不断下跌，一个跌停接着另一个跌停，很多股票投资者根本没有逃离的机会。刚开始人们以为这只不过是股市的震荡性调整，接下来会继续上扬，可结果却与人们的期望大相径庭。惊心动魄的波动让参与者们从血脉偾张的满满希望，到茫然无措的绝望，有人赚得盆满钵满，有人血本无归，一大批极度乐观的新生中产阶级在这次沪指的震荡中血本无归甚至家破人亡。在股民一片哀号的时候，征明建设集团公司也损失惨重。李金龙重新让悠悠回集团公司，继续做总裁助理。

李金龙为之前的过激行动对悠悠表达了歉意，他带着好奇的语气问悠悠："他娘的，你怎么会知道，当时风头正劲的股市，日后会一直大跌的？”

悠悠用平静的略显惋惜的语气回道：“这人世间，兴，百姓苦；亡，百姓苦。任何时代，社会暴富的大门永远不会向最底层民众轻易敞开。”

李金龙若有所思地看着悠悠，点了点头。

悠悠继续说：“如果底层的贩夫走卒、引车卖浆之徒，都不顾一切地闯入众所周知的暴富行业，那这个行业也就走到了尽头。做生意永远不要企图赚干净最后一枚铜板，有限的贪婪可以成就人，完全的贪婪则会让人走向毁灭。”

李金龙非常认可悠悠的观点。

这次股票事件后，身体欠佳的李金龙退居幕后养老去了，把公司的实际控制权让给了悠悠，他相信悠悠可以把公司经营得更好。

神圣和煦的命运之光洒在悠悠身上，温暖了她冰冷孤寂的心。

股东们虽然并无异议，可是雷长江内心不悦。雷长江在征明集团打拼了近二十年，从副总升职为首席执行官。他并不满足于千万年薪，本以为李金龙身体不好，退居二线后，他便可接掌整个集团，不承想半路杀出个程咬金，被悠悠“截胡”。他对于悠悠推行的工作明面上不抵触，暗地里却告诉他的亲信们推脱阻挠，想尽办法让悠悠做不成事。他想着，一旦悠悠做错事，失去股东们的信任，自己便可上位。

一日中午，建筑工地上，有一名工人不幸从高处跌落，当场身亡。悠悠立刻让秘书叫上所有高管赶到现场，所有人都到齐了，唯独雷长江没到。悠悠再让秘书给雷长江打电话，三番五次，等了一个多小时，雷长江才姗姗而来。他来的时候一身酒气。

雷长江略带歉意地说：“我喝了点酒，来迟了。请大家海涵！”边说边向周围的人抱了抱拳。

工地上的工人们聚集在一起，既为失足跌落的工友感到惋惜，又不知高管们如何处理，是否还让他们继续施工。面对迟到了一个多小时的雷长江，工人们开始不满，觉得征明集团并不重视工人。人群中开始有人不满地窃窃私语。

悠悠第一时间到场后，协助警察处理好了坠亡工人的尸体和事故现场。雷长江到后，事故现场早已处理干净。悠悠带领所有高管深深地向已故工人家属鞠躬，表达歉意。

悠悠一袭黑衣，站在烈日下，严肃地说："征明集团的所有工人，大家都尽职尽责。我们征明集团，也始终将工人的安全放在第一位。今天发生这样的不幸，我们管理层难辞其咎。从今天起，征明集团所有工程停工三天，进行安全检查。所有工人休息，工资照发。"聚集在一起的工人停止了窃窃私语。

悠悠铿锵有力的声音中透露出一丝威严："工人们尽职尽责，反而是我们，内部出现玩忽职守！雷长江，雷总，工地出人命这么大的事情，都能喝醉，必须严肃处理！征明所有高层，年终绩效取消！我和雷总今年的年薪，除了安抚遇难者家属，剩余的分发给工人。"

雷长江万万没想到这点儿小事会惹得悠悠下如此狠手，想辩驳几句，但悠悠哪儿给他争辩的机会。

悠悠冷冷地对所有高管说："以后谁罔顾员工安危，谁不遵守公司纪律，不怕处分的就试试看！"

自此，所有公司领导和员工知道了悠悠的厉害，都兢兢业业地工作。悠悠在征明建设集团的路越走越顺，位置也越来越稳。她感恩命运能够赐予她这么好的机会，从一个小山村没有文化的女娃娃到现在掌握百亿资产的大企业老总，她感恩李金龙的无私提携。于是，她想用自己的实力，告诉那些支持她的人，他们并没有看错人。悠悠开始没日没夜、废寝忘食地工作。

集团公司在悠悠的领导下，正好碰到中国房地产的高速发展期，取得了突飞猛进的成绩。悠悠享受到了事业成功带来的无比荣光，她变得成熟自信，那些曾经鄙夷她的人，都向她投以发自内心的认可与尊重的目光。事业上的成功给悠悠带来了精神上的放松。这么多年来她受过太多的苦，一路艰辛让她身心俱疲。悠悠从办公室窗户看向窗外的繁华城市，阳光快乐地跳着舞。

悠悠已经是庞大沧海中举足轻重的人物。

悠悠感恩命运在暴风雨般击打后的馈赠，她创办了一所敬老院，专门收养那些老无所养的人。她每半个月去一次敬老院，在这里，老人们都把悠悠当成自己的孙女，她也感受到了家的温馨。开设敬老院，只有付出，没有经济收益，她却乐此不疲。她觉得，这是征明集团作为一家大型企业应该做的，是企业承担社会责任的体现。当她看到这些无所依托的老人们在敬老院颐养天年时，也会想起很多人：她会想到她幼年时把她抱在怀里、捂住耳朵的爷爷，想到蜷缩在仓房的三爷爷，想到如果自己的父母还活着，那该有多好。

征明集团的顶楼有几间给高管准备的公寓，其中一间是悠悠的，宽大的房子里摆设极为简单，四周是落地窗，透过窗户，整个沧海尽收眼底，这是她午休和加班时住的地方。悠悠的家则位于海边的别墅内，其中的一间屋子装满了迪士尼的玩偶。她经常一个人去超市买自己喜欢的菜，然后回家做。她享受这种慢慢的、属于她自己一个人的时光。她会在每周的周六或者周日，选择一个午后，关掉手机，断开一切现代化的通信设备，在面海的书房中，吹着海风，桌上放一杯咖啡，捧着一本书，一个字一个字地读下去。悠悠有晨跑的习惯，耳机里放着中国古典音乐，不想任何事，不回忆过往，也不展望未来，只是沿着滨海路，大汗淋漓地感受生命的力量。

一天，悠悠正坐在办公室的椅子上看公司财报。下属来汇报工作，说在他们子公司附近又开了一家港式超市，把原本属于他们的客源都吸引走了，业务严重亏损。这个下属谄媚地笑着，告诉悠悠不用担心，他们已经派一些地痞流氓狠狠地骚扰了那家超市，很多客人也都不敢去了，那家超市估计不久就会倒闭。

悠悠点了点头，又漫不经心地顺便问了一句："那家港式超市是谁开的？"

这个下属想了一会儿后回道："据说是一个叫景外的大学老师，和香港的一个大学同学合伙开的。"

悠悠抬头，思索了一小会儿，然后看着这个下属说："以后你们别去骚扰了，现在是法治社会，怎么还搞流氓骚扰这一套！而且那两个人是我大学同学！"说完就把这下属打发走了。

她在外打拼多年，唯一让她牵挂惦念的亲人，是疼爱她的大伯母。这几年，随着她在征明集团的晋升，她给大伯母在农村建了一座崭新的大瓦房。

小五自幼被父母娇生惯养，这么多年来，养成了刁蛮任性的性格。在学校读书时，打架斗殴成了家常便饭，小五父母也成了学校的"常客"，经常被叫去训话。小五高考落榜后，悠悠的大伯母见他实在无事可做，便求着悠悠给小五找一份工作。悠悠便把小五安排进征明集团下属的子公司，做做文员打打杂。子公司的人都知道小五是集团上层领导的亲戚，他每日上班迟到早退甚至旷工，也都无人敢言，小五经常在上班时间去游戏厅打游戏。一天，在游戏厅，小五和一个二十岁出头的男孩子胡光耀发生了口角。两个人都年轻气盛，谁都不肯忍让，便打了起来。小五自幼爱打架，几个回合便把胡光耀打得倒地不起。可胡光耀并不服气，虽然被打得起不来，但嘴里还是骂骂咧咧的。本来打算离开的小五气不过，拿起身边的凳子，用力砸了一下胡光耀的头，瞬间，胡光耀不再说话。小五冲着胡光耀吐了口口水，便离开了。

在小五惹祸的时候，悠悠正在征明集团顶楼的办公室里和颜如玉谈业务。她要解决商业大楼拆迁的事情，需要颜如玉的协助。

自从她做了总裁助理之后，她感觉到了颜如玉对她态度的微妙变化，她时刻告诉自己做事要小心，生怕哪里做得不好，惹得这个曾经的师父不开心。

颜如玉坐在茶吧，正在煮茶。悠悠看着颜如玉摆弄青瓷茶具的葱白的手指，带着赞美的语气说道："如玉姐，你这双手，就该煮茶绘画啊。"

颜如玉愣了一下，抬眼看了看悠悠，悠悠正坐在对面扭动着脖子。颜如玉说道："悠悠呀，你最近太累了，改天我让按摩的师傅上门给你按按。"

悠悠回道："最近颈椎病犯了。"

颜如玉递给悠悠一盏茶："忙城东那块地的竞标呢吧？李总都跟我说了，没事的，有什么难题如玉姐给你撑着。"

悠悠心下更加放松，一边品茶，一边回道："这些年你带我做到现在，如玉姐，没有你我可怎么办。倒不是城东竞标，那个没问题，就是前段时间咱们集团兴建商业大楼拆迁项目……唉，不说了，给你添堵。"

颜如玉神色如常："需要跟谁打招呼的，你直接跟我说，我去打点。"

悠悠喝了口茶，想了一下，说道："如玉姐，还真得麻烦你。你也知道，城中村拆迁年底前就得结束。我还忙着城东拿地的竞标，拆迁那边，你能不能替我盯着点？城东那块地，咱们和蔚然集团竞标，成功了，征明就能再上一层楼。"

颜如玉给悠悠的茶杯里续上水："行，如玉姐帮你盯着。"

悠悠听到颜如玉这么说，心里很开心，她觉得拆迁这个事情，应该问题不大了。

起风了

沧海夜市上，行人三五成群地闲逛着。晚上九点多，张启还在和同事巡查。这个时候，张启的手机响了。

张启问："盛海啊，是范围那事儿不？"

盛海在电话那头儿说："是啊，告诉你小舅子，下回喝多了，可不能开车了。幸亏这次没出交通事故，这次就到我们所里上几天教育课，下次可没这么轻了。"

张启挂了电话，正好到岳父家接妻子范婷回家，顺便告知岳父岳母，范围酒驾的事儿解决了。

张启岳父拿出一张卡："这是星海八号院的会员卡和预约卡，你拿着，好好请你同学吃顿饭。"

张启也没推辞，隔天就约盛海去了星海八号院。

星海八号院是沧海一家会员制饭店，尽管是会员制，但开业以来秉持着每晚只开九桌、至少提前半年预订的传统。实际上，星海八号院是沧海上层人士约会、应酬的最佳选择。它开在沧海星月山半山腰，私密性极强，是商界、政界人士约谈会面的最佳地点。

盛海也没想到张启能邀请他去星海八号院，两个人把酒言欢，酒足饭饱后，准备乘坐酒店的接驳车到星月山山脚下，刚出门，碰到了一个要进门的女人。女人穿了一条简单的灰色长裙，也没有多余的首饰，身上却散发出不一样的气质，脸蛋儿温润如玉，一头乌黑亮丽的秀发。张启感觉这个女人似曾相识。他在头脑中思索着，把头转向了盛海。同时，盛海也把头转向了张启，两个人都感觉眼前的女人很熟悉。

过了一小会儿，两个人口中都喊出了同一个名字：悠悠。

那个女人也仔细地看着眼前的两个男人，慢慢地说出了两个人的名字："张启、盛海！"这个女人确实是悠悠，就这样，毕业多年未见的老同学在这种场合下相见了。

多年未见的三个人一同回忆大学时代的美好时光。

张启问道："悠悠，看你的样子变化好大，都快认不出来了！你毕业后怎么都没有和大家联系？现在做什么工作呢？"

悠悠沉静地回道："毕业后找了家公司在做事情，工作也忙，就没和大家多联系。这不也很好嘛，缘分又让我们在这个场合相遇了。"

盛海道："是啊，是啊，真是有缘分，没想到能够在这儿碰到。这地儿我也很少来，这里消费太高了。不仅贵，而且还不是有钱就能来。要托关系，费了好大劲才能来，这地方架子太大。"

悠悠微微地笑了一下，然后说道："你下次什么时候临时想过来，给我打电话就行，我来安排。"

悠悠、颜如玉和市公安局孙局长一行人，约了今晚在星海八号院吃饭。话音未落，颜如玉陪着孙局长进门了。悠悠见盛海盯着颜如玉和孙局长的背影看，挡住了盛海的视线，说道："跟我同事来吃顿饭。"盛海在每年市里领导讲话会议上见过几次孙局长，尽管好奇孙局长和悠悠的关系，但见悠悠只字未提，盛海也未开口问。双方寒暄后，张启和盛海离开了星海八号院。

沧海市城东的地皮竞标，关系到征明集团能否再上一个新台阶，面对秦颂的蔚然集团这个强有力的竞争对手，悠悠丝毫不能掉以轻心。她把城中村的拆迁项目交给了颜如玉。

悠悠之所以和颜如玉在星海八号院见孙局长，就是谈城中村拆迁的事情。悠悠请孙局长配合自己，多派一些警力帮助她推进拆迁工作，孙局长也欣然答应。告别了孙局长后，悠悠和颜如玉回到办公室。

颜如玉坐在悠悠办公桌对面，看着面前的文件。悠悠给颜如玉倒了一杯茶："如玉姐，拆迁款我向李总申请了两千万。你帮我盯着那边，别让拆迁户闹事，他们提的要求，只要不过分，能满足的尽量满足。"

颜如玉仔细看了文件后，笑着应了下来。她离开悠悠的办公室后，脸上的笑容消失了。

第二天晚上十点多，张启开车路过城中村村口，见村口停了好几辆车，一群人在争吵，人群中还站着穿警服的盛海。

张启下车，拉着盛海询问，盛海看到张启也很诧异："你怎么还来这儿了？晚上我们所里接到报警，征明集团趁着大家睡着了，强行拆迁呢。"

张启说："我路过。征明强拆？"

这时，张启看到人群中一个身穿白色职业裙装、长发披肩的年轻女人，与破败不堪的城中村中吵吵闹闹的人群显得格格不入。

"她怎么在这儿呀？"张启疑惑地问道。

盛海看过去："哦，她呀，说是征明集团的第一秘书。"

张启拉着盛海，悄悄说："她不是悠悠那个同事吗？咱们在星月山那个饭店碰到过。"

盛海这才想起来："哦，对对，悠悠说这是她同事。诶？怎么我觉得不对劲呢？我得问问悠悠。"

悠悠接到盛海电话时，正在灯火通明的办公室里修改竞标书。明天就是和秦颂的蔚然集团竞标的日子，不容许有一丝差错。盛海在电话里说，征明集团的工人正在城中村强行拆迁，他看到了上次在星海八号院和悠悠一起吃饭的那位女同事也在现场，城中村现在乱成一团。悠悠听完后，知道那个女人就是颜如玉。悠悠心生疑惑：明天是竞标的日子，今晚李金龙约了沧海市住建局的人，颜如玉应该陪李金龙应酬才对。来不及细想，她放下竞标书，驱车赶往现场。

悠悠到城中村时，并没有看到颜如玉，也没有看到盛海。几辆警车闪烁着红蓝交替的灯光，两个警察在人群中耐心地安抚大家的情绪，有些村民们将刚才被迫搬出的家电搬进房屋，几个工人在警察的指挥下将铲车缓缓开出城中村。

悠悠走到警察面前，表明了自己征明集团总裁助理的身份，她和警察聊了聊，大致了解了当时的情况。悠悠披散着长发，穿着一袭米白色连衣裙，在夏夜腥热黏腻的空气中，她面带微笑的询问都仿佛带着一缕微风。她耳朵上金色的耳环随着点头的动作，发出清脆的金属撞击声。

警察告诉她，几个带头强拆的人已经被警察带回了派出所。悠悠感谢完两个警察后，打开车门，准备再去一趟派出所。这时，一个沉闷的声音从身后不远处传来："你别动！你不能走！"悠悠觉得这声音的调子很熟悉。她怔住了，哪怕已经过了十几年，她也记得这声音。她回头瞥了一眼身后，水果摊上卖水果的老年男人在与客人争执，一米六左右的身高，胖得像一个圆石墩，看起来五十多岁的样子，水果摊的红色灯光在老年男人的光头上爬着。悠悠仔细打量着这个老年男人的眼睛和身形，一种心悸感忽然袭来，她感到眩晕。她断定眼前的这个男人就是曾经强暴过她、欺骗过她的工头胡卫。那些尘封在心底的过往犹如一头幻兽，开始肆意生长。电子厂的狭窄宿舍、验孕棒上的两道杠、厂房地上的一摊血迹、医院病房的黑夜……这些过往的画面在她的脑海中循环播放。那些曾经藏在内心深处的屈辱、悲伤、愤怒与惶恐的记忆立刻霸占了她，内心的幻兽就快将理智吞噬。她的眼神充满仇恨，这些本已冰封的恨意，此刻却是翻江倒海，奔流而出。沧海市的夏夜，天气闷热，可此时的悠悠只觉得浑身都是冷的，脸色几乎和身上连衣裙的米白色融为一体，目光如刀子般剜向胡卫。

悠悠没有说话，真正的恨是无需言表的。

老年男人似乎感觉到有一双眼睛在观察着他，他抬头看向悠悠，四目相对。老年男人眼中的悠悠清冷瘦削，皮肤白皙，那样高冷矜贵的目光，似乎要穿透他的身躯。他感受到了悠悠眼神中的恨意，起初愣了愣神，然后，他恐惧了。几秒钟后，老年男人顾不得正在和他吵架的客人以及水果摊，佝偻着身子，撞翻了水果摊，头也不回地仓皇逃走了。

恨意充满了悠悠的心，她全身抖得像风中的树叶，心底的幻兽叫嚣着冲破牢笼，理智与恨意不断纠缠。看到胡卫逃走的背影，悠悠的愤怒到达顶峰，内心闪现出一个念头：撞死胡卫。她跌跌撞撞地走到自己的车前，双腿发软，踉踉跄跄地坐进驾驶室。等她再抬头时，胡卫已经消失得无影无踪。她紧紧地握住方向盘，急促地喘着气，感到似乎有什么东西堵在胸口，令她无法呼吸。胃在痉挛，恶心的感觉一阵阵袭来。她需要马上找一个宽敞的地方透透气，她踩紧油门，在市区里奔驰着，越开越快，车内导航传来超速的提示音，悠悠将手机砸向导航。愤怒和仇恨攥住了悠悠，她的神经摩挲在一起，缠绕成杂乱无章的细线。

悠悠停下了车，下车后，她弯腰摁住胸口，大口大口地呼吸。身体内的神经快要被愤恨燃烧,她拼命地跑了起来,耳边传来簌簌的风声。不知跑了多久,悠悠疲惫到了极点,跑到了一处无人的海滩。她跪在海滩上号啕大哭,她累了、倦了,静静地看着一波波的浪涛,听着海浪与海浪的嘶鸣、海浪与礁石的咆哮。她告诉自己不要去报复,她知道现在的自己要远远比胡卫强大得多,胡卫还和以前一样软弱。用强大去征服软弱,只能证明自己的无能。她告诉自己,遇到胡卫,而不是别人,完全是一种生命的偶然。生命中没有这一种偶然,便会有那一种偶然。无数种偶然拼接出生命的过程,生命就是偶然的集合,这是宿命,要接受它。看着夜晚深邃无边的大海,她的心绪安稳了下来。她缓缓地走回车里,擦干最后一滴泪水,补了妆后,驶向了派出所。

派出所里,带头强拆的工头一口咬定征明集团花高价雇他们当晚必须完成强拆,还拿出了转账记录。悠悠看了汇款账号,私人账户,心下了然。

悠悠对盛海说:“盛海,他们的罚款我交了,放他们走吧,他们不是我们征明的人。”

盛海说:“我们还得再调查一下,到底是不是征明的人。”

悠悠说:“征明的人不会、也不敢强拆的,这是私人账号转账,有人打着我们征明的旗号干坏事。今晚谢谢你了,后续有事联系这个号码。”悠悠留下征明集团公关部经理的电话后,离开了。

悠悠开着车,脑海中思考着会是谁指使工人强拆。雷长江?不会的,雷长江这个人虽然和自己作对,但从来都是明斗,况且,虽然雷长江一直看不惯自己的做派,但对征明集团是尽心尽力的,他不会主张强拆。颜如玉?如玉姐在老李身边那么多年,事无巨细,处处妥帖。可今晚她本应陪老李应酬,却出现在强拆现场,悠悠开始对她产生一丝怀疑。

悠悠再次回到征明集团顶楼办公室的时候,已经是凌晨一点多了。卸下疲惫后的悠悠躺在办公室的沙发上，手机震动，她收到一张由陌生号码发送来的图片。医院病床上躺着的人被白布盖住了全身，这是一具尸体，胡光耀死了。还未来得及分辨，短信上的字赫然出现："想保住你弟弟，就放弃竞标。"

悠悠手中的手机滑落在地上。她心里明白，肯定是小五又惹祸了，顿时生起对小五的厌恶甚至愤怒之情。她本来就不想把这个不成器的弟弟接到城里来，可大伯母为了小五来城里工作的事情给她打了好几个电话，她只能同意。没想到，这次竟然闹出了人命！她想着想着，捡起了掉在地上的手机，给小五打了一个电话，她要问问到底是怎么回事。结果如她猜想的一样，小五在游戏厅打架了。悠悠问了小五为什么要打架，小五理直气壮地说："那人嘴不干净，骂咱奶奶，我能惯着他呀?！"

悠悠听到"奶奶"这个词的时候，心里一阵厌烦，说道："那个被你打的人已经死了，你准备坐牢吧！"

当小五听到那个人已经死了的时候，顿时像被霜打了的茄子一样，蔫了。他在电话中哭哭啼啼地说他不想坐牢，求悠悠帮她。可悠悠斩钉截铁地告诉小五："这是不可能的。"悠悠让小五做好思想准备，接受法律的审判。说罢，悠悠挂断了电话。她知道小五一定会让大伯母找她，她既无能为力，也不想去管这种事。她不可能为了小五而去违法犯罪，何况是人命关天的大事。她知道，自己无法和大伯母解释清楚，便关掉了手机。随后，她用办公室的座机告诉门卫，任何人找她，一律不让进。她要集中精力做竞标的工作，她不想被打扰。

就在这晚，胡卫在城中村看到悠悠如此光鲜亮丽，开着豪车，他内心充满着恐惧与不安。悠悠像刀子一样凌厉的目光，让胡卫心惊胆战。刚遇到悠悠，儿子就死在了医院，这让胡卫浮想联翩，他觉得这绝非偶然。他断定，悠悠是来报复的！他想着自己当年对悠悠做的恶，强暴了悠悠，哄骗悠悠和自己同居，老婆还把悠悠打流产。儿子已经死了，下一个要死的，是不是轮到自己了？就这样，顾不上失去爱子的悲痛，胡卫和老婆连夜离开沧海市，不知去向。

第二天清晨，一夜未合眼的悠悠重新上了妆，对着镜子整理衣领。她不确定李金龙一向信任的颜如玉是否临阵倒戈，她决定试探一下颜如玉。

这时候，敲门声响起，悠悠应答着“请进”，颜如玉端着早餐走了进来。

颜如玉说：“悠悠，我昨晚跟李总应酬得很晚，一大早来了才知道，昨晚你去派出所处理城中村的事情啦？还回集团熬夜看今天的竞标书？”

悠悠笑着接过颜如玉手上的早餐：“哎呀，还得是我如玉姐念着我，我吃口东西，竞标十点开始。”

颜如玉放下餐盘，开始帮着收拾悠悠办公桌上的化妆品：“哎呀，你看看你，这一晚上都没怎么睡吧？待会儿吃完了，我看着点儿时间，你还能睡半个钟头呢。”

悠悠背对着颜如玉，喝了口牛奶：“行啊，如玉姐，等我睡一会儿，到点了你叫我。”

颜如玉帮悠悠把桌子上的化妆品收进盒子里，婀娜多姿地离开了。

化妆盒旁边，故意打开的文件夹的第一页上写着《土地竞标书》，赫然写着“竞标底价 12.3 亿元”，还有李金龙苍劲有力的亲笔签名。

悠悠神色如常地吃着早餐。

上午十点，市住建局会议室里，住建局局长和工作人员到场后，征明集团和蔚然集团的工作人员递交了各自的竞标书，并阐述了各自对土地的使用规划。

住建局局长说："两家公司都是本市资质较好的，我们和专家开会决议，等通知吧！"

市住建局工作人员离开后，秦颂大大咧咧地坐在沙发上，看到悠悠一言不发，秦颂神色戏谑地调侃道："悠悠啊，昨晚睡得挺好？"

悠悠笑着说："托您的福，睡得挺好的。"

秦颂这才正眼看了一眼悠悠，冷哼着没再说话。悠悠离开了。

两周后，征明集团和蔚然集团的代表们再次来到住建局会议室，等待竞标结果。秦颂一改往日浪荡公子哥做派，穿了一身手工定制的黑色西装，袖扣折射出的金属光泽格外亮眼，他把玩着手里的打火机。从悠悠进入会议室后，秦颂并未正眼看悠悠。

住建局局长和工作人员依次落座后，住建局局长宣布了投标结果："我们和专家，还有公证处的同志，也来现场做个公证，根据双方的标书、对地皮的规划，还有我们市未来的建设规划，我宣布，本次中标的是征明集团，中标金额15亿元。"

竞标会结束后，秦颂怒气冲冲地走出会议室，住建局局长赔着笑脸："秦总啊，实在是差距太大，你们的12.4亿元差得太多了，我市财政紧张啊。"

秦颂脸色煞白，未说一句话。

悠悠起身，和住建局局长打了声招呼后离开，驱车前往李金龙的别墅。

蔚然集团秦颂办公室内，秦颂破口大骂："悠悠这个小婊子，妈的竟然敢耍我。"

秦颂的秘书试图劝他冷静："秦总，是不是我们安插在征明集团的人出了问题？"

秦颂说："不可能，要么是李金龙这个老狐狸的主意，要么是悠悠这个小贱人的主意，绝对不会是我们的人出了问题。"

半晌，秦颂又说："咱们三个，十几年前在美国读书时，也算是患难与共。如果没有我，她颜如玉就死在美国了，她不会骗我的。”

悠悠驱车前往李金龙别墅后，李金龙早已知道了悠悠中标的事情。李金龙躺在院子里的摇椅上，看着悠悠：“你呀，也算打了个翻身仗。”

悠悠看着李金龙逐渐虚弱的身体，蹲下身子，和李金龙平视：“我……”

李金龙仿佛猜到了悠悠要说什么，拍了拍悠悠的手：“我知道，你想说如玉吧？唉，她跟了我十几年，这几年越来越心急了。”

这次竞标，是悠悠对颜如玉的试探。颜如玉给悠悠送早餐时，悠悠故意让她看到《土地竞标书》上的 12.3 亿元底价，紧接着秦颂的蔚然集团就出价 12.4 亿元。12.3 亿元的价格，只有悠悠、李金龙和颜如玉三个人知道。这次，坐实了颜如玉串通秦颂的事实。

悠悠问道：“您怎么知道我想说如玉姐？”

李金龙叹了口气：“经历得多了，自然能识人。那个秦颂一撅屁股，我就知道他要拉什么屎！他们不要以为我退了就可以糊弄我。我啊，清醒着呢。”

悠悠继续问道：“那您打算怎么办？”

李金龙沉稳地回道：“他娘的，我打算怎么办？是她打算怎么办吧？好了，你不要操心这些，你回去好好休息几天。”

就在悠悠结束竞标的第二天，她的大伯母来到了沧海市。她这两天，一直在给悠悠打电话，可是没有打通，她知道肯定是悠悠在忙，或者不愿意管小五的事，她得和悠悠见面才行。她不想让自己的儿子坐牢，她知道悠悠现在能力很大，她恳求悠悠帮助小五。

悠悠告诉大伯母，小五唯一的出路就是自首，争取宽大处理，除此之外，没有别的办法。悠悠念在大伯母曾经那么关照她的情分上，答应大伯母会找关系关照小五，不让他在拘留所受委屈，争取少判一些年。大伯母带着小五去警察局自首了，悠悠从警察那里知道，原来被小五打死的胡光耀竟然是胡卫的儿子，这不免让她心里一阵酸楚。胡光耀的母亲殴打她，让她失去了做母亲的权利，而小五却让殴打她的女人也失去了孩子，她内心感叹道：这是命啊！

悠悠主持开发的一处价值五个亿的“乐悦购物广场”项目，在消防验收的时候，因为消防输水管道的质量以及压力不达标，审批流程被卡住了。消防队负责此次验收工作的是一位刚毕业不久的女警官，叫汪正贻，她觉得“乐悦购物广场”必须全部更换消防输水管道以及压力泵配套设施，否则不能开业。这让悠悠大为震惊，她对工程质量一向把握得很严格，钢筋、水泥、灯具等建筑及装饰材料，她都仔细核对过每个批次的合格证，怎么消防管道会大规模不合格？这让她感到不可思议，认为其中一定有猫腻。可是，她已经来不及去大规模更换消防管道了，这会严重影响开业日期。她的计划是先开业，以后慢慢更换所有消防管道，这样既能赚钱，同时也解决了问题。

悠悠让市公安局的孙局长找到汪正贻，暗示只要她高抬贵手，就可以收到五十万块的好处费。可汪正贻不为金钱所动，刚直不阿，根本不理会孙局长。

这个项目对悠悠极为重要，是她独立全权负责的一个大项目。这个项目要是干成了，她在征明集团的地位就会稳固下来；如果失败，那她不仅会被征明集团的人耻笑，甚至可能失去李金龙的信任，在公司前途尽毁。悠悠陷入了无助，她不知道该怎么办。

深夜，悠悠还留在办公室，站在落地窗旁，看着眼前繁华都市的炫美霓虹，一派人间辉煌。这个时候，李金龙用手杖推开房门，走了进来。悠悠显出了一丝惊慌，她强装笑容，收起刚才的焦虑。可李金龙似乎在她心里逛过了一遍，直截了当地说：“你准备怎么处理汪正贻？”

悠悠听到李金龙的话后，显出了惊讶的神色。她身体颤抖着，用略带惊恐的语气说道:“我想教训教训汪正贻!”“教训”这两个词,在悠悠脑海中犹如海一样大的黑云,压得她无法呼吸。

“哦,那怎么还不行动,在犹豫什么?”李金龙轻描淡写地说着,放下手杖,坐在了沙发上。

“可是,那毕竟是警察!”悠悠断断续续地说着。

李金龙说:“人世间世态炎凉,想生存下去,你就要残忍、勇敢、果决!如果不这样,你日后怎么能掌控住庞大的集团?!”

悠悠并无言语,她觉得此刻的李金龙很陌生,此刻的自己也很陌生。悠悠的眼神始终盯着李金龙手杖上的重明鸟,手杖上雕刻的重明鸟图案已经被李金龙摩挲出了光泽。

李金龙给悠悠介绍了他养在香港的打手老金,便离开了办公室,留下悠悠一个人静静地站在命运的十字路口。悠悠在命运的十字路口,怯生生地左看看右看看,小心翼翼地往前瞻望着,又回首着往昔的路。

然后,一声长长的叹息从悠悠灵魂深处迸发出来。

悠悠找来了老金。老金身高一米八左右,三十多岁。李金龙一直把他养在香港,不到遇到最棘手问题的时候,轻易不会叫老金干“脏活儿”。老金之所以叫老金,并非因为他姓金,而是因为他总是喜欢把一个很小的、细细的金戒指用红线穿起来挂在脖子上。这金戒指是他母亲去世时传给他的。老金没有父亲,母亲一个人把他带大。在老金十二岁时,母亲因为急性阑尾炎没钱医治,疼得死去活来。母亲强忍疼痛,把老金叫到身边,用尽生命的最后一点儿力气,把细细的金戒指从小拇指上摘下来。

母亲带着怜爱的语气说:“这是娘唯一能够留给你未来媳妇的,你转给她吧,我这个穷婆婆对不住她。”

说完没多久,老金母亲眼睛里流下了两滴泪水,咽了气。老金并没有结婚,一直把这件细细的金戒指当成最珍贵的物品,如同生命般珍惜母亲留下的这一点念想。

老金接到悠悠要教训汪正贻的指令后，到了沧海。汪正贻有夜跑的习惯，一天夜里老金在偏僻处截住了汪正贻，本想敲断汪正贻的一只胳膊，没想到汪正贻搏斗技能了得，和老金缠斗了起来。老金无法脱身，无奈之下，失手杀掉了汪正贻，并把汪正贻的尸体绑上铁块沉入了海底。

当老金发来了特定的暗号，表示失手“做掉”了汪正贻后，悠悠停下了还在写工作日志的纤细白嫩的手，感觉心被一支涂满剧毒的箭射中了，红彤彤的心瞬间被腐蚀得黑洞洞的。悠悠的心似铅做的羽毛一般，无法轻盈地载着善良飞翔了。

汪正贻死去的那一天，悠悠已经忘记自己是怎么过的了。一天里，她不吃不喝，什么都不想做，只是静静地一个人在偌大的办公室中呆呆地坐着。心情似白茫茫的雾一般，没有形象，也没有逻辑，更没有理性。悠悠眼神中有着落寞，止不住的冰凉的泪水似雨滴般簌簌滑落。

从炽热的白天到微凉的日落，从褐色的黄昏到无尽漆黑的深夜。对于其他人而言，普通的一天过去了。而悠悠知道，对她而言，人生就此完全不同。

这晚，悠悠又梦到了那只紫蓝色蝴蝶。梦中，她被一个没有头颅的黑影追赶，看不清黑影的样子，只是感到恐惧。她疯狂地、不知疲倦地奔跑，想摆脱这个黑影，可无论多么努力地跑，都没办法甩开黑影。身边既无颜色，也无声音。她只是跑着跑着，跑累了，那个人形的、没有头颅的黑影伸出了手一样的影子，牢牢地抓住了悠悠的双腿，腿刚开始是剧烈的疼痛，很快就失去了知觉。慢慢地，悠悠觉得自己的半个身体被黑影吞噬了。她睁大了眼睛，看着这个无头的黑影，准备迎接死亡降临，满心恐惧和绝望。这时，蝴蝶飞了过来，它用力地扇动着翅膀，一下一下又一下，彩色的光一闪一闪地，从蝴蝶的翅膀流向了黑影,很快,黑影不见了。

悠悠身边开始有了色彩, 她发现自己已经身在家乡熟悉的山野,躺在广阔的草地上。她感激着这只蝴蝶,蝴蝶在身边飞着飞着,绕了一圈又一圈。她以为会像曾经的梦中一样,这个老朋友会停在鼻尖,听她唠唠叨叨,可并没有。往日,这只蝴蝶在梦中飞舞时,是轻盈的、安静的,可今天不然,它飞得那么急促,有焦躁不安的愤怒。蝴蝶的翅膀搅动着一股股强烈的空气,冲击着悠悠。慢慢地,蝴蝶翅膀变得硕大无比,遮住了太阳,它再一次震动翅膀,悠悠感觉一股强风从身边吹过, 头发被吹得乱七八糟, 泛起的泥土糊住了脸,不远处的参天大树被折断,发出"咔嚓咔嚓"的声音。然后,这只蝴蝶瞬间飞向了遥远的天际。

悠悠在梦中大喊,她想挽留住这只愤怒的蝴蝶。她想解释,她想把自己的苦衷说给蝴蝶。

她声泪俱下地喊着:"你别走,你别走,你要听我说说,你别走,你别走。我不是故意的,不是故意的。蝴蝶啊,蝴蝶啊,你别走,你要听我说完哪!"

悠悠双腿跪在地上,望着逐渐远去的蝴蝶,悲鸣般地哭泣着,声音逐渐变得嘶哑。可无论悠悠怎么努力地大声呼喊,蝴蝶还是走了,再无踪影。

等悠悠从梦中醒来,发现枕头上浸透了泪水,心沉入了最深处的虚空。这个梦以后,她再也没有梦到那只紫蓝色蝴蝶。

汪正贻不在了。"乐悦购物广场"项目验收工作的阻力也没了。汪正贻事件结束后,悠悠来到了座寺庙,长跪了半个小时,只许下了一个愿望:愿汪正贻来生福深寿厚。之后,悠悠让助理把每年捐给山区小学的资金,从一百万调整为三百万。

助理好奇地问:"为什么这么突然?"

悠悠沉默地摆了摆手。

汪正贻突然消失后,她的家属报了案,警察觉得可能是女孩子夜跑时遭遇了色鬼,按照这个思路查下去,却没有任何结果。案子便被挂了起来。

恩怨了

征明建设集团的发展蒸蒸日上，尤其是打败蔚然集团，拿下沧海市城东的地皮竞标后，“征明”已经成为沧海乃至整个省的明星品牌。十几年来，秦颂的蔚然集团和李金龙的征明集团，就像两个欢喜冤家，既相互合作，也彼此竞争。有共同利益时，秦颂和李金龙是极好的朋友，二人推杯换盏，表面和谐；遇到商业竞争时，秦颂不择手段地打击李金龙。就这样，明争暗斗了十几年，但也并没有闹出大乱子。近几年，李金龙逐渐退居二线，征明集团在悠悠的管理下，成绩有目共睹，好几次把秦颂的蔚然集团打得一败涂地。

秦颂气急败坏，却无计可施。征明的品牌已经深入人心，施工工期短，建筑质量高，秦颂也想不通征明集团是怎么做到的。

颜如玉在上次的地皮竞标中透露消息给秦颂，被李金龙识破后，自觉在征明集团无法立足，便主动向李金龙提出辞职。递交辞呈的同时，颜如玉拿着自己手中征明集团0.5%的股份占比合同书，退还给了李金龙。合同签署日期是2010年6月1日，当年，在悠悠的坚持下，征明集团几乎是背水一战，借上海世博会参与场馆建设项目，没想到一战成名，公司盈利大幅增加，李金龙给了颜如玉征明集团0.5%的股份。

颜如玉高挽发髻，穿了一套白色西装连衣裙，一如既往的干练精致。拿着手里这份股份占比合同，颜如玉百感交集。

颜如玉看着股份合同，无奈地笑了："李总，我记得，当年世博会一开幕，我们征明集团水涨船高，大家都称赞您当初的英明决定。悠悠在这个项目中，也功不可没。明面上，我呢，算悠悠的半个师父，您为了感谢我，给了我0.5%的股份。"

李金龙听完后，用手指敲了敲桌面上的合同："如玉啊，你在征明集团这么多年，给你这点儿股份，不是为了悠悠，她一个小丫头，哪儿能有这么大本事。"

颜如玉听李金龙这么一说，也放松下来："哦？那就是为了我喽？"

李金龙点了点头："没错，你是个有能力的人，这么多年，你在征明劳苦功高，大家看在眼里，我也看在眼里。这些股份，是你自己应得的。"

颜如玉笑了笑："这么说，我每年拿到的分红，都是我自己凭本事赚到的喽。"

李金龙肯定地回答："当然，我这个资本家绝对不做赔本买卖呀。"

说完，二人都笑起来。颜如玉正了正神色："李总，我要去美国了。"

李金龙神色如常："秦颂要在美国开分公司？"

颜如玉摇了摇头："家庭原因，和秦颂没关系。李总，秦颂是我在美国读书时的学长，当年我们有过命的交情。上次竞标，我……"

提到上次竞标，李金龙脸色依旧如常。颜如玉向李金龙坦言：

“竞标底价是我透露给秦颂的。李总，这么多年，我为什么不能成为接替你管理征明的人？”

李金龙缓缓地从抽屉里拿出一份合同，颜如玉看到了“授予颜如玉 15%的股份，并升职为行政副总”等字眼。

“如玉啊，本来等这次竞标结束后，给你 20%的股份，你辅佐悠悠，我就可以踏踏实实地退居二线。之所以不让你成为我的接班人，是因为你和悠悠各有长处。你们都有野心，但悠悠和你比起来，身上有股子杀伐果决的韧劲儿，这才是征明需要的管理者。你不一样啊，你太看重感情。一个大企业的决策者，不能感情用事。”

颜如玉还是觉得不公平，明明自己进入征明集团的时间更早，最后却是悠悠接管征明集团。李金龙已经决定把征明的管理权交给悠悠，她也要辞职去美国，大局已定，哪怕颜如玉心中有再多不满和委屈，都不会说出口了。

李金龙收回了颜如玉手中 0.5%的股份，给了颜如玉两千万补偿金。颜如玉飞去了美国，双方好聚好散，体面收场。

秦颂得知颜如玉从征明集团辞职，诚恳地邀请颜如玉加入蔚然集团，被颜如玉拒绝了。秦颂也明白，如果颜如玉加入蔚然集团，少不了在各种场合遇到征明集团的人，难免会尴尬，秦颂便不再坚持。

颜如玉要去美国了，悠悠得知后，打电话给颜如玉，想要给她饯行，颜如玉婉拒了。见完李金龙后，她和征明集团再无联系，她不会再见该公司任何人。最初接触悠悠时，颜如玉看出了悠悠是一个善良、有执行力、肯吃苦的女孩，所以才会尽心尽力地带悠悠。她看着悠悠一步一步成长，一步一步赢得李金龙的信任，一步一步进入征明集团的领导层，一步一步……取代自己。颜如玉心里有很多不甘，对悠悠，对李金龙，对征明集团。

颜如玉出发去美国那天，她心有不舍、满怀忧伤地来到登机口。上午十一点的飞机，十三个小时后，她就会抵达洛杉矶，开启新生活了。正想着，颜如玉看到了一个熟悉的身影，是悠悠。此时的悠悠穿着朴素的白色T恤和牛仔裤，并未化妆，就像她们第一次见面那样。悠悠看到颜如玉后，将手上的袋子递给她，笑着说："如玉姐，一路平安。"颜如玉也笑了，接过礼物："谢谢你来送我。"登机口传来提示登机的广播声，颜如玉拍了拍悠悠的肩膀，说了句"保重"后，转身走进登机口。飞机起飞后，颜如玉打开袋子，剔红花纹样的漆盒中，是一枚金镶玉的平安扣，玉质温润。言念君子，温其如玉，颜如玉读懂了悠悠。她小心翼翼地收好漆盒，珍重地把平安扣握在手里，透过飞机的舷窗，默默闭上了眼睛。

可贵的并非礼物，而是你没有忘记我。

沧海市市郊有块地皮，前些年一直荒废，近几年，随着市郊高速公路通车，沧海市委和城市规划局、住建局等部门决定将这块地皮用于新建居民住宅区，面向社会招标。秦颂的蔚然集团有了上次竞标失败的教训，这次更加慎重对待。但事与愿违，中标的依旧是征明集团。

蔚然集团秦颂的办公室中，秦颂咬牙切齿地大骂道："真是不给人活路了，那就别怪我不客气。"

秦颂咽不下这口恶气，眼看着李金龙退居二线。可悠悠比李金龙更狠，这几年对蔚然公司的挤压不仅让他错失了好多项目，沧海商界的其他商人也觉得秦颂已经过气，甚至秦颂在黑道上的小弟对他的态度也有了微妙的变化。斗不过一个小丫头片子，让秦颂觉得脸上无光。他暗下决心，一定要让悠悠吃点儿苦头。

这时，李金龙突发中风，悠悠心急如焚，赶紧把李金龙送进沧海市最好的医院接受治疗。李金龙无法说话，也不能行动，只有眼睛可以转来转去。经过在医院进行的一系列的检查和抢救，李金龙好不容易脱离了生命危险，意识也逐渐恢复，但需要靠医疗器械和药物维持。

秦颂得知后,在李金龙出院后的一天,去李金龙的别墅探病看望。哪怕双方在商界的关系剑拔弩张,十几年下来,秦颂对李金龙还是有几分敬佩的。

悠悠忙于征明集团的工作,颜如玉走后,需要培养新的总裁助理处理大大小小的行政事务,征明最近拿下的沧海市市郊居民住宅项目,也让悠悠忙得焦头烂额,几乎没有时间顾及李金龙。悠悠找了四个保姆、四个保镖,在别墅里轮流照顾李金龙。听到秦颂亲自探望李金龙,悠悠有些诧异。毕竟,秦颂竞标再次失败,出了会议室破口大骂,悠悠还是有所耳闻的。

悠悠沉思半晌,吩咐秘书:“我核算了一下,目前征明的项目,已经完成这个季度的利润目标。你联系一下蔚然集团,刚中标的沧海市市郊住宅项目,还没开始动工。这个住宅分东西区,把西区分给蔚然集团,让他们做。”

秘书听完后说:“怕是不妥吧,咱们走竞标,给他们分一半工程,流程上不合规吧……”

悠悠坚持:“没关系,问一下咱们集团法务,怎么做合规合法,目的就是让蔚然集团和我们共分一杯羹。行了,就这么办。”

秦颂得知消息后,亲自打电话给悠悠,一改往日对悠悠的轻蔑之态:“哎呀,悠悠啊,要不说老李重视你呢,有钱大家一起赚嘛,有格局。”

征明集团已经完成了利润目标,悠悠没有告诉秦颂,之所以分一杯羹给蔚然集团,是悠悠看在秦颂探望李金龙的面子上。“就当为老李积攒福报了”,悠悠说完挂了电话。

其实,秦颂心里并不满意,他要的不仅仅是项目和钱财,更是面子。秦颂表面上和颜悦色,可是内心感到了巨大的屈辱。他觉得李金龙是在施舍自己,而且连施舍都不是李金龙出面,而是让一个小丫头和自己聊。秦颂觉得这是赤裸裸的挑衅，是蔑视他，心里愤怒至极。

一天，悠悠突然接到从李金龙别墅打来的电话，被告知李金龙昨晚被人投毒，不治而亡。悠悠匆匆赶到别墅，一个叫普鲁斯特的五十多岁白人男子接待了悠悠。普鲁斯特告诉悠悠，李金龙身亡，已经报警。按照李金龙生前的遗嘱，万一遭遇不测，身后事均由普鲁斯特来操办。普鲁斯特已经将李金龙的遗体火化，骨灰撒入大海。李金龙在征明集团的所有股份都可以转给悠悠，前提条件是悠悠要在两年期限内偿清李金龙对于海外史密斯集团的巨额欠款。普鲁斯特拿出李金龙生前公证过的遗嘱、委托书，以及一系列英文和中文文件，上面确实都是李金龙的亲笔签名。

面对李金龙的死，悠悠的眼神中充满悲伤。但她并没有慌张，她很淡定，她知道死亡是生命的必经过程。只是，这一切来得太过突然，悠悠不敢相信李金龙怎么会突然死去，而且所有身后事，竟然让一个自己从未谋面的外国人来操作。悠悠叫来了自己的法务团队和普鲁斯特的团队进行对接，又找了私家侦探去调查普鲁斯特以及史密斯集团。最终私家侦探以及法务团队都说没有任何问题，悠悠这才在一系列法律文件上签字确认。

悠悠前往别墅整理李金龙的遗物，她想找到李金龙一直带在身边的黄花梨重明鸟手杖，烧给他，可并没有找到。她去问普鲁斯特，普鲁斯特耸耸肩，表示不知道。普鲁斯特的团队在处理完一系列事情后，便立刻乘坐最早的一班飞机离开了中国。悠悠为没能找到那根重明鸟手杖而深深地遗憾，感觉愧对了李金龙。

悠悠一时之间对投毒嫌疑人也没有任何思路。李金龙在商界和黑道叱咤风云几十年，仇家多得数不过来。悠悠不知道下手的是李金龙的哪路仇家，她甚至想到是不是当年在打工的会所碰到的那伙儿人。但时间久远，毫无线索，悠悠只能慢慢观察。

李金龙死后，征明集团内部陷入混乱。颜如玉的辞职、李金龙的离世，打破了征明集团几十年稳定的权力结构。悠悠持有征明集团35%的股份，是公司最大的股东，但以雷长江为首的其他股东，想方设法要架空悠悠，公司高层陷入混乱，有的股东甚至想把股份卖给秦颂。此时，秦颂的蔚然集团听到风声，借征明集团内讧、人心不稳的时机，一举拿下多个竞标项目。一时之间，悠悠忙得焦头烂额，一筹莫展。

李金龙的离世，让悠悠始终处于巨大的悲伤之中。李金龙在别墅度过了人生中的最后一段时光，有一次，李金龙强打起精神，断断续续地告诉悠悠，他自觉时日不多，征明集团是他一辈子的心血，拜托悠悠一定要好好经营。悠悠时刻谨记李金龙的嘱托，每天在公司待到很晚，仔细审查每一项报表，制定管理规划，想要稳住局面。

就这样过了一个多月，征明集团高层股东们依旧分歧较大。每周的股东大会，雷长江甚至都不到场，投票人数不够，许多决策无法实施。

悠悠每天在征明集团待到凌晨一点，无论工作有没有做完，都会在凌晨一点开车回家，第二天早上八点准时出现在征明集团，风雨无阻。

一天，凌晨一点，悠悠像往常一样，开着轿车回家。车子刚驶出征明集团，迎面驶来一辆大货车，开着远光灯向悠悠的车驶来。强烈的光亮照得悠悠睁不开眼。此前，悠悠从未在这个路段看到过任何一辆大货车，直觉告诉她，必须下车，她冷静地迅速刹车，并往路边靠近，还未等车子完全停稳，便跳下车子。就在这一刻，大货车死死地撞到她的车上，轿车的驾驶位完全变形了。

悠悠远远地离开路边，并静静看着大货车，她想知道这到底是怎么回事。此时，她身上多处淤青，伴有软组织挫伤。大货车司机稳稳地坐在驾驶位上，并未下车看事故现场一眼，而是拿起电话报警。

很快,交警到了现场,司机说自己喝多了,没看清路,便撞上了悠悠的车子。交警经过调查,也认为这个货车司机是酒后驾车,并且证据链完整,交警定性为交通事故。可是,悠悠从大货车司机的眼神中看不到一丝惊慌失措。

悠悠意识到这件事没有那么简单。如果当晚自己没有及时停靠并跳下车,必然死于非命。交警的说辞不能让她安心,她拜托唐警官帮忙细查。

唐警官曾经因处理老宋和陈红两起案件和悠悠结识，两个人相识多年,悠悠无比信任唐警官。

多年的办案经验让唐警官立马有了线索。他在看完监控以后,对悠悠说:“悠悠啊,监控录像中,很明显,这个货车司机就想撞死你,没得逞。我查了货车司机近一个月以来的行车路线,他多次给沧海市郊的建筑工地运沙子,是蔚然集团的工程。”

悠悠听完后,平静地说:“好,我知道了,唐叔。等我忙完这段时间,去家里吃饭。”

悠悠没想到,自己对秦颂一而再、再而三的退让,反倒让秦颂有了可乘之机,差点儿害死自己。

2018 年 2 月,春节期间,老金到东南亚赌场赌博,在赌场上,听到隔壁桌一个酒醉的中年男人吹牛,中年男人一口沧海口音,吸引老金多听了几句。这个喝得醉醺醺的中年男人吹嘘自己毒死了沧海市的黑社会老大李金龙。

老金趁着中年男子酒醉,上前仔细套话,才知道中年男人的雇主正是秦颂。老金把事情详细地告诉了悠悠,悠悠记下这笔账。她的脸上显出果决冷峻的表情，心里想:“我一定要让秦颂血债血偿。”她让老金回国,找机会干掉秦颂。

2018 年秋，老金在中山路枪杀了秦颂，这在沧海引起了不小的轰动。枪击事件第二天，悠悠来征明集团上班，公司高层却都在窃窃私语地议论这起恶性枪击事件，他们知道秦颂是悠悠最大的竞争对手，两个人的竞争已经白热化，秦颂的死，让他们浮想联翩。

这一天，雷长江本来联合了几个股东，要一起在股东大会上向悠悠发难，剥夺悠悠的管理权。但其中两个股东看到了昨天秦颂被杀的事件，突然对悠悠产生了莫名的恐惧，不再拥护雷长江。董事会上，股东纷纷推举悠悠成为征明集团新的董事长，雷长江的阴谋彻底失败了。

对于悠悠而言，这是一场至关重要的胜利，她彻底粉碎了公司内部反对她的联盟，再也无人能够撼动她在公司的地位。回到家后，她坐在宽大的书房内，让劳累的身体得以暂时放松。无意间，她看到了一本 20 世纪 80 年代朦胧诗的诗集，这是盛海送给她的。她从书架上拿下那本书，轻柔地展开，翻了几页，看了一会儿，然后把书放在了胸前，若有所思地合上了双眼。

少年听雨

21 世纪的大学中文系，早已没了 20 世纪 80 年代的风光。那时，中文是诗歌的世界，要是哪个男生是诗人，可是一件了不起的事情。女孩子们都喜欢有才学的诗人，即使这个诗人容貌丑陋，也有机会抱得美人归。盛海是有名的校园诗人，不过他爱好的和 80 年代流行的朦胧诗、先锋诗不同，他是一位中国古典诗歌的爱好者。但进入新世纪，没有了毕业分配工作制度，大学生身上背负着沉重的就业压力，朦胧诗歌热度散去，年轻人为了各自的前程八仙过海，各显神通。

2005 年，盛海刚刚步入大学。此时，《魔兽世界》游戏进入中国，风靡一时。同宿舍的张启和景外经常相约去网吧打游戏，甚至每天谈恋爱的子泉，有时候都抵挡不了《魔兽世界》的魅力，偶尔跟女友请假，也是去网吧打游戏，盛海却一次也没去过。对此，同学们啧啧称奇。刚读大学时，无论男生还是女生，都纷纷使出浑身解数，将心思放在打扮自己上，盛海则不追求这些。他衣着朴素，除了吃饭，生活费全都用来买书。他热衷中国古代文学，买了大量的古典文学书籍，《史记》《汉书》《资治通鉴》等，刚开学没多久，小小的男生宿舍就已经堆满了盛海购买的书籍。盛海对中国古代文学有着痴迷般的热爱，他总想把中国古代文学研究得深入透彻。同时，盛海酷爱下中国象棋，打遍整个中文系无敌手，中文系的同学们都对盛海的两大爱好交口称赞，称他是中文系的“才子”。

盛海身高一米七八，体型匀称，瓜子脸，书生气中带着几分帅气。他出生在沧海市下属乡镇的一个传统家庭，母亲是乡卫生院的内科医生，父亲是乡民政局的公务员，爷爷是一名抗美援越的老兵。从小，爷爷就教育盛海要做一个正直的人，做一个对社会有用的人。父亲会烧一手好菜，盛海继承了父亲的这一点，做菜手艺极佳。盛海自幼喜欢读中国古典文学的书籍。许是受中国古典文化的浸润，他性格狷介。中文系古代文学课堂上，主讲老师严中文正讲得起劲儿，盛海会突然插话，指出老师讲得不对的地方。严老师被盛海这么一打断，有点儿摸不着头脑，但既然“踢馆”的学生已经打上门了，自然要“迎战”一番。于是，双方开始一场引经据典的大辩论，结果往往是严老师正确，盛海同学不过是学跑偏了而已。这闹得盛海尴尬不已，严老师正常上课的进度也被打乱了。严老师是一位五十多岁的老教授，头发已经花白，身体本来虚弱，为了和盛海辩论，调动了太多脑细胞，难免劳累，上课的内容大为缩水。

当时，同学们没人敢挑战老师的权威，所以像盛海这么持之以恒挑战老师权威，敢于在公共场合辩论，而几乎每次都失败之后又不气馁、锲而不舍的同学，全中文系只此一人。

严中文觉得，学生就该像盛海这样，敢于提问，勇于质疑和挑战权威。每次辩论完，他都会在课堂上表扬一番盛海，然后搬出一堆大道理教训同学们。

严中文激动地说：“大家失去勇于质疑老师的勇气，就会失去创新意识，长此以往，怎么得了。你们可是国家的未来，现在你们都没有挑战老师的勇气，以后就没有创新精神，怎么取得事业的发展，怎么做一番大事业？”如此地说了一大通，便到了下课时间，他看到台下的同学们没有和自己互动的眼神，不禁怅然离开。有时候，严中文越批越来劲，逐渐从中国古代文学的问题，延伸到教材选择、教育制度等话题上来。

盛海十分认同严中文的观点，但盛海的想法被同学们认为是乌托邦。

张启善意地提醒过盛海几次，要他注意自己发言的场合，对什么事情都不要过于执着，不然同学们会对他有看法的。可是盛海有自己的一套认知，他觉得身为中文系的学生，就应该做中华传统文化的传播者和继承者，这是他的理想。盛海不管周围同学们的议论，他有着自己的坚守。他对张启和景外说：“如果读书只是为了学分，为了一点点的奖学金，那就失去了读书的意义。读书是人类社会生活中最高尚的活动，每读一页书，都是在和先贤智者们做灵魂的对话。难道这不应该是最伟大、最值得为之高兴的事情吗?！”

景外和张启看到盛海这么顽固的态度，也只能顺其自然。

大学一年级的时候，有个女同学叫张文诗，个子不高，但气质清逸，样貌甜美。盛海我行我素的性格让张文诗为之动心，她主动约盛海在冬季溜冰场旁见面。

盛海远远地看见张文诗等着他。张文诗穿着一袭褐色毛呢长裙，黑色长发在夜晚昏黄的灯光中伴着清风徐徐飘动。盛海淡然地走过去。

“找我有什么事情吗？”盛海自然地问道。

“嗯……嗯……嗯……你猜猜看呢？”张文诗有点儿羞涩地对盛海说道。说完，她低下头，看了看自己的脚尖。

“你是不是有古代文学的知识不懂啊？”盛海特别自然地想到

了这个，在他的世界里，古代文学占据了绝大部分。

“不是，你再猜猜呢？”张文诗慢慢地说道，微风拂过她的身体，带出了一阵阵清香。

盛海想了想，自己除了钻研中国古代文学之外，还酷爱中国象棋，在中文系无敌手，尽人皆知。“你不会是想学象棋吧？我觉得这个不太适合女孩子玩！”盛海木讷地回道。

这时，张文诗有点儿着急，心想盛海这个人怎么这么笨，简直就是榆木脑袋。但是又毫无办法，就继续说道：“也不是，我才不学那个呢！你再猜猜看，给你最后一次机会！”

盛海想了想，自己的三大爱好，古代文学、下象棋、长跑，前两个爱好刚被否定，张文诗又在操场旁的溜冰场跟他见面，难道是想跟他一起长跑？盛海回头看了看操场，天气渐凉，操场中也没有几个锻炼的人。盛海挠了挠头：“你要和我学长跑吗？这个挺累人的，你可得想好了，要坚持好多时日。”

张文诗被气得直跺脚，娇滴滴地说道：“不是呀，你怎么这么笨呢！我和你说吧，我喜欢你！”说罢，她低下了头。

盛海听到这句话，突然惊了一下，然后迅速恢复了正常状态，说道：“你这么说，我觉得太不负责任了，你根本就不了解我，怎么谈得上喜欢我呢？你看你不喜欢中国古典文学，不喜欢象棋，不喜欢长跑，怎么还说喜欢我呢？我们也没有共同话题，没有共同爱好啊！不好意思，你这样的喜欢，我无法接受。”

张文诗万万没想到盛海会说出这种话，脸一下子憋得通红。

过了一会儿，张文诗说道：“你这人……你这人……不可理喻！”说完，她一路小跑，回到宿舍。

女生的世界没有秘密，张文诗的室友迅速知道了事情的原委。这样的事情马上传播开，越传越邪乎。结合盛海对古代文学的喜爱，很快，盛海的形象从中文系的“才子”一落千丈，被女同学们定义为道貌岸然的卫道士、封建保守势力在中文系的代言人，等等。张启和景外等男同学们觉得，这件事对于盛海大学四年再没有女孩子主动向他表白有着直接关系。盛海也从来不去追女孩子，他在古典文学的书海里，过得优哉游哉，不亦乐乎。

盛海喜欢古典文学，特别是古典诗歌，干什么事都要用古典诗歌来概括。比如张启和悠悠在聊余华的《活着》，深深地为书中主人公的遭遇感到惋惜时，盛海就会来一句“竹杖芒鞋轻胜马，谁怕？一蓑烟雨任平生”，来表示自己对这个问题的认识。再比如当大家在篮球场打篮球，盛海会来一句“会当凌绝顶，一览众山小”，夸赞大家的投篮水平。

有一次，盛海读着古诗，诗兴大发，竟然在雨天出去压马路。虽然只是蒙蒙细雨，但等他回来的时候，也已经全身湿透。他觉得只有这样，才能体会到古诗中的那种情怀。春寒料峭时节的蒙蒙细雨，弄得盛海高烧不退，卧床了一个多星期，身体才有所好转。

盛海的另一个爱好是长跑。当中文系的其他男同学忙着打游戏或谈恋爱时，盛海已经用双脚丈量大地了。学校的地盘超级大，但人不多。在漆黑的夜晚，盛海一个人满校园跑步，学校保安怕学生出安全问题，把他截住，进行思想教育。

“同学，晚上这么黑，怎么还出来跑步？”保安问道。

“啊，这个也要管哪，咱们学校不许出来跑步吗？”盛海反问道。

“那倒不是，跑步可以，可是这么晚了，多不安全！”保安说完这句话，看着盛海还没有反应，就义正词严地继续说，“你看，同学们都在谈恋爱、玩游戏什么的，你也可以去做做这些嘛，或者去体育场跑，也可以的！也不用非要晚上在学校偏僻的地方跑步！”

盛海只是静静地看着保安，并没有要答应的意思。

保安一看这个学生油盐不进的样子，便提高了声调说道：“你看哪，咱们学校还有几栋楼没建好，建筑车辆来来回回的，碰到你可怎么办?!而且人员也复杂呀!万一出点儿什么事情,可是追悔莫及呀!不许晚上再在学校里面跑步了啊!”保安开始转为命令的口气。

“学校还有这个规定?我怎么没听说过啊,那我明天去问问校长!怎么还能不让人在学校里面跑步呢,好奇怪!”盛海生气地说道,声音也大了起来。

一提到“校长”,保安们瞬间态度软化了下来。赶紧把命令的语气转为缓和的关怀:“你这位同学不要这么想,我们是为了你好,怕你出问题,学校也没有说禁止在校园里面跑步。我们也没有说不让你跑,只是善意地提醒你!还请你多多理解!”

“行,那我知道了,我理解你们了。那也请你们理解理解我吧,我要跑步了!”说完这句话,盛海开始跑步,不再和保安说话。

两个保安面面相觑,你看看我,我看看你,他们还从来没有遇到过这么固执的学生。以前那些学生都是被吓唬吓唬就乖乖离开了,没想到这个学生还把校长搬了出来,让他们觉得事情难办。两个保安回头就把这个事情汇报给了领导,领导们做出了一个决定,就是让这两个保安盯着盛海,留下盛海的联系方式,只要盛海一出来跑步,就要开电瓶车跟着,免得出事儿。这两个保安跟了盛海一年,最后成了可以一起吃饭、喝酒、侃大山的好朋友。

经过长久的锻炼,盛海的长跑能力与日俱增。一年一度的运动会成了盛海展现实力的最佳舞台。赛场上,盛海一个个超过其他人,文学院学生沸腾了,无论男女,手里都举着彩棒,挥动着、喝彩着。

“盛海,盛海,最棒!”

“盛海,盛海,最强!”

盛海听到同学们的欢呼声,更有力量了,一骑绝尘“秒杀”全场,最终拿到全校第一名的好成绩,秒杀体育学院的专业运动员,让文学院的同学们大长志气。

长跑只是盛海的一个业余爱好，他最大的志向，还是做一名研究古代文学的学者。盛海对中国古代文学有着执着的爱，却也因此忽视了考试的方法与技巧问题。盛海连续两年考研都名落孙山，致命伤都是英语不过线。

许多事情并不是你努力了就一定能够成功。

第二次考研失败后，盛海约景外喝酒。景外已经是沧海大学研二的学生了，他也纳闷儿："你这研究生怎么搞的，搞了两次都上不了啊？"景外关心地问道。

"我也纳闷儿。这英语是不行了，怎么学分数也上不去。"盛海不无叹息地回道。

景外看盛海郁闷得一直喝酒，便劝解道："没事儿，日子还长着呢，大不了再考一次。"

盛海摇了摇头，觉得他和学术没了缘分。

大学时代，同学们都沉醉于令人眩晕的甜蜜爱情时，盛海并没有停下他追逐学术梦想的脚步。他太执着于自己的理想了，把学术造诣放在了最高处，他抬着眼睛、踮着脚，努力想离学术殿堂近一点儿，再近一点儿。不知不觉之间，青春的时光无声无息地流逝了。最终，盛海并没有实现他所追求的学术梦想。

这次考研失败后，盛海决定出去玩儿几天，算是给两年刻苦的考研之路画上句号，从此好好工作。

盛海去了上海，熠熠生辉的东方明珠、古今交会的上海外滩、鳞次栉比的高楼大厦，都市的繁华让盛海看到了不一样的世界。在游人如织的上海世博会展馆，盛海驻足在中国馆前，看着气势磅礴的展馆，脑海中涌现出无数中国古代诗词。"我和学术的缘分已尽，但我对古代文学的热爱没有消失。"想明白了这一点，盛海因考研失败而沉重的内心开始释然。他找到沧海市所在省份的展馆，拍照留念，当作重启人生另一条道路的纪念。

上海之行结束后，盛海回到沧海继续工作。盛海在大学毕业后就去了一所学校兼职，做了代课老师。工作内容简单，天天就是备课、上课、给学生批改试卷。

盛海代课所在的学校有食堂，只要是住宿生，都要在食堂吃饭。盛海注意到，午餐都挺好，而早餐和晚餐情况就不同了。他发现只要是校领导们在学校值班时，早餐和晚饭质量就会明显改善，而一旦领导们不在学校，菜的品质就明显下降。他觉得自己有必要把这个事情向领导反馈。

学校开教师会议，会上老师们都提一些无关痛痒的意见。讨论了半天，也没有什么实质性内容，这时候盛海站了起来。

"校长，那个，我有点儿事情想反映一下。"站起来的盛海看着校长。

小会议室并不大，老师们坐在一起，大家距离都挺近，校长看到站起来的盛海，便笑了笑说："好啊，小盛你来讲讲。我洗耳恭听。"

"校长，你有没有注意到咱们食堂的早饭和晚饭的问题？"盛海用清脆的声音说。

"哦，早饭和晚饭什么问题，是不卫生吗？我没听到有人反映这个问题啊！你说说看！"校长一脸疑虑地说道，刚才的笑容也消失了，立刻变得严肃和紧张起来。

"卫生倒是没啥问题。"盛海说道。

当听到卫生没有问题的时候，校长脸色舒展开来，紧张的神色也退了下去。

"但是，凡是校领导值班时，早晚饭的质量就挺好。一旦校领导不在时，质量就下降得厉害。本来是土豆牛肉的，就基本上变成了土豆；红烧鸡块，就变成了红烧鸡骨架；山药排骨汤，就变成了山药汤。基本情况就是这样的。”盛海说罢，静静地看着校长。

会场的其他老师都笑出了声。大家心里其实都知道这个情况，他们在这个学校已经工作多年，见怪不怪了。没想到这个刚毕业的愣头青把这个问题给捅了出来。

“还有这个事情啊，那我们散会后，我就要在食堂看看，要是果然如你所说，我一定整治这个食堂老板。”校长正色道。

晚饭时，校长果然在食堂吃了饭。食堂老板的偷工减料被校长抓了个正着。

经过盛海这次反映，学校食堂的饭菜质量终于开始保持较高的水准了。学生们和需要吃早晚饭的教师们自然是开心得很，因为这件事情，盛海还被校长表扬，说他敢于坚持实事求是，年终奖给盛海多包了五百元红包，名曰‘优秀建议奖’。

后来，盛海考上了警察。

当盛海对景外说自己当了警察以后，景外诧异地问道：“哥们儿，你怎么还去做警察了，你可是我们中文系的诗人呀！”

盛海笑呵呵地回答道：“哥们儿，我这是投笔从戎，报效祖国，服务人民！”

“没想到，没想到，你这个中文系的诗人，竟然去做了警察，感觉有点儿不搭调，服你！”景外说道。

“文能提笔安天下，武能上马定乾坤嘛。”盛海又拽了一句古文。

盛海从代课老师考上警察，满怀一腔热忱要干一番事业，争取能够有点儿作为。

在盛海参加警察入职培训的课堂上，讲师们反复告诉下面的学员，做一名人民警察就是要忠诚，忠于职守。忠诚是第一位的，要忠诚于党，忠诚于人民，忠诚于这份伟大而光荣的警察事业。讲师们的培训内容和体现出来的精神深得盛海的心，他觉得其实儒家文化也是讲求“忠诚”二字的，入职培训在无形中和他大学时代多年研读中国古典文学的体会实现了某种灵魂上的契合。儒家文化要求读书人能够“修身齐家治国平天下”。盛海要文武兼修，忠诚于人民警察这份光荣的职业，扫灭所能见到的一切人间不公和黑暗。想到这里，盛海的内心犹如一团火，让他充满着斗志。

盛海带着在学校的做事风格和思路到了新单位。有一天，分局领导来所里面搞座谈会。

分局领导说：“今天来和大家见面，就是想听听大家对所里和分局的工作有什么好的意见和建议。希望大家能够实事求是，把自己内心的真实想法说出来。这样也能够促进我们的工作更好地开展嘛！”胖胖的分局领导激情昂扬地讲了一通。

所里的其他同事，都说什么警民联系有待加强啊，工作方法需要创新啊，辅警的培训工作有待提升啊，等等。分局领导听着大家的话，有时候抬着头，有时候记着笔记。当大家七嘴八舌说得差不多了的时候，分局领导抬了抬眼镜，环视着会场的同事们。这时候，他注意到盛海还没有讲过话，就对着盛海说：“这位同志，怎么不说话？你也来讲讲！”

盛海看到分局领导竟然点到自己，让自己发言，回道：“领导，我是刚考入咱们所里的，是一名新兵，刚来不久，虽有一些体会，但也不知道是不是正确恰当。”

“新兵才有新体会，没问题的，说说看！”分局领导鼓励着盛海说道。

盛海稍微沉思了一下，回道：“嗯，既然领导这样说，那我就大胆地说下我的一点儿新体会。我觉得其他同事对我都挺照顾，工作环境也满意，我挺欣慰的。就是感觉这食堂的饭菜，实在难吃。肉啊，挺柴的，嚼起来费力。青菜，感觉也不新鲜。目前要是说问题，我就体会到这么点问题。”盛海边思索，边慢吞吞地说着话，说完就坐了下来。

坐在临近分局领导位置的崔指导员，听完盛海的这些话，头上冒出了汗珠。所里面的小食堂是他分管的业务，这么多年，大家也都没有说什么，反而这小子刚来不久，就开始“放炮”。

分局领导听完盛海提的意见，把鼻梁上架着的眼镜摘了下来，歪过头看了看崔指导员。

“这个食堂问题，我们分局明天派人过来和你们内部一起查一下，看看到底什么情况。伙食标准应该不至于到那个小同志说的坏样子吧。”说罢，又拿起眼镜戴了上去，在笔记本里面记着。

事后，分局派人来查所里面小食堂的问题，发现饭菜质量确实不行，存在花高价买品质不好食材的问题。虽然并没有发现回扣和贪腐，但崔指导员因为这个事情还专门向分局领导作了书面检讨。崔指导员在领导面前跌了面子，满心怨气地连忙去档案室认认真真、仔仔细细地翻看盛海的档案，恨不得把每一个黑色的铅字都彻底地捻碎，扔进垃圾桶。当崔指导员发现盛海并没有什么社会背景和深厚的关系后，愤怒且扭曲的脸上露出了得意的、透着阴森恐怖的狞笑，他开始尽一切可能地整治盛海。

盛海考上的是民警，是警察中最辛苦的一种了。事情繁杂，各种各样以前从来没想到的事情都会发生。

盛海在和张启、景外聚会的时候说：“别看是鸡毛蒜皮的小事儿，但在当事人看来啊，都是大事儿。比如，楼上空调漏水啦，我们要出警，要了解双方情况，两方肯定都在诉苦，然后就是长时间地费尽口舌去协调；快递的钢琴，在快递过程中漆面受损，客户不想付快递费，还要求赔偿，快递员却觉得自己无辜。损失的钱就要从快递员工资里面扣，快递员哪里肯答应，双方僵持不下，也会报警寻求解决。这些小事情，看似不大，但相当花费时间和精力，一天下来，精疲力竭。”

时间到了 2018 年秋季，就在中山路枪击案发生一周后，有人报警说，旁边住户家里吵闹不停，盛海接到任务，和辅警徐志华一路开车狂奔过去。车开进一栋老式小区，没有电梯。两个人急急忙忙爬楼梯，在三楼的楼道就能听到五楼传来一阵阵强劲的音乐声，两个人快速到了五楼。这时，音乐声更大了。

盛海和徐志华相互看了一眼，说道："真是没有公德，他们开这么大声，只顾自己嗨，别人不要睡觉了啊?！"

辅警徐志华也附和道："就是，我来敲门，一定要教育教育他们这些没公德的人！"

刚开始，徐志华比较轻地敲门，但敲了一会儿，没有反应，就开始用力砸门。咚咚咚，又砸了一小会儿，有了反应，门里传来了一个女人的声音。

"谁啊，半夜来敲门！"女人抱怨地说着，打开了门。

门刚打开了一条缝时，女人看见门口的人穿着警察制服，一瞬间愣住了。女人定了定神，想迅速把门关上。

这时，盛海在门边上，看到女人眼神迷离、衣着错乱。眼看女人要关门，盛海身体用力往前一拥，顺势撞开了门，进了房间。盛海感觉情况不对，一个男人穿着短裤，窝在沙发上，茶几上还摆着一些用具。盛海马上就明白了，这两个人在吸毒。

"你们两个都给我蹲下，我们是警察，你们是在溜冰吧?都老实点儿啊！"盛海用命令的口气说着。

"妈的，老子是玉皇大帝，你是哪里来的王八蛋?敢和老子这么说话！"窝在沙发上的男人生气地大声说。

盛海仔细看了看男人，这个男人白白胖胖的，但看上去体虚，并不结实，眼神已经完全迷离了。

"都别废话啊，快点儿起来蹲在地上，不然我就对你采取强制措施了啊！"徐志华一边把女人按在了地上，一边对着男人说。

“我是玉皇大帝,你知道不?还不给我退下,耽误老子好事儿!”男人自顾自地说着。

“玉皇大帝,你赶紧给我起来。我孙悟空,专门来砸你场子的!你快点儿,少废话!”盛海说着。

此时,女人已经被徐志华控制住了,那男人没有丝毫要配合的意思。

白胖男趁徐志华给女人戴手铐的间隙,摸起身边的水果刀,向徐志华冲过去。就在水果刀即将刺到徐志华的后背时,盛海猛地扑过去挡在徐志华前面,用右手徒手夺过水果刀,并猛踢白胖男的小腿。白胖男重重撞在盛海身上,咬住盛海的手臂不松口。盛海只能用被水果刀划伤的右手,奋力砸了几下白胖男的头,才让他松口。盛海趁机把白胖男铐了起来。

这时,手上一阵剧痛,盛海才注意到,手被划出了一道深深的口子,流着鲜血。小手臂上也有深深的环状牙印,渗着血。他简单地包扎了一下,便和徐志华继续工作。

盛海和徐志华把两个吸毒者扣了起来,关掉了躁动的音乐,收集完相关的物证,开车回了派出所。经过突击审讯,两个吸毒者交代,他们的毒品是从一个叫“丽丽”的女人那里买来的,至于丽丽具体是干什么的、怎么才能找到丽丽,他们一无所知。

过了一段时间,盛海刚忙完一段工作,累得瘫坐在座位上,正两眼无神地看着天花板。这时,派出所的小郭打来了电话:“海哥,给你说个事儿呀,你抓的那个白胖吸毒男是复吸人员,而且还有艾滋病。你赶快去做个血检吧!”

盛海听后,顿时大脑一片空白,下意识地看了看手臂上已经瘀血的环状咬痕,说:“奶奶的,这王八蛋。我知道了,谢啦,小郭。”说罢,盛海腾地从瘫坐的椅子上立了起来,向上级领导汇报了一下,匆匆地开车去了医院。

在医院完成排队、挂号、抽血、化验等一系列流程后，已经到了下班时间。化验结果要等一段时间才能出来。盛海心乱如麻，他后悔自己的鲁莽，当时怎么不多提防一下这种吸毒的人？万一真的被传染了，这辈子就算完蛋了。他想到这里，不禁在自己的脸上抽了一嘴巴，悻悻地开着车往家里走，一路上都心神不宁。这时，电话响了。盛海拿起手机看了看，原来是崔指导员的电话。

"喂，崔指导员好！"盛海提起了几分精神说道。

"盛海啊，你下午怎么没在单位呀？你这可是缺勤哪！我和你说，我们可是纪律部队，你这个样子，我可是要批评你的！"崔指导员劈头盖脸地说道。

"我和队长说了，他没和您说吗？"盛海赶紧回答。盛海知道，这个崔指导员向来就不喜欢自己，分明就是抓自己的把柄，给自己穿小鞋。

"没有啊，即使和队长说了，也要备案才行，我们纪律部队的工作，事事都要留痕的。"崔指导员继续说，并没有减轻责备的意思。

"指导员说得对，说得对！"盛海态度谦和地说道。

"你有什么事儿啊，就跑出去了？"崔指导员问道。

"是这样的，领导，我上次不是抓了两个吸毒的人嘛，然后被其中一个男的给咬了一口，咬我的那个男人有艾滋病。小郭就告诉我，让我也来医院查查，看会不会被传染了。"盛海态度平和地说道。

虽然此时盛海语气平和，但心里已经十分愤怒了。自己现在有没有被传染都不一定，还要在这里被指导员搞来搞去的，他心里甚是不爽。

"哦，这样啊。本来还想找你出个任务。那就算了，明天再说吧！你查出什么结果，记得向所里面汇报下！"崔指导员挂断了电话。

盛海听到电话忙音后，气得把手机摔在副驾驶座位上，嘴里嘟嚷着:“这个王八蛋,就知道给人穿小鞋,背后捅刀子。早晚不得好报!”

盛海把车开进自己住的小区,在车上抽了一根烟,静静地听了一首李宗盛的《山丘》,才上楼。刚打开家门,五岁的女儿童童正在客厅聚精会神地看动画片,她听到开门声,转头一看,是盛海回来了,小家伙跳下沙发,张开小手,乐颠颠地向盛海跑了过去。

童童看到盛海右手上缠着白色纱布,关切地问道:“爸爸,你的手怎么了?”

盛海用左手摸了摸童童的头发,轻声说:“没啥大问题,快去看动画片,不用管爸爸!”童童转头走向正在做饭的妈妈。

盛海的妻子李莎莎是当地的一名医生。盛海因为工作性质,经常出任务,平时接送孩子的事情都是妻子在做,为此盛海心生愧疚。只要盛海有时间,便会接送孩子、洗衣服、做饭,对待岳父岳母像亲生父母一般,极为孝顺,并且凡事都顺从妻子的意思。盛海所做的一切都是想尽力弥补对妻子的亏欠,他总是觉得自己做得还远远不够。

“爸爸受伤了!”童童说。

李莎莎看到盛海手上缠着纱布,关了煤气灶,快步走到盛海身边。

李莎莎急切地问:“怎么还伤到手了,怎么弄的啊?”

“还好,没啥大问题。负点小伤,不碍事的!”盛海说。

“告诉你别逞能,别逞能,怎么就不听话!”李莎莎边说着,边用拳头轻轻地打了几下盛海的后背。

“好啦,好啦,你别把孩子吓到。我没事,去做饭吧,吃完饭再和你说。”盛海停了停,继续说道,“童童,你接着去看动画片吧。爸爸没事的,你妈妈这是过激反应!”

于是,童童继续去客厅看动画片了,李莎莎则满心忐忑地继续做饭。

晚上，李莎莎哄童童睡下后，回到了卧室。她看盛海并没有脱掉衣服，依然穿得严严实实的，便坐在梳妆台旁边的凳子上。“你和我说说，到底怎么啦？”李莎莎关心地问道，一边问着，一边走近盛海，想要抱盛海。

盛海推开李莎莎，然后把衣服的袖子卷了起来，露出了已经瘀血的手臂。“别过来，更不要碰我。”盛海说道。

“你这手臂怎么啦，怎么搞的？”李莎莎想要用手抚摸盛海受伤的手臂。

“你千万别碰我，和我保持距离。我在抓吸毒犯时，手被毒犯用水果刀刺伤了，手臂也被咬了一口！”盛海的声音低沉。

李莎莎听到这句话，心里一阵酸痛。

“这个毒贩有艾滋病。”盛海的声音更小了，“我去医院做检查了，出结果要等一段时间。这段时间我去住宾馆。”

李莎莎听完，泪水瞬间涌出，捂着嘴，呜咽了起来。

“和你说了要小心、要小心，不要那么拼命，怎么就不听，怎么就不听！”李莎莎不敢大声哭，怕把孩子吵醒。

“对不住你和童童，要是真感染了，我就搬出去住，可就苦了你了。”盛海低着头，“等下你把我一些换洗的衣服找出来，在检查结果出来前，我暂时先住宾馆，你就和童童说我出差了。”

“住什么宾馆，你就住在家里好了。不许你出去，我不怕。”李莎莎带着哭腔说道。

“那不行，我得为你们考虑，听话！”盛海擦了擦妻子脸上的泪水。

虽然李莎莎很不舍盛海出去单独住，但身为医生，她知道事情的严重性，必须得为女儿考虑。盛海搬出去住了。

到了检验结果出来的日子，盛海在医院自动化验单打印机旁，内心忐忑地将条形码在机器上扫了一下。很快,机器发出“滴”的一声,化验单一点点从一条小细缝中被吐出来,发出“滋啦滋啦”的声音。

盛海深呼一口气,然后慢慢拿起化验单,一行一行地仔细地看着小小的黑字,似乎像是看着生命的年轮一般。当看到“阴性”这两字时,心已经提到了嗓子眼儿的盛海终于长舒了一口气。看化验单这短短的十几秒时间,盛海觉得过了许久许久。他看了看化验单,又看了看手臂上瘀血的咬痕,不自觉地笑出了声音,说了一句:“他奶奶的。”

盛海把化验结果马上告诉了李莎莎。李莎莎接电话时,正在给病人看病,听到“阴性”时,开心得一下子从坐着的椅子上跳了起来,脸上笑出了花儿。

“晚上我下厨,咱们庆祝一下。”盛海激动地说着。

李莎莎点了点头,在电话里“嗯嗯”地答应着,然后挂断了电话。她这才意识到,她正在给人看病。李莎莎对病人说:“不好意思啊,刚才家里有点事儿!请您原谅!”又开始一丝不苟地工作了。

盛海刚到下班时间就第一时间冲出办公室,到幼儿园接上童童,去了菜市场。

童童看着爸爸这也买、那也买,脸上总是笑盈盈的,便问道:“爸爸,今天怎么这么开心啊,买这么多的菜?”

“今天啊,爸爸出差回来了,你开不开心?”盛海用手指轻轻地按了下童童肉乎乎的小脸蛋儿说。

“嗯,开心,好久没见到爸爸了!”童童开心地说。

“嗯,所以啊,今天爸爸给你和妈妈做锅包肉,咱们庆祝一下。”盛海开心地说。

当天,盛海做了12道菜,开了两瓶红酒。每次过年时,他都会做12道菜。今天也做了12道菜,在他的心里,今天就是过年了,一个只属于他和妻子两个人的年、一个命运攸关的年。平时两个人酒量都很小,可这一顿饭,他们一人喝了一瓶红酒。

晚上睡觉时，李莎莎依偎在盛海的怀里，左手搭着盛海的后背,抬着白皙的脸庞,静静地看着盛海。

“没事真好,我这段时间都快担心死了,你要是有什么三长两短,我和童童该怎么办?我不求你做领导,我也不想买什么豪车、名牌包,你安安稳稳地干着现在的工作就好了。安全就是你给我和女儿最大的礼物。”李莎莎带着微醺的语气,弱弱地说着。

“嗯,嗯,我听你的话!”盛海含着眼泪答应着,抚摸着李莎莎的头发。那一袭乌黑的长发里,藏着他们两个人的青春年华。这一夜,两个人睡得格外香甜。

在盛海的血检结果出来后，崔指导员还专门为这件事开了一次会。

“盛海这个事情,我们要引以为戒,工作上要认真仔细,怎么可以这样马虎大意?!”崔指导员一边说着,一边环视着大家,最后把目光盯在了盛海身上。

“我们每个人的身后,都是一个家庭。大家一定要本着对家庭负责的态度去执行任务，按照操作规程办事。不能像盛海这样莽撞、马虎大意,这要是出了点事情,可怎么办?我如何向盛海家里人交代,如何向组织上交代? 在这里,我要对盛海提出批评。”崔指导员说到这里,声音提高了几度,又清了清嗓子。

“我和大家提要求,都是为了大家好,为了大家的家人好,为了所里和组织上好。盛海你说是不是?”崔指导员突然把话头儿递给了盛海,盛海木木地笑了笑,并没有言语。

“你看,盛海也同意我的看法嘛!”崔指导员笑嘻嘻地环视着大家说着。这次会议,崔指导员开了足足有一个小时,才心满意足地让大家散会。

散会后，徐志华对盛海说："我觉得崔指导员就是冲着你来的，你冒着这么大风险办案，怎么连一句表扬的话都没有，有点儿过分了。"

"好好工作吧，等下我们出去巡逻了，你把设备都检查一遍，不要落下什么！"盛海拍了拍徐志华的肩膀，走开了。

一天晚上，已经下班、换上便装的盛海和徐志华在常去的一家小吃店吃砂锅。吃得正香时，突然听到不远处传来了几声急促的声音："抢劫啦！抢劫啦！抢劫啦！"

盛海和徐志华立刻放下筷子，盛海将嘴里还没来得及咀嚼完的饭菜直接一口吞了下去，匆匆向发出求救的地方跑去。

只见一个穿着短裙、踩着高跟鞋的长发年轻女子，指着前方五六十米处正在逃跑的青年男子道："那个男的，抢了我的包！穿黑色短袖的那个男的！"

盛海和徐志华听完女人的话后，立刻追赶跑在前面的青年男人。追出去一段路，徐志华上气不接下气，瘫坐在地上。

盛海对瘫坐在地上的徐志华说："你别追了，联系下其他同志，请求下支援。我去追他。"

徐志华肚子已经跑得岔了气，说话费劲，只能摆摆手，表示他知道了盛海的意思。

年轻男子看后面只剩下一个警察追自己，使出了吃奶的劲儿，一阵猛跑。但他发现，怎么跑都甩不掉盛海。眼看实在没办法甩掉对方，他灵机一动，把刚刚抢来的包顺势扔在路边，心想警察找到包，就不会这么死追着自己了。

盛海捡起包，却继续追着年轻男子，而且距离始终保持在五六米的样子，盛海并没有急于抓住这个抢包贼，只是一路跟着。抢包的男子一边跑着，时不时还要回头看盛海离自己的距离，生怕被盛海给抓着。可是已经跑了两千多米了，抢包男子的速度越来越慢，大口喘着粗气，汗水浸透了头发，上身向前倾着，每跑一步感觉都要跌倒。他放慢了脚步，进而瘫坐在地上，大口大口地喘着气，抬起头看着盛海。

“大哥啊，大哥，至于嘛！”抢包男人断断续续地说着，干燥的喉咙里发出沙沙的声音，“我已经把包给你了，还这么拼……拼命地追我！”

盛海虽然跑了一大段的距离，但从大学时代就有长跑习惯的他，并没有觉得累。他直接控制住抢包贼的手臂，抢包贼已经累得体力不支，没有一丝挣扎，只是呆呆地望着盛海，张大着嘴，吐着舌头。

盛海说道：“小子，你少废话！你这是抢劫，重罪，知道不！”说着，盛海用力踢了一脚抢包贼的屁股，继续厉声说道，“你还挺能跑啊，继续跑啊！起来，再跑两千米啊！”

抢包贼像团棉花一样躺在地上，两只眼睛直勾勾地看着天上，嘴里喃喃地说：“不跑了，不跑了，真倒霉，真是倒霉……”

盛海给徐志华打电话，让他把车开过来，把抢包贼送到派出所。

从抢包贼抢包到被抓，耗时不超过半个小时，这也算是神速破案了。本来是一件值得表扬的事情，可崔指导员在知道了事件经过后，特别是了解到盛海本来可以更早地追上犯罪分子，却没有以最快速度追上去，反而是和犯罪分子保持一段距离跟着跑后，大发雷霆。

“这是人民警察应该做的事儿吗？一个抢包贼，那可是重罪犯，就这么跟着跑，而不是尽一切可能以最快速度抓住罪犯，要是抢包贼狗急跳墙、挟持周围群众怎么办？这个责任谁能负得起?！盛海，你这就是不作为的表现，是没有责任心的表现！”崔指导员气愤地在公开会议上又一次批评了盛海。

在场的同事，听到崔指导员这么说，面面相觑。

“还有，作为一个警察，你已经抓住了犯罪嫌疑人，为什么还要进行人身攻击？为什么还要用脚踢犯罪嫌疑人的屁股？你这种做法，是违反纪律的！”崔指导员越说越生气，时不时地还拍着桌子。

就这样，盛海这一次成功抓捕抢包贼非但没有受到表扬，反而被崔指导员一顿臭骂。盛海回到家，看到带着孩子的李莎莎和在客厅开开心心玩耍的童童，一切工作上的烦心事就都烟消云散了。他心想，我对得起自己的警服，罪犯也抓到了，自己也没有受伤，岂不是两全其美，对得起自己的职业，也对得起自己的家庭。

在之后的一段时间里，所里面谁都没有见到崔指导员，盛海和徐志华还觉得奇怪，这个崔指导员到哪里去了，也没有个信儿。突然之间，没有人找他们俩的麻烦，盛海还有点儿不适应。

没多久，所长在全体会上，严肃地和大家宣布了一件关于崔指导员的事，说是崔指导员因为工作原因，已经调到市局孙局长办公室做秘书。然后，还宣布了给盛海的嘉奖公告，表扬了盛海在抓捕毒贩时候的英勇行为和抓捕抢劫犯时的迅速反应。所长说：“我们干工作，要努力把工作干好，这样才对得起组织、对得起国家、对得起人民；同时还要在工作时注意工作方法，尽量避免自己受伤，这样才对得起家人，两者要兼顾。能不自我牺牲，还可以把事情解决掉，岂不是很好！蛮干是一件极为危险的事情！”

有一天，在和景外、张启聚会的饭局上，盛海把自己被艾滋病嫌犯咬伤的事说了。景外和张启都为盛海感到担心。

张启说：“你还是通过遴选的方式换个岗位，别做警察了。警察的工作太危险，真要是再出点什么事儿，你自己还不要命了？你老婆孩子怎么办？”

盛海边喝酒，边缓缓地说：“我觉得没有什么，我还挺喜欢这份工作的，虽然很危险，但看见一个个坏人被我亲手绳之以法，心里真的充满自豪感。我既然选择了这份职业，就要坚定地走下去，不能半途而废。而且危险的工作总是要有人来做的，我不做，还要别人来做。”

景外也同样劝说盛海：“中途换个危险系数低的职业，也不能叫半途而废。职业不同，但都可以为社会做贡献，而且你也有老婆孩子了，不为自己想，也得为老婆孩子想想才是。”

可无论景外和张启怎么劝说，盛海都不为所动，他只是答应两个老同学，自己以后在工作中多注意工作方式，多小心一些。景外和张启都觉得，盛海的这一份执着的坚守中，有几分可爱，更有几分理想主义。

景外将盛海工作上遇到危险的事情和王雨菲说了，王雨菲听后，赶紧也给盛海打电话，劝他换个工作。可盛海听后，只是笑呵呵的，并不反驳，反而关心王雨菲过得怎么样。王雨菲见自己没办法说服盛海，便送给了他一份保险，反反复复地叮嘱盛海以后一定要万分小心才是。盛海很感激王雨菲的关心，他知道王雨菲也不容易。

初恋

王雨菲，土生土长的哈尔滨女孩，一米七几的大个子，身材修长。黑长直的头发，大眼睛一闪一闪的，是中文系的系花。

王雨菲的父母是从事国际贸易的商人，夫妻俩赶上了中国加入世界贸易组织后的经济腾飞，通过进出口生意，财富一波一波地累积，事业蒸蒸日上。王雨菲在优越的环境中慢慢长大，从未有过生活上的烦忧。王雨菲的父母恩爱有加，无忧无虑的生活，让王雨菲对爱情有着天真的幻想。

高中时期，王雨菲萌生了对爱情的甜蜜幻想。韩剧《浪漫满屋》风靡一时，男女主人公更让王雨菲无比向往电视剧中轻松甜蜜的恋爱。她会和闺密相互讨论，想象未来男友的模样。

高中时期的女孩们，往往会因为一个男孩子写出一两句辞藻华丽的句子，或者在篮球场上投中远距离三分球，而心生迷恋。青春时期懵懂的爱意，在少女们的内心深处浮动。

王雨菲高考结束后，她的父母开始闹离婚。他们人到中年，有了很多对婚姻的厌倦，曾经热烈燃烧的思慕之情，经过十几年的光阴，终于黯淡。有了更多对自由感情的向往，他们以为可以在别处寻到真切而有质感的生命悸动。

父母的婚变，让王雨菲坠入了迷茫的深渊。这么多年来，美满温馨的家庭生活、甜蜜的父母之爱，原来都是一场只对她演出的戏。深夜，王雨菲在笔记本上写下了这样的话："我被残忍地忽略了，我只能是那个被留下的孤单的人。我需要爱，浓烈的、关切的爱。我需要爱的光明，来温暖我这颗孤冷的青涩的心。"写着写着，她落下了泪水。

王雨菲像一个溺水的人，苦苦地挣扎着，渴望有个人伸出手，把她从悲苦的郁闷中拯救出来。这个时候，张启莽莽撞撞地闯了进来。

大学时代，张启就是学校里的风云人物。张启身高一米八五，身形瘦削修长，脸庞英俊帅气。再加上家境殷实，是典型的"高富帅"，一进大学就受到了很多女孩子的青睐。

大学刚开学不久，刚刚告别高中紧张的学习生活，每个大学新生内心躁动不安的小宇宙都想彻底地释放一下。班里的同学们聚在一起，玩"诚实勇敢"的游戏。游戏输了的人，要找个同班女生唱《月亮代表我的心》。张启输了游戏，选择了同班女生王雨菲，对着她深情款款地唱了这首情歌。聚会结束后，张启绅士地送王雨菲回宿舍。一路上，张启逗得王雨菲心里小鹿乱撞，脸红不已。看着王雨菲娇羞的样子，张启萌生出对这个女孩的爱怜。

第二天，张启把王雨菲约到了学校的小湖旁，直截了当地问王雨菲："你觉得我帅不？"

王雨菲被这么直接且充满自信的询问弄得有点儿蒙，支支吾吾地说道："嗯，挺帅的。"

张启更进一步斩钉截铁地说："那你做我女朋友吧。"

王雨菲，一个从未经历过爱情的人，哪儿见过这种阵仗，紧张地说："我考虑三天再和你说吧。"

张启强势地回答道："不行，你现在就说。"

王雨菲低着头搓了搓手，带着紧张的颤音说："可是，你不能骗我，不然我会伤心死的！"其实，这时候的王雨菲内心欣喜若狂。昨晚张启送她回宿舍以后，她内心是欢喜的，她也喜欢上了勇敢深情的张启。

王雨菲回到宿舍后，蜷缩在被窝里，整个身体都在颤抖。她双手紧紧交叉地抱着自己的胸部，腿也碰触胸部，她能感受到心脏在怦怦地剧烈跳动，她极力地压制着激动的心情。王雨菲不敢和室友说，似乎怕自己一旦说出就会惊扰到爱神，她要小心翼翼地守护住甜蜜的爱情。王雨菲被爱情淹没了，忘却了世界上的所有东西。

王雨菲和张启在一起后，迫不及待地把张启的照片发给父母看。

王雨菲的父亲看到张启的照片后，坚决不同意。他觉得张启从面相上来看，不过是个花花公子而已，完全靠不住。可是王雨菲却坚持要跟张启在一起。

这时的王雨菲，心中只有爱情，对于其他的都漠不关心，那些高远的理想、深切的亲情，都被她抛到了脑后。爱情似乎是一道耀眼的光，让王雨菲感到眩晕，她沉浸在初恋的美妙氛围中。她会痴痴地看着张启，静静地看着，似乎只要张启在的时候，时间便停止了。王雨菲会默默地靠在张启的肩膀上，然后对张启说："我好爱好爱你，我自己也不知道为什么会这么爱你。也许是因为你的勇敢，也许是因为命运的安排吧！"说罢，她把脸深深地埋入张启的胸膛。

王雨菲拉着张启去海边看日出、看日落，去做所有她能够想到的浪漫的事。偶尔，张启也会暗示王雨菲，想要夜不归宿，两个人共度一晚，都被王雨菲义正词严地拒绝了。家教甚严的王雨菲从未想过逾越雷池半步。王雨菲对爱情的憧憬有着柏拉图式的幻想，她更在意的是这段浪漫关系中的心灵沟通和精神慰藉。一天，王雨菲挽着张启的手臂逛校园。张启不经意地说:“我喜欢女孩子染黄色的头发,显得更洋气、更时尚,可是在中文系这么保守的专业,很难见到。”

王雨菲回到宿舍,对着镜子抚摸着自己长长的乌黑秀发。她留了三年长发,从高中到大学,这头秀发陪着她走过了压力巨大的高中时代。从小受到的家庭传统教育让王雨菲认为把头发染成别的颜色就是不规矩的。她从思想上抗拒着染发, 可是她太喜欢张启了。终于,她走进了理发店,看着自己的秀发被涂上染发膏剂,慢慢地,黑色的发丝变成了黄色。王雨菲内心是欢喜的,她想象着等会儿去见张启时,张启的惊讶和喜悦。

傍晚,一袭黄色披肩发的王雨菲急着找到了张启,想让张启第一时间就看到自己的新发色。张启看到王雨菲的黄色头发后,很惊讶。王雨菲并没有从张启的眼神中看到开心的光,这让王雨菲本来兴奋的期待落了空。更让她悲伤的是,张启竟然和她提出了分手。

张启充满歉疚地对王雨菲说:“我们分手吧。我前女友今天来找我了,我和她要复合了。雨菲,你对我真的很好,如果可能,我愿意和你一起走下去,我真的很喜欢你。可我没有办法,李雪薇哭着求我复合,她经历得太多了,太可怜了,她更需要我。”

爱来得突然,走得也慌张。不到一个月的时间,王雨菲的初恋结束了。

王雨菲一心一意地对待张启,却被张启无情抛弃。她一声不吭地假装镇静,听张启说完,她久久地沉默着,终于,她发作了。

王雨菲用颤抖的声音说道:“我恨你,你是一个无情的骗子。”

然后,王雨菲转身离开,张启想抱一抱王雨菲,可被她拒绝了。王雨菲走了,她眼中噙着泪水,回到宿舍,坐在书桌旁。她极力地平复情绪,身体在颤抖。她感到气愤,她甜蜜的初恋竟然坍塌在了张启前女友的身上,这让她感到被侮辱了。

她拖着颤抖的手，打开了日记本，用钢笔写下这几行字：

这夜晚，有人酣睡；
这夜晚，有人缠绵；
这夜晚，也有人失恋；
毁灭了，我的初恋，
这破损的爱，毁灭了我的青春的希望和信心！
爱神的铁锁把我囚禁了起来，
重重地摧折着我的灵魂！

张启，我的心把你镌刻在了爱与恨、欢愉与耻辱的最深处。

过了一个多星期。王雨菲气呼呼地找到景外，控诉张启和前女友复合。后来得到证实，张启高中时代的前女友李雪薇来找他，李雪薇是一个身材纤细、皮肤白皙、时尚而轻佻的姑娘，充满着肉欲的张力。同李雪薇比起来，王雨菲犹如一泓纯洁无瑕的清泉，虽然健康，但显得索然无味。李雪薇则是一杯鸡尾酒，有青春的眩晕感，是肉欲的深渊。

王雨菲，一个纯洁姑娘的爱的美梦，就此破碎了。

当意志力沉默时，肉身就要站出来说话。

大学时代的张启并没有多少意志力，他沉醉于现代文明的肉身放纵中，被欲望的藤萝紧紧地缠绕着，成了奴隶。

王雨菲总是愤愤不平，总觉得是张启的不对，逢人就会说张启的不是，特别是在遇到景外的时候。这种情况一直持续了大学四年的时光。在景外看来，王雨菲是动了真情的，起码在王雨菲这里，这是一段无法忘怀的甜美而又痛苦的初恋。后来还有其他男孩子追求过王雨菲，但她都没有答应。在和张启短暂的爱情后，王雨菲单身了四年，她因为张启而染的黄色头发，被同学们指指点点了好一阵子。

情声细细

2018年秋，中山路枪击案的当天，景外给学生们上完课，开车回家的路上遇上了堵车，一路走走停停。想想自从2009年大学毕业，到现在也已经九年的光景了。

岁月如流云，不经意间就消失在无穷的天际，再也没法儿抓住，只能远远地看着、回忆着。

景外回到家，匆匆地煮了包方便面，加了两个鸡蛋，吃得津津有味。他感觉全身疲惫，一天的课上下来，嗓子还在冒烟，又开了一个小时的车。他瘫坐在沙发上，打开电视，调到音乐频道。在客厅的沙发上坐一坐，听听歌、刷刷手机，成了景外缓解压力和疲惫的习惯。

刷微信时，景外看到了王雨菲发的朋友圈——“这次到深圳的感觉有点儿像鸟儿归巢”，然后配上了屋子里一只小鸟的照片。这只小鸟，王雨菲养了很久，是一只玄凤鹦鹉，很聪明，还会说几句话。景外随手点了个赞。

下午景外上课时，王雨菲给他发了条微信，他还没来得及回复。景外打开一看，是王雨菲的微信语音：“咱们超市这个季度的供货商，咱俩抽时间再审核吧。我现在要坐飞机去深圳，给一家企业做保险的风险评估，快赶不上飞机啦。”看来她赶上飞机，顺利抵达深圳了。景外想了想，自己马上要组织同学聚会，正好问问王雨菲来不来参加。“十周年同学聚会，你有兴趣没？”

很快，王雨菲回了微信：“可以。那个渣男会来吗？”

“张启肯定来，他之前跟我提过好几次，要组织同学聚会。怎么，想你的老情人了啊，哈哈哈哈。”景外迅速给王雨菲回复。

王雨菲直接把电话打过来，景外还有些意外，他和王雨菲只有在聊工作时才会直接通电话。景外关掉电视，起身接电话。

王雨菲在电话那头直接说：“他才不是我老情人，他还不够格。我就是想知道，他几次找你张罗同学聚会，想干什么？你也是，咱俩隔三岔五聊超市的事儿，你竟然一次都不跟我提？”

景外默默地听着，然后顾左右而言他：“这位美女同学，你干什么呢？什么声儿啊？怎么哗啦啦的，你家是不是哪里漏水了？”

王雨菲回道：“你家才漏水了呢，会不会说话？我这洗澡呢！”王雨菲一句话就把景外给顶回来了。

“姐们儿，你这洗澡呢，打啥电话？”景外回答道。

“怕啥的，你要是想看，姐们儿给你开视频。”王雨菲看似漫不经心地回答着。

大学毕业后的这些年，王雨菲经历了生活风霜雪雨的磨砺，她的心境发生了剧烈变化，现在俨然一副无所畏惧的姿态。

王雨菲听到了同学聚会，想起大学时代的种种生活，青葱稚嫩的岁月往事涌上心头，有些无法言说的伤感。她想起了和张启的初恋，那时，她还没有品出爱情甘美的味道，便稀里糊涂地结束了。

在爱情里，越是想不明白，越是挣扎，陷得就越深。

2009年本科毕业时,同学们在十三月饭店里吃散伙饭。电视里播放着当时最火爆的歌曲《偏爱》:“把昨天都作废,现在你在我眼前。我想爱,请给我机会。”每一句歌词,似乎都是王雨菲爱情心理的真实写照。她一杯接一杯地喝酒,眼睛不住地看向隔壁桌子的张启。王雨菲喝完酒,坐在沙发上哭个不停,泪水吧嗒吧嗒往下掉。张启早已察觉到了王雨菲的目光,却不敢直视王雨菲。

散伙饭结束后的第二天,大家各奔东西。王雨菲拿到了香港中文大学的硕士录取通知书,直奔香港。

王雨菲去香港读硕士时,家里的生意破产了,父母还欠下了一大笔外债,仅有的房产被法院查封抵债。原本闹着离婚要各自寻找爱情的父母,也安静下来。

诱惑是财富的影子,人一旦由富变贫,诱惑也会消退得无影无踪。

一对疲惫衰老的夫妻,重新仔细地审视着对方,也在反思着自己。原来肉身已是如此的衰老,充满着岁月的皱褶。曾经一掷千金的富豪,卸去了金子的外套,那些莺莺燕燕也随之而去。王雨菲父母破产后,感情反而变好了,他们重新想起青年贫苦时一起奋斗拼搏的岁月和相濡以沫的感情。家道中落后,过去频繁走动,甚至谄媚的朋友突然“绝迹”了,再也找不到他们的踪影。王雨菲的父亲大受打击,在一次酩酊大醉后脑出血,基本生活都无法自理。自此,王雨菲失去了父亲的庇护,从富贵人家的千金小姐变成了一切要靠自己的普通女孩。王雨菲过惯了衣来伸手、饭来张口的日子,突然之间的家庭破产,让她一时间手足无措,感到悲伤和无助。但她并没有就此消沉,她擦干泪水,和生活做起了长久的斗争。

王雨菲在香港中文大学读书时,听到张启结婚的消息,陷入了凄凉的悲伤中。她把对张启的一切幻想都丢在了绝望的深渊中。虽然她和张启的恋情短暂,但她无法忘怀。她拿出了曾经和张启的合影,看了许久。她记得张启很喜欢摄影,念叨了几次要买一台哈苏相机,却总是舍不得。尽管王雨菲在香港的生活非常拮据,她却买了一台昂贵的哈苏相机,寄给了张启当作新婚礼物,也算对自己青春爱恋的告别。王雨菲把哈苏相机寄出之后,哭了好久,是为无可挽回的青春哭泣,也是在祭奠曾经的青涩初恋。然后,她把曾经的幻梦悄悄地收了起来,藏在心里的最深处,向着未来的生活走去。

王雨菲硕士快毕业时,在香港一家电视台短暂实习半年。这家电视台原则上只能实习,不能转正。这就意味着,半年实习期满后,王雨菲只能另找工作。

2011 年 2 月,北非国家利比亚民众不满卡扎菲独裁统治,举行了声势浩大的游行示威。卡扎菲政权对民众进行了无情镇压,局势逐渐失控,发展成武装冲突。此时,英美等西方国家开始进行武装干涉,让局势变得更为复杂。王雨菲所在的电视台想抢先报道这一国际事件。王雨菲自告奋勇报名,临行前,她在去机场的路上给景外打了电话,迅速说明了自己即将启程,到利比亚报道战争的事,并委托景外,如果她不幸身亡,还请景外多照顾她的父母。尽管景外坚决阻止,但王雨菲坚持自己是一名新闻记者的初衷,离开香港去了战火纷飞的利比亚。

王雨菲一行三人,另外两个人是四十多岁的大哥,他们都是电视台的正式工。王雨菲怀着忐忑的心情到达利比亚首都的黎波里后,白天穿着厚重的防弹衣,出采访任务,炮弹随时可能在附近爆炸;晚上枪声四起,为了安全也要穿着沉重的防弹衣,这让王雨菲无法睡好觉。王雨菲起初听到枪声的时候,吓得说不出话,话筒不由自主地从手中脱落。

一天,王雨菲一行人去被外国联军空袭后的居民区报道平民伤亡情况。原本漂亮的居民楼被炸得面目全非,一片片断壁残垣横在街区的四处。曾经崭新的小轿车已经被炸成了废铁，一块块地散落在街道周围。难民眼神无助，脸上满是灰土。青年男人们背着枪去了战场。有的妇女双手抱着已经死去的儿童，痛苦地向上天哭诉。这些人和事触动着王雨菲敏感而善良的心，王雨菲一路走，眼睛一路湿润着。乱世人不及太平犬的念头，浮现在王雨菲心头。她要把这丑陋的、残忍的战争，通过自己的话筒、自己的视频和文字传播给世人，让更多的人谴责这无义的战争。王雨菲觉得，无论那些外国联军打着什么冠冕堂皇的旗号，来轰炸别国的人民，其实都是在用别国人民的苦难满足他们贪婪的心。王雨菲要把利比亚人民对外国联军的控诉传播出去。

一天，她正在采访一个三十多岁、有着三个孩子的利比亚妇女。那个妇女带着悲愤的仇恨，控诉着战争对她的伤害。她的父亲、哥哥和丈夫，都死在了战场上，自己的家也变成了废墟，曾经美好的家庭在一场浩劫中化为乌有。正在王雨菲聚精会神采访时，一枚炮弹在远处爆炸，强大的冲击波把王雨菲震飞，她突然眼前一黑，陷入了昏迷。等她再醒来时，看到刚刚接受采访的妇女已经被炮弹的碎片划破了胸膛，人被撕成两半。殷红的鲜血染红了一片不大的土地。她死了。

王雨菲的眼睛、鼻子和嘴角，都被强大的冲击波震得直流血。她在医院里躺了两天，接受紧急治疗。王雨菲伤到了内脏，虽然身体的疼痛不断袭来，但她依然不顾医生和同事们的劝阻，坚持工作。有时，雨菲正在采访，突然心腹的痛感瞬间传遍全身，额头上的汗珠滴答滴答地从下巴流向地面，让她不得不弯下腰，蹲在地上好一会儿，甚至要依靠止疼药才能站起来继续工作。王雨菲觉得，即使再苦再难，也要把客观真实的人世间，通过自己的镜头，通过自己的文字，通过自己的声音，传递到观众的面前。这是她的理想，为了这个新闻理想，她愿意付出一切。新闻理想就是她的生命。

在利比亚半个月的时间,王雨菲瘦了二十多斤。她把利比亚冲突的战况第一时间报道了出来,也慢慢适应了战火纷飞的利比亚。可事态的发展速度超出了王雨菲一行人的预期,等他们发现问题的严重性后,已经没有离开利比亚的渠道了。几个人着急得如热锅上的蚂蚁,电视台也没有办法把几个人接出来。正在几个人一筹莫展的时候,中国政府展开了大规模的撤侨行动,王雨菲一行人乘坐中国政府的包机,顺利撤出了战火纷飞的利比亚,她对中国政府撤侨事件进行了全方位的报道。王雨菲既是一个撤侨行动参与者,又是一名记者,双重身份让她的报道入木三分,真切感人。一个美丽又身处战乱的女孩,报道着充满民族自豪感的撤侨行动,战争、死亡、青春、美丽、民族自豪感等一系列词汇交织在了王雨菲的报道中,这让她的报道获得了巨大的流量,在台内名声大振。

电视台的总裁得知王雨菲的新闻报道获得了极大的社会反响,便记住了这个无名的小实习生。王雨菲硕士毕业后,因此次表现被电视台破格签约转正,成为电视台的一名正式员工,开启了她的新闻职业生涯。

那年夏天,由于中国香港处在热带海洋气候区,台风频发,因此需要进行报道。

有一天,台风来了。王雨菲顶着 12 级台风外出报道,必须拿绳子把自己固定住才能站稳,如果不这样,大风都能把她吹上天。

王雨菲和摄像师陈虎搭档出任务,陈虎比王雨菲略大几岁,是家里的独子,硕士毕业后就直接来香港发展了。陈虎刚结婚不久,孩子还不到一岁。王雨菲听陈虎说,他在香港已经换了几份工作,赚得并不太多,他想获得香港永久居民身份,方便孩子考大学。陈虎今天来公司办理入职手续,因为台风的缘故,人事部门的人并没有来,陈虎的入职手续没能办理。原本和王雨菲一起搭档出任务的摄像老彭,因为女儿突然高烧,匆忙中拜托陈虎替他出一次任务,便顶着台风离开了电视台。

陈虎看着老彭留下的沉重摄像机,又看了看瘦削的王雨菲,热情地答应了。陈虎健谈,徜徉在初为人父的喜悦中,忍不住将这份喜悦分享给王雨菲。陈虎拿出手机,给王雨菲指了指时间:“现在才九点,咱们快点工作,还能赶上回家吃午饭!”王雨菲看到陈虎手机屏幕上的全家福,是陈虎和他年轻的妻子以及一岁多的孩子。王雨菲从陈虎兴奋灿烂的笑容中感受到陈虎对妻女的爱。

王雨菲正在大风大雨中报道台风情况,陈虎也用尽全力,保持摄像机在可以接受的摇晃范围内工作。这时,一个高楼上的广告牌被狂风吹下, 王雨菲眼看广告牌朝陈虎飞过来, 她撕破喉咙地喊着:“广告牌,广告牌!快躲,快躲啊!”她边喊边比画着,示意陈虎快点儿躲一下。可狂风呼啸着,大雨倾盆而下,风雨声那么嘈杂,陈虎根本听不见。还没等陈虎反应过来,广告牌就向陈虎的左半身砸了下去,砸得结结实实。一瞬间,陈虎头上的血随着风喷了出来,伴着雨水,吹了王雨菲一身。刚才还站得稳稳的陈虎像纸片一样倒了下去,脸朝下,趴在了马路上,一动不动。

王雨菲费力地解开了安全绳,拼了命地半弯着腰,走到陈虎身边,使劲地摇着陈虎的手臂,并用手碰了碰陈虎的头。陈虎的头已经软乎乎的,一点儿反应也没有。王雨菲吓坏了,慌乱之中顾不上哭,她想找人求救,可是这种天气四周哪儿有人,最后经过了好大的波折,才找到救护车把陈虎送到医院。可是到医院时,陈虎已经不行了。王雨菲全身颤抖,她分不清是由于湿透身体的寒冷,还是内心的恐惧震惊。前一分钟还在和她并肩作战的陈虎,一瞬间就失去生命,天人永隔。

陈虎上班第一天就因为公差身故,他的妻子青衿,抱着一岁多的小孩儿赶来。青衿是一个娇小的江南女子,一米五的身高,瘦弱娇小的她怀中抱着孩子,眼泪唰唰地流着,无助地问着王雨菲该怎么办。王雨菲想着，这时候公司应该出面解决善后问题，可是公司并没有来一个人。她看到青衿，就想起了自己曾经在香港孤单的日子，她想帮助青衿。

王雨菲风风火火地跑到了人事部门，责备人事部门不作为，她说：“为什么陈虎都死了，还没有派人去处理善后事宜，去安慰陈虎亲属？”

王雨菲越说越觉得陈虎和他的妻女凄惨可怜，越说情绪越激动，血涌了上来，脖子和脸都红彤彤的了。

人事部门的主管听完王雨菲的话后，冷静地喝了一口咖啡，然后淡淡地说：“陈虎并没有办理入职手续，并不是公司的员工，公司没有理由为陈虎的事情负责！”

王雨菲听后情绪更加激动，愤愤地说：“难道陈虎就白死了吗？”

人事主管面无表情地回道：“公司和陈虎没有法律关系。”

王雨菲继续说：“可陈虎是在为公司做报道啊，公司就不用负责任吗？”

人事主管依然稳稳地坐在办公椅上，冷冷地说：“家属可以找让陈虎替班的摄像师索赔！”

王雨菲在人事主管这里吃了闭门羹，她不甘心，想去总裁那里为陈虎讨个公道。她满怀信心地走进总裁办公室。王雨菲和总裁谈过话后，总裁轻柔且冰冷地告诫王雨菲：“公司是讲效益讲法律的，并不是救济站，不是谁都可以从公司毫无理由地谋得好处。”

王雨菲还想申辩什么，可是总裁并没有给王雨菲时间，就傲慢地命令王雨菲离开。

王雨菲被总裁的冷酷震撼了，她一路跑到天台上，看着繁华无比的香港，亮眼的都市天际线和美轮美奂的维多利亚港令她感到无力。她的泪水再一次涌了出来。愤怒在她的肉身中、在她的血液中、在她的灵魂中生长、膨胀。

王雨菲把公司无法为陈虎赔偿的情况告诉了青衿。青衿默默地点头流泪，不断地表达对王雨菲的感谢。王雨菲从青衿那里了解到，原来他们小两口还有高额的房贷要还，青衿为了一心一意地照顾孩子，辞掉工作，做了家庭主妇。他们的婚姻因为双方父母都不同意，并没有得到祝福，小两口以为靠自己，能够为爱情筑一个小小的巢，未曾想会遭此等生死悲苦的大难。后来，青衿决定带着孩子回娘家。王雨菲听着青衿的哭诉，也落下了伤心的泪。她之前以为自己的身世已然可悲，可在死亡这等真正的苦难面前，自己的事情也不能称为苦难了。王雨菲拿出五万元港币送给青衿，被青衿坚拒了。

电视台对员工的死亡熟视无睹、冷酷无情；天天宣称追求正义、公平、客观和真理的媒体，却对自己的员工如此凉薄，这让王雨菲的灵魂受到了巨大的触动。她重新思考着生命的意义和她的新闻理想，王雨菲对于新闻事业的信仰松动了，决定转行做保险。

景外在和王雨菲视频聊天儿的时候问道："你怎么突然要放弃新闻理想了？"

王雨菲用带有落寞的语气说道："台风来了，本来就是一件充满危险的事情，有什么必要冒着生命危险做现场报道？无非是为了提高收视率而已。这哪儿是什么新闻精神，这不过是资本的作秀罢了，陈虎和我都沦为了资本运作下的廉价劳动力。既然已经在资本的运作体系中，那么为什么不去做更有价值的事情，何必要干失去新闻精神的工作？我要去积累自己的第一桶金，做好原始资本积累，然后开公司！"说到要做自己公司的时候，王雨菲的语气异常坚定。

景外用质疑的口吻说："那你不也是成为像你总裁一样剥削员工的资本家了吗！"

“不，我不一样，我要成为和员工共赢的老板，给他们好的福利，才不会像我们总裁那么冷酷无情！”王雨菲充满斗志地说。

“懂了，你这是温暖的剥削，充满人道主义的剥削喽，温暖资本主义！”景外说。

“你这词儿用得还挺贴切，还挺会创造新词儿，这‘温暖资本主义’也算是有点儿道理吧！”王雨菲对景外创造的这个词儿还挺认同。

自此，王雨菲告别了新闻业，做起了保险。

王雨菲一直没有结婚，年龄越来越大，她预感到自己很晚才能遇到合适的爱人，是时候给自己以后的生活做点准备了。她的准备不是别的，就是冷冻卵子，如果错过生育年龄再结婚，到时候卵子质量就无法保证了。于是她开始找医院、对比价格，一通操作之后，终于完成了自己的历史性任务。她之所以选择冻卵，也是一个无奈之举，因为年龄大了，父母催着她结婚，她只能选择一个父母和自己都能接受的折中的办法，父母也妥协了。

现在的王雨菲再也不是上大学时的“小白兔”了，而是“白骨精”。“白骨精”，白领、骨干、精英的意思，这也是名副其实。这些年，王雨菲极其努力，她经常出差，全国各地飞，她现在主要的服务对象是内地的富豪们，给这些富豪们做保险理财业务。她在香港的一家英资公司工作，工资待遇优厚，远非景外这种内地大学小讲师能比。王雨菲早已在北京和上海买了大平层，财力在这帮同学中已然是相当不错。现在的王雨菲早已经褪去了纯情的痕迹，她经常一身名牌，微信朋友圈里都是职业装，显得异常干练。虽然人到中年，但身材依然前凸后翘，风韵更胜。

王雨菲专注于忙碌自己的工作，寒来暑往，阴晴昼晦，四季轮转，她不会因为任何私事耽误工作，只要客户有需要，她都会第一时间赶过去，帮助客户解决问题。

她的生活，是在云端上的。

王雨菲精明强悍，行事利落，人长得又漂亮。久而久之，她在圈儿内的名声也就大了起来。客户们都觉得王雨菲这样对自己严格要求的人，对客户肯定也差不了，便纷纷投保，这样一来，王雨菲的收入自然就突飞猛进。王雨菲现在已经是注册私人银行家，全球寿险百万圆桌会员。

有一天，王雨菲在香港看油画展，一个白人和她同看一幅画，两个人都驻足良久。这个白人一米九的个头儿，看上去三十多岁，长相有点儿像《泰坦尼克号》里的莱昂纳多。老外看王雨菲认真观赏画作，就和王雨菲攀谈了起来。老外的中文流利地道，他告诉王雨菲他叫乔，是个英国人。两个人交流关于油画艺术的认识，聊得投机，看完油画，相约去喝了一杯咖啡。

乔在咖啡厅萌生了与王雨菲相见恨晚的感觉，觉得他们似乎是投错了胎的梁山伯与祝英台、罗密欧与朱丽叶，只是肤色不同，一个是白人，一个是黄种人。乔在咖啡店当场向王雨菲表白，说他爱上了王雨菲与众不同的气质。

王雨菲听到乔这么直接的表白，心里在想："你看，这是一个多么轻浮的男子，在轻浮的背后紧接而来的就是凉薄，我才不要上这个洋鬼子的当。"这种小把戏骗骗涉世未深的小姑娘，也许还能有效，对于经历了生活波折的王雨菲而言，毫无吸引力。两个人互相添加了微信后，王雨菲离开了咖啡店，不以为意。

之后不久，王雨菲到法国南部的一个小城市旅游，在微信朋友圈发了几张照片。两天之后，乔就给她发了信息，说他已经来到了王雨菲所在的城市，想见见王雨菲。后来，他们见面了。夜幕中，两个人走在地中海岸边，一边听着海浪声，一边侃侃而谈。乔给王雨菲讲了许多他的人生往事，以及他是如何地爱慕王雨菲。

乔说："菲，你是最棒的，我爱你！我风尘仆仆地来到法国，来到地中海岸边找你，这就是爱的伟大证明。”

他们走着走着，在海岸边昏黄暧昧的灯影中，乔抓住了王雨菲的手，一束束暖色的光，投射在乔俊朗帅气的面庞上，乔继续说着情话。王雨菲在外漂泊多年，每一个无人的夜晚，她都要面对孤独的灵魂，与静寂的心对话。身处异国他乡，王雨菲的孤独又多了几分，她看着乔，身体不禁有几分情欲的火焰燃烧了起来。她太孤独了。但多年来，她把孤独圈禁在理性的王国内，不让孤独走出半步。今天，在异国他乡，面对如此热烈奔放的乔，她的理性大厦开始倾倒。她感到内心欲望的火焰要把理性的大厦燃烧，她静静地看着乔的脸庞，任由乔牵着她的手。乔开始亲吻她柔美青春的唇，一点点地吮吸，王雨菲内心肉欲的火在烧。她陷入了一阵眩晕，全身发烫，身体酥软。乔的手开始肆无忌惮起来，就在这时，王雨菲那理性的王国突然闪现出了神圣的光，那光在告诉王雨菲，这是不可以的，这是不可以的。王雨菲推开了乔，火热滚烫的身体开始被清朗的理性所把控，王雨菲觉得乔不能带给她所追求的纯洁而永恒的爱。然后，王雨菲和乔告别，继续她一个人的旅行。

2001 年，中国加入世界贸易组织后，经济高速发展，社会财富大规模累积，一部分人暴富，还有一部分人逐渐被时代的车轮远远地甩在了身后。中国人的婚恋观也开始出现了一些异样的波动，有的人开始笑贫不笑娼，似乎只要拥有了财富就拥有了一切。在一些人眼中，真理、谦虚、忠诚、勤奋、高尚、勇敢等品质，都不及财富来得真切。资本开始了狂欢，肆无忌惮地收割着年轻人的灵魂与肉体。这也让一些狂妄嗜血的资本拥有者有了迷幻的自信，他们觉得只要拥有了资本，就会让所有人匍匐在他们的脚下。

一个身材标致的美丽女孩，因为工作常年游走于富豪和企业家群体中，难免会遭遇一些不怀好意的职场骚扰。王雨菲和景外闲聊时，说过这么一件事情。有个做印染生意的老板，三四十岁的样子，疯狂追求王雨菲。

这个男人起初开着保时捷，在王雨菲面前炫耀，想请她吃饭，王雨菲碍着情面不得不去。这可不得了，小老板觉得自己魅力无限，以为拿下王雨菲也就是分分钟的事儿了，就想来个“短平快”，当晚约王雨菲去酒店共度春宵。王雨菲根本不吃这一套，有理有节地把小老板拒于千里之外。小老板自然是不死心，便拿着名牌包要送给王雨菲。

后来，王雨菲说：“这只不过是那些臭男人骗小姑娘的套路，真以为一个包就能让女人屈服吗？当然，肯定会有些没见过世面的小姑娘，一看到爱马仕，就觉得男人肯花钱、肯付出，就是真爱。其实啊，这里面套路多得是。有的男人，就看准了女孩的虚荣心，专门去买高端仿冒产品，到处招摇撞骗。那些小姑娘哪儿接触过那么多正品啊，基本上真假不分。小老板拿个没多少钱的假包就能骗走一大堆小姑娘。”景外听到这些话的时候，由衷地觉得现在的王雨菲真是了不得，简直变成了一个厉害的角色。送包也办不成事，男性骨子里的胜负欲、征服欲激发了小老板的斗志，他换了套路，打算下点儿真本钱。

因为工作的原因，小老板把王雨菲约到一家咖啡店的一楼，然后从包里拿出来一个车钥匙，指着停在外面不远处的红色宝马轿车，说道：“美女，这车送你了，做我女朋友吧。现在你们女的不都说，宁愿坐在宝马车里哭泣，也不愿坐在自行车上笑嘛。跟着哥，哥让你在宝马车里笑。”

王雨菲顺着小老板指的方向，看了看外面停着的豪车。回过头，打开手机，找出了几张照片，划着给小老板看：“哥们儿，这是我在北京的房子，这个是我在上海的房子，哦哦，还有这个。”王雨菲拿回手机，又翻腾了一小会儿，然后打开了一张保时捷轿车的照片，递给了小老板，说：“兄弟，这是我的车，你那个宝马啊，跑得有点儿慢，不适合我。”

小老板眼神中露出了尴尬的表情，一时间不知道如何是好，只能僵硬着身子，晃着手里的车钥匙，强调了一句：“我这可是新车，送给你的。”

这还没有完，王雨菲又翻腾了一下手机，虚张声势地把和那个法国版本莱昂纳多的合影给小老板看了下，说：“嗯，这是我前男友。”

小老板虽然套路深，但也没见过使这种招数的女孩，笑也笑不出来，就只剩下点头了。王雨菲收起了手机，放进包里，然后坐直，把一份文件递到小老板跟前：“老板，我觉得咱们还是适合谈工作。”然后就噼里啪啦地给这个小老板说保险的各种事情，小老板早已经被王雨菲的阵仗给镇住了，不仅没有泡到姑娘，反而乖乖地把合同签了，让王雨菲赚了一笔。

景外和王雨菲说：“其实，这个小老板也许真的喜欢你，虽然套路了点，但也许心是真诚的。”

王雨菲一脸无所谓地说：“狗屁，就他那三脚猫的功夫，还想来泡老娘啊，嫩着呢！”

王雨菲已经蜕变成了“侠女”，一个女孩子孤身一人在江湖闯荡，面对职场数不清的明枪暗箭，度过了多少难眠而孤独的夜。在遥远的他乡遇到困难，王雨菲又能向谁去寻求帮助呢，她要默默地背负多少委屈？身患疾病时，她也只能一个人拖着沉重的病体，忍受着病痛，走进喧闹吵嚷的医院。看看那些“北漂”“沪漂”，这些年轻人，在一线城市的生活都充满忙碌的不安和无尽的辛劳，更何况是竞争更为激烈的香港。

工作后的王雨菲在沧海市市区开了一家大超市，也拉上了景外，景外入股 10%，王雨菲每年给景外的分红能有三十万。王雨菲对公司员工很好，做同样的工作，在王雨菲这里拿到的工资是外面的1.5倍以上。她不要求员工加班，还设立了“员工家属大病就医保障基金”，一旦有员工直系亲属出现看病难的情况，王雨菲都会自掏腰包帮助员工渡过难关，这样一来，员工们都把公司当成自己的家一样，充满着安全感、信任感和幸福感。刚开始，她的生意并不那么顺利，但王雨菲采用了香港的现代管理理念和经营方式，货品质量都不错，就把周围的一些超市给比了下去。王雨菲的超市生意动了别人的奶酪，总是有小流氓来骚扰，报警也没多大用，警察来了，小流氓就走。盛海也来帮过景外和王雨菲解决此事，可盛海打听了，据说这里面有很大的势力，但具体是什么他也不知道，他一个小民警也是力不能及。曾经有一段时间，王雨菲和景外都做好了关门清仓的准备。

王雨菲将自己的所有资金全部倾注在超市中，还从银行贷了很多款，其中有一部分社会融资，一旦这个超市破产清算，她会陷入巨大的经济危机，甚至会因为还不起银行贷款而被列入黑名单，成为老赖。景外为了这件事极度焦虑，他去找张启，希望张启利用自己的人脉网疏通关系，但也无济于事。景外觉得自己特别对不住王雨菲，虽然身在沧海，却没有什么能力帮助王雨菲渡过这道难关。与景外相反，王雨菲却豁达得很。她很淡定，心想：“这一切不过是人生海洋上的小波浪而已，失败了，再重来，没什么了不起的，只要活着就有希望，就有翻盘的那一天！即使超市破产负债又如何？那也不过是一种人生体验而已，快乐的体验是一种人生体验，困难的体验不也是一种人生的体验吗？就体验这个维度而言，快乐和苦难是平等的。”雨菲在极端的绝境面前，总会以乐观主义精神去看待人生。

可奇怪的是，有一天，那些小流氓却又突然消失了，有个小流氓的头目还专程到超市找到了景外，说：“你们有这么深厚的背景，怎么不早说。兄弟实在是对不住了，多包涵，您就当我是一个屁，把我放了，就行。”说完，就一溜烟跑了，景外丈二的和尚摸不着头脑。他把事情的来龙去脉和雨菲、盛海、张启讲了以后，这几个人都感到纳闷儿。

现实的选择

张启大学毕业后便和李雪薇分开了。大学毕业时，他在沧海市高新区做财政局副局长的父亲工作上出现了纰漏，被政敌抓住了把柄，很可能被“双规”。官场上的事情瞬息万变，今天你还在台上夸夸其谈，可能明天就镣铐加身、万劫不复。张启的母亲每天愁眉苦脸、唠唠叨叨，父亲虽然不说任何丧气话，但张启知道父亲内心的难处，这时，他们多么希望能够有一个有权势的人帮助他们摆脱现在的窘境。张启想到，如果自己有一个有势力的岳父，所有难题都会迎刃而解。张启心中煎熬，他多么希望得到李雪薇精神上的抚慰和支持。

可这时，李雪薇却和她开工厂的前男友又搞在了一起。张启在一家酒店检查工作，刚好碰到他们一起开房。李雪薇的父母做着一点儿小买卖，并无多少钱财，更别奢谈社会地位。李雪薇除了美色之外，再无其他。张启父亲出事之前，张启也不在乎李雪薇的家庭条件，她喜欢奢侈品品牌的包，张启就给她买，从来不曾迟疑一秒钟，她想要安全感，张启买的房子也可以加她的名字，张启还计划给她买一辆豪华轿车,可万万没想到,她竟然会劈腿。张启猜想,李雪薇也许是知道了他父亲可能要倒台，就想着另外寻找一处高枝吧。李雪薇爱财,张启是知道的,但李雪薇竟贪恋荣华到如此程度,这是张启万万没想到的。

若是觉得爱情来得强烈,便不必怀疑,你已经处于极度危险的深渊边缘,马上就要坠落,摔得粉身碎骨。爱情,就像发着光的水晶,很美,也容易破碎。人间的悲喜总是变化无常,可能前一秒还欢欣雀舞,霎时间就转为恸哭。浩瀚的宇宙都会走向毁灭,何况人类这小小的情爱,终将变化。

其实,这些年来,张启贪恋着李雪薇的肉体,以为肉体的吸引和沉醉就是爱。现在,张启把美色这种事看透了,再瑰丽动人的风景,只要长久地身处其中,也会觉得寡淡无味,甚至厌烦。再美妙的肉体,也终会老去。李雪薇背叛张启,让他对爱情感到了极度失望。他觉得可能这个世界上就没有爱情这东西吧。爱情是什么?婚姻又是什么?爱情与肉体是一对如影随形的密友。谈及爱情的时候,人们往往会以爱情的名义挖掘身体杂乱无序的狂欢，从欲望的三棱镜中窥伺爱情,以爱情之名做匍匐在欲望脚下的忠实奴隶。婚姻与钱财、地位紧紧地嵌合在一起,婚姻无非是为了金钱与权势,除此之外还能是什么?纯洁的爱情早已经被驱逐出了理想的婚姻王国,留下的只有让人膨胀迷幻的金钱与权势。

张启觉得为了自己的父亲,也得寻一个家世好的姑娘了。家里给他介绍了个社保局的姑娘，也是公务员编制，而且家里实力强悍。小姑娘留学回国,可想而知,是“白富美”。

张启的相亲模式和其他人并无不同，家里人先是调查好对方的家庭背景,然后就是规规矩矩地约饭、看电影、见家长、订婚、结婚,一气呵成。正是在他老丈人家的助力下,张启父亲的工作危机顺利解决,这更让张启在心里默默地坚定了一个信念,他要成为像他岳父那么有势力的人，而最快捷的一条路就是继承岳父的一切。这条路很难，因为岳父有一个儿子，但张启在心里无数次地告诉自己，一定要走下去。

大学毕业后，张启和景外经常聚在一起喝喝酒、吹吹牛。景外还在读研究生，因此常常是张启请客。酒过三巡后，张启会聊起工作："我虽然考上了公务员，做了城管，但刚入职只能去第一线，和小商小贩斗智斗勇。以前每次去一线执法的时候，我的内心都是挣扎的。一方面市政建设需要整洁的市容市貌，这样才能提升城市招商引资的能力，给投资者留下良好的印象。但是，你说那些小商小贩也要吃饭哪，他们也有自己的家庭，每个人身后都有好几张嘴等着他们挣钱去养。"

2010 年，上海举办了第 41 届世界博览会，这次博览会对于当时积极融入世界体系的中国有极大的意义。各大媒体都在进行大规模的报道和宣传，老百姓们也对世博会的进展表现出浓厚兴趣。沧海虽然远离上海，但每个省份都在上海世博会场地内建设了场馆，张启所在的省也不例外。市领导决定要为上海世博会的胜利造势，举办一系列活动。为了呼应市领导的要求，城管局开展了整治市容市貌的"清洁城市"专项行动，那些在街道上流动的小商小贩，自然成了第一批被清理的对象。

张启在酒桌上和景外说："这些看似声势浩大的活动，其实都有内在的行动逻辑。你说为啥要首先整治占道经营的小商小贩？"张启伴着微醺的口气问着景外。

还在读硕士的景外，对社会上的事情知道得并不多，很难回答得上来。"我哪儿能知道！"景外干脆地回道。

张启说道："还不是因为这些小商小贩没有背景，最好处理。他们能有什么抗争能力？这帮制定行动计划的家伙们只知道欺软怕硬，我真是看不上这些人。可是，既然领导已经制定好了行动计划，作为职员的我，就要服从命令去执行。”

景外这才知道张启工作的不容易，二人酒后互相告别，回了各自的家。

张启刚参加工作那会儿，有一天，有个穿着破旧、身体消瘦的老头儿推着小推车卖水果，看样子得有七十多岁。他违规经营，执法队队员要没收他的小推车和车上的所有水果。老头衣着破旧，夏天时，他穿双拖鞋，长衣长裤，走路有点儿哆哆嗦嗦的。

老头用央求的语气向张启同事说：“我老伴儿半身不遂，卧床六七年了，也没有退休金，还有个智障的儿子，也等着我挣钱养活。我本来不是在这里卖东西，是在其他街道卖的。因为缺钱，就到人多的地方卖，想多赚点钱，没想到第一次来就被抓了。真是第一次，领导们就放了我吧！”

与张启同来的一个同事叫钱寅，四十多岁，已经工作多年，他漠视了老头儿的哀求，直接上手就把老头儿车上的水果往公务车上搬。钱寅觉得老头儿碍事，用力推搡着老头儿，老头儿被推得频频后退。路上的行人看到城管这么蛮横地对待老人家，纷纷围观，议论纷纷。行人们不敢直接出来阻止钱寅，但也能看得出来老百姓对城管野蛮执法发自内心的厌恶与不满。

老头儿并没有放弃，虽然体弱，身子颤颤巍巍的，但还是极力地想护住自己的水果车。

老头儿用身体护着小推车，不肯下来，一边说一边哭求放过他。老头儿说：“孩子们，求求你们了，可怜可怜我这个快入土的老头子吧，我给你们跪下，行不行！”老头儿说着，直接跪在了地上，双手合十地上下晃动，祈求着城管执法人员。

张启看到这一幕，不禁心头一阵酸楚，赶紧把他扶了起来。他从内心深处同情这个老头儿。

张启说：“大爷，要不这样，我给你一千块钱，把你的水果和车都买了,你买个新车,以后别来这里摆摊了,这条街道是不允许你们这样占道经营的。”

老头听张启这么说,迟疑了一会儿,说道:“好孩子啊,我凭什么要你的钱。孩子,你让我把车推走就行啊。”

钱寅严格执法，他觉得对于这种满大街到处卖水果的违法行为,必须杀一儆百。他想强力赶走老头子,却被周围的老百姓指指点点,遭到了那么多群众的白眼,张启却在这里装好人,想用一千块收买人心,这让钱寅的内心生出了怨恨。他恶狠狠地把卖水果的老头儿推得更远了,并把一箱橘子用力地砸向地面,橘子哗啦啦地散落了一地。

钱寅带着冷酷的充满敌意的目光，不客气地向张启说道:“张启你什么意思?你凭什么给违法占道的老头子钱。你这收买人心的行为,就是违反规定,我要去领导那里告你。别在这里当好人,你要是真想当好人,就别干城管。”说罢,钱寅推了张启一把,便气哼哼地回单位去了。

张启并没有理会钱寅，看着钱寅走远后，做了好一会儿的工作,才让老头儿明白没收他的车、水果和给他钱是两码事。这样一次行动,他就亏掉了一千多块。公务员的工资水平也不高,差不多一个月的三分之一工资就这样没了。

张启回到单位后,被主管的小领导叫到办公室大骂一顿。那个小领导说，张启这种行为就是在和市里整治市容市貌的方针公然对抗，在树立坏的典型和榜样，这完全不利于城市管理工作的推进。还说张启的行为是在搞特殊化,不利于团结同事,破坏了一线执法队伍的和谐氛围。总之,劈头盖脸地就把张启一顿臭骂,除了不带脏字,所有难听的话基本都说了一遍。

这个小领导和钱寅是一伙儿的。他知道张启的出身,怕以后的工作中张启难管理,也怕张启会超越他,就要借着这个由头,给刚工作的张启一个下马威，也顺道贬损下张启，免得张启进步太快，对他形成压力。此时，这个小领导是一副丑恶的嘴脸，他看似义正词严，可实际内心都是小算盘和阴谋诡计。此后，这个小领导就一直难为张启，一有机会就给张启穿小鞋，想尽一切办法阻止张启进步。刚工作，张启就深刻体悟了官大一级压死人的切肤之痛。张启想拥有更大的权力，不被人压迫，能够做一些自己认为对得起良心、对得起民众的事情。权力不仅可以让一个人做什么，更能够禁止一个人做什么，能够占有一个人的时间，甚至能够把控一个人的身体和思想。权力有着深远的魔力，既能够让人成为一个真正意义上有自由意志的人，也可以让人成为近乎魔鬼的存在，或者成为一头无视一切的野兽。

刚刚参加工作，张启就不断遭受打压，办公室斗争就是看不见硝烟的精神战斗。拥有更大的权力，才能有更大的自由。所以，选择一个有助于事业发展的婚姻，就是他人生中最迫切、最务实的事情了。果然，婚后，靠着岳父的运作，张启不仅告别了艰苦的一线工作，进办公室舒舒服服地做起了文员，而且还顺利地升了职。曾经难为张启的小领导，反而变得最为顺从，最为谦卑，也最为谄媚，像换了一个人一样。在办公楼的走廊里，遇到张启时他都会侧着身子给张启让道，即使这条走廊能容得下十个人一同走过，相隔很远也堆满笑脸地跟张启打招呼。

张启在本科同学中算是混得不错的，才本科毕业九年，已经房子、车子、票子、妻子全都具备了。但在景外看来，张启也并没有多么快乐，张启的生活只能说是舒服，和快乐、幸福还是有点儿差距的。

张启喝醉后就会和景外说起自己的内心状态："你看哪，兄弟现在什么都有，但总感觉过得不那么开心，很少有事情能够让我真正开心。记得上大学的时候，和王雨菲虽然恋爱谈得时间短，但总觉得内心自由自在的，说什么做什么都无拘无束，日子过得也是酣畅淋漓。和我高中的那个前女友李雪薇，那姑娘韵味十足，过得也是激情四射。现在，我老婆脾气太大，我又不敢与人家争论。感觉没地方用力气，人憋得慌。兄弟，你说我是不是没事儿闲出屁了，总是考虑这种虚了吧唧的事情。”

每当张启这么说的时候，景外都会摇摇头，若有所思地叹口气。

景外这时会带着几分醉意地回道：“谁让你图你老丈人家的钱财势力了，王雨菲多好的姑娘，你也不珍惜，去找那个什么李雪薇，就为了下半身那点破事儿，也是够没出息的。现在好了，你这老婆把你彻底收拾得老老实实。你啊，这也是遭了报应了。”

张启被景外这一说，并不生气，只是默默地给自己倒了一杯酒，然后一饮而尽，坚定地说：“我承认我是通过婚姻关系上位的，可是景外你也是博士了，你也知道通过裙带关系上位的情况，在几千年中国历史上就没断过。咱们就说最为著名的卫青和霍去病，不也是外戚，通过卫子夫的关系才逐渐掌握兵权，带领着大汉的千军万马，立下了不世之功。裙带关系只是晋升的一种途径和手段，这并不是最重要的，重要的是结果，是你上位后做了什么。难道人们会因为卫青和霍去病的外戚裙带关系，就否定他们的功绩吗？显然不会吧！”

张启这么一说，景外觉得有几分道理，也点点头表示认同。

工作以后，张启的酒量飙升，两斤白酒不在话下。有时候，张启、景外、盛海、周子泉几个男同学会在一起聚一下。都是张启来说开场白：“酒是粮食精，越喝越年轻。兄弟们，我先走一个啊！”

说着，张启把一杯三两左右的白酒一饮而尽。大家没办法，被他带节奏，只能跟着喝，这么几轮下来，都会喝得晕乎乎的。

上学时几个男同学聚会，周子泉是参与度最低的一个。工作后，他的参与度越来越低，并不是因为他不爱喝酒，而是他有自己的苦衷。

青山应如是

周子泉和蒋舒扬是景外和张启的大学同学，他们是从内蒙古自治区海拉尔区到沧海读书的情侣。两个人是高中同学，而且是同桌，高二开始互相有好感，高考报志愿填了同一所学校、同一个专业，这份情缘让当时的大学同学都羡慕不已。

周子泉属于那种老实本分的内蒙古汉子，一米六五左右的身高，人长得结结实实的，皮肤黝黑，国字脸，浓眉大眼的，一看就是忠厚老实人家培养出来的善良子弟，见到人总是喜欢“嘿嘿”地笑，同学们都喜欢他。蒋舒扬倒不像内蒙古的女孩子，修长的身材，瓜子脸，水灵灵的大眼睛，戴着一副眼镜，短头发，宛然一个江南女孩。自入学第一天开始，他们两个小情侣就如连体婴儿一般总是形影不离地黏在一起。

蒋舒扬在大学时代把子泉管得死死的，就怕他被同学给带坏了。大学时，盛海是几个同学中最擅长跑步的，几乎每天都要坚持夜跑。子泉在老家时骑马放牧，自然也喜欢跑来跑去的。子泉对于自然生活的热爱，让他和盛海走得很近。子泉欣赏盛海风雨无阻地每天坚持长跑，一身腱子肉，子泉觉得这才是男人的样子。

子泉看着每天都要出去跑步的盛海，回忆起在草原放牧时的生活。那时候的他骑着马，赶着牛羊在大草原上自由自在地驰骋。绿绿的大草原一望无际，与天空连成了一片，连吹来的风都带有泥土的气息。草原上有野兔，有野狐狸，他兴头来的时候，还会策马与野狐狸追逐嬉戏，他享受在草原上追逐猎物时的畅快淋漓、肆意洒脱。草原上的天空是那么低，团团的白云流动着，时不时地还会有雄鹰在高空盘旋，这些雄鹰在找寻地上的野兔和小型动物。他会牵着马坐在草原上，嘴里嚼一根绿草，然后看看牛羊，看看天空中盘旋的雄鹰、远方的流云。马匹在他的身边低头吃着草，偶尔还会看看他。有时，他会放开步子在草原上尽情地奔跑，牛羊被他这么一吓，骚动了，也开始左冲右突。他骑着的马匹，看到自己的主人跑了起来，不明所以，也快速地跟在他身后奔跑着。寂静无边的草原，霎时间就热闹了。他跑累了，便面朝蓝天，躺在绿茵茵的柔软草地上，马儿跟在他的身边，甚至会用头蹭蹭他的脸，似乎是在关切地问主人是不是太累了。他把马儿的脸推开，静静地看着天空，刚才骚动的牛羊群也跟着安静了，开始自顾自地吃起草。他擦擦额头上的汗水，畅想着未来的日子。自幼在草原生活的他，对城市生活有着无限遐想：也许会在城里有个心爱的姑娘，然后和这个姑娘结婚，一辈子都在一起。这个姑娘，应该是美丽的，让他一眼看到就终生难忘。想着这些带有青春气息的幻想，他不由自主地脸红了。

草原上，除了子泉，就是牛羊和身边的马儿，它们自然不会懂得子泉渺渺茫茫的带着青春幻梦的心思。这时，小牛伸出红彤彤的、肥大又灵巧的舌头，想舔舔主人的脸，可又被子泉再次推开。小牛似是闹了点儿小脾气，无奈地摇了摇头，又甩了甩尾巴，低着头，到旁处继续吃草去了。

子泉看到了每日坚持长跑的盛海，想到了以前的生活，心里痒痒的，想跟着盛海一起跑步。俩人每晚相约夜跑，夜跑结束后，还会找个小饭馆喝一杯，买最便宜的二锅头，点两个小菜，天南海北地聊起来。盛海给子泉讲中国古典诗歌，子泉则把草原生活一一讲给盛海听。盛海也是第一次知道草原的生活和电视上的区别极大，这让他听得入神，羡慕子泉在草原上无拘无束的生活，盛海觉得，那就是诗一般的日子。子泉天天忙着谈恋爱，并没有投入太多的精力去研究中国古典诗歌，听到盛海把中国古典诗歌讲得头头是道，十分佩服盛海的博学。子泉和盛海跑步后，不仅重拾了在草原生活的记忆，而且和盛海的聊天也让子泉觉得自己往昔的生活得到了认可，他的内心是欢愉的。

当时，很多同学来自城市，在他们的刻板印象中，草原生活意味着落后和愚昧。子泉在草原上纵马驰骋的日子、猎杀草原狼的故事，并没有引起同学们对草原的浪漫想象。相反，他们更在意草原上成群结队的硕大蚊子会不会把人咬伤；他们更关注草原上遍地可见的田鼠会不会带来鼠疫；他们更在意牛羊的粪便会不会招来苍蝇。当子泉兴奋地说起草原上膘肥体壮的牛羊时，很多同学会联想到牛羊粪便招来的苍蝇，不由自主地捂住鼻子，即使这些味道都是想象中的，即使这些味道远在千里之外。

大学同学们更喜欢现代化的生活方式，比如奔驰、玛莎拉蒂、保时捷等豪车，即使这些车子排放的汽车尾气比牛羊粪的气味毒上百倍、上千倍，也让人们趋之若鹜。长久地生活在城市中，有些同学认为，子泉在草原蒙古包中的生活太过原始，这种千百年来的原始生活早该被现代社会淘汰。他们住在钢筋混凝土筑成的“鸟笼式”格子间，为嵌入现代城市生活而开心，却忘记了为了购买这一百多平方米的格子间背负上沉重的负担，预支了未来人生几十年的劳动力。他们想象不到子泉在草原的自由肆意，甚至有些同学会鄙视草原生活,这让子泉感到有些痛苦。

但现在的情况不一样了,盛海喜欢听子泉讲草原故事,甚至在喝酒的时候,听到感兴趣处,盛海还会拍拍饭桌,兴奋地吟一首他自己即兴创作的中国古典诗歌来助兴。子泉终于遇到了知己。

子泉和盛海跑步的时间多了，自然和舒扬在一起的时间就会变少。一次,俩人夜跑后,相约喝酒,子泉喝醉了。他回到宿舍倒头就睡,没有听到蒋舒扬打来的电话,这让平时总是和子泉黏在一起的蒋舒扬感到十分不适应。平时蒋舒扬给子泉打电话,子泉基本上都是在响铃十秒钟内接起来,而如今,别说是十秒钟内接电话了,有时候,甚至十个电话都联系不上子泉,这让蒋舒扬非常生气。

子泉和盛海跑完步后，在宿舍前遇到了早已等候许久的蒋舒扬。蒋舒扬板着脸,质问子泉:“你跑得挺开心啊?!”

盛海一听这语气,察觉到蒋舒扬和子泉之间一触即发的战火,迅速钻进宿舍楼,留下这对小情侣在宿舍楼前。

子泉感到了蒋舒扬的愤懑，心里已经有点儿不安，小声地问道:“就还行,咋了?”

蒋舒扬瞟了一眼子泉,说:“我给你打了多少个电话?”

子泉心虚地挠挠头:“我没带手机,不知道呢!”

蒋舒扬这时掉下了两滴眼泪:“今天不带手机,那以后的生活,是不是也不带我了!”

子泉着急地回道:“那我以后带手机跑步,你别哭!”说着,去擦拭舒扬脸上的泪水。

蒋舒扬一把推开子泉,说道:“我想你的时候,给你打电话找不到你,你知道我有多痛苦吗?你知道我遇到困难的时候,打电话找不到你,我有多无助吗?你知道你出去跑步喝酒的时候,没有人陪我,我有多孤独吗?你难道只顾着自己快活,而不管我了吗?你这个自私的家伙!”

蒋舒扬说着说着哭了起来。子泉被蒋舒扬这么一说,内心也酸涩了起来。他觉得自己为了跑步而忽视了蒋舒扬,内心愧疚。他想把蒋舒扬搂在怀里,可是蒋舒扬把子泉给推开了。

蒋舒扬带着啜泣声说:“你是要和盛海一起跑步,还是要我!你现在就跟我说明白!”

子泉看到蒋舒扬楚楚动人的模样,想到自己这段时间的确疏忽了蒋舒扬,赶紧回道:“我不去跑步了!”说罢,就把蒋舒扬搂在了怀中。

蒋舒扬得到了心满意足的答案,没有再拒绝子泉。自此,子泉又彻彻底底地重新守在了蒋舒扬身边,再也没有和盛海出去跑步喝酒,似乎再出去和盛海活动,就是对蒋舒扬的背叛。

子泉和蒋舒扬沉浸在二人世界的甜蜜恋爱中,很少和其他同学接触,大家也只能在上课或开班会的时候看到他们两个。子泉很忙,既忙着整日和蒋舒扬黏糊在一起,也忙着赚钱。子泉的家境不好,谈恋爱的花销也大,兼职就成了他大学生活中最为重要的一部分。子泉性格老实,刚开始做兼职时没找到门路,被中介骗走了二百元,自此以后,子泉不再找中介介绍兼职,开始自己在网上搜索沧海市的大学生兼职工作。他为了五十元的报酬,可以在炎炎夏日发一天的传单,有时候会连着干一两个星期。太阳的暴晒,让子泉本来黝黑的皮肤,更黑得透亮了许多。在东北数九寒天的日子里,人们都忙着猫冬,藏在暖和的屋子里,没事绝不肯出门半步。子泉则站在满是冰雪的大商场门口发传单。一天下来,脚都会冻得发痒,耳朵红红的。东北的冷是彻骨的,即使穿得再多,人只要长时间在户外,也会难受至极。他还会去做家教,这个是最赚钱的。大一的时候,他找到了给一个高三男生讲文综的活儿,课时费是每个小时一百元,每周日上一次课。当然,这活儿并不轻松,需要大量的知识储备以及复习、整理教学思路等。另外,从沧海大学到那个高三学生的家，坐公交车一个来回要五个小时。每次这个高三学生都会问子泉很多问题，三个小时不间断地说话，让子泉每次家教结束后都口干舌燥，累得晕乎乎的。有的时候，子泉累得会在颠簸拥挤的公交车上站着睡着，公交车司机一个急刹车，子泉便会失去平衡，撞到其他乘客身上，惹来白眼甚至谩骂，子泉只能狼狈地连忙赔不是。两个半小时后，当子泉拖着疲惫的身子回到学校，感觉人都要散架了。可是，当他看到心心念念的蒋舒扬，瞬间又来了动力，眼里有了光。他会乐呵呵地跑过去，抱一抱蒋舒扬，心里满是欢喜。子泉觉得为了舒扬，即使再累，他也愿意。这是值得的，他不怕累。

他知道，爱，是需要付出的。

进入大三，课程越来越少，大家都很珍惜为数不多的上课时光。一次，子泉和蒋舒扬早早到了教室等待上课，老师却迟迟未到，辅导员急匆匆走进教室，充满惋惜地告诉大家，郭琪患病，号召大家捐款。

子泉和蒋舒扬被这突如其来的消息震惊了，难以相信优雅博学的郭老师竟然惨遭变故，子泉感叹世事无常，把蒋舒扬的手握得更紧了。

子泉经济拮据，和蒋舒扬商量了一下，两个人决定给郭琪捐款五百元。子泉不好意思地对蒋舒扬说："舒扬，就是委屈你了，这个月咱们两个省着点花。"

舒扬笑着说："我也有生活费的呀，给郭老师捐款，是应该的。"

没过几天，年级大会上，辅导员公布了大家的捐款数额，并宣布有位同学单独捐款二十万。子泉听到这个消息后，震惊程度不亚于得知郭琪生病时的反应。子泉心里默默地想，二十万，这么庞大的一笔金额，足够他在沧海买房付首付，给舒扬一个家了。

一次机缘巧合的机会，子泉认识了一个小老板，这个小老板把广告印在了鼠标垫上，想免费发放给大学生们，借此宣传公司，并且给了子泉500元辛苦费。子泉拖着一千个鼠标垫回到宿舍，找到盛海，两个人合计了一番，把500块分掉，一人拿250元。他们刚要出宿舍免费给同学们发鼠标垫，这时候，张启走了进来，当他得知事情的原委后，笑呵呵地说："你们俩真是呆头鹅啊，免费发啥，直接卖啊！一个5块，你们就可以赚两份钱了啊！1000个鼠标垫，那可是5000块！"

子泉和盛海两个人被张启这么一说，茅塞顿开，感觉张启说得非常有道理，于是拉上张启一起干这个活儿。一提到赚钱，张启的眼睛瞬间就亮了起来，他乐颠颠地带着子泉和盛海卖鼠标垫。最开始，他们跑去男生宿舍挨个儿售卖，每个鼠标垫5元。以当时的行情来说，5元的鼠标垫还送货上门，着实性价比超高，几个人迅速卖出500多个。

正在他们卖得得意扬扬的时候，宿管阿姨冲了出来，大声喝道："谁让你们在这里卖东西的？宿舍不让做买卖，我要没收！"

张启他们哪儿会轻易让阿姨给断了财路，他们相互看了一眼对方，心领神会。张启向阿姨身后的方向大喊一声："刘书记好啊，您怎么来了？"阿姨转身回头看的工夫，子泉迅速收起剩下的鼠标垫塞进书包，盛海接过书包一路狂奔。三人一溜烟儿地跑走了。他们知道在宿舍是不能卖鼠标垫了，于是张启提议把鼠标垫卖给学校附近的电脑维修店。三个人来到电脑维修店，看店的员工是一个20岁出头的女孩子，在张启一番推销之下，以每个鼠标垫3元的价格买了100个。

晚上，三个人拿着剩下的约400个鼠标垫跑到学校操场上去卖，又被管理人员给撵了出来。整个学校都不让学生做生意，这让张启有点儿气愤，眼看着剩下的鼠标垫要砸在手里，这白花花的银子赚不到，可是张启不能接受的。他想两天后再去把鼠标垫卖给电脑维修店的女孩子，他觉得那个女孩子面善，还有点儿傻乎乎的，可能还会买。第三天，张启、盛海、子泉拿着剩下的鼠标垫到电脑维修店，想再找那个女孩子推销。

女孩子一脸委屈地说道："我不要了，你们上次可把我坑了。老板说，这种鼠标垫在其他大学门口都是免费发的，咱们学校西门也在发呢。他还把我骂了一顿，说我蠢，我不要了，你们拿走吧！"

三个人看到女孩子委屈巴巴的样子，心里都愧疚得很，把上次卖的钱退给了女孩子，便离开了。

剩下的鼠标垫，被张启他们送给了同系的同学们。这次小项目，张启分了500元，剩下的钱平分给了子泉和盛海。三个人赚到了钱，都非常开心，在学校南门的小饭馆里好好地喝了一顿小酒。正美美地喝着呢，他们看到了新闻上播放汶川大地震的消息，震后的惨状把几个人看哭了。学校号召捐钱的时候，他们不仅把卖鼠标垫赚的钱都捐了，盛海还把自己半年买书的钱都捐了出去，子泉也捐出了一个月的生活费，张启捐了三千元。那一个月，子泉和盛海都是靠着张启所剩不多的生活费勉强度日。

在子泉适应了蒋舒扬全天候二十四小时的"教育管理"后，恣意地徜徉在二人小世界之中时，他的丈母娘成了他通往幸福生活道路上凶猛无情的拦路虎。

子泉和蒋舒扬的家庭背景差距巨大。子泉父母都是牧民，他从小无拘无束，上学读书都是骑着马去，"天苍苍，野茫茫，风吹草低见牛羊"的成长环境，塑造出子泉纯洁善良的心。他待人和善，小的时候在草原上驯马放羊，快活得不得了，长大了却被蒋舒扬训练得老老实实，这也算是某种程度上的因果循环。子泉享受被蒋舒扬管束的感觉，读高中的时候，班上的同学都因为他衣服穿得寒酸而瞧不起他，只有蒋舒扬丝毫不在意，关心他，甚至和他相恋，这让子泉对舒扬给予的爱情多了一层感激。

蒋舒扬是城市里长大的娇小姐，父母是海拉尔区里的公务员，衣食无忧。蒋舒扬的父母不知道女儿谈了恋爱。他们对蒋舒扬的期待很高,从小就让蒋舒扬学习音乐、舞蹈、绘画,培养她的艺术情操,把她当作金枝玉叶般养着。蒋舒扬的父母在她身上投入了巨大的精力,也投入了大量的财富。在蒋舒扬父母的设想中,女儿未来必然学业有成,在沧海市考个公务员,或者安排进事业单位,找个门当户对的人家,风风光光嫁人。

蒋舒扬平时是父母跟前的乖乖女,听话、乖巧、懂事。但她并不敢把恋情告诉父母,她知道父母对自己的期望是什么。她心里很清楚,父母知道子泉的家世背景后,一定会强烈反对。

但是,爱情一旦来了,便如洪水猛兽般吞噬着一切理性的精密计算。

终究是纸包不住火,蒋舒扬回家时,她妈妈彻底和蒋舒扬摊牌,在父母强大的攻势之下,蒋舒扬把自己和子泉的恋情交代得清清楚楚、一干二净。

舒扬妈妈听到子泉是个套马杆汉子的时候,顿时血压升高,晕了过去。舒扬和她爸爸赶紧按人中,按了好一会儿,人才缓过来。

舒扬妈妈缓缓地睁开眼睛,颤巍巍地对舒扬说道:"你呀,是不见棺材不落泪!"舒扬爸爸则一直在唉声叹气,他虽然没有说什么反对的话,但从语气上也能感知他内心的不满。

舒扬呜呜地哭着,她不知道自己该说什么,也不知道该怎么办。从小到大,她还没见过妈妈如此生气,平时即使自己犯错误,妈妈也只是笑呵呵地说几句就算了,没想到这次竟然这么严重。

"你们必须断了,不然你以后是要吃苦头的。"舒扬妈妈缓过来之后,态度极为坚定,用带有命令性的口吻说着。停了停,她接着说道:"我辛辛苦苦这么多年把你培养大,从小陪你参加各种培训班,自己忙到要死,病了都要坚持陪你去,从不敢因为自己的事情耽误你一次课。花了多少钱,费了多少心,遭了多少罪,难道就是为了把你养大,让你嫁给放羊、放马的人吗？”

舒扬妈妈越说越生气，用手指了指舒扬爸爸说道:“你给我打她,打她这个没出息、没眼光的小崽子！”

舒扬爸爸哪儿舍得打自己的宝贝女儿，小声地说:“孩子知道错了,断了就好了,打什么人呢？”

“不打她就不长记性,真是不知道上辈子造了什么孽了,生出这么个没有眼光的女儿!”舒扬妈妈越说越生气,哭哭啼啼了起来。

子泉和蒋舒扬的爱情遭受了前所未有的打击，蒋舒扬家里的阻挠力度如此之大,让子泉胆寒。

虽然小秘密被发现,但也不是完全没有好处,蒋舒扬死活不分手,家里人也没有办法,算是给了子泉一个名分,但舒扬家里人却从来不认可女儿的这个男朋友。每逢舒扬回家,子泉都会准备一些礼物,让舒扬带给她的父母,可舒扬的父母从来不收。无论是什么东西，子泉怎么让舒扬带过去的，舒扬就会怎么原封不动地带回来。

舒扬家里的反对力量如此之大,可舒扬依然不放弃,坚定地和自己在一起,这让子泉深深地感动了,更加努力专一地对待舒扬。子泉把舒扬当成自己生命的一部分,想尽一切办法去呵护着舒扬,二人情深意切,甜甜蜜蜜。

少男少女的爱情就像弹簧一样,父母反对的力量越大,他们反弹的力量也就越大。

子泉和舒扬两个人像一对儿逃难的人,在离家遥远的地方,把对方当成了自己生命中最重要的支撑，仿佛一切生命的意义都在对方身上寻找到了,这一生足矣。

子泉深深地沉浸在爱情的汪洋里,舒扬就是他一生的规划,一切只要舒扬开心就好。舒扬说,她本科毕业后父母会给她在海拉尔区安排一份工作,以后让她回海拉尔区生活。子泉便忙着备考海拉尔区的公务员，他精心挑选了一个可以分房的单位。子泉不选择当老师，并非不热爱，而是因为当老师得自己买房。整个大四，只要不做兼职的时候，他都会泡在图书馆，从图书馆开门一直学到图书馆闭馆。繁重的兼职加上勤奋的苦学，让他本来黝黑黝黑的皮肤显得白了许多。他付出了很多，但他觉得为了自己所爱的人，一切都值得。查考试结果的那天，他一个人来到网吧，打开网页的时候，他的心"咚咚咚"跳得厉害，他能感觉到血液在全身跳跃。他用右手捂着眼睛，只敢从指缝里看成绩，呼吸都停顿了。当他看到综合成绩排名第一，拟录取的时候，人就像泄了气的气球，瘫软无力。此时，对未来的幸福生活的憧憬充盈着他的内心。他知道，他能够给舒扬幸福的生活了。

子泉立刻当面告诉了舒扬，他考上海拉尔区公务员的好消息，两个人紧紧地抱在了一起，兴奋地跳来跳去。可还没等他们高兴几天，蒋舒扬的父母告诉舒扬，他们已经把蒋舒扬安排在沧海市的一所小学当老师，不允许她回海拉尔区。蒋舒扬父母的观点很明确，留在海滨城市生活质量高，等他们退休后，就来沧海市与舒扬一同生活。

子泉陷入了空前的困惑中，他不知道自己该怎么办。回到海拉尔区去做公务员？很快就能有房子，在老家孝敬父母，过体面安逸的生活。留在沧海市？已经过了考公务员和沧海市市区教师的招考时间，他如果想留在沧海市，只能另想办法了。他知道沧海市的竞争激烈程度远非海拉尔区所能比，房价更是天壤之别，留在这里，接下来的日子只能更为艰苦，前方的路会异常坎坷崎岖。理智告诉他，回海拉尔区吧，那里的日子不会那么困难。可是心里的声音在说，海拉尔没有舒扬，没有他爱的女孩，没有爱人的地方，日子过得再安逸，也没有意义！他决定留在沧海市，最后谋得沧海市下属县城一所普通高中老师的职位，和蒋舒扬成了异地恋。

自从蒋舒扬读大学，她的父母就从来没有放弃过给女儿介绍对象，他们想尽一切办法，要拆散蒋舒扬和子泉。蒋舒扬的父母觉得舒扬家庭出身这么好，完全可以找个条件优越的男朋友，一辈子衣食无忧，享受生活，凭什么跟着一个草原上的穷小子去遭罪，过拮据的生活。那些被介绍的男孩子虽然也知道蒋舒扬已经有了男朋友，但也不知疲倦地追求蒋舒扬，他们并不在乎蒋舒扬已经有了男朋友的事实，他们觉得只要没结婚就可以追求。而且蒋舒扬的家庭出身好、工作好，美丽可人的样貌和身材值得那些追求者们付出。可蒋舒扬却倔强地反抗着，她对父母口中那所谓的美好生活并不感兴趣，她的整个心中只有子泉一个人，她的生命因为子泉的存在而变得完整。

在县城，教师是令人羡慕的职业，沧海下辖的这个小县城私营经济实体寥寥无几，能够有一份体面而且收入稳定的铁饭碗工作，是县城许多人的梦。年轻的新老师报到后，往往被许多家境不错的家长打听和追捧，他们会把自己家的女儿介绍给子泉，他们不要彩礼，不要房子，这些东西他们都不缺，他们只是想给女儿找一个有稳定工作的伴侣。

子泉在面对这些的时候，总是反复地说自己已经有女朋友。可当一些家长得知子泉的女朋友远在沧海市市区工作，就又开始纷纷回过头来。他们觉得在这样一个快节奏的社会，长时间的异地恋几乎很难最后修成正果，子泉和舒扬又从事的是有编制的正式工作，调动的可能性极低，子泉不过是在做无谓的挣扎罢了。可子泉并不心动，他坚持着，即使只要他放弃对舒扬坚定的爱情信仰，他就可以不用受异地恋的痛苦煎熬，不用因为要结婚而承受沧海高房价的沉重压力，过起轻松的生活，但他不曾有过一丝一毫的动摇。

舒扬和子泉的异地恋自然是舒扬父母乐见的，以为这样就可以把他们彻底分开。可多年的感情怎么能说断就断?舒扬和子泉虽然不在同一个城市工作,但心依然在一起。两个地方之间的车程两个多小时,有的时候路况不好的话,要走上三个小时。他们刚刚工作,自己都不知道怎么养活自己,就都没有买车,来来回回地坐班车相互看看对方,这两只苦命的鸳鸯就这样苦苦地挣扎着。

舒扬的父母看两个孩子如此辛苦,便主动去找子泉谈话。舒扬带着子泉,子泉大着胆子,拿着四盒礼品去准岳父母家拜访。四样东西加在一起也没超过一千块,舒扬父母看到这份薄礼,心里生出了几分不悦,觉得这个小伙子一点儿都不重视他们。可他们怎么能知道,并不是子泉心里不重视,而确实是经济实力不允许。在子泉毕业的那一年,他爸爸在草原上放羊时遇到了狼群,在阻止狼群吃羊的过程中受了重伤,在医院住了大半年才出院。本来一个牧民家里就没什么钱,这下子不仅把攒下的一点儿微薄的收入搭了进去,还欠下了几万元的债,这钱就必须得子泉来还了。毕业短短一年的时间,本来充满活力的子泉憔悴了很多,看上去老了不止五岁。舒扬当然不会挑剔这些, 可当舒扬父母看到一个二十多岁小伙子却顶着一张三十多岁的面庞,一脸的憔悴时,就更觉得自家女儿吃了大亏,对子泉更加不满。

舒扬妈妈做了一桌子的菜招待子泉,子泉拘谨地坐着,并没有怎么动筷子。

舒扬妈妈说:“子泉,我们知道你是一个好孩子!”她顿了顿,继续说道:“可是,结婚过日子也是要真金白银的,要买柴米油盐酱醋茶的,你如果和我们家舒扬结婚,房子打算买在哪里?”

“嗯……嗯……阿姨,我是真心喜欢舒扬的,房子,我……我……我现在还没钱。”子泉看了看舒扬妈妈,然后又低下了头,偷偷地瞟了一眼舒扬。

舒扬妈妈耐心地说:“孩子,我们也是明事理的人家,你家庭条件不好,我们也就不挑剔了。我们最低要求是你要在市区买房,彩礼我们也不要。如果这一点你做不到,我和你叔叔觉得,你没有能力给舒扬幸福的生活,舒扬从小在我们千宠万爱下长大,没受过一点儿苦,你自己考虑考虑吧。我觉得爱就是给人以幸福的生活。如果你不能给舒扬幸福生活的话,那就放手吧!不然你们两个以后的婚姻不会幸福。”

子泉听到舒扬妈妈如此直白的言辞,他的脸憋得通红:“我一定可以给舒扬幸福的,请你们相信我!”子泉一字一句地说着,并站了起来,给舒扬父母鞠了一躬。

这话一出,四个人就陷入了死一般的沉寂。房子不知道摧枯了多少青年男女爱情的嫩芽,似一座五指山,牢牢地压住一切试图反抗的人。

景外得知这件事后不断宽慰子泉。景外觉得,中产阶级在婚配这件事情上充满对于金钱的算计,他们不想承受哪怕一点点的经济损失,即便这种“经济损失”会带来持久而深切的爱。在中产阶级人们的眼中,婚姻与金钱以某种数学公式的形式换算着,他们胆小、怯懦,却又赞美伟大的爱情,这是一群可怜的人。但子泉觉得虽然舒扬母亲话说得很现实,他却能理解舒扬父母的心情:哪个父母不希望自己的孩子幸福呢?他要做的就是努力,他相信他可以成功。

房地产在21世纪中国经济腾飞的过程中,起了至关重要的作用。房地产一波又一波的涨价潮让民众迷信房价会一直涨下去,房子不仅仅是用来住的,更像是金融产品,只要买到就是赚到。人们在买房这条路上充斥着焦虑,无法买房的年轻人,仰望着高不可攀的房价捶胸顿足。2008年,北京成功举办完夏季奥运会后,房价迎来了一波暴涨,那时子泉还没有毕业,但他已然感受到了隐隐的压力。在子泉参加工作后的2011年,房地产再一次迎来了暴涨,房价翻了一番。看看自己不怎么涨的工资，再看看不断暴涨的房价，留给子泉的只有一片凄凉的无奈。

一个拿不出彩礼、买不起房子的男孩子，在爱情的竞争中，是看不到希望的。

剪不断，理还乱

蒋舒扬第一次领着男朋友回家和父母见面，在一阵尴尬中结束了。子泉灰溜溜、惨兮兮地走出了蒋舒扬的家门，准备乘火车从海拉尔回沧海。蒋舒扬把子泉送到公交车站，看着川流不息的车辆，子泉落寞地站在公交车站牌下，低着头，脚来来回回地磕碰着，一言不发。蒋舒扬看着情绪低落的子泉，心里泛起一阵阵酸痛。

蒋舒扬拉紧子泉的双手，接触的一瞬间，感到子泉的手是那么冰凉，手心都是冷汗，她抬头望着子泉，眼眶里泛起了泪花。她哽咽地说："亲爱的，让你受委屈了。"

子泉的眼神从川流不息的车辆移到舒扬泛着泪花的脸庞上，他用手轻轻地擦拭着舒扬的脸庞，又抚了抚舒扬的头发，说："傻姑娘，你妈妈提的要求合情合理，她也没跟我要彩礼钱，我努力赚钱买房子娶你！"说着，子泉陷入了更深的惆怅中。

舒扬看着如此悲伤的子泉，心里不是个滋味。他们读书时，沧海一套一百多平方米的房子要七八十万。她知道子泉家里的情况，更清楚对于一个牧民家庭来说，拿出那么多钱来买房是不可能的。

舒扬紧紧地抱住了子泉，把头埋进了子泉的怀里，说："你放心，我不会抛下你的。我一定要和你在一起，谁也不能挡住我。我们一起努力攒钱买房子。全款买不了，我们就贷款买，而且没有房子，我们也可以结婚哪！你别伤心，要快乐起来。如果他们再逼迫我们，我就死给他们看。"

舒扬的话，让子泉在绝望的深渊中看到了一缕希望的微光。子泉激动的喜悦中又带有一些悲伤地说："舒扬，我这辈子不会负了你。要是让我离开你，我宁愿孤独地死掉。"

从舒扬家坐了两天的火车，子泉回到了工作单位。夜深人静的时候，子泉思索着："我相信我可以给舒扬一个幸福的家。"舒扬的一句"我不会抛下你的"，让子泉无比感动，舒扬能坚定地爱着自己，为了自己不惜对抗来自家庭的压力。子泉内心暖融融的，似乎有一颗漫漫寒夜中驱散黑暗的火种给了他光明和温暖。

子泉开始研究如何开源节流，他想尽快从自己有限的工资中多攒些钱。他越想越觉得一定要努力，才对得起舒扬这份不离不弃的感情。子泉重新开始做大学时候的老本行——家教工作，沧海市中小学在职教师做家教是大家默认的共识。家教之余，子泉开始做代驾。一次，他遇到一个做淘宝生意的男老板，三十多岁的小老板吹嘘他每年开淘宝网店能赚一百多万。于是，子泉自己便在网上开了个淘宝店，名字就叫"扬泉特产店"，他并不会卖别的，只能卖老家的牛肉干和奶制品，生意做得不温不火。他的赚钱路线是多点并进，虽然万分辛苦，但好在年轻，并没有多么影响正常的教学工作。子泉除了赚钱和见舒扬以外，没有其他任何社交。

一天，他接到了母亲打来的电话，子泉父亲重病，她让子泉赶快给她五千元钱。子泉一听到这么多钱，大脑顿时一片空白。他刚参加工作，一个月工资还不到三千块，还要负责自己的日常开销。

虽然现在吃住在学校，花费少，可他一想到还要攒钱买房子娶舒扬,头就一阵疼痛。

子泉陷入了焦虑之中,这可怎么办?他是断然不能向舒扬借钱的,一是他拉不下这个脸,二是舒扬自己花销也大,大手大脚花惯了,一个月下来也攒不下什么钱,不仅是“月光族”,还要时不时地靠父母援助。他想了想,想了一圈儿可以求助的人,最后想到了周思思。

子泉拨通了周思思的电话。周思思知道子泉的困境后,干脆利落地转给子泉五千块。

周思思是子泉的榜样,也是他的知心姐姐。学校里面的一切事情,只要到了周思思的手上,都能轻松快速地被解决。周思思的外表给人一种干练冷静的感觉,刚接触的时候会给人一种距离感,但时间长了之后,就会觉得她待人热情、周到,是一个仗义的大姐姐。

子泉工作的高中有个传统,老员工要带新入职的员工,帮助新员工适应工作,传授教学方法。这样的传帮带,可以大幅提升新教师进入角色的速度,提升教学质量,本质上来说就是师徒关系。这种传帮带一般以一到两年时间为一个周期。周思思就是子泉在工作单位的师父,她比子泉年长四岁,个子不高,相貌平平,但身材很好。周思思工作干练,尽管年纪轻轻,却早已获得省级教学模范、市级教学能手、市级教学标兵等一系列荣誉,被学校破格晋升为最年轻的高级教师。无论成绩多差的班级,只要周思思接手,成绩一定会突飞猛进。周思思在县城里小有名气,找她补课的学生家长络绎不绝,周思思的补课费也随之狂飙突进。2007 年时,她一个小时的补课费就有五百元，这是一笔不小的费用，可家长们仍旧乐意支付。周思思单独辅导过的孩子,都取得了理想的成绩。当然,周思思补课也并非所有孩子都教,她会先面试一下学生,看是否有资质,对于达不到要求的学生,周思思会断然拒绝。

子泉父亲受伤，失去了劳动能力，家里的事情都落在了母亲一个人的肩头。母亲一个人扛不住，隔三岔五地就要向子泉诉苦，养家的责任自然落在了他身上。工作、家庭的重重压力，让子泉精神上有了些许的恍惚。幸亏总是有周思思开导子泉，这让子泉的压力有了一个释放的途径。

两个人经常在一起吃工作餐、讨论教学问题，加班时也总是在一起，一来二去就相熟了。子泉叫“师父”也叫得格外亲切，有时候就直接叫“姐”了。子泉内心深处把周思思当成一个无所不能的姐姐崇拜着。

学校食堂饭菜简单，子泉又舍不得去外面下馆子，周思思不时从家里带点儿自己做的菜，拿到食堂和子泉一起吃。

子泉内心感激这位干练的师父。周思思帮了他太多，子泉的父亲受伤后，病情忽好忽坏，需要到县里继续住院治疗。在周思思的帮助下，子泉把父亲接到了县城的医院。周思思不仅帮子泉垫付了一万元住院押金，而且借给子泉两万元，让他支付医院的治疗费用。这对于经济上捉襟见肘的子泉来说是雪中送炭。周思思甚至还请了护工帮忙，她自己也经常去医院探望子泉的父亲。子泉的父母看到周思思，对她赞赏有加，特别是与舒扬的娇小姐作风比起来，可谓天差地别。

可舒扬也没办法，从小到大处于家人的溺爱中，她不知该如何处理这种事情。舒扬也时刻想着，子泉跟她提过自己因为父亲生病住院的事心情不好。舒扬担心着，也经常打电话问子泉，但不会做到周思思这样面面俱到。舒扬每天被工作折磨得死去活来，学校里的老教师欺她，她在工作中处处碰壁，加上她自己日常生活花销也大，没有余力去帮助子泉。

子泉父亲虽然在医院接受治疗，但医生明确表示，基本上是没有什么希望的。他的病情越来越严重，即使转到大医院也无济于事，不过是白白烧钱而已。子泉得知后，不知所措。他不知道该怎么办，从小到大，他都是听父亲的话，到了大学就听舒扬的话，他从来没有自己做过主。这下父亲将要不久于人世，他该怎么办？他陷入了迷茫。子泉的母亲也没有什么文化，整日以泪洗面，一言不发。此时，周思思成了子泉的希望，她尽心尽力地帮助子泉，找关系把子泉父亲送到了市里最好的医院，找到了最好的医生。尽管这样，也于事无补，一切都是徒劳，只不过徒增花销。最终，子泉父亲撒手人寰，就连葬礼也是周思思帮助子泉操办的。

子泉对周思思的感情发生了微妙的变化，这个师父对他实在太好了，这种好不同于舒扬对他的好，周思思对他的好，让他享受到了被关爱的感觉，这是一种从舒扬身上从未体验过的感觉。这让子泉内心升起了异样的情愫。但他不知道该怎么形容这种感觉，也不清楚他和周思思的关系是不是正常的师徒关系。子泉把周思思帮助自己的事情都一五一十地和舒扬说了，他从不对舒扬有任何隐瞒。舒扬听到这些事情的时候，感到十分愧疚。

"子泉，真的对不起你，我也帮不上你什么，我觉得自己好对不住你。"舒扬用带有委屈和歉意的语气说。

"怎么会呢？你也有你的难处，我理解的。你照顾好自己就好了。"子泉充满怜惜地回道。

舒扬内心是愧疚的，但是她又能怎么办，去向父母要钱吗？显然是不可能的。父母还不同意自己和子泉的婚事。自己把每个月的工资节省下来吗？也不容易。舒扬已经习惯大手大脚花钱，自己每个月工资都不够花，更别提节省了。

子泉和舒扬的异地恋持续了好多年，子泉努力考沧海的学校教职，可多少年来都没有成功。异地恋让两个人都痛苦万分，两个人的距离是那么遥远，一旦身边有了什么困难，都没有办法及时为对方做些什么。生病时，身边连个端水送饭的人都没有。异地恋时间久了,就会出现各种各样的问题。

康斌就是在这段时间闯入了蒋舒扬的生活。康斌的父亲和舒扬的父亲是至交好友,康斌父亲做煤炭运输生意。康斌和舒扬自幼认识,后来舒扬读大学离开家乡,两人联系渐渐少了。

康斌大学毕业后,子承父业,甚至在舒扬所在的沧海市开办了会所。康斌交往过很多女朋友,模特、网红等,她们都是千篇一律的性感妖娆。她们对康斌的钱财趋之若鹜,她们喜欢康斌的豪掷千金。

康斌并不愿意耗费太多精力去了解他的女朋友们。他有一套追姑娘的套路,他比较直接:转账、买奢侈品包包,或者带她们去旅游。当然了,旅游这个事情得是康斌自己想玩儿的时候才会顺便带姑娘去。康斌有自己的一套逻辑,他觉得他的时间是最宝贵的,他的时间,可以换来商业合作,获得更多的财富。而在姑娘的身上,康斌不想耽误时间,就用砸钱这种最简单、最粗暴,也最高效的方式来赢得女人的追随。

康斌的父母告诫他,以后的结婚对象,必须是贤良淑德的女人。正在这时,蒋舒扬出现了。

舒扬晕车,坐公交车对她来说就是一种折磨,而她自己还没有考驾照。正好康斌从自己家到蒋舒扬所在学校也顺路,就开车接送舒扬。舒扬刚开始觉得不好意思,也不怎么坐他的车,但挤公交车难受的滋味确实让舒扬受不了。一开始,舒扬偶尔坐康斌的顺风车回学校。两个人熟络起来后,发展成康斌天天准时接送舒扬。康斌到舒扬家做客,舒扬的父母极其热情地招待,端水果、倒茶水,忙个不停。舒扬看到父母对康斌这么热情,便阴沉着脸,虽然嘴上不敢说,但心里却想到子泉来的时候父母冷淡的态度,有些不满。

康斌每天接送舒扬开的车意味着地位和面子。舒扬的同事们看到后,尤其是以前给舒扬小鞋穿的一些老教师,便不再放肆。舒扬的工作顺利了很多，学校的同事们私底下议论纷纷，说康斌是舒扬的男友，就连校门口的门卫老大爷每天都打趣蒋舒扬“有专职司机接送上下班”。有时候康斌到得早了，舒扬还没下班，康斌就站在校门口，给大爷递上一盒烟，一边和大爷闲聊抽烟，一边等舒扬。

舒扬下班后，走到校门口，拿出手机，想联系子泉。今天是蒋舒扬的生日，子泉一天都没有联系她，舒扬迫不及待地想给子泉打电话。

这时，门卫大爷笑呵呵地从屋子里探出头：“蒋老师，你男朋友给你送的花放我这儿啦。”蒋舒扬看到了一大束粉色的郁金香，绿色的根茎，朵朵粉色的花蕾含苞待放，粉白黛绿，水灵灵的花朵美得动人心魄。花束中的卡片上写着“生日快乐。晚七点你家楼下见”。门卫大爷笑呵呵地说：“这个小伙子，长得结结实实的，对你还挺有耐心，说给你过生日，还得赶着去订餐厅。”

蒋舒扬抱着花束，心中涌出一股暖流，她想着，原来子泉一天没有联系自己，是在忙着准备生日惊喜。子泉从县城风尘仆仆地赶过来，也不熟悉，还得花心思去找餐厅。舒扬内心刚刚涌起的委屈瞬间烟消云散。

就在蒋舒扬过生日的这一天，周思思邀请子泉去她家做客。

周思思在县城最好的地段买了一套150多平方米的大房子，装修得非常漂亮。

子泉第一次去周思思家做客时，一走进如此高档的小区，看到树木环绕的小花园和角落的儿童小型游乐场、老年人健身设施，心中满是羡慕。他心想，如果和舒扬住在这样的小区就好了，那该多幸福。子泉跟着周思思乘电梯上楼，到了周思思家门口，这是一梯一户的洋房。

周思思打开门，对子泉说：“进来吧，换一下拖鞋，你当成自己家就好，别客气，我去做饭。”

子泉答应着，他环视四周，只见欧式装修干净整洁。他坐在柔软的大沙发上，感觉身体都要被吸进去了。周思思做了四个菜：一个芦笋炒肉、一个清蒸鲈鱼、一个凉拌鸡丝，还有一个醋熘木耳。香喷喷的饭菜端上了饭桌，子泉口水都要流下来了，平时生活太清苦，他好久没有吃到这么美味的饭菜了。周思思还从酒柜里拿出了一个醒酒器，里面是早已醒好的红酒。

周思思把红酒放在子泉面前，说："犒劳犒劳你，多吃菜，再喝点酒，工作这么累，放松下。"边说，她边用筷子给子泉夹着菜。

子泉这时候感受到了一种家的温暖，这一瞬间的感觉让他又产生了警惕：他可是有女朋友的人，他怎么能对师父动那种心思。他感到自己的这种想法对不住舒扬。子泉这刹那间的思绪变化，周思思并没有注意到，只是脸颊上带着微微的笑容，看着子泉。

子泉在周思思的家里吃着饭，一个人喝了一瓶红酒，酒劲儿上来，微醉的飘忽感涌上来。周思思和子泉酒杯碰了一下，然后将红酒一饮而尽。周思思缓缓地放下酒杯，站起来，对坐着的子泉说："子泉，你觉得我对你怎么样？"

子泉赶紧回道："那还用说，我自从来到这个学校就有你照顾，没有你的关照，我都……我都……不知道能不能混到今天！"子泉觉得酒劲儿上头，说话时舌头有点儿不听使唤，但他努力地继续说道："我爸爸的事、我工作上遇到的困难，哪一件都是姐……姐……你帮忙。我……我……欠你的钱一定努力早……早……点儿还你。"子泉断断续续地努力说着："我感……感……感谢你一辈子！"涨红了脸的子泉断断续续地说着话，口中还泛着酒气。

周思思回道："你不用感谢我一辈子，你陪我一辈子就好了！你愿意吗？"

子泉被这突如其来的一句吓得瞬间酒意全无。他一时愣住了，不知道该说什么，傻傻地坐着，一动不动。这时候，周思思走了过来，把坐着的子泉搂在了怀里。暖意在子泉全身徐徐升起，在这一瞬间他忘却了舒扬。他在周思思的拥抱中感受到了温暖、安全和被爱。良久之后，周思思放开了拥抱子泉的手，恢复了平静，坐回沙发上。子泉在这段时间里面竟然一动没动，没有反抗，也没有推挡，他享受着这样的感觉。

恢复平静的周思思对子泉说："在和你接触的这段时间里，我觉得你是一个踏实的男孩子，我喜欢你，你回去后考虑考虑吧。"子泉弱弱地点点头。

吃完饭，子泉回到宿舍，立刻给舒扬打了电话。舒扬看到是子泉的来电，满心欢喜，她以为子泉已经到自己家楼下，接她去过生日。舒扬迅速接起电话，爽朗地说道："亲爱的，你在哪儿呢？"

子泉听着电话里舒扬欢快的声音，内心更是挣扎和愧疚，听到舒扬一反常态地问他在哪儿，子泉更加心虚和内疚。子泉深呼吸了一下，声音低沉地说道："嗯，我在宿舍。有个事儿，我说完，你别生气，好吗？"

舒扬听到子泉说自己在宿舍，抬头疑惑地看了眼面前的郁金香花束，内心在想，子泉没来给自己过生日？舒扬静静地听完子泉语无伦次地坦白他和周思思的事情，压低声音说道："那你怎么想的？答应她？"

子泉赶紧说道："我没有答应她！我爱的是你！"

舒扬沉默了一会儿，大声喊道："可你也没有当面就拒绝她呀！我不想和你说了，挂了吧！你知道吗？今天是我生日，你竟然不记得，还去和别的女人吃饭喝酒，你可真行！我们完了！"说着，舒扬就挂断了电话。子泉再打过去，发现始终处于忙线中。他知道自己被舒扬拉黑了。子泉喝酒喝得头晕晕的，不知不觉间倒头睡了过去。

舒扬被气得身体颤抖，今天可是她的生日，还在气头儿上的时候，手机响了起来，是舒扬妈妈打来的。蒋舒扬接起电话，听到电话那头儿妈妈满是欢欣。“宝贝女儿，妈妈祝你生日快乐呀！”舒扬听到妈妈的声音，强忍着内心的委屈，回应着。舒扬妈妈继续说：“我和你爸爸不能陪你过生日啦，康斌这孩子真有心呢，他跟我报备过了，说等等带你去庆祝生日。舒扬，你今天好好跟康斌出去庆祝一下。康斌这孩子啊，我从小看着长大的，我对他放心得很。你们年轻人，多玩玩吧。”

舒扬打断了母亲的话：“妈妈，晚上子泉来给我庆祝，你别老撮合我和康斌，我有对象。再说了，你老麻烦康斌干什么？”舒扬反应过来，那束娇艳欲滴的郁金香，是康斌托人送她的生日惊喜。

舒扬妈妈丝毫不在意：“那个放牧的能给你庆祝什么？行了，不提他了。那你们就一起出去玩嘛，有康斌在，我跟你爸爸都放心。”

蒋舒扬挂断妈妈电话不到一分钟，楼下汽车喇叭声响起。蒋舒扬走到阳台上，看到康斌在楼下向她挥手。

此刻，蒋舒扬的心里好似一团乱麻：子泉和周思思、自己的生日、妈妈的催促、康斌在楼下等待……舒扬想着，今天是自己的生日，也不能孤零零地在家，否则会一直想着子泉和周思思，不如和康斌出去玩玩，转移一下注意力，清者自清，自己和康斌的关系清清白白的。

康斌开车把她拉到了一家酒店的包间里面，一进包间，舒扬就看到了康斌精心布置的生日派对场景。房间里摆满了粉色、红色的气球和凯蒂猫玩偶，彩色的霓虹灯在包间里闪闪发光。饭桌上摆着一个大大的蛋糕，屋子里还有其他几个好朋友。舒扬一进来，大家就唱起“祝你生日快乐……”舒扬看到这样的场景，既惊喜又惊讶，她沉浸在过生日的欢乐氛围中，很快就忘了和子泉吵架的不愉快。

这时候的子泉，酒醉得厉害，蹲在宿舍卫生间的地上，扒着马桶的边缘吐了好几次，似乎整个胃都在痉挛。他吐着、吐着，最后无力地趴在了卫生间的地面上，冰凉的地面贴着同样冰凉的心。子泉内心酸楚，他自责着，自责自己为什么不当面拒绝周思思，为什么当时还要产生那种温馨的感觉。他觉得自己是一个负心汉，辜负了他的舒扬，那个和他青梅竹马的傻姑娘。在他心中，任何女人都无法和舒扬比较。他在心里自责着："我为什么会忘记给舒扬过生日呢？工作忙、压力大，这都不是理由，生日，一年就一次。"他后悔自己粗心大意，他的心犹如在冬天的冰雪里又吹入了寒风，寒冷、酸楚、无力的感觉裹挟着子泉，他就这样迷迷糊糊地失去了知觉。

等他再醒来的时候，模糊地看见了一个女人，她正拿着温热的毛巾在他的头上擦着，他觉得整个人轻松了好多。这个女人就是周思思。

一怀愁绪

就在刚刚，周思思走进子泉的宿舍，她用温水把毛巾打湿，把子泉的头放在自己的腿上，深情注视着熟睡中的子泉，轻柔地替他擦拭。

周思思边用毛巾给子泉擦脸，边仔细打量着这个并不十分帅气，却让她格外喜欢的男人。周思思从子泉的身上仿佛看到了未来踏实的生活，看到了一个有责任感的丈夫。看着看着，周思思心里涌出一股暖流，她觉得这样的场景，更像一个妻子在照顾酒醉的丈夫。她现在渴望的是一段稳定的感情、一个踏实的家。

说来奇怪，周思思也谈过不少对象，可是只有眼前的子泉让她有生活的踏实感。也许是因为子泉在某种程度上是她的徒弟，凡事都要问周思思的意见，周思思便感到可以预期，她也充分了解这个男人。周思思知道子泉有女朋友，也知道子泉爱着他的女朋友，但周思思并不在意。

尽管周思思也意识到自己在道义上有一些不妥，但她觉得蒋舒扬并不会让子泉幸福。蒋舒扬是一个好姑娘，但她并不能给予子泉任何帮助，不能够为子泉分担一丝一毫的生活压力。他们即使在一起了，也不会幸福。而自己与蒋舒扬不同，她可以给子泉幸福的生活，同样，蒋舒扬离开子泉后，也可以过得开心，这是两全其美的事情。

周思思用温热的毛巾擦拭着子泉的额头，随后，脱去子泉的上衣，仔细擦拭着他的上半身。子泉缓缓地睁开了眼睛，迷迷糊糊中，他看到了眼前的姑娘是周思思。子泉躺在了周思思的大腿上，觉得软软的，好舒服。他觉得这样不好，他不应该躺在除了蒋舒扬之外的女人身上。他想挪动自己的头，可突然一阵眩晕，眼前仿佛都是星星。他确实喝了很多，全身酸软无力，又迷迷糊糊地睡去了。

周思思看到了子泉的一系列反应，但她并没有动，安安静静地看着，抚摸着子泉的额头、脸蛋和黑黑的头发。

过了一会儿，子泉梦呓一般地说着："舒扬，舒扬，我头好痛，你抱紧一点儿我吧，我头好痛。"

子泉说着说着，用手抓住了周思思的手，并把脸深深地扎入周思思的腹部，紧紧地贴着，婴儿一般温顺乖巧。

周思思看着子泉的一系列举动，没有出声，她知道，原来子泉在迷糊之中把自己当成了蒋舒扬，但周思思并没有拒绝，她反而顺从了子泉，让他尽情地握紧自己的手，并主动俯下身，将子泉的头放在了自己的胸前，那一对温暖紧贴着子泉的面庞。

子泉情不自禁地拥紧眼前的女人，说着："舒扬，你真好，我这辈子最爱你了，有了你，是我这辈子最大的幸福。"子泉边说，边试图将周思思拥在床上，但酒精已经让他没有这份力气。

周思思明白了子泉的意图，她迟疑了一下，解去外套，和子泉一起躺了下来。子泉紧闭双眼，抱着怀里的女人。那些曾经和蒋舒扬在一起的温馨画面，犹如幻灯片一样，一页一页地浮现在脑海。

他似一个婴儿般将头深深地埋入周思思的胸怀。这时候的周思思，也觉得子泉似乎小孩一般，那么乖顺、那么轻柔。她并没有抵抗子泉的出格举动，反而觉得好温暖，她觉得这就是生活——她想要的生活。她把子泉抱得更紧了，就这样抱着抱着，听到了子泉轻微的打呼声。周思思并没有挪开被子泉枕着的手臂，另一只手轻轻拍打子泉的后背，像哄婴儿入睡一般轻柔。就这样，子泉睡得越来越沉。

第二天清晨，子泉伴着剧烈的头疼醒来了，发现自己和周思思睡在了一张床上。子泉猛然从床上坐了起来，他迷乱了，脑子已然是一团糨糊。他在想这是怎么回事，映入眼帘的是半裸的周思思，这个曾经的师父，对他照顾周到的大姐姐。他再看看自己，原来自己也是半裸着的。这是怎么回事？他陷入了深深的迷惘，子泉揪着自己的头发，不知道如何是好。

这时周思思也从睡梦中醒了过来，她睁开迷离的眼睛，带着宠溺和怜惜的眼神看着子泉。周思思把子泉揪头发的手柔柔地推了下去，轻声说："子泉，你喝多了，我来照顾你，然后……"周思思顿了顿，接着说："没事的，子泉，你别有心理压力，我们都是成年人，我不会赖着你的。你头是不是还有点儿疼，要不然你再睡一下，我去给你带一点儿吃的回来。"说着，周思思坐了起来，开始穿衣服，准备出去买吃的。

子泉呆呆地坐着，目光落在周思思的脸上，说道："我真是不知道昨天怎么回事，要不然你别出去了，我去买。"

子泉说这话的时候，内心是慌乱的，其实他不知道在这个时候该说什么话比较恰当，因为他根本就没有想过会和周思思发生这些。他内心深处对周思思是感恩的，每一次在工作中和生活上遇到困难的时候，都是周思思出来帮助他，他把周思思看成恩重如山的师父，看成有情有义的大姐姐，就是没有想过会和周思思有这么一天，他不知道该怎么办，只是呆呆地坐着。虽然嘴上说着要出去买点儿吃的，可是身子并没有动一下，不知道是酒精的副作用，还是因为精神上的不知所措，他失去了控制自己身体的能力。

周思思看着这个陷入迷糊状态的小伙子，她并不觉得子泉是一个不负责，想占完便宜就走的渣男。她心里清楚，子泉在醉眼蒙眬的时候，叫的是蒋舒扬的名字，子泉把她当成了蒋舒扬，自己不仅没有否认拒绝，反而顺势和子泉有了肌肤上的亲密接触。如果说有欺骗的话，那么也是她骗了子泉。周思思心里这样想着，边穿着衣服，边用手摸了摸子泉的头，笑着说："傻小子，别乱想，我去买早点。"周思思确实和子泉有了亲密的举动，但没有鱼水之欢。

周思思回想起昨晚的事情，感觉是那么甜蜜，有着说不清楚的滋味。他们相互拥抱着，贪婪地吸吮对方，似乎要将对方一口吞下才甘心，似乎对方的口中有着数不清的故事，令他们急切地搜罗着。他们在对方肌肤上探寻着，每一寸、每一点，都像一个谜，他们想解开属于对方的谜团，恣意妄为，忘乎所以。他们沉醉着，沉醉在对方肉体的魔力中，沉醉在灵魂的交融中。这时候的周思思不是周思思，而是蒋舒扬，而这时候的子泉依然是子泉，是属于蒋舒扬的子泉。在生命的欢愉中，生命一步一步地走向自我的绽放。

已经醉得没有意识的子泉，口中在不断地念着："舒扬，我爱你啊，舒扬，我这一辈子都爱着你，我下辈子也要爱着你。把我的一切奉献给你……"子泉反反复复地念叨。

子泉在醉酒状态下对蒋舒扬的表白情真意切，但这些梦呓，在周思思这里，却变成了刺痛内心的利刃。周思思觉得，要停止这海市蜃楼般的男女之欢。她之前的确想过借着子泉酒醉的机会，趁机发生点儿什么，让子泉为自己负责。周思思觉得只要男女之间有了鱼水之欢，有了巫山云雨之后，男人就会负起责任来，特别是对于子泉这种忠厚老实的男人。当她看到子泉在酒醉迷离时，依然深切地爱着蒋舒扬，她的内心十分酸楚，有了那些不可名状的抵触。她不能这样对待一个好男人，她要让子泉心悦诚服、死心塌地对她说出同样炽热的话，她要让周思思的名字深深嵌入子泉的生命，让他这一辈子都不会忘怀，更不会离开。她想让子泉也在醉得不知所云的时候，无意识地流露出对她的爱。她并不想用发生男女关系让子泉陷入烦恼。于是她给子泉荷尔蒙的燃烧按下了“暂停键”，哄睡了子泉，紧紧地抱着这个男人。

周思思穿好衣服，慢慢地走出了房间。留下子泉一个人呆坐着，他的内心充满着悔恨，也充满着无奈。他责怪自己，昨晚怎么会做出这种事情，做了对不起蒋舒扬的事情。自己简直就是一个不知道廉耻的人，以后又将如何面对蒋舒扬，如何与自己恩重如山的师父相处，他陷入了深深的自责中。但他也很无奈，事情既然已经发生了，就要去面对。他低头看了看自己的下半身，看见短裤还在，此时，突然觉得内心有一种释然感。子泉心想：“还好还好，并没有突破最后一道防线，事情总算没有发展到不可挽回的地步。”

过了一会儿，周思思拿着早餐回到宿舍，子泉也已经把房间收拾得干干净净，穿戴整齐。周思思看到子泉动作迟钝，手脚都不知道放在哪里的样子，说道：“就当昨晚的事是场梦。咱们还如同往日一样。”

子泉听到周思思这样说，心里的愧疚又陡增了几分。但是他无法忘记蒋舒扬，那才是他刻入骨髓的爱。他对蒋舒扬的爱，沉淀着无限热望的理想，这份爱在子泉的眼睛里显出了无穷的光明，是他生命中最神圣的情愫。子泉低着头，看着地上的尘埃，阳光从窗上的玻璃飘落，落在了数不清的尘埃上，有的尘埃永远地臣服于大地，有的尘埃在空中泛起，伴着阳光肆意飞扬。子泉觉得自己就是尘埃，至于是永远臣服于大地的尘埃，还是在空中飞扬的尘埃，他自己也搞不清楚。未来在哪里，他不知道。就这样，两个人在朝阳的晨光中，吃了属于他们的第一顿早餐。

歧路

子泉喝醉了,躺在宿舍冰冷的地面上酣睡时,蒋舒扬正在过她的生日。

康斌给蒋舒扬准备了一个三层的生日蛋糕,乳白色的蛋糕上,点缀着各色水果,还叠放着倒满香槟的酒杯,各色酒水在绚丽的灯光下,犹如一杯杯彩色的梦,这是蒋舒扬少女的梦。康斌给蒋舒扬庆祝生日的酒店包间临江,从宽大的落地窗抬眼望去,夜晚的苍穹之下,伴着漫天星光蜿蜒而行的江水上,有行船的点点灯火,视野极好。蒋舒在这一刻,沉醉其中。

蒋舒扬自从与子泉谈恋爱, 从高中到大学, 直到现在参加工作,子泉从未给她准备过浪漫的生日派对。每当蒋舒扬过生日时,子泉只是简单地给蒋舒扬买一块小蛋糕。用子泉的话来说,我们庆祝一下就好了,没有必要铺张浪费。可是,每一个女孩子都有个少女的梦,一个关于白雪公主的梦,蒋舒扬期盼着子泉能像白马王子一样,给她一个浪漫的生日仪式。

蒋舒扬看着康斌，笑容里夹杂着感激，她说道："康斌，谢谢你。"蒋舒扬感谢康斌，这个曾经的发小儿，带给她许多快乐。但此时她的内心还想着子泉，蒋舒扬在想："如果这是子泉给我的生日派对，该有多好。"她一定要给子泉一个大大的、深情的拥抱，她要狠狠地亲吻自己的恋人。但现在，眼前的这些却是发小儿康斌为她做的。想到这里，蒋舒扬心里有了一阵失落感。

康斌听到蒋舒扬的感谢后，不紧不慢地回答道："你开心了，我就高兴。"一边说着，一边看着自己的手表，然后示意其他人过来跟蒋舒扬打招呼。康斌邀请的朋友都是盛装出席，俊男靓女纷纷围绕在蒋舒扬身边，夸赞着蒋舒扬。

蒋舒扬用余光看了看康斌，他并没有凑过来，而是站在了稍远的落地窗边。他时不时地看着手表，并用手机和电话那头儿的人聊着什么。

过了一会儿，康斌说："大家静一静，听我说。"康斌清了清嗓子，然后接着说道："大家到窗边吧，我给大家准备了一个惊喜，大家快过来。"大家纷纷走到落地窗前，自觉地把蒋舒扬与康斌围在了中央。

一个高挑时髦的女孩子说："斌哥，你到底准备了什么惊喜，还要到窗边来看，不会有什么无人机表演之类的吧？"

另一个女孩子说道："康斌哪儿是给我们准备的惊喜，分明是给咱们的舒扬公主准备的呢。"

听到这句话，众人都纷纷笑出了声。听到大家这么说，蒋舒扬倒是更有几分不好意思了，她觉得作为朋友，康斌已经做得够多了，再有什么特别的惊喜，她日后都不知道该如何回报康斌。

康斌用手指着窗外远方江边的一处广场。"大家往那边看。"说着，康斌拿起电话，说，"你们可以开始了。"

康斌的声音刚刚落下，远方的江边广场上便升起了一道道绚烂的烟花，从地平线冲向了高高的夜空，随即开始绽放。烟花五彩缤纷，蓝色的、紫色的、粉色的、红色的，巨大的声响隔着落地窗依然听得清晰，烟火在夜空中拼出了一个红色的心形，然后是一个蓝色的心形。众人看到了如此精彩的烟火秀，都尖叫着，不约而同地把钦羡的目光投向了蒋舒扬。

蒋舒扬是幸福的，她以公主般的姿态享受着这一切。曾经憧憬过无数次的场景，今天终于实现了。泪水已经悄然沁入眼中，她觉得自己少女时代彩色的幻梦终于实现了。

这时，康斌抓起蒋舒扬的手，并突然之间把她拥入怀里，说："祝你生日快乐，舒扬！"

蒋舒扬被这突如其来的拥抱弄得不知所措，身体不由自主地僵硬了，一动不动地立在那里，任凭康斌拥抱。她不知道该说什么，正在想着该如何摆脱这突如其来的窘况时，康斌又紧紧地亲吻着蒋舒扬的嘴唇，并试图将舌头伸入蒋舒扬的嘴里。此时的蒋舒扬内心无比抗拒，这一刻，她的公主梦破碎了。她反应过来，用力一把推开了康斌。

康斌没有因为舒扬的抗拒而尴尬，反而示意身边的女孩去陪舒扬，自己神情如常，笑呵呵地招呼大家继续玩儿。

康斌为舒扬举办的这次生日派对，让久处枯燥乏味教学工作的舒扬看到了另一个世界的绮丽。在这场盛大的狂欢中，蒋舒扬忘记了工作的烦恼，忘记了经济的拮据，忘记了父母对自己感情的反对，忘记了子泉。平时滴酒不沾的蒋舒扬和众人频频举杯，喝了许多酒。她的眼神开始迷离，耳边的音乐声也渐渐地没有了，最后在生日派对的现场沉沉地睡着了。

等她醒来时，已在康斌家中。

蒋舒扬昏昏沉沉地醒来，环视四周，发现这里并不是自己的家。她内心惶恐，宿醉后，舒扬对前一晚上的记忆停留在自己推开康斌，拒绝了他的亲吻，之后发生了什么，她的脑中一片空白。她努力回忆着："昨晚那么多人给自己庆祝生日，于是多喝了几杯。康斌吻我，被我推开了，然后发生了什么，我根本不记得。再醒来，就是在这陌生的房间。会不会是被人趁酒醉的机会给非礼了？"舒扬想到这里，不禁打了个寒战，心突然像踩空了一样，跌入了无尽的深渊。

蒋舒扬发现自己身上的衣服都是完整的，心倒是安稳了许多。她环视这个房间，美式的高档装修，床软软的、大大的，看起来一切都是那么名贵。床头柜旁放着一杯牛奶和几块面包、两个鸡蛋，还有一张纸条。她拿起纸条，看见上面歪歪扭扭地写了几个字："舒扬，这是我家，给你弄了一点儿早餐，你将就着吃，我去上班了。"落款是"康斌"。

蒋舒扬纳闷："为什么康斌不送我回自己家？我家离庆祝生日的酒店也不远。"

蒋舒扬想到这里，又不安了起来。她总觉得这件事有点儿怪怪的，她在想，会不会康斌把自己给非礼了，然后又重新给自己穿好衣服，这样就神不知鬼不觉，可以瞒天过海。想到这里，她开始头晕目眩，不知所措。

她喝了一杯牛奶，然后赶紧拿起电话给康斌打了过去。"嘟嘟嘟"，几声电话提示音之后，电话那头儿传来了康斌的声音："舒扬，你醒了呀。昨晚你可是喝了不少，再休息休息吧，可以多睡一会儿嘛。"

蒋舒扬听到康斌的话后，瑟瑟地说："谢谢你，康斌。"然后断断续续地问："康斌，我……我……我有个事情要问你，你要和我说实话。"

康斌笑呵呵地说："怎么还结巴了？你说吧！"

蒋舒扬沉默了五秒，在康斌的催促中，才佯装镇定地说："咱俩之间……没发生什么吧？"

康斌听到蒋舒扬这样问,哈哈大笑了起来:“舒扬,你想哪儿去了,我可不是那种人,我昨晚看你喝醉了,本来想送你回家,可是又担心你醉酒没有人照顾,才把你带到我家,你可别多想。”

康斌继续说道:“你别胡思乱想了,我要是敢对你做什么,别说你了,光是我爸就饶不了我。行了,我还有个工作会议,你多休息,晚上请你吃大餐。”说着说着,就把电话挂掉了。

蒋舒扬不知道再说些什么好了。她心想:“似乎也没有什么好怀疑的,人家康斌是好心好意,自己还要去怀疑人家,有点儿说不过去。”但是她心中总是感觉怪怪的,不够踏实。女人的第六感总是准确的,不久,她的这种怀疑就得到了验证。

蒋舒扬拖着疲惫的身体打开了微信,里面有子泉发来的好多条未读信息。有文字的,有语音的,还有未接的视频电话与语音电话。她继续把微信往上翻着,看到一张自己在床上盖着被子睡觉的照片,背景正是康斌的家,照片下还有一行“自己”发的文字:“我是康斌,舒扬喝醉了正在休息,她爸妈也知道她在我这儿。”看到这里,她脑子一片空白,瘫软在地板上。

早晨,子泉和周思思吃完早饭后,一个人在宿舍,心神不宁的他,想问问蒋舒扬她的生日是怎么过的。子泉是愧疚的,无论是没有给蒋舒扬过生日,还是和周思思的亲密接触,都让子泉觉得自己做了对不起蒋舒扬的事情。当子泉带着愧疚联系舒扬时,却收到了一张蒋舒扬在陌生环境睡觉的照片,落款是康斌。康斌用蒋舒扬的手机给他发了这张照片,这让子泉瞬间从酒醉的余绪中清醒了过来。他打电话,要质问康斌是什么情况,但康斌并没有理会子泉,没有再给子泉回复任何信息。子泉联系不上舒扬,整个早晨,就像热锅上的蚂蚁一般,但他除了反复打电话以外,没有任何其他的办法。子泉一遍又一遍、一次又一次地打着蒋舒扬的电话,似乎整个世界都静止了,除了给蒋舒扬打电话以外,再也没有其他的事情值得去做了。

爱与恨的情绪在子泉心中交织。他深爱着舒扬，也坚信舒扬绝对不会做出对不起自己的事情，绝对不会有负于自己。子泉心里想："舒扬不是那种拜金的女孩子，也不是那种随便的女孩子。"这么多年的恋爱，这么多年的感情，让他坚信这一点。但他必须面对一张陌生男人发来的蒋舒扬的照片，一股恨意涌上了子泉的心头，他恨蒋舒扬的背叛，对他们纯洁真挚爱情的背叛。但很快，子泉心里的恨意又迅速地消退。他看到了照片中奢华的卧室，他想，这一定是个高档小区吧，一定是个富贵人家吧。目前的他买不起高档小区的房子，连想都不敢想。

子泉心想："也许蒋舒扬跟了这样的男人会幸福的，再也不会为了买房子而跟着自己遭罪，也不会为了自己和父母闹矛盾，再也不用承受生活的波折与苦恼。也许，蒋舒扬的父母会开心、会快乐的。爱一个人，不就是要给她幸福生活吗？爱一个人，不就是希望她过得开心快乐吗？如果舒扬可以在这样优渥的家庭中生活，应该是会幸福的。自己为什么要去恨舒扬？也许，自己应该祝福舒扬才对。"想到这里，子泉的眼泪止不住地流淌了下来，一滴滴的、不受控制地流淌着。泪水滑过面颊，在下巴处汇聚，然后滴答滴答地坠在地上，溅在地板砖上，发出"吧嗒吧嗒"的声音，这是心碎的声音，这是子泉青春爱情梦碎的声音。

子泉想了很多，发给蒋舒扬的最后一条信息是："我最爱的舒扬，我深爱着你，过去、现在和未来，我都深爱着你。我要深深地祝福你，犹如群星祝福太阳一般地祝福你，你一定要快乐，你一定要幸福。"

蒋舒扬看到子泉最后发来的微信时，眼泪"唰"地一下掉了下来。她感到满满的感动，一股暖流在心中流动着。她觉得昨晚喝酒玩得太开心，也有点儿过了。她不知道为什么会有这样的照片发给子泉，她脑子已经乱得像一团糨糊。怎么会发生这种事情？这一切让蒋舒扬想不明白。她想立刻给子泉打电话解释这一切，但又不知道从哪儿开始说。子泉会相信她说的话吗？她心里没底，生活怎么会如此的错乱。这时，她意识到，要回答这个问题必须找康斌才行。康斌为什么要拍照片发给子泉？他怎么可以这样？只有把康斌为什么拍那样的照片搞清楚，才可以和子泉解释明白。于是，蒋舒扬开始给康斌发微信、打电话，可打了好几个都没有接通。

过了好久，康斌给蒋舒扬回了微信："那时候你男朋友来电话问你的情况，我怕他担心你，就跟他说了一声。而你又睡得那么香，就没有叫醒你。怎么，难道你男朋友误会了吗？"隔了一会儿，康斌又回了一条微信："如果需要我去解释，我可以去的。刚才一直在开会，手机不在身边。"

蒋舒扬看到康斌的信息，她想："是呀，人家确实是为了我好，我还能说些什么。康斌并没有对自己做过什么越界的事情，还那么地关照自己，要怪就怪自己为什么喝那么多酒。"想到这里，她重重地瘫坐在了床上。她并没有急切地回复子泉，而是收拾收拾自己的东西，从康斌家中离开，回到了自己的家。

蒋舒扬回到公寓后，彻彻底底地洗漱了一番，昨晚的酒气也随着水流而去。

蒋舒扬梳洗完毕，给子泉打了视频电话，看到屏幕中一脸憔悴的子泉，心里有说不出的痛。她心疼这个草原汉子，那个可以在冬天的寒风中放牧的汉子，那个可以猎杀草原野狼的汉子，在她面前似轻柔的水藻。

蒋舒扬语无伦次地向子泉解释，她在生日宴上喝多了，留宿康斌家里。康斌是他从小到大的发小儿，两个人之间绝无越界行为。蒋舒扬低声啜泣，她不会放弃和子泉的爱情。这是她的命一样，她会像珍惜生命一般去珍惜和子泉的爱情。曾经骄傲的小百灵鸟，突然之间变得楚楚可怜；曾经那清脆悦耳的叫声，也变成了凄凄惨惨的低吟——子泉看到蒋舒扬这样，整个心都要融化掉了。

子泉用充满怜爱的语气说："我最爱的小舒扬，我相信你，我全都相信你。不要哭了，我要让你快乐，我要让你幸福。你一定要相信我。"

蒋舒扬哭哭啼啼地说："我相信你是爱我的，我相信你，我也要让你幸福。"两个人对着屏幕，哭得像泪人儿一样。

深夜，伴着寂寥的夜空，子泉躺在宿舍清冷的床上，想着和舒扬的往事，无限的情思涌现在子泉心头。他突然坐了起来，想用带着墨水的文字，把对舒扬的爱写给她看。在昏黄的台灯下，钢笔尖在白色的信纸上吱吱呀呀地响着。

给我在这个世界上最爱的人：

还记得，我们第一次见面时，你纯洁的眼睛，闪着小鹿般纯净的光芒，深深地吸引了我。还记得，当别人带着女朋友吃昂贵的西餐时，贫穷的我，只能在学校南门，给你买一张鸡蛋灌饼。你一路津津有味地吃着，笑着跟我分享你的生活。我知道，那欢乐的笑声，都是你对我满满的爱惜。

舒扬，世界广袤，星河璀璨。茫茫人海中，我最爱的人，只有你。这世界上虽然有数不清的生命，可只有你是我生命的全部。舒扬，你是我的爱人哪，我这一辈子用生命都要爱着的人哪，到死亡的那一刻都要爱着的人哪！即使肉体腐烂在大地上，我也要大声地对大地说"我爱你"。即使我的肉身化为一缕烟尘，我也要响亮地对苍穹说"我爱你"。舒扬，你要知道，天底下没有人比我更爱你！

舒扬，你相信我，我们一定会幸福的。

你的爱人：子泉

笔尖在信纸上停住了，一滴滴滚烫的泪水掉落。

爱上很容易，爱下去很难，要克服数不清的困难才行。

子泉和蒋舒扬的事情就是如此，子泉当然没有把他和周思思的事情全都告诉蒋舒扬。蒋舒扬满怀愧疚地待子泉比往日更好，开始越来越体谅子泉，她开始不那么大手大脚乱花钱，开始节约。

蒋舒扬的一个闺密在国外留学，毕业后定居国外。舒扬无意之中听闺密说，有一种叫比特币的电子货币，是一种区块链技术的加密货币，可能是未来的发展趋势。比特币现在卖得很便宜，闺密问蒋舒扬要不要买一些。蒋舒扬花钱大手大脚惯了，就随意用自己的零花钱买了一百多个比特币。

各有归舟

子泉想要和蒋舒扬共同生活，组建一个家庭。他迫切地想要调回沧海，结束和舒扬的异地恋。子泉深知舒扬父母并不会帮助他，在工作调动一筹莫展之际，他想到了张启。

张启已经是正科级实职，相较于子泉这种普通老师而言，在社会上的人脉更广些。事实也确实如此。

2018 年秋天的一个周末，子泉约上张启一起喝酒。

张启接到子泉约他喝酒的消息，有些诧异。在张启的印象中，这个周子泉是十足的宅男，不喜欢和大家聚会，总是沉浸在个人的爱情小天地里面。读书的时候，想和他喝一次酒极为困难。这次子泉主动约他喝酒，估计肯定是无事不登三宝殿。但张启也觉得没有什么，毕竟是同学嘛，要是有什么他可以帮忙的，他一定义不容辞。子泉把喝酒的地点定在了大学城附近他们读书时常去的十三月饭店。读本科的时候，张启常来这里消费，这饭店菜的味道不错，锅包肉、熘肉段、海肠饺子都是他们家的拿手好菜，环境也好，那时候算比较贵、比较奢侈的地方，但以工作后的收入来讲，这家饭店就显得再平常不过了。如果说要求人办事，来这里吃饭，那就显得有点儿低端了。不过在子泉看来，来这里还是有好处的，可以调动起张启对曾经读书岁月的美好回忆，让同学情更浓烈。约饭前，子泉专门问了和张启关系最好的景外，把张启爱吃什么打听了个门儿清。可见，子泉为了这次饭局做足了功课，他还特地准备了一瓶五粮液。

两个人坐下后，子泉缓缓地从自己的背包内拿出了五粮液，笑嘻嘻地说着："张大科长，咱们好好聚一聚，请你喝一杯。"

张启看到五粮液时，觉得子泉肯定有求于自己，还是大事儿。他赶紧用手挡住子泉，说："大哥，这酒可挺贵的，你先别拆，你到底有什么事儿要我帮你办的？先说了，我要是能搞定，一定努力，要是不能，可不敢喝你这么贵的酒。不然会被同学们笑话的。"

子泉见状，满面堆笑地说道："张大科长，你这是说啥呢，没事儿就不能请老同学喝一杯啊？"说完这句话后，又停了一下，然后继续说着："嘿，要说有事儿呢，兄弟确实也有点儿困难。你也知道我和蒋舒扬的事儿，这么多年了，我们一直感情挺好，可是毕业工作后，我俩没有找到同一个地方的工作，这样长久异地分居，总感觉不是个办法。老同学，你说你也不忍心看我们就这样异地分居，一直这么过下去吧?！"

张启听到这里心想："你这分居和我有什么关系？也不是我造成的。"他顿感压力，不知道该说些什么了，就顺势说："那是，那是。"

子泉继续说："不瞒老兄你说，我呢，确实遇到了难处，想找你帮个忙。"

子泉眼睛望着张启，眼神中有着同学见面的兴奋、老友的情谊，也有着求人时的不安和胆怯。子泉长这么大，几乎不求人。他从小在草原长大，那里本来就地广人稀，放牧的工作大多要靠自己完成，和人打交道的机会不多。后来，读书时他认识了蒋舒扬，在二人世界中过了这么多年。求人这种事，对于子泉来说是那么陌生。好在这次求的并不是外人，而是自己的大学同学。

张启看着子泉说："老同学，别客气，有话直说，要是能力所及，一定会尽力。"

子泉听到张启的话后，之前胆怯的眼神变得有神起来："是这样，现在沧海教育局在招聘有教学经验的教师，我也报名了，而且这次招聘是直接面试，没有笔试。我想请你帮忙找找关系。你看行吗？"

张启听完子泉的话，大脑飞速地转着，并在嘴里嘟囔着"教育局，教育招聘……"停了一会儿后，张启说："老同学，你可以开酒了，我努力试试看。"

子泉听到张启的这个回复后，高兴极了。两个人，一瓶五粮液都没有喝够，又买了一瓶牛栏山二锅头，这是他们读书时经常喝的。一人一斤白酒，两个人重温了读书岁月，开开心心地结束了这场二人同学会。

张启会这么痛快地答应给子泉办工作的事儿，自有他的理由。按理说，工作调动是一件困难的事情，从沧海市向县城调动，这是比较容易的。毕竟大家都觉得大城市来的人更有能力，似乎更符合"人才"的定义，而且这种人极少，调动起来并不算多么困难，甚至地方上还非常欢迎。可是从小地方往沧海调动就困难重重了。首先沧海本身就人员众多，体制内的工作岗位较少，大家抢都抢不过来，还怎么会把机会给外地人。

当然了，除非这人关系特别硬，或者能力极其突出。就拿子泉的事情来说，他如果是省级教学名师，那么抢他的人该排队了。子泉现在的荣誉是县级教学名师，如果子泉单纯靠自己的能力面试，应聘的概率还真不好说，甚至可以说失败的概率和成功的概率差不多。

张启之所以答应子泉，是因为他确实有这个底气。许多事情，踏破铁鞋无觅处，得来全不费功夫，张启给子泉办工作这个事情就是如此。本来想找个区教育局局长办事还是困难的，张启不一定能够有机会直接接触到这个位置的人。但巧的是，张启刚好负责审批的一个项目是这次招聘单位所属的教育局王局长亲姐姐的生意，这个项目，还是有一点儿瑕疵的，介于可审批与不可审批之间，说它符合规定也可以，说它不符合规定也没有什么问题。事情的关键就在这里，一旦出现这种模棱两可的情况，人情因素就显得尤为重要。

最近一段时间，张启比较忙碌。张启和小舅子范围不对付，张启的老婆范婷也处处跟他闹别扭，家庭生活让他焦头烂额，没有太多精力处理项目审批这个事情。并且这么棘手的事情，张启也想拖拖看。这个教育局的王局长找过张启两次，专门谈这个事情，张启都不置可否。张启知道教育局局长能量大，也许要不了多久就会找别的领导来说这个事情，这样一来，张启通过项目有更高级别领导的默认甚至支持，一切就不会有问题，也不至于会被秋后算账。所以，这件事情最终通过，应该是大概率的。

张启心里明白，王局长说这个项目说是他姐姐的，其实也就是他自己家的项目。领导经商是明令禁止的，而王局长的姐姐经商则合理合规。所以，王局长才那么卖力地反复找关系托人来办这件事。果然，不久后，张启的上级领导专门给他打电话沟通。领导说："现在是市场经济，以经济建设为中心，我们作为服务部门，要做好服务老百姓的工作，努力地促进经济的繁荣，给老百姓增加收入……王局长是我的一个朋友，张启啊，你还是要多多支持的！"有了领导指示，张启觉得这个事情就不会有问题了。但张启并没有马上处理这件事,他在等着王局长来找他。过了一个多星期,王局长果然来约张启吃饭。饭局约在一家安徽菜馆,仿古的徽派建筑颇有一派典雅气韵。

饭局上,王局长和张启一番寒暄,并把和张启领导的交情也大肆渲染了一番。其实,张启心里明白,如果自己的领导和这位局长关系密切的话,不会到现在才出现,不知道这个局长托了什么人才找到他的领导。

张启应和着局长的话,说:“既然领导交代了,我肯定是尽力的,但是吧,事情确实比较难办,容我一段时间,一定把事情办好,让领导和您都满意。”

局长一听张启这么说,自然开心,连忙给张启倒酒敬酒。其实论级别来说,张启自然没有教育局局长高,他只不过是个正科级的干部,但王局长要想把事情办得妥当,就绕不过张启这里。王局长请张启吃饭,是期望事情能够赶紧推进,越快越好,早点儿进入市场就早点儿盈利。另一方面,他的项目在于政策允许与不允许之间,局长怕夜长梦多。

王局长说:“老弟,有什么需要帮忙的事情,就和我说,就教育这块,我一定能给你办好。”说着话,局长把一整杯的白酒喝了个精光,并把酒杯杯口朝下,示意自己并没有“养鱼”。王局长也算是性情中人,甚是豪爽。张启就等着王局长这番豪言壮语,便把子泉的事情提了一下。

张启说:“王局,不瞒您说,我还真有个事情得麻烦您一下。听说贵区在招聘教师,我大学同学叫周子泉,刚好报考了。面试时,还请您多多关照才行。”张启说着,也把酒杯里面的白酒一饮而尽。

王局长把子泉的情况问了个清清楚楚,知道子泉既是本省名校王牌专业毕业,又是县城重点高中的老师,并且有了县级名师的名头,就拍着胸脯打了包票。

“老弟,你放心,他一定能上。我们后天就面试,我去办这个事儿,你让你朋友等着好消息吧。”王局长停了一下,然后继续说道,“我那个项目的事情,老弟你可得帮催催,越早越好。”

张启明白王局长的意思,马上回道:“完全没问题,您放心!”

王局长听到这里甚是欢愉, 又继续说着教育事业上的事情以及城管工作之类的话。这场酒局上,两个人聊得畅快淋漓,各遂心愿。

酒局结束后,张启给子泉打了电话,说道:“兄弟,我刚跟你要考的教育局局长喝完酒,你的事情我跟他说了,他同意帮忙,应该不会有问题,你考试加油。”子泉听到张启的好消息自然十分开心,免不了一番千恩万谢。

在子泉的录用通知下发之后, 张启用两天的时间把王局长的项目走完了流程。张启把项目审批通过的消息告诉王局长,王局长喜上眉梢。子泉虽然大学时忙于恋爱,但经过县城重点高中的磨炼和周思思的指导,他已经有了极大的进步,实力本就不比同期的应聘者差,这也是王局长看过简历后了解到的。以他多年的经验,子泉有巨大的潜力,以后必然可以成为教学名师,所以打招呼让其通过面试,也并无问题。一切都显得那么自然。

之后不久,张启面临着一件棘手的事。一个临近排洪通道的大酒店经营者为了拓展餐饮业务、增加特色项目,在泄洪通道内建设起一座专门为食客提供水上进餐服务的违章建筑。当地群众投诉到了张启的部门,张启带着科员去现场核查。果然,酒店的非法违建挡住了泄洪通道的三分之一空间,万一洪水来了无法及时排掉,就有漫堤的潜在可能, 给泄洪通道两边的居民带来巨大的安全隐患。张启带着组员找到涉事酒店的老板,酒店老板是一个五十多岁的男子,梳着大背头,大腹便便地坐在办公椅上,见张启等人进了办公室,不紧不慢地站了起来,但并没有离开办公桌。他伸手示意张启一行人可以坐在旁边的沙发上，继而坐了下来，并让秘书给张启端上一杯茶。

张启在进办公室前，从酒店服务员的口中得知，这个老板姓黄。张启坐在沙发上喝了一口茶，看着黄老板严肃地说："黄总，我们现场看了酒店的新建部分，已经建到了泄洪通道至少三分之一处，这种建筑明显是违建，得拆除才行。"

黄总坐在老板椅上，点燃一根雪茄，闭着眼睛，吸了一口，才缓缓地睁开眼睛，看了看张启，声调舒缓又面带微笑地说："这位小老弟贵姓啊？"

和张启一同来的同事紧接着回道："这是我们执法科的张科长。"

黄总皱了皱眉："噢，小张啊，你好。"他停顿了一下，往烟灰缸内弹了弹烟灰，继续说："小张同志，这不过就是一点点扩张生意的事儿，算不得什么吧？"

张启看到黄总满不在乎的样子，也补充道："我们接到了群众投诉，而且您这实属违建，得拆除。"

黄总听张启要求他拆除违建后，脸上有了几分愠色："嘿，别听旁边这些穷鬼的举报，他们什么都不懂，我这大酒店带动了多少就业？他们懂什么，天天叨叨来叨叨去的。小张啊，我们不用理会他们。"黄总说罢，手拿两张贵宾卡，站起来就要往张启和他的另一个同事手里塞。

张启立刻表示拒绝，并重申黄总必须拆除违建才行。黄总看张启态度坚决，也不强行去塞卡了。

黄总重新坐在了老板椅上，并跷起了二郎腿，带有几分傲慢和不屑的语气说："张科长，你也不要不识抬举，大家都是在沧海混的，互相行几分方便，我也方便，你也方便。不要搞到最后大家下不来台，你拆不了我新建部分的，这可是征明集团的产业。"黄总说完,给张启一行人下了逐客令。

果然,张启回市局后,就被分管副局长叫去汇报工作了。分管张启的副局长直接言明黄总的事情不能管，不能去拆除酒店的新建部分。张启对副局长的定论表示质疑,张启知道肯定是谁给副局长打了招呼,不让城管局来管这件事。于是,张启把他实地调查的情况详细地汇报给了副局长,并给副局长看了现场照片。张启详细地把酒店侵占泄洪通道的情况汇报给领导，可是领导完全不听张启的汇报,无论张启说得多么有道理,总之副局长就是一句话:“不能拆。”

张启也坚持着自己的看法,虽然说话的态度谦和,但并没有退让半分。副局长看张启这么坚持,就不得不把背后的利害关系说给张启听。

副局长带着几分怒气地说道:“跟你说实话吧，是谭副市长打电话过来了,明确说不能拆除。如果拆除了,会影响投资商的积极性。你说吧,怎么办?!”

张启听到原来是谭副市长的意思,他稍微思索了一下,语气平缓地说道:“无论是谁打的招呼,违法的事情都不能办,这个事儿就该依法依规办,得拆除。再说,万一洪水来了,不能及时泄洪,这个责任谁来负？谁要是能负这个责任,让他签字,我就不拆这个酒店的违法建筑。”

副局长感觉到了张启的态度坚决,就先让张启回去了。此后,副局长多次找张启谈这件事,觉得他不应该驳谭副市长的面子,这对他以后的升迁没有任何好处。可张启依然不为所动,依然坚持拆除黄总的违法建筑。这让副局长左右为难,心里也生出了几分对张启的不悦。在副局长碰了几次钉子后,谭副市长的秘书给张启打电话,用蛮横和傲慢的语气要张启放弃处理这件事情,还暗示张启准备提副处长的事儿,就看张启怎么选择:如果按照谭副市长的意思办，就能顺利上去；如果不能，就不会有机会晋升副处了。张启虽然心心念念能够更上一层楼，仕途上再进一步，这样也能在范婷娘家更有底气，但他依然坚持必须拆除违章建筑的立场。沧海临江靠海，夏季雨水充沛，极有可能暴发洪水。泄洪通道被阻塞，洪水来了，河两岸的老百姓就要遭殃了，那些一楼的住户家里肯定被淹。老百姓耗尽一辈子的积蓄，花一两百万辛辛苦苦买的一所小小的房子，万一被洪水淹了，不仅装修全报废，甚至还会造成人员伤亡。平白无故地让老百姓承受这么大的风险，张启不愿意。

张启态度谦卑地对谭副市长的秘书说："只要谭副市长签字负责，我就愿意放弃拆除酒店的违建。"

张启心里明白，没有任何一个领导可以为这种事情而签字负责的。果然，谭副市长并没有签字。黄总酒店的违建部分，最终还是在张启的坚持下被拆除了。

黄总酒店的违章建筑被拆除后，张启在和景外聚会的时候，把事情的来龙去脉告诉了景外。

"启哥，真没想到啊，你竟然这么有魄力，这么有担当！你这以后肯定能高升，政府里就需要你这种实干敢干的领导！"景外带着吃惊的语气、拉着长音说着。他为张启的勇敢和责任心深深折服。

"还升啥，我都得罪了我们副局长，还有谭副市长。我看啊，只要他们在位，升官就没有我啥事儿，小科长准备干到退休喽！"张启的语气中带有几分落寞。

"那怎么会！人民群众的眼睛是雪亮的嘛！你做的都是完全合乎规定的事，大家都会支持你的，你放心好了。"景外安慰着张启，而且景外也确实是这么想的。

"哎，老弟。你啊，是读书读傻了，不知道我们升迁的内在逻辑。其他单位我是不知道，咱也不敢下定论、乱说话。就拿我们局来说吧，情况绝对不是你想的那么简单。我们单位，凡是升迁上去的，都是以服从领导命令为第一要务的人。服从性，已是打在他们脑子里的思想烙印了。无论领导说什么，他们只会频繁点头说如何正确、如何有道理、如何高瞻远瞩。即使我们副局长说鹿是马，下面的科长们也得附和着说是！”张启有些激动地说。

“啊，那岂不是指鹿为马呀?!这个年代，还会发生这种事情，无法理解！”景外带着惊愕的表情回道。

“这些科长们有自己的逻辑，他们认为，领导肯定没有错，指鹿为马的事只不过是领导的一个玩笑罢了。领导怎么可能不知道鹿是鹿、马是马，只不过是逗大家一乐。作为下属要体会领导的不容易和良苦用心，陪着领导开心开心就好。其实吧，这里的内在逻辑，是服从性测试，领导就是要看下属们听不听话。不听话的下属，不可能有任何升迁的机会。我们这个工作，不需要工作人员有主动性的思想，也不需要工作人员有主动性的行动，一切都是机械式地服从、服从、再服从。科长们想要升迁，就要得到比自己高一级，甚至高两级，乃至高三级领导的认可和提携才行。想要升迁，就是要从一个领导的办公室走到另一个领导的办公室，去汇报，去沟通感情，不然怎么可能有机会？而我就是那个虽然进了办公室，却不听话的下属。得罪了副市长和副局长，我又怎么可能有机会呢?！”

景外听到张启的这一番为官之道，大为震惊，说：“那你为了这个事付出的代价，可算是不小了！”

果然，不久之后，张启受到这件事情带来的负面效果。在提升副处长的路上，他被认为政治上不成熟，还需要继续考察，继续成长成长。就这样，张启错过了成为局里最年轻副处长的机会。

可张启并不后悔自己的坚持。那年夏天，地处东北的城市沧海罕见地下了一场长达十多天的大雨，城市排水系统超负荷运转，爆发了城市内涝。张启拆除的酒店违建所在的泄洪通道，刚好发挥了正面作用，两岸群众都没有被洪水波及。曾经极力劝阻张启拆除酒店违建的副局长也捏了把汗，要不是张启坚持，他可能要因此而被追责、被处分了。曾经的不悦，变为了某种心理上对张启微妙的感激。也因为这件事，居住在泄洪通道两边的居民写了很多感谢信给省政府和省委。在这样的情况下，省委省政府才知道拆除酒店违建的事，才知道张启这个人的存在。虽然张启并没有因这件事情而立刻被擢升副处长，但他赢得了省委领导的认可。

后来，党政机关群众路线行动进一步深化，在这次行动的影响下，市委市政府领导干部都在市委常委会上展开了批评和自我批评，谭副市长企图阻止张启拆除酒店违法建筑的事被旧事重提。谭副市长不情愿，但又无可奈何地在市委常委会上做了一次深刻的自我批评。市委、市政府的领导们在会上充分肯定了张启不顾阻力坚决拆除酒店违建的事迹，并把这件事作为群众路线中为人民群众办实事的典型通报全市。张启因祸得福，在单位的名声也更大了一些，变成了炙手可热的人物。

张启虽然事业上风生水起，但这并不意味着他就没有烦恼。张启家境不错，父母都是公务员，而且父亲还身居一定的职位。在当地来说，也是小有名气。可是与妻子范婷的家庭比起来，张启的家庭就要差不少了。张启结婚时，岳父送给了女儿一套好地段的别墅作为陪嫁，还买了一辆豪车。在张启工作调动方面以及人脉资源拓展方面，岳父都给予了他极大的帮助，不然张启也不会这么快就有了正科实职，且手握关键性权力。张启的小舅子范围二十五岁，他觉得张启是吃软饭的而瞧不起张启，甚至给张启起了一个外号——“软饭哥”。范围本科毕业后，去英国读了商科的研究生。本来范围的父亲想让他在自家公司历练历练，然后接班，可是范围并不在意公司的事情，他觉得自己还没有玩儿够。范围喜欢赛车，他总是买各种豪车，特别是越野型的赛车，他还参加了沧海的高端越野车车友会、阿拉善车友会之类的活动，乐此不疲。

婚姻

2018 年秋，中山路枪击案案发的前一周，张启和妻子范婷的娘家人一起吃饭时，张启的岳父范志强说："现在的商业竞争太激烈了，范围你得赶紧回公司熟悉熟悉业务！"

张启也以姐夫的姿态应和："爸爸说得是呀，范围还是得做个正经工作，回来经营公司比较好哇！我看，玩赛车也不是什么靠谱儿的事儿。"

话音还没有完全落下，范围就指着张启的鼻子说："张启，你一个吃软饭的穷酸公务员，别在这里给我装大个儿，有多远给我滚多远！"范围是典型的纨绔子弟，平时在外面风流潇洒惯了，最反感父亲范志强让他回公司经营。平时父亲对他的耳提面命他都听得厌烦，随意敷衍。今天范围心情不好，看到张启也跟着附和，范围心中的怒火一下就被点燃了。

张启被范围顶撞得愣了一下，然后尴尬地向着岳父的方向笑了笑，继续放低了声音说道："我也是为了范围的前途着想嘛。"

范围并没有停下对张启的谩骂:“张启你之所以会娶我姐姐,无非就是图我们家的钱。既然你图了我们家的钱,我说你几句怎么了?你就得听着!你要自尊的话,别住我们家别墅啊,别开我们家奔驰啊,假清高什么！你没有资格教训我！”

张启的脸开始变得扭曲,他睁大眼睛,刚用筷子夹起来的菜停在了空中。他嘴巴半张着,时间似乎在这一刻静止了。张启极力压制着自己的情绪,他的理智告诉他,他不能回击范围,哪怕一句话都不行。

就在这尴尬的、空气似乎都快凝固的时候,张启的岳父厉声说:“你这孩子,怎么可以这样和你姐夫说话?你姐夫也是为了你好,快给你姐夫道歉!”张启的岳父是严肃的,他不允许儿子如此无理地对待女婿。

张启的岳母也赶紧对着张启的岳父说:“范围一时心急,都是一家人,说说也没什么大不了的,下次不要再说就是了。”边说着边摸范围的头发,继续说着:“你呀,要知道好坏才行,你姐夫也是为你好。”

范婷看了看张启,又看了看自己的弟弟,对着张启说:“你不知道范围是急脾气嘛?!你虽然是好心好意,但是说话也要注意下方式方法吧?轻易地去否定别人的爱好,总是不好的吧?你还是领导呢,真不知道你这领导是怎么做的,领导艺术在哪里。”

范婷把目光转向了范围,拍了拍范围的后背:“你啊,也别吵了,好好吃饭,别惹爸爸妈妈生气。”

范围听到家人都指责自己,不耐烦地从椅子上站了起来,提高了声音说道:“一个小科长,什么都是靠着我们家,要不是我们家给他的资源和钱,他能过得这么舒服吗?能有现在的别墅和豪车吗?我就不明白了,你们为什么不去说他,反倒来说我。”说着说着,范围用脚狠狠地踢了一下椅子,椅子被踢出了一米远,与地面摩擦,发出了刺耳的声音。范围一转身，走出了家门，开上跑车，伴着轰隆隆的马达排气声浪，离开了家。

范婷板着脸对张启说道："你以后少以教育者的姿态自居，明知道范围对你有看法，你还这么和他说话，难怪范围生你的气。依我看啊，你以后管好自己的事情就行，少掺和范围的事情，惹他不开心。万一他一气之下开车出了点儿什么问题可怎么办？你能负得起这个责任吗？"

范婷的眼神中透出了些许嫌弃，她把筷子直接拍在餐桌上，悻悻地回了卧室。

张启这时候不知道是该反驳，还是该应和。他一时间沉默着，看着妻子离开餐桌，回了卧室。之后，范志强出来打圆场，说了些儿子怎么不听话，张启如何费心、如何不容易，以及范婷从小如何被自己骄纵惯了，还请张启多多包容，自己的女儿与儿子从小一起长大，关系如何好，姐姐分外地宠溺弟弟，这也是不对的，等等。总之，岳父的一席话让张启已经扭曲的脸舒缓了些。

太多事情，远非表面所呈现出的样子，现象与本质之间的距离，远比太阳与地球之间的距离还要远。

张启听完岳父一番安慰的话后便上楼了。他打开房门，范婷正躺在沙发上看电视剧。张启也顺势坐在沙发上，拿出手机打游戏。看到张启一言不发，范婷又开始了训斥："我们家的事以后你少管，尤其是范围，和你有什么关系？你自己在单位都是靠我爸才不至于被人欺负。我跟你说了多少次了，你少惹范围。要不你就别住在我家……"

张启刚刚经历了范围的怒骂，愤怒的情绪还未消散，面对范婷喋喋不休地怒骂，张启心中的怒火更加旺盛，张启突然从沙发上站起来。

范婷还在继续："我弟弟说的也没错，你倒是好，没什么帮得上我们家的，还来添乱。”

张启抬腿踢了一下茶几，茶几和地面摩擦，发出“嘶嘶”的声响，他低头看了一眼躺在沙发上的范婷，眼神中尽是不耐烦的怒意。范婷从没见过这样的张启，似乎是一座即将爆发的火山，范婷被张启无言的沉默吓到了，一时之间愣住，不再说话。

张启摔门而出，打电话约盛海和景外出来喝酒。盛海当晚值夜班，恰巧景外刚下课，张启开车来到大学城十三月饭店，和景外一起喝酒。

景外在十三月饭店见到张启：“这个小馆子，咱们上学的时候可没少来。前些日子，周子泉还向我打听，问你喜欢吃什么菜。”张启顺势就将自己帮助子泉调动工作的事情告诉了景外。

景外给张启倒满酒：“你可真行，调动工作都能办妥。你小子，能成大事儿。”见张启兴致并不高，景外猜到了几分：“又跟你老婆吵架了？”

张启和范婷的婚姻，他们相熟的同学大概都了解，范家始终以高高在上的姿态审视张启，甚至连范婷都看不起张启。张启也想不明白，既然范婷看不上自己，当初为什么要嫁给他。

景外叹了口气：“哥们儿，要不然算了吧，你看你这结婚以后天天愁眉苦脸的，要不就离婚吧，咱不受这个窝囊气。”

张启将杯子里的酒一饮而尽，这才开口：“范家的人，都以为我看上了他们的钱。钱，可真是个好东西。我老婆范婷，张口闭口都是‘我们范家’，你们不知道吧？我不离婚，在意的就是范家女婿这个身份。你在高校工作，你是不知道哇，在我们单位，只要一提到我是范志强的女婿，就没有人敢难为我。背靠大树好乘凉啊。”

一直在高校工作的景外确实不懂官场经营之道，只能岔开话题，陪张启继续喝酒。

和景外的这顿酒，让张启心中的怒气烟消云散。张启心里清楚，他不和范婷离婚，是因为他深谙职场生存法则，有了范家女婿这个身份，他的确少走了很多弯路，所以，他必须忍受范家人对他的态度。

喝完酒回家后的张启，看到范婷洗漱完毕，躺在床上玩手机。张启慢慢地挪到范婷旁边，笑嘻嘻地凑在范婷的脸边说："老婆大人，这是在看什么呢？分享分享呗。"

范婷见到满脸堆笑的张启，有点儿不耐烦，把身子一侧，脸转向了另一边，范婷不想理会张启。

张启也并不放弃，他凑在范婷的耳边说："看我老婆，生气的样子都这么可爱，简直是一个冰美人儿。"说着说着，还用手伸进范婷的胳肢窝，挠了挠范婷，范婷被张启这么一闹，笑出了声来。

范婷在短暂的一笑之后，立刻收了声，把手机往床上一摔，脸转了过来，对着张启说："你给我记住了，以后少惹我弟弟。"

张启听着，不住地点头，依然带着微笑说："明白，老婆大人。"张启说着，试图用手去抚摸范婷的脸颊。就在这时，范婷用右手抽了张启一个耳光，这个耳光不算太重，没有多大声音。张启虽然没有感觉到多大的痛感，但这个耳光也算不上爱人之间的亲昵玩闹，属于伤害性不高、侮辱性极强的举动。张启被这一巴掌打得愣住了，随即又继续笑呵呵地说："知道啦，知道啦。"并把脸凑到了范婷的脸上，手开始抚摸范婷的背部，这一记耳光并不能打断张启的甜蜜攻势。范婷躲着张启，并不打算就此就让张启蒙混过关。

她不断地躲避着张启，又正声地说："你别以为你是什么青年才俊，年少有为，虽说你刚毕业几年就做了正科级实职，现在又掌管着要害部门，但你别以为自己多么了不起。我可跟你说，你得时刻记着，这都是我爸爸努力的结果，你要有感恩的心。我爸爸自然不需要我们做什么，但是范围需要。我也不求你能帮范围多少，你现在也没有这个能力，但你不能给他添乱。"

张启不管不顾地终于把脸贴在了范婷的脸上，手也开始从范婷的背部游走到范婷的前胸。范婷并没有停下来的意思，用手指不断地点着张启的头，继续说着："我可听说了你和教育局王局的事儿了。本来你们领导已经给你打过招呼让你办事，你竟然为了你的那个同学去和王局讨价还价。你们领导都把这个事情和我爸爸说了，你看你这个事情办得多差劲。不知道你是怎么想的，这对你能有什么好处?!"

范婷越说越激动，声音也越来越大，她接着说："你要多听领导的，多听我爸爸的话，不要总是和你那些没什么资源的同学瞎混，他们除了会麻烦你，找你帮忙干这个干那个，还有什么用处？你要珍惜你的政治资源。你有没有认真听我的话？"

张启当然听到了范婷的每一句话，他也不敢听不到，但是他不想理会，他有自己的想法。张启没有理会范婷的责怪声，他已经爬上了范婷的身体，把她压在了身下，试图亲吻范婷正在疯狂输出责备话语的小嘴。范婷一看张启这个样子，知道他根本没有在意自己的话，更加生气了。还没等范婷继续斥责张启，张启已经亲到了范婷的嘴上，她已经没有办法继续教育自己的丈夫了。范婷嘴里还在模模糊糊地说着："你走开，走开，走……爸妈还在楼下呢……"慢慢地就没有了声音，范婷放弃了抵抗。

一阵手忙脚乱，一阵翻云覆雨，一阵水乳交融之后，张启慢慢地坐了起来，半倚在床头。他头仰着，看着晶莹剔透的水晶灯，它是那么华丽，在阳光的折射下发出璀璨的光，折射的光点撒在房间的每个角落——在乳白色梳妆台上、在乳白色的衣帽柜上、在橡木的地板上。每个光点，都似乎是一束光的一生。张启又把目光望向窗外，远方的天空，湛蓝得干干净净，没有一分一毫的杂质。这是美好的天气，美好的日子应该伴着一个美好的恋人，这才是美好的生活。张启看了看天空中的云朵，那远方的云朵，似乎正向张启走来，云朵想看一看张启的生活。张启遐想着,想着想着就出了神。每当这个时候,张启就会思考人生的意义。

人只有在荷尔蒙褪去之后,摆脱激素的控制,才会步入冥想的境界。

世间万物，或者说世界上的一切有机体、世界上所有已知生物、所有带有基因编码的生物,都是基因的奴隶。在基因的催促下,在基因的鞭策下,在基因的诱惑下,动物们去进食,去厮杀,去成长,去成熟,去繁衍,一切的一切都被基因牢牢锁定。人也被基因奴役,可人终究与其他物种不同,人是高级的。张启此时就已经摆脱了荷尔蒙的束缚,因为他刚刚已经做完了基因的奴隶,在下一波荷尔蒙来临之前,张启是自由的。

他看着自己的妻子,这个和他睡在一张床上的女人。范婷双腿张开着,双手也伸向了床头,其中一只手放在了张启的腹部。范婷白皙的胴体在日光的照耀下似乎都在发光。范婷的胸脯伴着呼吸高高低低、起起伏伏地动着,犹如一道道强弱不同的光,深深地探入张启的眼中。正是这光,让张启为之迷狂,让张启欲罢不能。他为之疯狂,二人强烈地相拥,身体剧烈地相互碰撞,发出生命绽放的号角。汗流浃背、酣畅淋漓之后,一切又归于平静。张启静静地看着,看着刚刚还似一头小野兽般的范婷,此刻,如此安静,静静地躺在一张巨大的床上,似乎整个身体都被床紧紧地裹住。此刻,张启不知道与她说什么。

实际上什么也不用说,此时的范婷正在酣睡。张启觉得这时候的世界是如此安静,他看看窗外的流云,看看躺在身边的女人。天空还是曾经的天空,儿时的天空、少年时的天空、青年时候的天空,身边却多了一个女人,张启觉得命运是如此特别、如此玄妙。

范婷似乎感受到了张启的注视，她一只手轻轻地抬起来摸着张启的下巴,又慢慢地移动到张启的脸颊,抚摸着。范婷醒来了,睡眼惺忪地看着张启，她的眼神中似乎带着浓浓的情欲。

“我刚刚做了一个梦，你变成了白人的模样，就是布拉德·皮特的样子，看起来好帅好帅。”范婷娇滴滴地带着迷离神态地说。

张启攥着范婷的手说：“为什么是布拉德·皮特？为什么是白人？”

范婷把头半斜着望着天花板，似乎在回忆着什么，说道：“我也不知道，就是一个白人的模样，也许是你皮肤也白吧。”

“我也算白吗？我倒是没有怎么感觉到！你这梦做的，明显是一场春梦。”张启说着，用手掐了掐范婷的脸蛋，并打了两下范婷的屁股。

她是如此美丽，张启和范婷四目相对，对于他们这种老夫老妻，当然知道下一步要做什么，一切都是那么轻车熟路。可这时候的张启，还沉浸在形而上学的思考中，并没有做好与范婷再一次温存的准备。范婷看着张启，进而将自己雪白的上半身贴住了张启，长长的秀发盖住了张启的整张脸。

张启略带紧张地说：“亲爱的老婆大人，咱们休息休息，晚上再……”

“不，我现在就要，晚上还有晚上的事情要做。”范婷边亲吻着张启，边断断续续地接着说，“我刚刚做了一梦，梦里可是个白人小哥哥，勇猛无敌。那么，我就马上要看看，到底是梦里的小哥哥厉害，还是现在的你厉害。你要帮我圆一个小小的梦，不许说不行。”范婷娇嗔地嘟囔着。

张启本不想再做这种事情，他觉得凡事都要有一个度，如此消耗身体，他感觉很吃力。可他又不能不去满足范婷的要求，范婷极少这样娇嗔地乞求他做什么事情。

范婷疯狂地索取着张启，似乎要把张启整个人都要吞掉。张启从未见过范婷如此狂放，似乎换了个人一般。范婷甚至说着粗鲁的话，那些带着脏字的话、中英夹杂的话语，一个词一个词地从范婷粉嫩的口中吐出来。

张启感到陌生，这还是他曾经强势清高的妻子吗？一丝狐疑、一丝不解涌现在了张启的脑海，但一瞬间又烟消云散。两个人就这样，伴着明媚的阳光，尽情地释放着属于生命的张力。张启想占据主动权，但在这场青年男女的欲望之战中，张启完全处于下风。张启感觉自己似乎在被范婷强暴，妻子完全不顾丈夫的感受，范婷尽情地把梦里的一切都要在现实中找回。她似乎要实现着什么，夫妻之间的爱抚变了另一种味道。范婷把夫妻之间的例行公事变成了某种程度上的火热爱恋，似初次相拥的恋人一般。范婷显得那么痴迷、那么激动、那么热情，但又不限于恋人之间。恋人之间的温存与柔情并没有在范婷的行为中出现，多了的是粗暴，是狂放，是一种要把人一次吃掉的凶猛。如果说恋人之间的爱恋是三月的春雨，温柔细腻的话，那么此时范婷对于张启的爱则是八月的暴风骤雨，似乎要把一切淹没，似乎要把地表的一切都吹折。

当一切烟消云散，张启看着大口喘着粗气的范婷，她把头深埋进张启的腹部，脸背对着张启。张启并不能看清楚范婷在看什么，他也并不知道范婷此时心里在想些什么。就这样，两个筋疲力尽的身躯静静地躺着，似乎完成了一场祭祀，一场关于梦的神圣祭祀。张启感觉这一次，自己像牲口一般被范婷给蹂躏了，成了释放欲望的对象，被范婷审视、打磨。范婷的眼神让张启觉得，范婷这一次并非在打量张启本身，而是将他视为一种实现范婷梦境的工具，他的身体成了范婷通往一帘幽梦的途径。他想到这里，有些许失落和无奈，他感觉自己的价值和人生意义被低估了，可他转念一想，也许这就是生活吧，是一个丈夫该尽的义务。

范围在和张启吵架夺门而出后，开着爱车去找女朋友丽丽了。范围和康斌相识，这个丽丽就是范围在康斌经营的会所里认识的。

在会所找女朋友，美貌是无可挑剔的，但想天长地久是不可能的。在姑娘们的眼里，这是一份工作；而在范围眼里，这是一项人生娱乐项目。他和丽丽在车内刚结束了一番缠绵，丽丽用嘴把有些朦胧睡意的范围咬醒。

她说："范范哥，你帮我送一个行李箱到S市我闺密那里吧。今晚就送过去，怎么样？"

范围有些不解，疑惑地问丽丽："这么晚了，明天再看。再说了，我们这刚运动完，我有点儿累了，明天吧，明天吧。"范围头歪着，闭着眼睛想再休息下。

可丽丽并不打算放过范围，她半站着，凑到了范围身边，用两只手把范围的头捧了过来，撒娇地低声说："就今天嘛，这可是康斌的意思，听康斌说悠悠姐着急要呢！"

当范围听到"悠悠"这个名字时，眼神突然一亮，急切地回话道："竟然是悠悠说的？那好吧！"范围曾经听康斌提起过悠悠，康斌似乎很惧怕悠悠。

迷局

范围在丽丽的软磨硬泡下，答应把行李箱运送到S市，他拿行李箱时，感觉很重，得有三十斤的样子。

范围好奇地问丽丽："行李箱里是什么东西，怎么这么重？"

丽丽不紧不慢，又故作高深莫测地回道："都是女孩子用的东西，化妆品那些瓶瓶罐罐的，你可不要打开哟。"

范围听到这句话后，没有再继续问下去，便开车出发了。路途并不长，一个小时左右就能到达S市。夜晚的高速路上并没有太多车辆，他把车速开到了每小时一百八十公里，车子巨大的声浪让他感到全身舒适。车内响声巨大的摇滚乐曲伴着发动机的轰鸣声让车身震动着，他在高速公路上风驰电掣。原本一个小时的车程，范围四十分钟就到了。范围准备通过高速收费站时，看到不少警察在路口，并示意他停车接受检查。范围心想，可能是自己超速了，但也没事，自己父亲完全可以摆平，超速根本不值一提。他缓缓地把车停靠在了警察要求的位置。

范围停好车后，不慌不忙地点燃了一支香烟，车内的音乐并没有停。警察敲了敲范围的车窗。示意他摇下车窗的时候，范围也是带着满脸不屑，慢吞吞地才把车窗摇下来。

一个二十多岁的年轻警察过来敬了个礼，然后说道："同志您好，请接受我们的酒精检查！"

范围这时候才知道原来是查酒驾的，他还以为自己超速被警察给抓到了，顿时放下心来，无所谓地冲着警察说道："你们这帮人，真是没事儿干了，大半夜地跑到高速收费站附近来查酒驾，也不动动脑子，谁喝了酒还能在高速上开车?!真服你们，没事儿的时候啊，就在家待着，不要浪费我们纳税人的钱！"

查酒驾的警察听到范围说这些话，脸色已然开始变得难看了，但并没有发作，而是把测血液酒精浓度的设备递向范围，说道："同志，请朝这个口子内吹气！用力吹！"因为范围车内的音乐声过大，警察就把"用力吹"这三个字说得格外大声。

范围感觉警察这种语气似乎是在针对他，就没有好气地回道："我知道用力吹，也不是第一次测酒驾，还用你告诉我！"范围说完后，就用力地向酒精测试仪吹了一口气，设备并没有报警。范围得意扬扬地耸了耸肩，准备摇起车窗，开车走人。

但警察用手里的酒精测试仪抵住了缓缓上升的车窗玻璃，厉声喝道："这位同志请你下车，你涉嫌侮辱警察执法，我要对你进行进一步的问询！"

范围听到这话，从车窗里探出脑袋，轻蔑地笑了："问询我?"见警察毫无让步的意思，范围打开车门下车。范围站在车子旁，双手叉着腰，不耐烦地说道："别拿着鸡毛当令箭，手中就这么点儿权力，还想怎么样！有屎快拉，有屁快放，哥们儿还有事儿要忙呢，别耽误我正事儿。"

查酒驾的警察听到他这么一通话，更是气不打一处来了。他正色道:“同志,请你文明点,我这是正常执法,你要是再这么无理取闹,我就要对你采取强制措施。另外,我要对你的车子进行全面检查!”年轻的警察不想这么轻易地放过范围,他刚从警校毕业,在学校一直以来都成绩优异,还没受过这等嘲讽。心怀正义的年轻交警心想,他才不管这人的背景是什么,只要把证据落实到位,任凭谁来也无法为这个口出狂言的家伙辩护。这样想着,年轻警官示意要对范围的车子进行全方位的检查。

盛海看到这边似乎是有争执,就赶了过来,他是作为民警来支援交警查酒驾的,就怕遇到什么突发情况。果然,今晚就出事了。

当盛海走到年轻交警旁边, 看到和交警起冲突的人正是张启的小舅子范围,盛海原本就高度紧张的神经绷得更紧了,他生怕范围继续捅出更大的篓子。盛海略带紧张地问年轻交警:“发生了什么情况,范围是不是酒驾了? ”

年轻交警这么一听,觉得这两个人似乎认识,但他才不管呢,今天一定要灭灭这个嚣张司机的气焰。年轻交警非常严肃地回道:“这位同志辱骂警察,涉嫌妨碍执法,我要对他采取强制措施,并彻底检查他的车辆! ”

盛海皱了皱眉头,低着头思索了一下,向交警说道:“小朱,这是我的一个朋友,平时脾气确实不好,你看,他要是没有酒驾,要不就算了吧。算我欠你个人情,回头我请你吃饭。”

既然盛海开口, 叫小朱的年轻交警也不太好意思继续难为范围,态度也变得和颜悦色:“哦,原来是海哥的朋友啊。这哥们儿也没喝酒,没问题。”说着,小朱警官向范围摆摆手,示意他可以走了。

盛海也走到了范围的身边,笑呵呵地对范围说:“晚上还跑车,挺辛苦的。早点儿回去吧,以后要注意,尽量配合交警工作,他们也挺不容易的。没日没夜地干活儿,也很辛苦。对了,你回去后,给张启带声好吧,我也好久没见到他了,他最近怎么样,还好吧? ”

范围对于盛海的照顾却并不领情，他本来就瞧不起张启，更别提张启的这些同学。范围知道这个盛海，不过是个小警察而已。不提起张启还好，一提起张启，范围就暴跳如雷。他对着盛海怒吼道：“别跟我提张启，他算什么东西！盛海，你也别在这里装好人，我不领你的情。让那个小警察，叫什么小朱，是吧？叫什么小朱的警察赶紧来查我的车。谁不查，谁就是乌龟王八蛋！”

范围这没头没脑的歇斯底里也让盛海在小朱警官面前下不来台。盛海试图拉着范围去远一点儿的地方私聊，边拉边小声地在范围耳边说着：“范围，范围，你别冲动，别冲动，抓紧走就行了，也不要为难小朱，他这人蛮好的。”

范围并不理会盛海，他内心是瞧不起盛海的。他顺手就把盛海拉着自己的手给甩开了，仰着头晃着脑袋地说道：“我就是谁也不怕，谁也别给我来这套。赶紧查，让那个朱赶紧查！”范围说“朱”这个字的时候，语气格外重，显然范围是在用“猪头”的“猪”代替朱元璋的“朱”，是赤裸裸的挑衅了。

朱警官倒也会做人，他先把目光投给了盛海，意在表示，这是范围要求的，而且还这么侮辱他，那该怎么办？想必盛海自己心里也该明白。

盛海心里懊恼，觉得这个范围是有点儿过分，也不给自己面子。也许在他来之前，这个小朱警官与范围发生了什么过节吧？这是他无从知晓的。那么既然范围这么强硬地想把事情闹大，又那么不给他面子，也许是真金不怕火炼吧。盛海用眼神回答了小朱警官，大概的意思就是“你说咋办就咋办吧”。

朱警官得到了盛海的肯定性回应，就着手仔细检查范围的车了。作为交警的朱警官立刻带过来一条警犬一起检查。朱警官想法很简单，就是要找到范围车上有没有违规的东西。据他有限的经验，他感觉这种富二代的豪车，有时候都是圈子里借来借去，互相借不同的车开,这样泡妞就更有面子。里面说不定就有哪个不长眼的吸食大麻什么的,只要抓住一点点,就够眼前这个气焰嚣张到不行的家伙喝一壶的。而且,朱警官就不相信这种豪车一丁点儿交通上的问题都没有。朱警官开始用警犬搜车,又打电话让同事调出这辆车在高速公路上行车情况的记录。

很快,朱警官的同事给他发来了范围在高速公路上超速的照片。朱警官看到照片,立马走到范围身边,厉声道:“你是不是在高速上超速行驶了?”

范围当然知道自己在高速上超速行驶了,就是没想到这么快就被查到了。但范围也并不慌:“超速了又能怎样?不就是罚款扣分的事儿嘛。你快点儿查,我还有事儿要忙,别耽误我时间。我的时间可贵着呢,不像你们,一年就赚那么十几万,我都是几千万的业务。”

朱警官看范围油盐不进,目前也想不出什么办法整治这个嚣张的富二代。这时负责检查车辆的警察要求范围把车子的后备厢打开。范围按下了手中的车钥匙,“滴答”一声,后备厢就开了。只见一只警犬跳到了后备厢里,用鼻子到处闻着。等警犬嗅到了后备厢内的行李箱时,突然就蹲在行李箱旁边,一动不动地看着警察。朱警官和盛海看到这个情况,也走了过去,并把范围拉了过去。

朱警官用命令的口吻向范围说道:“这个行李箱里装了什么东西?请你打开!”

范围把行李箱从车子的后备厢中拿了出来,并有点儿不耐烦地说:“这是别人的箱子,我打不开。你们想看?自己想办法。”

朱警官厉声道:“这个行李箱你必须打开,如果你不配合我们工作,我们就直接破拆了。”说着,朱警官和另外的警察直接就把范围所携带的行李箱给拆开了。拆开后,行李箱里面的东西让大家都震惊了。行李箱里面装满了一袋袋白色的粉末状物品,范围也觉得不可思议,不知道里面的东西是什么。可还没等他辩解,朱警官和另外的警察一瞬间就把范围给控制住了。范围直接被按倒在了地上,银色冰凉的手铐也铐在了范围的手上。

朱警官向盛海大声喊道:“海哥,这个可能是毒品,我们要把这小子抓走,做进一步的鉴定。”

范围听到是毒品,意识都变得空白了。缓了一会儿,他用乞求的眼神和发颤的声调向着盛海说:“海哥, 海哥, 快救救我, 救救我!”警察把范围架到了警车上,更准确地说是拖到了警车上。此时的范围腿已经软得站不住了,还有一滴滴液体顺着裤脚流了下来。范围知道,万一自己所带的行李箱中的白色粉末真是毒品的话,那可能自己一辈子就完了。

盛海也很无助地站着,他能做什么呢?他虽然是范围姐夫的同学,而且关系密切,可是又能怎么办呢? 万一范围行李箱里面的东西真的是毒品,那是谁也救不了他的。他只能把这件事告诉自己的大学同学张启了。

张启在睡梦中接到盛海的电话, 躺在身边熟睡的范婷也被吵醒。得知弟弟被抓,她一时间难以相信。张启觉得范围虽然是个不学无术的纨绔子弟,但应该也不至于去贩毒,范围并不缺钱,而且他也没听说过范围吸毒。同时,范围被警察抓进去,是给他出了一口恶气。另外,范围真要是犯了运毒罪被判进去,到时候岳父也不可能把公司交到范围手上,自己就成为范家公司最合理的继承人。但他知道,他不能把内心的这个想法流露出来,要是被范婷发现,那就彻底完蛋了。

睡眼惺忪的范婷瞬间被吓醒,听着电话那头儿盛海的话,范婷陷入巨大的慌乱和恐惧之中。盛海和张启的通话结束后,范婷脑子乱成一团,不知如何是好。张启看着范婷六神无主的样子,耐心地安抚着妻子:“这件事情现在还没有定论,以咱们对范围的了解,他肯定不会和毒品沾边。咱们得先告诉爸爸。”

范婷的父母得知此事，也都惊慌失措：贩毒可是大罪，哪儿有什么通融的空间？范志强也向几个和他有密切关系的高官打听情况，试图通过关系把范围放出来，可这些官员都表示毒品案是他们的红线，任何人都不可能去钻这个空子，他们也没有这个胆子。范志强自然是想使用金钱去摆平这个事情，可是那些高官觉得这种事根本就不是钱的问题，无论是谁，只怕是有命拿这个钱，却没有命花这个钱了。

范志强在碰了一圈儿壁之后，把张启叫到了身边，和张启说了许多话，大概意思就是虽然范围平时与张启关系差，但毕竟是一家人，而他又只有这么一个儿子，希望张启能够尽力去帮助，打听打听消息。

范志强说：“小启啊，虽然咱们家有点儿钱，可是这个时候，没有至亲的关系，是没有人敢通融这个事儿的。钱在这个时候，就是一张废纸。你在体制内，打听事情自然比我这种生意人要方便不少，也会顺畅不少。平时吃我的、喝我的、拿我钱的那些人，现在都开始躲着我。你有没有什么渠道，去打听打听这个事儿？你不是有个大学同学在做警察嘛，再去托托他帮忙吧。钱的事情都好说，咱们都可以拿！”范志强说到这里的时候，老泪纵横。他是一个传统的中国男人，就这么一个儿子，还指望着儿子继承家业、传宗接代，儿子这要是因为毒品案给折腾进去，他也就没有再活下去的意义了。

张启虽然心里非常讨厌范围，巴不得一辈子不再见到这个小舅子，可是理智告诉他，他必须竭尽全力去帮助范围。他知道自己是否用尽全力，谙熟世事人情的范志强一定能够感受得到，如果得不到范志强发自内心的百分之百的认可，就没有机会继承范志强的公司。张启要让范志强乐呵呵地把公司交到自己手上。

张启再次把盛海约到了星海八号院。盛海也知道张启约他的意图是帮自己的小舅子打探消息。盛海也很为难,这种事情并非他这种基层警察干预得了的。盛海只能向张启保证,不会让范围在看守所里受委屈。

盛海说:“据我了解，范围这个事儿比较复杂，听办案的朋友说,范围虽然运输了毒品,但他并不知道行李箱里是什么,也是被人蒙蔽了。如果是这种情况的话,找到了真正的运毒人,也许问题不大。”盛海停顿了一下,喝了一杯酒,思索片刻后,继续说道:“不过,这事儿也都说不好。范围的罪就是在两可之间,可无可有、可轻可重的,不太好办。我帮你留意着吧,要是有什么风吹草动,我再和你说。”

张启也知道盛海的难处。原本范围被卷入运输毒品的案件正在调查期,原则上属于警方机密。盛海碍于和自己的同学情谊,跟自己透露了这些信息,已经承担了很大的风险了。张启很感动,两个老同学推杯换盏地喝了起来。

张启和盛海喝完酒,从包间往外走时,还有另一对男女从隔壁包间出来,两伙人不期而遇,盛海一不小心就撞到了那个男人的侧后方。那个男人一回头,盛海与他四目相对。盛海条件反射地马上立正,并敬了一个礼,说:“孙局长好!”

张启被这么一声“孙局长好”给惊了一下。

孙局长看到盛海也很惊讶,也很纳闷儿。按理说,这个地方并不是他消费得起的，甚至盛海都不应该知道星海八号院的存在才对,怎么会在这个地方遇到自己的下属呢？一时间,孙局长也条件反射般地连说“好,好,好”。

张启倒是挺开心,心想:“碰到了警察局长,算是好事情,不然自己也难有机会接触到这个局长，而且还要为了自己的小舅子跑关系,这个局长就是问题的关键了。”于是,张启急忙上前寒暄,并把自己的名片递给了孙局长，把自己的工作单位和职务也通通说了一下。可是孙局长却一脸冷漠,并没有表现出任何兴趣,急着想走,只是简单地应付了张启和盛海几句。

这时候,悠悠从旁边的包间内走了出来。她看到了和孙局长聊天的张启和盛海,热情地聊了几句。孙局长从他们的谈话中得知,原来这几个人是大学同学。

孙局长立刻变得热情起来,和他们闲聊了一会儿,然后说自己有事情要处理,要走了,还强调以后张启、盛海有什么事情需要帮忙,尽管找他,别客气。张启和盛海都为孙局长态度转变得如此之快感到纳闷儿。张启判断,这必然与悠悠有关系。第一次和盛海来星海八号院吃饭,是范围酒驾的事儿顺利解决。当时,他们也碰到了悠悠和孙局长。

张启感觉悠悠和公安局局长的关系不一般，就趁着老同学相见的热乎劲儿,把自己小舅子范围的事情和悠悠说了。这么大的运毒案,悠悠听后似乎并不十分惊讶,只是淡淡地听着,然后平静地应答。

张启挺不好意思地说:"悠悠,我看你和孙局长关系挺好,能不能让孙局长通融通融?我这个小舅子,我是知道的,他虽然爱玩儿,但并不至于运毒。这事儿处理起来可轻可重,就看关系了。"

悠悠听后,点点头,平静地回道:"好的,我知道这个事儿了。回头我帮你再打听打听,你也别着急。"

多年混迹于体制内的张启意识到，悠悠过于平淡的回复不是搪塞推辞，而是处乱不惊的胸有成竹，甚至有运筹帷幄的波澜不惊。

悠悠身上有种清冷的疏离感，张启更觉得悠悠这几年似乎经历过什么大事,常年浸润体制官场的张启顿时看懂了,悠悠现在应该是个背景深厚、令人捉摸不透的女人。公安局的孙局长还兼任副市长,这么一个位高权重的实力派,刚才对悠悠礼让三分。这让张启充满好奇，想多问问，可是又担心问多了，反而会冲淡老同学的情谊，显得过于世故，对范围的事情会起到反作用。

三人叙旧寒暄，没多久就相互告别。

张启和盛海不知道的是，孙局长来星海八号院找悠悠，也是因为范围运毒案。拜托范围运送行李箱的丽丽，是金色阳光夜总会的陪酒女，金色阳光的法人是康斌。据丽丽交代，运送毒品是康斌依照悠悠吩咐才干的。孙局长想找悠悠确认下，悠悠到底有没有参与毒品生意。

悠悠沉思了一下，冷静地回道："和我没关系。我反对做毒品生意，也从来不让手下做毒品生意。康斌是我一个子公司的合伙人之一，这个家伙胆子太大了，什么生意都敢做。竟然还敢打着我的旗号贩毒，真是胆大包天。"

孙局长见悠悠这么说，本来紧锁的眉头舒展开了，长叹了一口气后，说："不贩毒就好，贩毒这个事儿，是没有什么缓冲余地的。是死局，必死无疑的。只要不涉及毒品，我就放心了。"

悠悠回道："你放心，我有我的原则。之前和你说过，我绝不涉毒。现在做金融衍生品业务，比做毒品生意赚得多嘛！"

孙局长听到这句话后，和悠悠两个人都不约而同地笑了起来。孙局长笑着说："那我就要发布抓捕康斌的通缉令了，估计这人也跑了，不太好抓。"

悠悠知道孙局长还是有点儿不放心自己，怕自己说假话包庇康斌，就补充道："我帮你想办法，一定把他给找出来。不过，我们有言在先，就事论事，只查贩毒，其他事情不要涉及。"

孙局长听到悠悠许诺后，喜笑颜开，站起来敬悠悠一杯酒，一饮而尽，说："放心，一定就查贩毒，其他都不涉及。"

悠悠也跟着孙局站了起来，轻声和缓地说："孙局长，我们共同努力，在不久的将来，相信孙局长、孙副市长，就会高升孙市长！"

孙局长听到悠悠的话后，更是兴奋了，立刻就拿起酒杯，连续喝了三杯。

悠悠告别了张启和盛海后，开始想办法让康斌现身。毕竟，如果康斌一直不出现，警察就会紧盯着悠悠和征明集团。悠悠只有找到康斌，才能撇清自己的嫌疑。悠悠让手下紧盯着康斌最喜欢的一个女人。康斌一直被这个女人迷得神魂颠倒，但奇怪的是，并没有从她那里发现任何线索。

康斌父母受邀参加了一场游艇商业聚会，参加聚会的人大多是康父想要在生意场上结交的企业家。康斌父母欣然前往，游艇出海三天，手机没有信号，无法与外界联系。

此时，悠悠派人在沧海的黑市小道放出消息：康斌的父母被绑匪绑架后，指使绑匪绑架的幕后大佬却言而无信，原本答应给绑匪的一百万报酬，临时缩水为五十万。这群绑匪行走江湖多年，刀尖上讨生活，最看重的就是诚信。绑匪一怒之下，不再和幕后大佬合作，他们说，三天之内如果没有高于五十万价格的买家出手，康斌父母就会被撕票。

悠悠了解康斌这类人，平时敢干点儿蝇营狗苟的小事儿，也有黑市消息的渠道，却不是铤而走险的亡命之徒。一旦牵扯到父母，就会方寸大乱，耐不住性子，悠悠赌的就是康斌对父母的孝心。

果然，消息放出后的第三天，康斌和“绑匪”联系了。悠悠的人按照康斌的通讯位置，定位到了康斌所在的区域。随即，悠悠手下的人以热心市民的身份，到公用电话亭直接打电话举报康斌的藏身之处，康斌被成功抓获。

等康斌父母这场商业游艇聚会结束，心满意足地上岸后，打开手机，第一时间收到的消息，就是康斌涉毒被抓。

康斌的父亲受了强烈刺激，住进了医院。康斌的母亲想找关系留儿子一条命，辗转找到了悠悠这里。康斌的母亲来到悠悠所在的别墅。悠悠穿着一身家居服，坐在沙发上，喝着茶。康斌的母亲已显老态，但依然穿着套装，踩着低跟的皮鞋，严肃而庄重。康斌的母亲见到悠悠后，没有寒暄，直奔主题。

康斌的母亲说："悠悠，求你帮帮我们吧！只要能救我儿子，你让我干什么都行。"

悠悠面露难色地说："您知道，康斌涉嫌贩毒，而且量很大，这在咱们这里就是死罪，还能怎么救?！"悠悠摇着头，显露出为难的面色。

康斌母亲"扑通"一声跪在了地上，并磕着头："悠悠，我知道你能帮到我们。只要能让我的儿子不死，我什么代价都能接受，都愿意承受！"康斌母亲的眼泪止不住地往外流。

悠悠把手中的茶杯放下，起身把康斌母亲扶起来，说："您快起来，事情倒也不是完全没有机会，就看您肯付出什么代价了。"

康斌的母亲听到这句话，反应更加强烈了，重重地说："什么代价我都愿意付出，只要能救出我儿。"

悠悠简短而干脆地回道："好，那就好。只不过要和你说，只能救命，不能脱刑。他得在监狱待一段时间了，至少要十年起步，你能接受吗？"

康斌母亲听到儿子有救了，刚才的眼泪也收住了，眼神中充满着为救子而愿意付出一切的笃定。康斌的母亲说："你说吧，要付出什么代价？"

悠悠并没有着急说出来，而是又绕了个弯子，淡淡地说道："就怕你舍不得！"

康斌母亲急切地说："我能把命也舍出去，没有什么舍不得的。"

悠悠回道："我要以现在市场价的五折，收购你们公司95%的股份，怎么样？"

康斌母亲救子心切,立刻就答应了悠悠的提议,并没有丝毫的犹豫:“行,就按照你说的办,我可以立刻办手续!只求你帮我保住我儿子的命,什么要求我都会答应你的。”康斌的母亲急切地说着,恨不得马上把悠悠所提出的要求兑现,以表现自己的诚意。

在生命面前,物质财富是一片虚无的幻影。

悠悠看到康斌母亲如此果决地答应了自己的要求,温和地说:“你别着急,你也知道,康斌也为我做过事,但我从来没有叫他去贩毒,这是我绝对禁止的,也反复和我的人说过,这是红线。康斌这次是突破了底线,也怨不得我的。”

康斌母亲回道:“那是自然,怎么会怨到您的头上,贩毒是任凭谁也无法原谅的事儿。都是他自己的错。”

悠悠又继续说:“您也是明事理的,知道就好。我救他的命,你们家给我股份,花钱免灾,天经地义,何况,是你儿子的命,你说是吧?”

康斌的母亲急忙点点头,以示回应:“是的,是的。”

悠悠慢慢地在屋子里踱着步,不紧不慢地说:“康斌自己去贩毒,就要自己承担后果。你们家送我95%的股份,换你儿子的命,不是我要乘人之危敲竹杠,对吧?如果你们家舍不得,也可以找找别的关系。”悠悠慢慢说完,拿起手边的茶喝了一口。

康斌母亲听到这些话,心里不是滋味,她有点儿担心是不是悠悠要反悔,她并没有急着回话,只是看着悠悠,她猜不透悠悠要干什么。

悠悠看着康斌的母亲,一句接一句地说着:“你要告诉康斌,替我悠悠办事,嘴要严。除了涉毒,其他事情一概不谈,这样,我才能保住他的命。明白吗?”

康斌母亲点头如捣蒜,听明白了悠悠话中有话。悠悠抬手给康斌母亲的茶杯续水,继续说:“如果康斌的嘴严实,不仅可以保命,等他审判完，我再给你40%的股份。这样一来，我的股份就是55%。我相信，用55%的股份换你儿子一条命，不算贵吧？”

康斌的母亲听完悠悠的话后，简直不敢相信自己的耳朵。不要说让自己献出55%的股份，就是让自己把所有家产拿出去救儿子的命，他们康家都愿意。何况又从95%的股份变成了55%，康斌的母亲连忙点头，频繁鞠躬，嘴里还不断地说着感谢悠悠的话。

在康斌母亲千恩万谢之后，悠悠又继续说：“康斌的这个案子，一般情况下，他会被判死刑缓期两年执行，之后我会努力给康斌创造重大立功的机会，这样两年期满后就会减为有期徒刑25年。之后再继续给他创造立功的机会，继续减刑，时机到了我会帮他办理保外就医，尽快让他出来。”悠悠摆弄了一下手指上的戒指，顿了顿说：“我估计五年后，你就能见到你的儿子了，而且他还能长期地和你一起生活。”

康斌母亲眼中闪着感恩的光，从刚开始以为儿子必死无疑，到现在儿子五年后就能出来。康斌母亲没想到悠悠的能力如此之大，以前总是听说悠悠手眼通天，但也将信将疑，今天，康斌母亲才相信，那些传言都是真的。这让康斌母亲又惊又喜，内心还充满着恐惧。她为自己儿子得罪了这么一个人感到害怕，幸亏自己花钱免灾，不然儿子的命就真的保不住了。

悠悠看出了康斌母亲内心的纠结，用沉稳的语气说道：“你现在是没法儿去看康斌的，这样吧，我让人给你录个视频带给康斌，把你要说的话都说一下吧。也让康斌录个视频，再拿回来给你看。但你要知道，这种事情，不可外传。”

康斌母亲鞠躬像捣蒜一般，为了救儿子的命，自然会一切都按照悠悠说的去办。她把对儿子的思念，以及悠悠的要求，都录到了视频中，她希望儿子能够按照她说的去做。很快，康斌母亲又被悠悠叫到了家中，她看到了康斌在看守所的视频。这时候的康斌没有了往日的潇洒,身着囚服,头发也被剃光。视频中,康斌答应会完全按照母亲说的去做,让父母不要太担心,他在看守所中一切都还好。

康斌母亲看了儿子的视频后,内心释然。康斌母亲再次来到悠悠家,把股份转让合同双手递给悠悠,真诚地道谢:“悠悠,这是我们康家的股份转让合同。除了上次你说的55%,我们康家再给你15%。整个沧海,只有你,才救得了康斌,你这份恩情,我们无论如何都报答不了。”

这么多年,悠悠打交道的商人、政客不计其数,她从未见过康斌母亲这般做派的人。悠悠从沙发上坐直了身子,看着康斌母亲。

康斌母亲继续说道:“悠悠,这15%,是我们作为康斌父母对你的报答,请你务必收下。”

悠悠看到了一个母亲为自己的儿子殚精竭虑、日夜操劳,这份母爱深深触动了悠悠柔软的内心。悠悠抬起手,将合同撕成两半,拍了拍康斌母亲的手:“感谢我收下了,我让助理重新拟定合同,我还是55%。”

悠悠起身,亲自给康斌母亲倒了杯茶:“都是做过母亲的人,我能理解。”

康斌母亲听到这话,不可思议地看着悠悠,小心地开口:“你……有孩子?”

悠悠并没有回答,直言道:“外界那些谣言,我也知道。我悠悠做事情,从来都是你敬我一尺、我敬你一丈的。十年,我从小山村打拼到今天这个位置,没有人知道我吃了多少苦,也没有人知道我失去过多少。旁人看到的,只是我打拼后的结果。”悠悠说完,叹了口气,给康斌母亲的茶杯里续上热水,笑了笑:“你放心吧,回去等消息就行。”

康斌母亲彻底相信了悠悠,只等法院对康斌的判决。

悠悠为了救康斌,策划了一系列行动。她先是找人安排了一个制毒窝点，这个窝点设备齐全，有极少量的毒品残留在制毒设备上,并且设备价值高昂,昂贵的费用也让窝点的规模显得巨大。悠悠提前把窝点的地址告诉了康斌,让康斌举报立功。警察突袭了这个制毒窝点。其实说成是制毒窝点还不太恰当,因为规模巨大,准确地说应该叫制毒工厂才对。如此巨大的制毒工厂是沧海从来没有出现过的,甚至全国罕见,令人震惊。负责案件的警察也因此立了大功,受到了上级部门的高度表扬。由此,康斌举报的行为被认定为重大立功,可免一死。

悠悠还传话给康斌,在审讯交代时,把张启的小舅子范围,从整件事中摘干净。

欢芽短

很快,康斌的判决结果出来了:死刑,缓期二年执行。而范围,在康斌被判刑之前被放了出来。其中自然有孙局长的功劳。在范围被放出来之前几天,悠悠就给张启打了电话,把范围要放出来的事情告诉了张启。张启的岳父岳母和妻子范婷知道这个消息后,都乐开了花。范婷更是难得一见地亲自去厨房给张启做了一桌子的菜。张启在老丈人家的地位难得提高了一次,似乎赢得了一场战争一样,赢得了尊严。岳父岳母对他大加赞扬,说他做人做得好,他的大学同学才会那么倾尽全力地帮助他办事。饭桌上,岳父和岳母更是频频地向张启敬酒。妻子范婷也一改往日娇惯的脾气,显得分外温柔。晚上睡觉的时候,范婷就像只乖巧的百灵鸟,依偎在张启的怀里。

范婷还说着许多感谢的话,范婷说:"老公,你真好,把我弟弟给救出来了,我要好好地谢谢你。范围平时不懂事,总是处处为难你,但他毕竟年龄小。你这做姐夫的,能够这样宽宏大量、这么尽心尽力，我好开心。以后，我都听你的，你说怎么样，就怎么样，我再也不和你对着干了。我以后要做一个好儿媳妇，多孝敬你爸妈。”这一切都让张启感到不自然，转变来得太快了，从奴隶到将军的感觉，让他感到不适应。

幸福从天而降，而享受它的人还没有准备好。

范围从看守所放出来的那天，张启和岳父岳母以及范婷一起到了看守所，迎接即将出狱的范围。看守所的大门缓缓打开，范围抬着头走了出来。家人们看到范围都异常开心，特别是张启的岳父岳母，跑着过去拥抱自己的儿子，老两口笑得眼泪都流了出来。紧接着，张启开车载着范围回到了岳父岳母家的别墅。张启的岳父岳母早已请了当地有名的厨师，等他们一到家，一道道菜就送到了饭桌上。菜肴丰盛，当然也少不了美酒。张启专门搞了几瓶茅台给范围喝。张启的岳父岳母看到张启这么用心，觉得自己这个女婿是真的好，不仅让自己的儿子安然无恙地出狱，还这么细心，更加心满意足。

范志强喝了几杯之后，打开了话匣子，把自己的酒杯倒满了酒，然后站了起来，对着张启说道：“小张，感谢你，我们一家人都要感谢你，谢谢你把范围给救了出来。这一杯酒，我就干了，是我对你的谢意！”说罢，范志强就把杯中白酒一饮而尽。

张启也急忙站起来，赶紧说道：“爸，您这太客气了，这都是我该做的，没有啥好感谢的。”张启说着，自己也倒满了一杯酒，跟着岳父的节奏，一饮而尽。

范志强回道：“别这么说，这都是你努力的结果。要不是你同学帮忙，事情也不会这么顺利弄好。总之，你就是我们范家的恩人！”还没等说完，范志强又给自己倒了一杯酒，又是一次干杯，喝得个干干净净。喝完后，还把酒杯杯口向下，以示并没有剩余。岳父的举动虽然让张启感到备受重视，可也让他觉得自己还是这家的外人。

可以想象，如果是亲生父亲，还会因为儿子做的一些有利于家里的事情而用这么大的阵势来感谢吗？想必是不会的。张启见到岳父再次举杯，自己也就跟着喝了。

范志强喝酒后，就把目光投向了范围，此时范围并没有多大的感情触动，还自顾自地吃着饭。范志强对着范围说："你这小子，怎么不敬你姐夫一杯？！你能这么顺利地出来，都是你姐夫托了他大学同学的关系，才办成的。你姐夫就是咱们家的恩人，更是你的恩人。赶紧起来，敬你姐夫一杯！"范志强语气是严厉的，有着几分命令的意味在其中。

范围面对父亲带有斥责的要求，倒显出了不紧不慢的散漫态度，他把刚刚在夹菜的筷子往桌子上一放，轻轻柔柔地说道："爸，我也没有贩毒，我是被人欺骗，被人蒙蔽才在车上放了毒品。我也没犯罪，警察不放我，还留着我过年啊？这还用找人吗，真是闲的，还什么恩人，这不是神经病嘛！要喝你们喝，我可不喝酒，吃完饭我还要开车去找我的朋友玩。"

范志强听到儿子说出这么一番话，刚才的满面笑容霎时间就消失殆尽，随之而来的是阴郁。范志强一时间气得不知道说什么好，嘴里不断地重复着一个字："你，你，你。"然后，就把还在手里没有放下的酒杯，直接用力砸到了范围的脸上，说道："你这个不知道感恩的不孝子，我怎么生出你这样的儿子？！你……你……你赶紧给我向你姐夫敬酒，不然，你的车子我全部都要收回，所有银行卡我也给你停掉，你自己走着去找你朋友吧！"范志强似乎怕因为自己酒喝多了，表述不清楚，还刻意提高了音量，补充道："你听到没有，听到没有？！"

范围从小到大，还从没见过自己父亲这么生气，心里不免有几分发怵。来自基因深处的一种父亲对于子女的血脉压制，让范围失去了刚才的嚣张气焰。而且范围也觉得，犯不着因为得罪父亲而失去了开车和花钱的权利。万一这老头儿真的不让自己开车，也不给自己钱花，那可怎么办？

范围不情不愿地站了起来，把自己的酒杯倒满酒，然后向着张启的方向，声音轻微地说了一句："感谢啊！"说完后，就把一杯酒给喝掉了。"感谢"这两个字后面加了一个"啊"字，就显得怪里怪气的，再加上范围的表情，似乎范围是在告诉张启，这"感谢"可不是发自内心的，而是在父亲的逼迫下才说出来的。说完这句话后，范围向自己的父亲问道："我可以走了吧?！"范围见自己的父亲并没有反对，就放下杯子，走出了家门，随着一阵汽车马达的轰鸣声，范围离开了家。本来是一场专门为范围出狱而举办的接风宴，就这样草草收场了。

虽然范围依旧没有给张启面子，但张启心里是开心的。他心里明白，范围越是玩世不恭，越是反复触怒范志强，自己继承范家企业的胜算就越会不断增加。

自从张启通过悠悠的关系把范围从看守所中捞出来后，范婷对张启的态度是一百八十度的大转弯，她从一个强悍无比的女人，一下子变成了温婉的贤妻良母。范婷很少责骂张启了，以前无论多么小的事情，只要范婷不开心，都可能会把张启骂个狗血喷头。现在情况完全不同了，范婷在做事情的时候，都会征求张启的意见，不再是以前那个我行我素、不管不顾的女人。有的时候，张启和范婷开玩笑说，这可能都是范婷肚子里有了新生命的原因，雌激素的大量分泌，让范婷曾经跋扈的雄性激素褪去了不少，人也变得温柔可心了。

范婷确实变得温柔了，她会经常打扫家里的卫生，有时候会做张启爱吃的菜，还会给张启买好看的衣服。当然了，这些好看的衣服，都是范婷按照自己的审美喜好给张启准备的。张启把范婷买的衣服穿起来后，就从一个城管工作人员，摇身一变，有了英伦范儿。

张启穿着范婷给买的衣服，到工作单位后，大家都觉得张启似乎就是一个中国男人的核，套上了一副英伦大帅哥的外壳一般，虽然潮流时尚，但总觉得和城管的工作性质不搭。张启也由着范婷的性子，只要范婷开心，无论怎样都行。更何况，没有对比就没有伤害。所谓“人比人得死，货比货得扔”。有了之前范婷那破马张飞的脾气做底子，再到现在的温和如玉，张启能不感到幸福快乐嘛！而且范婷的肚子里还有了孩子。张启更会加倍地对范婷宽容。

在范围被卷入毒品案件之前，张启的婚姻生活就犹如《围城》中所写的一般，过得并不舒服。张启下班后，都会先开车去离家不远处的公园，独自在车上静静地坐一会儿。他不愿意直接回家，脾气暴躁的妻子，让他感到不知所措；他又不敢回去得太晚，因为太晚会被范婷怀疑。这些年的婚姻生活让他透不过气来，跟范婷在一起，张启无论做什么，似乎都是有问题的。范婷总是嘲笑张启身体素质不好、家庭背景不好、能力不强等，总之就是没有什么好的评价。

张启后来才知道，原来范婷在国外留学的时候，交往过外国男朋友。他心想：“也许范婷总是在有意无意之间拿我和之前的外国男友做对比吧？”这一切他都没有办法和任何人说，他觉得自己也委屈，毕竟人种不同，有什么好比的？既然范婷选择了和中国人结婚生活，就应该接受中国人的特点。可是他又无可奈何，结婚之前，自己并不知道范婷的种种过往。现在已经结婚，一切都已经来不及。但这也不是导致他们婚姻出现问题的主要原因，张启知道，范婷总觉得嫁给张启这个靠死工资生活的公务员，是下嫁，委屈了自己。在范家看来，张启占了大便宜，才有现在美好的物质生活。也正是因为如此，范家人才会对张启越来越肆无忌惮。日子就这样一天天地过着，张启也这样一天天地熬着。难挨的生活，就在范围被放出来后迎来了转机。

早晨，范婷会早起为张启做早餐。张启起床后，就能吃上一顿热乎乎的早餐，这让张启幸福感爆棚，毕竟以前每天的早餐都是在路边摊吃的。范婷也有自己的工作，还怀着孕，依然这么早起床给张启做饭，让张启的内心暖乎乎的。他觉得以前受的所有委屈都消散了，都是那么值得。现在，他下班后会马不停蹄地回家，范婷也会尽量给张启做几个平时爱吃的小菜，还会花心思给她曾经最讨厌的婆婆过生日、买礼物，婆媳关系由之前的紧张变为现在的一派和谐。

范婷开始主动为自己的婆婆过生日，并且在当地最好的酒店定好包间，买了一个三层蛋糕庆祝。张启的母亲看到如此奢华的饭店、如此精致的蛋糕，曾经的所有怨怼都消散了。一家人唱着生日歌，其乐融融地一起吃蛋糕、聊着天。这一刻，张启觉得之前所有的委屈都值得。

张启在夜深人静时，会听听范婷肚子里孩子的声音。

张启抚摸着范婷的肚子，充满爱意地说："老婆，你说你肚子里的孩子，是男孩，还是女孩？"

范婷把一只手放到张启的手上，然后说："男孩子像你也长得帅，女孩像你也会漂亮的。"

张启乐呵呵地回道："为什么只是像我，要像我们俩才好，继承我们俩的优点。"

范婷回道："因为你是孩子的爸爸呀，所以都要像你才好！"

二人相视而笑，额头碰着额头，摇着摇着。

在暖色的床灯下，张启觉得范婷的美丽中多了一分温柔。他好奇为什么范婷会有如此大的转变，难道就因为自己帮忙把范围给"捞"出来了吗？于是，张启就开口问范婷："老婆，你突然对我这么好，是不是因为我托关系把你弟弟给'捞'出来？"

范婷把头抬了起来，看向天花板，稍微想了一下，然后回道：

“怎么说呢，这是其中的一个重要原因吧，但又不全是因为这个。”

张启追问道：“那是因为啥？”

范婷顿了顿，然后对张启说：“你就这么想知道啊！小心好奇害死猫！”

张启回道：“我就是好奇，你变化得太快了，快得都让我不适应。我父母也不适应。上次你给我妈过完生日，老太太还问我咋回事呢，想让我带你去医院查查，看看是不是脑袋出了啥问题。”

范婷听后，“咯咯”地笑了好一会儿，还要摸着自己的肚子，怕笑岔气了，影响肚子里的胎儿。她回道：“你妈才脑袋有问题！”

张启也跟着笑了起来：“那你脑袋没问题，就是神经有问题，不然怎么会突然改变得这么大，简直就是从黑夜变成白昼。”

范婷笑了好一会儿，才收住自己的笑声，回张启道：“你才神经有问题。你既然这么想听，我就说给你听吧。”

张启在旁边半卧着看着范婷：“你快说吧，别在这里卖关子啦。”

范婷继续说：“我知道范围运送毒品这个事的时候，吓坏了，我父母也吓坏了，这你是知道的。我们都托人找关系，想把这个事情疏通一下。可是，找到的人，一听是涉及毒品直接就拒绝了，再后来打电话，人家就不接了。实在是没有办法，才想着让你试试。其实一开始也没怎么指望着你。我觉得，反正你也指望不上，说了也白说，可是，又能怎么办，就试试看吧。”

张启听到范婷这么说自己，给了范婷一个白眼。

范婷继续说：“你也别瞪我，你之前啥德行，你自己也知道的。要不是因为你那个多年不见的大学同学帮忙，这事儿你也办不成。你说是不是吧？”

张启点点头，以表示对范婷的认可。

范婷轻轻地在张启的脸上拍了一下，继续说着：“运送毒品这种事儿非同小可,轻则判刑入狱,重则人头落地。我们家都吓坏了,即使范围不是故意运送毒品,是被人蒙蔽了,可是量那么大,要是判个十年八年的,那可怎么办?我爸爸年龄大了,身体也不好,家里的公司得有人来管,一旦范围被判进去十年,我爸还能等到他出来那时候吗? 这种情况下,我爸的公司得给谁? ”

张启好奇地问:“那得给谁,找个职业经理人吗? ”他急切地想知道答案。

范婷听到张启的话后,又给了张启一个白眼。说:“还职业经理人! 你在城管工作,多多少少和公司都打着交道,那职业经理人靠谱儿吗?个顶个的大骗子,有几个是有真本事的?还不是漫天要价,到处忽悠,骗一年工资是一年工资,反正公司也不是自己的,经营不好,他们再换地方,即使公司破产了,他们也不心疼,和他们又有什么关系呢?你别看那些职业经理人的头衔都是什么名校博士、博士后,都是名校‘海归’,看着光鲜亮丽,其实都是花架子。从西方的教材内搞一套理论,就在咱们中国瞎胡扯。而且,那些理论还不一定是原汁原味的英文版的,可能还是翻译后的。这群人,就是吃着这些二手资源,忽悠来忽悠去的,你看那些搞金融的,不仔细甄别就会有骗子。论文发表一大堆,可是一点儿实用性没有,所用的那些模型也都是西方用过的。西方的社会环境和中国的能一样吗?他们这些人才不管,反正他们控制话语权,就随便说呗,互相捧场,互相吹嘘。他们这些人想骗我们私企,我们不干。还有那种拉帮结派,搞成小团体,一起来骗老板的。这种事多了去了,我爸身边就发生过。那个曹叔叔的公司开得也蛮大的,结果呢,下面的小领导就互相勾结,把优秀的人才都给排挤走了。而且,他们还要吃回扣,后勤采购的时候,采购来的原材料质量都不怎么行。你想想,就这些人,怎么能行! ”

张启听范婷的话听得入神,他没想到自己的妻子是这么一个精明的人。以前,他只觉得自己的妻子不讲道理、脾气大,却没有发现妻子的这一面。也许,以前的范婷并没有和自己交心,并没有展示出真实的自己吧?

范婷似乎并没有察觉到张启的心理变化,继续自顾自地说着,有的时候似乎是在征求张启的回应,又似乎没有,因为范婷用询问的语气给出了自己肯定性的判断。“你就想吧,下面的人都靠不住,那还能靠谁?只能靠自己最信任的家里人了呗。所以啊,范围是要接爸爸的公司的。虽然他爱玩,有点儿不学无术,可是只要他去公司,公司就是范家的。那些职业经理人,那些下面的员工,就得为我们范家打工,不敢太造次。而且,他们之间也会有矛盾,也会相互告状,相互倾轧,范围就居中调和,做好平衡,公司平稳发展就问题不大。就类似于古代的皇帝一般,不要过于昏庸,不摊上大灾大难,总不会亡国的。”

张启听到“皇帝”二字,带有嘲讽和挑逗的语气说了一句:“呦,咋地,还能整成个范皇帝呀?!”

范婷听出张启的嘲讽,就用手在张启大腿内侧轻柔地掐了一下,吓得张启赶紧收住了嘴。范婷继续说:“我就是那么个比喻,是管理学意义的比喻。你别在这里跟我瞎打岔。自己家的生意就要交到自己人手里,这是我爸妈的想法,其实也不只他们这么想,太多的私人企业主都这么想。范围要真是进去了,好几年出不来,我家这买卖就得交给你啦!你之前有没有想过?”

张启惊讶地说道:“交给我?那我可是真没想过。”

范婷抿嘴一笑道:“我爸跟我说过,范围要是真判进去了,你就是我家生意的接班人。虽然是外姓人,但也比交给职业经理人强。你托关系把范围给救了出来,也就意味着你放弃了我们家的企业。结婚时,我就觉得,你是奔着我们范家的钱财来的,我自然不会给你什么好脸色,只是把你当成高级员工来看的,一个可以睡觉的员工。”范婷说到这里哈哈大笑，然后还用自己的手指点了点张启的鼻子。

张启听到范婷原来刚结婚那阵子，是把自己当成可以睡觉的高级员工，就轻轻地拍了下范婷的脑门儿，以示惩罚。其实，这时候的张启表面上看起来云淡风轻，甚至和范婷打情骂俏，心里却早已悔恨不已了。他着实没有想到，如果范围锒铛入狱，被判个几十年，范志强就会把公司交给自己打理。如果他早知道范志强有这种打算，他是万万不会那么用力地去救助范围的。但木已成舟，无可挽回，只能走一步看一步了。虽然错失继承岳父公司的机会，但他也得到了一个积极的信号，他已经得到了范志强的认可，起码范志强考虑过将公司交给自己。他坚信，以范围的德行，早晚还是会闹出大事的，公司一定会落在自己手里。

范婷也任由张启拍打，继续笑哈哈地说着：“你可别生我的气，这都是以前。现在我知道了，你并非图我们家的财产，还把我弟弟给救出来了。这份恩情，我会感激你一辈子的。不过，你也放心，我爸妈说了，虽然公司不能交给你，但会给我们20%的股份，以后我会好好待你的，我的高级陪睡员工小张同学。”说完后，范婷又哈哈大笑了一阵子。

张启虽然也跟着笑，可心里有点儿不是滋味。范婷不知道，张启要的不是百分之二十，而是百分之百。张启接着问范婷：“那我这算通过试用期，可以转正了呗？”

范婷拍了拍张启的肚子道：“转正了，转正了，而且还是行政编制呢，只要你不辞职、不犯法，就不会被辞退啦！”

张启回道：“嗯嗯，那我可得感谢感谢你。感谢老婆大人赏我的正式编制，感谢老婆大人赏饭吃呢。”

范婷撒娇地柔声回道：“那是自然，你可得感谢感谢我。没有我，你能过上现在这么富足的生活吗？住好的吃好的，还有这么貌美的老婆陪你睡觉。而且啊，还要给你生出来个小家伙。你说，你说，你是不是得好好地谢我？”

张启相信，这时候的范婷对自己的感情是真实的。他摸了摸范婷的脸，轻轻地亲了一口，又摸了摸范婷的肚子，轻轻亲了一口。

又过了几个月，范婷到了临产期，张启和范婷两家人都聚在产房门外。曾经几乎没有联系的两家亲家，在迎接下一代新生命的时候，态度从往昔的陌生冷淡变得亲热温暖。范围也满心欢喜，似乎“舅舅”这个词具有某种魔力，可以使一个浪荡的男子感受到某种责任的力量。范围拍了拍张启的肩膀。也许这就是范围与张启达成了某种程度上的和解。一个家庭中新生命的诞生，对于这些在世界上奔跑的成年人竟然有这么大的影响，每一个人的心灵深处似乎都出现了波动，产生了变化。两家人在产房外静静地等待家庭新成员的到来。

过了一会儿，一位医生从产房里走了出来，抱着孩子告诉他们：“是一个男孩。”

一家人听到是男孩子时，笑容犹如盛满了光的向日葵，灿烂欢愉。一家人兴奋地快步走到医生旁边，当他们第一眼看到孩子时，他们的欢声笑语突然湮灭在空旷的走廊，脸色变得死灰一般，再也笑不出来。这是一个金色头发、白种人面庞、蓝色眼睛的小孩儿。

这孩子到底怎么回事？

张启的脑中突然变得一片空白。后来，在张启的逼问下，范婷才说出了事情的原委。

范婷半个身子倚在病床的床头上，说：“我之前在国外留学时，曾经交往过的男朋友中，有一个是中外混血。他妈妈是英国人，爸爸是中国人。我们在国外同居了一段时间。我那时候一个人在国外也好孤单，而且那时候我年龄也小，什么都不懂，身边的闺密们都找了外国男朋友，我也尝试了一下。后来，我回国后，和他就分开了。”范婷低着头，边说边用眼睛的余光看了看张启的表情和反应，然后继续说：“我回国后，就再也没有和他见过面。婚后，也与他没有任何联系，他在国外工作，和我也没有任何交集。咱们结婚后，感情一直不好，总是吵闹，当然，我知道这都是我的问题。可那时候我的内心真的好痛苦，我刚从国外自由自在的状态突然回到国内，要做一个中国式的妻子和儿媳妇，我非常不适应。你可能永远无法知道我那时候的痛苦，凡事都要照顾婆婆的心情，这让我的内心极度崩溃。而且，我崇尚自由的爱情，而咱俩是相亲认识的，都是看中了对方的条件后才交往的。这种以物质利益为前提的恋爱，让我觉得全身不舒服。这也是我那时候看不上你的原因之一。正在我们感情陷入危机的时候，我那个外国前男友来咱们这里做外教。然后……然后，他就约我出去见一面，吃个饭。我觉得，虽然已经不是恋人，但还可以做朋友，就去了，喝了一点儿酒。然后，他就让我去他家，帮他和物业谈事情。我就当帮老朋友个忙，我就去了。可是在解决完物业的事儿之后，他就不让我走了。我们……我们就在他家做了一次，就一次，就那一次。然后，我就跑了出来，再也没有和他见过面。后来咱们感情好了之后，我就再也没和他见过。我以为，就一次不会有什么问题，没想到就这一次出了事儿！我怀疑，这个孩子就是那个外国前男友的！”

范婷低着头，一股脑儿地把心里话都说了出来。然后，她抬起头，把目光倾注在张启的眼睛上。张启脸憋得通红，整个身体都在微微颤抖。范婷在把这件事说出来之后，张启紧握着她的手已经放开了。范婷试着去牵张启的手，碰触的一刻，张启的手冰凉。张启刚开始一动不动，然后把手抽了出来，并不想让范婷碰到他。

范婷带着哭腔继续说：“你曾经不是说，无论我做过什么事情，都会原谅我的吗？怎么说话就不算话了。我以后好好和你过日子，我们以后好好地过。我那个外国前男友不知道我怀了他的孩子，没人来找的，你就把这个小孩儿当你亲生的养就行。从小养到大，一样亲的。然后，我再给你生一个，怎么样！”

张启的嘴紧闭着，牙齿发出“嘎吱嘎吱”的声音，然后嘴里蹦出了几个字：“范婷，你真不要脸！”张启站了起来，继续说道：“范婷，你可真行啊，你给我戴了绿帽还不算，还要整一个外国的绿帽子。戴外国绿帽子不算，你还让我做活王八，去养一个外国野杂种的孩子。你还是不是人！”张启在范婷的床边转着：“你难道就没有一丁点儿的羞耻心吗？你难道就没有一丁点儿的责任心吗？你已经是别人的妻子了。以前你未婚的时候，你爱怎么玩就怎么玩，没人管你，我也没资格管你。可是你结婚了呀，你是有丈夫的人。你竟然还去和前男友见面，还要去和你那个外国前男友做这么不要脸的事情。连孩子——生出来的孩子——都不是我的，你还有没有一点儿良心！”张启激动地说着，并用手指着范婷。

范婷听到张启的指责后，心里也燃起了怨气。“张启你也别委屈，别在我这里说大话。要是没有我家，你能这么快升职吗？坐在办公室喝喝茶、看看报、写写材料，你能这么舒服吗？你要是没有我爸爸的关系，单位里大大小小的领导，能那么敬着你，把你当回事儿吗？你也不想想你现在的地位是怎么来的。要是没有我爸爸的影响力，你现在还满大街转悠，和小摊贩扯来扯去呢。和你一起进来的同事，人家水平就差吗？他们就没有能力？为什么提干提了你，而没有提他们，你自己心里要有点儿数！你自己在大学里学了什么？还不是天天就瞎混，还不是天天就泡姑娘。你有什么过硬的本事吗？自己几斤几两还要我来说！”范婷越说越气，越说越觉得自己有道理，“还有啊，范围说你说的难道就一点儿不对吗？要不是我们家，你哪辈子能住得起大别墅，哪辈子能开得起豪车。就算你有钱开，你敢开吗，纪委早就查你了。”

张启也气愤地站了起来，说道：“你们家是有钱，我是用了你们家的钱，我知道我提干是你们家帮的忙。可这是两回事儿，你们家帮我提干了，难道你就要和前男友搞在一起吗？难道你就要和前男友生孩子吗？难道你就觉得这是正常的吗？你脑子里有没有点正常的思维，还是不是一个正常的人？你就这么胡搅蛮缠吗？”

范婷继续说道：“是你口口声声说爱我的，是你说我无论做错什么事情都会原谅我的。怎么，那些说过的话都是屁话吗？爱一个人，就是要爱她的全部，包括她的缺点和过往。这才是爱情，你懂不懂？而且孩子是无辜的，你怎么忍心把怒火迁到小孩儿身上。你就那么在乎血缘吗？这孩子不知道自己的亲生父亲是谁，我也不会告诉他，等我们把他养大，你就是他的亲生父亲。而且，我再给你生一个就好，何必发这么大的火！”

张启听完范婷的一番话后，气得全身颤抖，已经不知道该说什么才好，嘴里最后蹦出了几个字：“离婚！咱们离婚吧！”张启用手重重地拍了一下范婷的病床，巨大的声音把正在沉睡的新生儿给震醒了，发出了“哇哇哇”的哭声。张启走了，离开了范婷的病房，留下范婷一个人愣在了原地。

范婷嘴里还喊着：“张启，你给我回来，给我回来！”可是，留下的只是沉重的关门声。

张启感到蒙受了奇耻大辱。和范婷结婚不久时，他曾在卫生间的垃圾桶里，偶然看到了一个被撕得很碎的小纸片，那是一张医院的化验单，张启好奇地把那张被撕碎的化验单拼凑了起来。范婷怀孕三个月，不仅没告诉他怀孕的消息，还瞒着他做了人流手术！张启感到愤怒，他没想到范婷竟然冷血绝情到把亲生骨肉打掉，甚至都不和他这个孩子父亲说一声，完全没有把他放在眼里，他恨不得马上去找范婷说个清楚。可是，那时候的张启刚刚借助岳父家的势力解决完父亲的职务危机，他的前途也要指望着岳父帮忙，而且他和范婷的情感并不深厚，甚至还不够稳定，范婷也多次说过不想要孩子。他不敢去质问范婷，只能默默忍受，装作什么都不知道。可这次范婷竟然生了一个洋人的孩子，这是他万万不能再忍受的。

范婷生了外国前男友的孩子，这让范志强气愤不已，感觉颜面扫地。范志强知道自己女儿在国外读书的时候，不断地换外国男朋友，还流产过，这让他忧心忡忡。他不想让自己的女儿嫁给外国人，才让女儿回国后赶紧找个中国男人结婚。他知道张启当时之所以娶范婷，是为了攀附自己的权势，但他并不介意，反而觉得这样很好，只有这样才能拿捏住张启。即使张启知道了范婷种种不堪的过往，但张启为了权势也不敢委屈了自己的女儿。范志强觉得，这次范婷所做的事情显然非常恶劣，但他不想让范婷家庭破裂。于是，他把张启叫到了家里。他先是当着张启的面，愤怒地把范婷臭骂一顿，继而语重心长地说道："人都会犯错误的，没有人这一辈子不会做错事，只不过有的人犯的错误大，有的人犯的错误小；有的错误代价大，有的错误代价小；有的人可以有机会改正错误，有的人没有机会改正错误而已。范婷这次显然是做了一件大错事，所有男人都无法忍受。我作为男人，能理解你的愤怒。可是真的就没有可挽回的机会吗？那个孩子，放在国外养着，永不回国。对外，咱们就说孩子刚出生就夭折了，你和范婷接下来该怎么过还怎么过。退一步说，即使你和范婷离婚了，再找一个女人，就一定会是好女人？她就一定不会犯错误？孩子，想成就大事业，就要有常人所不能有的大胸怀才行！范围那个不成器的样子，你也看到了，公司交到他手里迟早要败掉。只要你和范婷好好过，再生下属于你们两个的孩子，公司以后就是你的了！愤怒和飘忽的面子在真金白银与权势面前，都是虚空的，别让愤怒迷了你的眼睛！孩子，你好好考虑考虑。"

张启全程只是默默地听着，只在要离开的时候，说了一句："爸，我走了。"

回到家之后的张启陷入了迷惘之中。真的要离婚吗？盛怒之下的情感真的就靠得住吗?他开始反反复复地想着范志强说的话,范志强的话似乎也并非完全没有道理。离婚能够出一口恶气,可是离婚之后怎么办呢?自此不再结婚,一个人过一辈子吗?显然这是不可能的。如果再婚,能不能遇到个好姑娘呢?张启心里也没了底。当初,他之所以选择娶范婷就是为了范家的权势,范志强已经说了,只要和范婷继续过,再生下属于他和范婷的孩子,就把公司给他。这不就是得偿所愿了!金钱、权势、地位、奢华的生活,都将唾手可得。他为了这些已经受尽了屈辱,难道就差这一次了吗?把范婷生的这个小杂种送到外国去,似乎也是一个可以接受的解决方案。张启的心里有了一丝动摇。可这时候他转而又想,难道真的可以这样毫无廉耻地苟活吗?钱财当然好了,人生不能全部都是为了钱财而活。人就在这个世界上活一次,就一次而已。不能到死的时候,发现根本没有像个人样儿地活过吧!他最终决定,他要离婚,像一个堂堂正正的男人一样活着。

张启和范婷的婚姻,最终破裂了。

清朗的爱途

正所谓几家欢喜几家愁，人类的悲欢并不相通。张启的婚姻走到了尽头，子泉和蒋舒扬却要结婚了。婚姻这座城池，让许多人伤心欲绝，也让更多人痴痴追求。

2018 年暑假期间，子泉在张启的帮助下，终于回到沧海工作，这么多年漂泊的苦闷，终于在调动回沧海后全然消散。子泉回到沧海后，舒扬背着父母，偷偷和子泉领了结婚证。子泉就此搬到了蒋舒扬租的房子里，两个人过起了幸福甜蜜的同居生活。时时刻刻在一起的生活，充满着无限的快慰，数不尽的甘美幸福包裹着两个人真挚热忱的心，让他们的爱情有了更深邃的神圣感。

两个人自然是欢喜，长久的异地恋把彼此折磨得身心俱疲。深夜中关掉灯，两个人会在黑暗的房间内紧紧地抱着对方，感受对方身体的温度，听着对方心跳的声音、呼吸的韵律，从此再也不想分开，哪怕一分一秒也不想再离别。舒扬轻轻地在子泉的耳边叹息："我们之前多么的孤苦，再也不要分开了。"

子泉听到舒扬的话后，把舒扬抱得更紧："嗯，一辈子也不分开。"

舒扬感叹道："但愿时光永远停在此刻。"

子泉和舒扬在夜的帷幕中躺在一张床上，双手紧紧地扣在一起。子泉默默地想着："幸福啊，这幸福的长夜，这温馨的长夜。我们终于可以永远地在一起了，不再承受那奔波的痛苦与思念。我和舒扬的爱，犹如一朵初开的蓓蕾，受苦难的风吹拂着，终于结成了秋日的甜美果实。命运如浩瀚的海洋，它曾经暴风骤雨般地击打着我，让我痛苦绝望。如今，又如此慷慨地让我拥抱着自己心爱的女孩子。神奇的命运啊，伟大的命运啊！"

子泉回过神来，鼻尖触着舒扬的鼻尖，深沉地说："小舒扬，我要用一生去爱你！"子泉心里想："要向舒扬道一千次晚安，弥补那些没有自己陪伴的夜晚，舒扬孤身一人所承受的无尽凄凉！"

说着说着，两个人在黑魆魆的夜里，拥抱得更紧了。

他们晚上下班的时候，一起去逛菜市场。子泉为了让舒扬吃得更健康，每次都买舒扬喜欢吃的菜。子泉厨艺不佳，但他会学习如何做饭。只要舒扬喜欢的，子泉总是想办法学会，并做给舒扬吃。每当舒扬吃到子泉做的菜，露出满意笑容的时候，子泉的眼神中便充满着爱意。

周末的时候，他们会去市图书馆看书。蒋舒扬喜欢福楼拜的小说，她每次在图书馆都会沉醉其中。子泉陪着舒扬，他会拿一些教辅书籍翻翻看看，子泉觉得自己还欠缺许多业务上的知识。他要努力让自己成为名师，提高自己的知名度。每天晚上，子泉还会骑上折叠电动车，到市区夜市大排档等着接几单代驾。刚开始做代驾时，蒋舒扬并不同意，她心疼子泉辛苦，也担心父母知道子泉干代驾这种工作后，会更看不起子泉。子泉反倒满不在乎，说男人辛苦点儿养家是应该的，自己凭本事赚钱，清清白白的，不会惹人笑话。只有自己吃点儿苦，才可以多赚钱，早点儿赚够买房子的钱，好迎娶自己心爱的姑娘。

这一对恋人,走路都是十指相扣,似乎都在怕对方走丢。他们不想再让对方离开自己的生活,哪怕一秒钟都不愿意。他们体味过分离的滋味,那是肉体似乎被狠狠撕裂的感觉,痛得心在颤抖。这种感觉,他们再也不想体会了。他们两个人会在周末的时候,早早地起床,一同去市中心的江边看日出,看红日慢慢升起来。他们也希望自己的小日子能够像这红日一样,越来越温暖,越来越光明。

两个人吃完饭,子泉刷完碗筷,收拾好厨房后,蒋舒扬提议一起去江边的广场走走。

晚上的江边很热闹,人来人往,子泉和蒋舒扬在熙熙攘攘的人群中走着。他们在喧嚣的人流中感受到了这座东北城市的烟火气。两个人手挽着手。蒋舒扬拉着子泉找到了江边一处比较幽静的地方,两个人坐下来。舒扬抱着子泉的一只手臂,依偎在强壮的子泉的臂膀上,看着远方即将落入江河的红日,听着潺潺的江水声。落日把远方的云彩都映衬成了橘红色,似一幅绝美的印象派油画。两个人谈起了过往的生活,这些年的不容易、那些分别的日子、那么无助的时光、那些痛苦的煎熬、那些来自工作上的人事上的各种难处、那些在狂风大作的冬夜和暴雨如注的夏夜两个人只能无助地通过电话温暖彼此的苦日子……这些终于成为过去,他们互相看看彼此,两个孤独的灵魂此时此刻相互依偎在夕阳的红光下,就像两个原子结合成了一个分子,再也不要分开,也不会再有什么力量让他们分开了。

两个人聊着聊着,情不自禁地互相亲吻了一下对方,然后都把目光转向了马上要落入地平线的夕阳。两个人默默地看着,子泉紧紧地握住了舒扬的手。两个人享受着喧嚣城市中独属于他们的安然与恬静,两个人都在等待着夕阳落下之后温柔的良夜。

子泉把目光从远方的落日转到了舒扬俊俏的脸庞上:“亲爱

的，你放心，我会拼命干活儿赚钱，早点儿买房，谁也不能把咱们分开！”子泉说着，轻轻地抚摸着舒扬额头上的发丝。

子泉手机响了，原来是一条通知，他扫了一眼，就把手机关上了，顺手放进了裤兜。

子泉随口对着蒋舒扬不经意地说了一句：“到处天天瞎通知，比特币大涨这种事儿和我们老百姓有啥关系！”

舒扬被子泉不经意的一句话给点醒了，稍微思索了一下，眼睛泛起了光。舒扬快速地摇了摇子泉的手臂，带着惊喜的语气问道：“刚才你说比特币大涨了？”

子泉被舒扬的反应弄得一头雾水，回道：“是呀，咋啦？”

舒扬听到子泉肯定的回复后，更开心了，继而把声音放得更大：“涨了多少？”

子泉不知道舒扬为什么这么问，他纳闷儿一个从来不关心科技的人，为什么突然对比特币这么感兴趣。但子泉知道，这里面肯定有什么缘故，不然蒋舒扬不会这么关注这件事。他赶紧把手机重新拿了出来，给蒋舒扬看个究竟。

蒋舒扬两只手死死地拿着子泉的手机，来来回回、仔仔细细地把关于比特币的通知看了好一会儿。舒扬开心地跳了起来。

蒋舒扬似乎在朝着江水，又似乎在朝着落日，又似乎在朝着子泉，更似乎是在朝着命运大声地说着：“我们有房了，我们有房了，我们有房了！”舒扬欢悦地跳着、蹦着，大声地喊着。

子泉看到舒扬这么傻乎乎地蹦跳和喊叫，不知道怎么回事儿，问道：“你傻跳什么呀？怎么就有房了？”

舒扬听到子泉这么问自己，就安静了下来，先是狠狠地亲了一口子泉，然后说道：“我之前买了一百多个比特币，按照现在的价格来算，得值几百万了呢！我们可以买房了，开心吗？”

子泉听到舒扬的话后，简直无法相信自己的耳朵，他没想到自己这么一个娇小姐的女朋友，竟然还会买这种时髦前卫的电子货币。他迅速抱起蒋舒扬，原地转了起来。命运的女神最终眷顾了这对为爱情坚守的青年男女。

很快，蒋舒扬就把比特币变现了，然后把钱交给了子泉。蒋舒扬想让子泉以他的名字去买房，这样一来，子泉在舒扬父母面前也有了底气。事情也进展得迅速，子泉买了房子，但写的依然是蒋舒扬的名字。舒扬告诉父母，买房子的钱是子泉投资比特币赚的，可房子只写了她的名字。蒋舒扬父母看到子泉这般宠爱自己的女儿，又这么有投资头脑，自然满心欢喜。就这样，来自蒋舒扬父母的阻力全然消解，子泉与舒扬开始筹备婚礼，子泉邀请了张启。

婚礼请柬很快就被子泉亲自送给了张启。张启这时情绪低落，他刚刚离婚，而且还是因为自己老婆生了外国男人的孩子，这让张启的自尊受到严重打击。张启整日酗酒、抽烟，胡子拉碴的。他已经被充满屈辱感的婚姻折磨得整个人消瘦，气色变得暗沉。子泉看到这样的张启，感到不可思议，深深地心疼这个曾经意气风发的老同学。

张启虽然满口答应子泉去参加婚礼，看到这样满脸笑容、喜上眉梢的子泉，张启很是羡慕，但他的内心深处还在犹豫。他知道自己现在的精神状态并不好，他不想去见曾经的老同学们，至少目前不想以这般萎靡不振的状态去和曾经的朋友见面。他感到自己十分失败，似乎前半生的一切骄傲都在此刻化为了灰烬。张启在离婚后反思过自己的婚姻为何失败，他觉得自己不应该攀高枝，他应该选择与自己家庭背景门当户对的普通女孩，那样婚姻才会幸福，也不会闹到这步田地。

张启最终还是去参加了子泉的婚礼。

巧合的是，蒋舒扬的娘家人中，有一个是老中医，这个老头儿八十多岁，但看起来六十多的模样。这个老中医和张启坐在了一张饭桌旁。老中医打量着张启,给张启看得有点儿不自然。老中医看了一会儿,开始问张启的作息和饮食习惯。张启知道这个老头儿是一个名气很大的老中医后，便一五一十地回答了老中医的所有问题。老中医让张启伸出舌头,又给张启号脉,最后异常严肃地告诉张启,说他可能胃有大问题,得赶紧去大医院做胃镜,可不能耽误。这可把张启吓得不轻,在参加完子泉的婚礼后,赶紧就跑到了大医院去做了胃镜。情况果然极为不好,是胃癌早期,刚刚开始癌变。鉴于这种情况,张启找到了省内最好的医生,做了微创手术,把早期癌变的组织切除。按照医生的说法,像张启这样有意识地来医院,主动做胃镜检查的人不多,他非常幸运,要是再晚一些,就不好说了。因为是微创手术,张启恢复得很快。

大病初愈后的张启心里想:“之前,为了捞出小舅子,我干着违规违纪,甚至违法的事,也许这次胃癌就是老天爷对我的惩罚。参加了老同学子泉的婚礼,竟然捡回了一条命。如果不是自己帮助子泉调动工作，受邀参加他的婚礼，然后遇到了蒋舒扬的老中医亲戚,我的这条小命很可能就报销了。老话说得真对,善有善报,在我身上是应验了。一个善念的举手之劳,帮助老同学解决了工作调动问题,却在无形中救了自己一命,这世间的事儿,真是透着那么几分玄乎。人间正道是沧桑啊！”想到这里,张启自己都感到后怕,不禁感慨命运的神妙。

见自己

张启充满着对婚姻的绝望，他本以为生活正在走向美好幸福，自己和妻子范婷的感情也越来越顺遂，而且还有新的小生命诞生。可他万万没有想到，妻子所生的孩子竟然是别的男人的，这种只有在影视剧中才会出现的狗血桥段，竟然会在自己身上发生。曾经的海誓山盟、甜言蜜语，现在看起来是多么可笑。他责怪自己，当初为什么那么看重对方的家世背景，而不问问自己内心深处真切的声音，这一段婚姻是否平等，是否能够长久？如果当初自己不是那么势利地选择家境优渥的范婷，现在也不会遭受这么大的屈辱。很多人生选择的苦痛之处，会在某个时刻纷至沓来，让人猝不及防，追悔莫及。

在不断的自我怀疑中，张启觉得人生已经穷途末路。曾经令人艳羡的婚姻变得不堪，曾经那个意气风发的少年陷入精神迷惘。张启的大脑时而平静如水，幻想离婚后自己生活的惬意；时而异常亢奋，希望找到一处情绪宣泄的出口。张启知道，自己必须找到一件事情帮助他抵抗终日焦虑的情绪，他决定暂时离开这座城市。张启申请了一个月的病假，离开那天，他并未感到如释重负，甚至坐在疾驰的火车上，张启内心仿佛依然结着一团团细线，紧紧地缠绕着他疲惫不堪的内心。

张启的第一站是拉萨，他随波逐流般地选择了这个洗涤心灵的圣地。一路上，张启的大脑依旧紧绷，脑海中充斥着曾经生活的片段。列车驶入青藏高原，清晨，张启缓缓拉开列车窗帘，看到渐渐升起的太阳。张启站在车窗前，一言不发，怔怔地望着日出，太阳缓缓升起，阳光穿透云层，投落在广袤空旷的大地。昊天罔极的澄净蓝天触动了张启的内心。已经很多年没有看过日出了，张启想到，去拉萨，也许真的会找到生活的另一些可能。

在去往布达拉宫的路上，随处可见磕长头跪拜前行的宗教信徒，一步一步走向他们心中的神圣之地。那一份坚毅和执着，深深地打动着张启本来被金钱和名利枷锁捆绑的心。张启站在布达拉宫对面的高处，望着远处矗立着的洁白雪山，望着历经百年风霜岿然不动的布达拉宫，望着一步步磕长头行至于此的信徒，第一次感到了释然。张启感觉不到脑海中纠缠杂乱的神经了，也没有想起破败不堪的婚姻。在空寂凛冽的寒风中，在时间无声地流逝中，张启嗅到了风的味道，他开始明白，这次离开不是短暂地逃避，而是抛掉一切社会属性后对自己的重新审视，是在重建内心秩序中完成的自我救赎。

离开拉萨后，张启仿佛与过去的生活有了明显的割裂感，一路上澄澈清明的感受蔓延至全身。张启又去了西北，他租了一辆越野车，配备了全套自驾装备，在千里无人的荒野戈壁一路疾驰。任凭暴烈的骄阳灼晒他的皮肤；任凭汽车卷起的烟尘涌进他的鼻腔。傍晚时分，张启停下车，静静地看着落日，感受广袤的大地带来的灼热感。有时候碰到跟他一样的自由行游客，张启也会跟大家搭起帐篷，谈天说地。萍水相逢的机缘下，张启似乎又恢复了往日健谈的模样。夜晚，躺在帐篷中，经过一天炙烤的沙子还带着灼热的温度，广袤的天地是无边的床褥，在黑夜中，张启望着满天星辰，在宇宙洪荒中，顿觉生而为人的渺小。

张启自驾游的每一天都过得充实自在、随心所欲。一路上，口渴了就喝水，肚子饿了就吃东西，累了就休息。他以最原始的灵魂，和走过的千山万水坦诚相见。切断了所有社会联系后，他沉默不语地审视着自己的过去，凝视自己破败的感情、不堪的婚姻。在踏上旅途的那一刻，他决意和过去告别，不再让绝望浸润千疮百孔的内心。

离开也是一种面对，他与自己和解了。

张启重新审视自我："什么是幸福？幸福不在缥缈的远方某处，也不在早已消散无踪的过去，幸福就是当下自我的满足，是自我救赎后的豁然开朗。"

张启对生活的理解，在这一路风尘仆仆的自我相处中，有了新的认识。他不再囿于曾经失败的婚姻，不再困于精神的迷惘。

人生天地间，忽如远行客。

旅行结束后，张启回到了城市，这里有他的父母、朋友。他们再次看到张启时，见他皮肤被晒得黝黑，但整个人的眼神中充满坚韧的柔和。范婷带给张启的摧残早已不见踪影，此时的张启，领略了另一番天地的绮丽后，重新整理了自己的人生。

张启回到家里，躺在柔软洁净的床上，如释重负，感到了生命本真的快慰。以前那些他苦苦追求的权力和财富，现在对他来说都变得虚无缥缈了。在伟大的生命面前，世俗的权力与财富的羁绊轻得像羽毛一般，不值一提，他找寻到了之前所失去的对于生命体悟的真挚感情。

张启在旅行途中看到有人用哈苏相机拍摄，倏然之间，他想起了王雨菲，那个曾经在他结婚前夕送给他一台昂贵的哈苏相机的女孩。他知道那时候的王雨菲也经济拮据，可他并没有深切关怀过王雨菲，甚至没有打过电话道谢。曾经，他为了讨好小舅子范围，甚至将相机随意送给范围，再也找不到了。想到这里，张启的内心闪过一丝酸楚。傍晚回父母家吃完晚饭，张启翻箱倒柜地找到了当年王雨菲送相机时夹着的一封信。张启打开了这封从未拆开过的信。

张启：

愿你的婚姻，如世界上最美好最纯良的花朵一般，幸福芬芳。

王雨菲

看着王雨菲清秀的笔迹，曾经的青春往事涌上心头，历历在目。张启长叹一声，叠好这封信，郑重地放进了抽屉。

一朵走散的云

一天，张启正在路边指导手下工作，看到一辆黑色轿车停在了自己身边。张启正在纳闷这车怎么会停在这里，看到缓缓降下的车窗玻璃后面，是悠悠。自从上次前小舅子范围被悠悠救出来后，张启还没和悠悠当面致谢过。

悠悠用爽朗的声音说道："张科长好呀，最近过得怎么样呀？"张启笑呵呵地回道："老同学可别开我玩笑了，我算啥科长？就是干活儿的。我过得还行，一切正常！"

悠悠继续说道："你的小舅子现在可好呀？"

张启面露难色地回道："已经是前小舅子了。"

悠悠听到后，脸上现出诧异的表情。张启就把自己妻子怀了外国前男友孩子的事情简单地和悠悠说了一遍。张启觉得悠悠曾经帮了自己那么大的忙，自然就没有任何隐瞒的必要了。悠悠安慰了张启几句，便驾车离开了。

和范婷离婚后，张启在单位附近买了一套三室一厅的商品房。

晚上，他正在家中喝茶的时候，手机铃声响起。张启看了眼手机，是范婷打来的。张启看到范婷的头像是范婷和白人婴儿的合照，不由得想起了曾经的屈辱。他直接拒绝接听，把手机调成了静音。可是，不久之后，范婷接二连三打来电话，张启气得直接关机了。临睡前，张启打开手机，看到了几十条短信提醒，都是范婷打过来的。张启觉得范婷真的有什么事情要找他吧，就想给范婷拨回去。可还没等他给范婷打过去，范婷的电话就又打过来了。张启接起电话，马上听到范婷的咆哮声。

范婷在电话的另一头嘶吼道："张启，你这个王八蛋，你下手也太狠了吧。你还是不是个人！我要报警，我要报警抓你，让你进监狱。我以前真是小瞧你了，没想到你还会用这么凶狠的手段整人。你就给我等着吧，等着警察找你！我要让你爸妈看着你在监狱内过完这一生。"范婷说完就把电话给挂了，还没等张启反应过来是怎么回事儿，电话的听筒里面已经传来了"嘟嘟嘟"的声音，留下一头雾水的张启不明所以地愣在原地。

果然，晚上十点多就有人来敲门了。张启透过防盗门的猫眼看了下，是三个穿着警服的警察。张启在开门之前，特意打电话给盛海，把自己的情况跟盛海说了一下，让盛海给自己留意着到底是什么情况。

三个警察进门后，表明了来意。范婷确实报了警，但又不完全是范婷的问题。从警察的口中张启得知，原来是范婷的那个外国前男友乔纳森涉及一起刑事案件。乔纳森在下班回家的路上，被一伙人劫持到郊外一座水库旁，殴打了一顿。乔纳森的手臂和腿被打骨折，但这并不算完。劫持他的这伙人又开车把乔纳森送到医院，在快到医院的时候，他们把乔纳森的生殖器切断了，并放在了便携车载冰箱里。甚至还提前给医院打电话，说明了乔纳森的伤势。这伙人把乔纳森连带着装着他生殖器的车载冰箱一起扔在了医院门口,然后开车就跑了。乔纳森的骨头都接上了,断掉的生殖器也接上了,但据医生说功能肯定大受影响。

警察接到范婷的举报,说是张启做的,就来调查调查。张启十分配合警方调查,把自己与范婷离婚的前因后果交代得清清楚楚,并且明确表示,自己不可能找人报复范婷的外国前男友。

张启沉静地说:"我从来都没有打听过这个乔纳森的情况,除了知道是个白人,在市里做外教以外,其余一概不知道,也没有心情知道这些事情。"警察做完笔录就走了。

张启在送走警察后,感到不可思议。谁能对一个外国人下手这么狠?他简直无法想象。这时张启脑海中突然浮出了一个名字,难道是悠悠吗?张启随即否定了这个想法,自己和悠悠在生活中并无多少交集,怎么会突然想到悠悠呢?但自己和范婷离婚的真相,知道的人并不多,他回忆了一下,前几天在马路上偶然碰到悠悠,张启毫无防备地告诉了悠悠,但他并没有把悠悠的事情说给警察听。他虽然并不想报复范婷的那个白人前男友,可是当听到范婷的那个白人前男友出事之后,内心不免有几分窃喜。

盛海后来也给张启打来了电话,把事情的经过又给张启详细地说了一遍,而且还有了新发现。据盛海的说法,这伙殴打乔纳森的人中,就可能有曾经在市中心广场杀人后逃跑的那个假保安。医院刚换了超清摄像监控,拍到了车内嫌犯的照片。由于角度的问题,摄像头并没有拍到副驾驶位置男子的面部影像。这个男子穿着黑色上衣,脖子上细细的红线非常明显,红线上挂了个金戒指。凭借警察的直觉,盛海认为,这个脖子上戴着红线戒指的男子和杀害蔚然集团老总秦颂的凶手大概率是同一个人。盛海与假保安有过一面之缘,他太熟悉这个凶手给人的感觉了。看到医院监控截图时,盛海几乎第一时间就断定,这两起刑事案件都与同一个凶手相关。

张启听盛海这么一说，心里还有点儿震惊，并有了几分不安。张启有种不好的感觉，他把杀手和悠悠联系在了一起，但这个想法刚在脑海中闪过的一刹那，就被打消了，他不愿意相信自己下意识的逻辑推理。

刑侦大队已经有了冒充假保安、杀害秦颂的凶手脖子以下的照片，但也只能看出此人的体型轮廓，没办法绘制出嫌犯的具体画像，大家还是一头雾水，不知道从何处着手来破案。整个警局，只有盛海见过嫌犯，但也因为接触时间太短，盛海无法记清凶手的具体模样，不能成功画像。目前关于凶手的信息，除了脖子上挂着的金戒指和体型，再无其他。只有盛海熟悉那个杀手给他的感觉，全局也在盛传只有他才能够抓到这个凶手。

很快，悠悠从公安内部的关系处得知了老金被拍下照片和只有盛海能够抓到老金的消息，这让悠悠感到惶恐。老金跟随李金龙多年，李金龙去世后，又跟了悠悠，替她解决了很多麻烦，万一老金被抓到，她也无法全身而退，也就跟着完了。她奋斗多年辛苦打拼下来的家产，也会跟着灰飞烟灭。她必须当机立断，要么送老金回香港，再也不让老金回来帮她做事，从此，她就失去了一个最信任的助手，要么她就要想方设法阻止盛海追查。

想到盛海，悠悠的脑海中浮现出了大学时盛海在河中救她的场景。一个不顾一切从深深的河水中把她拖上岸的青涩少年，在她的脑海中久久挥之不去。她一辈子都没法儿忘记那种在巨大的恐惧中抓到生命援手的踏实感。悠悠的思绪回到了她绚烂美妙的大学时代，那时候的盛海是多么清秀纯洁的男孩，她第一眼看见盛海就被深深吸引住了，内心一阵悸动，那是一种发自心底的朦胧的爱。悠悠从张启那里得知有女同学对盛海表白失败的故事后，就悄悄地把这份朦胧的好感藏在了心底。

悠悠是自卑的，她有过和丑陋中年男人胡卫同居的往事，又失去了当母亲的权利，她觉得自己配不上盛海这么纯粹的男孩子，她失去了争取自由爱情的勇气。毕业多年，她也未曾和盛海联系。不久前，悠悠在星海八号院再次偶遇盛海和张启。当悠悠看到盛海曾经白皙的脸庞已经变得暗沉无光，眼袋突兀地挂着，人也显得老态，悠悠的心不禁一颤，痛楚着，她心疼盛海这个可怜的人，感慨盛海这些年究竟都经历了什么。后来，悠悠得知盛海已经结婚，并有了一个女儿。悠悠明白他们是两条轨道上的列车，终将驶向不同的人生归程。

她低下头，叹了口气，自顾自地轻轻说了句："为什么是盛海！"顿了顿，她给老金打了电话："老金，你走吧，我给你一笔钱，足够你在香港舒舒服服地过一辈子，以后再也不要回内地了。"

老金简短地回了一句"好的，老板"，然后电话那头儿传来了"嘟嘟"的忙音。

一个周六的上午，劳累了五天的盛海终于可以喘口气休息下，他半窝在沙发上。盛海的妻子李莎莎央求他陪着自己和孩子去商场逛逛。盛海觉得身体疲乏，便推辞着，他两次拒绝了妻子的祈求，可是李莎莎带着央求的眼神反复向他撒娇，他最终答应了妻子的要求。盛海的老婆孩子非常珍惜这难得的共处时光。平时盛海忙于工作，警察的工作性质再加上他的认真态度，这就让他忙上加忙了。这么多年的工作，让他更加消瘦，头发变得稀疏了不少。孩子走在两个大人中间，一手牵着爸爸，一手牵着妈妈，一家人其乐融融。盛海的女儿总是笑呵呵的，在商场内，这儿也看看、那儿也转转的。一家三口人大包小包的，在商场买了不少东西，他们乘着电梯下了楼，走到了停车场，准备上车。这时，一个中年男子在他的身边走过，盛海凭借职业敏感产生警觉，他用余光仔细打量了一下这个男人，觉得这个男子很像在市中心广场冒充保安的那个杀人犯。

盛海的直觉是准确的，这个人正是杀手老金，老金并非来商场逛街的,他是来商场地下停车库取一辆停放很久的车,不巧遇到了盛海。老金认出了盛海,他在市场中心的广场和盛海交过手,也在悠悠给的资料中深入了解过盛海。老金察觉到自己被盛海发现了,赶紧快步离开。

盛海变得严肃起来,叮嘱妻子赶紧上车:“你快领着孩子上车,锁好车门赶紧开走,快!”

李莎莎一脸纳闷儿,问道:“怎么了?这么紧张!”

盛海回道:“你别问了,赶紧走!我有事儿!快走!”

李莎莎看盛海这么严肃,也就只能顺着盛海的意思,马上开动车子,离开了停车场。

妻子开车走后,盛海稍稍安心,他不能让老婆孩子陷入危险中。盛海其实本可以装作没看见,放走老金。他知道,这个老金身手了得,自己并没有带枪,与他单独交锋,会陷入极度危险之中。但身为警察的责任感,让他不能无视老金的存在,他必须盯紧了老金。盛海明知道这个杀手枪法了得,但也要奋力一搏,努力抓到这个杀人犯,不能让他逍遥法外。

这时,老金距离盛海已经走出了七十多米。老金在找寻自己的汽车,但一时间可能还没有找到所在位置。盛海快步跑向他,尽力让脚步声变得轻一些。但即使再轻微的脚步声,在空旷的停车场也无法彻底消除。就这样,在距离老金五十多米的时候,老金也突然跑了起来。老金的这个举动,让盛海明白自己的怀疑肯定没有错。盛海尽最大努力快速追逐着老金,两个人之间的距离开始变得越来越近。他们从地下停车库跑入了一条小巷。

在离老金一米多距离的时候,盛海奋力向前一扑,直接把老金扑倒在地。因为盛海是假期出门,并没有带任何警用装备,他只能先制服老金,然后将其扭送到公安局。所以,盛海想要先控制住老金的手臂。老金虽然被他扑倒,重重地摔在了地上,但没有放弃抵抗。两个人扭打在一起，在有来有往、各有胜负的拼斗中，体力都开始下降。最后，盛海抓住了一次机会，成功地把老金的右手控制住，扭到身后，以此来压制住老金。盛海的嘴角和眼眶开始流血。他以为总算可以结束这场战斗时，老金用左手从裤兜里掏出了一把小刀，用力刺向了盛海的胸部和腹部。在极短时间内，盛海身中十余刀，撕心裂肺的痛感传遍了每一根神经，但他依然试图抓住老金的右手。老金在刺了十余刀后，用力地踹着盛海。盛海的意识开始变得模糊，手也无力地垂下。最终，老金逃脱了。

盛海的鲜血已经染红了柏油路面。他抬头望着老金逃脱的方向，喊着："别让他跑了，别让他跑了。"

这时，一个熟悉的声音在盛海的耳边响起："海哥，你咋伤成了这样！"

盛海回头一看，原来是大学同学子泉。盛海强忍着疼痛，提高着音量说道："子泉，快报警，抓住那个杀人犯！抓住……"说着说着，他失去了意识。等他再醒过来时，已经是在医院的病床上。守在身边的是李莎莎。这时已是深夜，李莎莎趴在盛海的病床前睡着了。盛海只能用手指点点床单，李莎莎也醒了。

李莎莎抱着盛海的手臂开始抽泣，说道："你可算醒了，醒了就好，醒了就行。"

盛海昏迷了三天，李莎莎承受着巨大的心理压力，脸色变得苍白，头发也已经凌乱。这三天，李莎莎一直守在盛海床边。

盛海完全是捡回来一条命。原来，子泉和蒋舒扬去市区的时候，子泉嫌大商场的水太贵，就去附近的小巷子买，正巧遇见受伤躺在小巷子里的盛海，就赶紧把他送到距离最近的医院。医生直言，如果再晚送过来五分钟，可能人就没了，他伤得实在是太重。而老金，也因为子泉报警及时，很快就被抓到。盛海听到犯罪嫌疑人被抓到后，开心地笑了笑。他感到欣慰，觉得自己所做出的牺牲都是值得的。

李莎莎看到盛海笑得那么开心，她也跟着笑了起来，继续说着:“不过,后来听你同事说,这个杀手在看守所里面咬舌自尽了。你说这得多大的勇气,能把自己的舌头咬断,这得多疼！”

盛海十分惊讶地说道:“这怎么可能?!看守所怎么还能发生这种事儿！”

李莎莎边忙着给盛海擦拭身体，边不紧不慢地说着:“谁知道呢?你呀,就好好养病吧,这些事儿都不是你现在该问该管的。不过啊,我听你同事小李说啊,这里面确实不太正常。犯罪嫌疑人前脚被你们市公安局的孙局长审问过,后脚就自杀了。你说这事儿,是不是也透着几分邪气！但我可跟你说,这种事儿,你可不能到处乱说,免得惹祸上身。还有啊,你早就答应我要好好保护好自己,可这次差点儿把命都给丢了。你这个没良心的,等你好了,看我怎么收拾你。”李莎莎的威胁中满满的是对盛海的爱,她只希望自己的男人能够平平安安地和自己过完这一生就足够了。李莎莎边抚摸着盛海的手,边继续说着:“你可别天天抱着理想了,还说什么扫尽人间一切罪恶,这是我们这种小人物扫得尽的吗?到头来要是丢了自己的命,抛下我们这孤儿寡母的可怎么办！”说着说着,李莎莎眼中滴下了两颗泪珠。

盛海努力抬起手,抚摸着李莎莎的脸颊,充满爱意地说:“我以后会好好待你们娘俩的,什么都听你的。”盛海停顿了一下后,继续说道:“等我伤好了以后,我带你和孩子去马尔代夫度假吧,咱们结婚的时候,都没有出去度蜜月,这回我给你补上。”

李莎莎听到盛海终于肯放下工作,要陪自己去马尔代夫度假,脸上露出一丝笑容。这些年来,盛海都忙着自己的工作,李莎莎一直想去国外走走看看,但盛海总是抽不出时间。这回盛海肯主动答应带自己和孩子出去玩,李莎莎喜不自胜得像个刚恋爱的少女。

李莎莎激动地回道："嗯嗯，那太好了。我还想去地中海，去法国的小镇上住一阵子，行不？"

盛海看着李莎莎渴望的眼神，便很爽快地答应了："当然，听你的。"

李莎莎轻柔地把盛海的头埋入自己的胸膛。年纪轻轻的李莎莎总为盛海担惊受怕，曾经满头乌黑的秀发已经有了些许斑白。盛海心疼这么好的姑娘，李莎莎跟自己结婚这么多年，为自己担惊受怕，几乎没有什么怨言，默默支持着自己的工作。这些年来盛海觉得自己亏欠妻子太多太多，他要用一生的时光去爱护身边这个善良温柔的女人。盛海和李莎莎都向往着他们美好幸福的未来。

之后第三天夜里，李莎莎躺在盛海的病床旁边陪护着，突然听见仪器一阵阵地发出蜂鸣声。盛海开始大口大口地呼吸，吓坏了李莎莎，赶紧叫来医生。医生连忙把盛海往急救室推，就在他被推走抢救的时候，李莎莎看到已经无法说话的盛海望着自己，眼中噙着泪水。盛海似乎想说什么，可是终究只留下了一片无声而又悲凉的静默。

最终，严重的并发症引起的感染让盛海失去了生命。

李莎莎悔恨自己的任性，盛海明明那天不想逛街，是自己非要拉着他，三番五次地把他从沙发上拉起来。李莎莎瘫坐在盛海的病床前，撕心裂肺地悲号着，用断断续续的声音嘶哑地说着："是我断送了他的性命啊！"她边说边捶打着自己单薄似纸的胸膛。

李莎莎带着近乎绝望的心情在家中收拾着盛海的遗物，她的心似乎被冰冷的风雪击打着一般，寒意彻骨。李莎莎不敢相信，盛海彻底离开了她，她一个人不出声地悲泣着，陷入了沉思：

"盛海这么好的男人就这么离开我了吗？我该怎么办？我还有那么多话没来得及对他说。我做的饭他再也吃不到了。他那么喜欢女儿，只要回到家就要黏着女儿，甚至要把女儿逗哭为止，这一切都成为过去,永远的过去了。”

泪水滴滴答答地从李莎莎的脸颊流淌着。

李莎莎在整理盛海的书籍时，一本书中掉出一封已经微微泛黄的信,她拿起来,仔细地看着,信封上写了几个俊逸的字:献给十年后的自己。李莎莎感到诧异,心想,难道这是盛海写给十年后他自己的信吗？她急切却又轻柔地打开了这封信。

给 2020 年的盛海:

盛海,你现在还好吗？这是十年前的你写的一封信。现在是 2010 年,考了两次研究生,均名落孙山,时运不济,未能得志。我炽热地想成为一名中国古代文学的研究专家,但事与愿违,所有努力都白费了,天命如此,又当如之奈何。不过,我不灰心,文之不通,未必武之非畅。我考上了警察,与文学的路越走越远啦。但正所谓东隅已逝,桑榆非晚。虽不能文治,但可以武功嘛。去警察领域工作,依然可以实现自己的理想。身边的朋友都说警察与社会黑暗面接触太密了,工作危险,而且容易让我失去文人的灵气,不过我觉得没有什么。我相信只要有一颗热忱的心和纯洁的信仰,就能干出点儿名堂。

我想对十年后的你说,尔出身寒微,亦当用悲悯之心待百姓,不能以盛气凌草芥之人。虽一介书生,但应有勇武之心。遇到犯罪分子的时候,要果决。也许,你现在已经抓了不少为非作歹之人了吧？我相信,你一定可以的,没准你还会成为人们心目中的英雄呢。想到这里,我都替你开心。

十年后的你,应该已经有了妻儿吧？你要珍惜他们,人生如朝露,生命太短暂了,短暂得还来不及仔细品味就会悄然流逝,人这一辈子要懂得珍惜亲人相聚的时间。哎,行文至此,顿生酸楚悲凄之感。你要替未来的妻子多做些家务，多接送孩子，相信你的另一半会很爱这样的你。

夜已深，考上了警察，蛮开心的，便贪了几杯酒。醉眼蒙眬，人也困倦，我要睡了。也许你和妻子边抱着孩子，边读着信，享受着天伦之乐，不再孤独了。

如果十年后的你看到这封信，看到以上来自2010年盛海的唠叨，写一封回信吧！晚安，现在的盛海；好梦，十年后的盛海。

2010年6月的夜

盛海不会在2020年出现了，他生命的光消散在了2019年。一行行俊逸的黑色墨水凝结成的文字，诉说着一个已亡人曾经的期望。读完信后，一幕幕与盛海之间甜蜜的往事涌上心头，李莎莎泣不成声。

张启、景外、周子泉等一些同学参加了盛海的追悼会，送走了这个大学时代意气风发的诗人、工作时代一心一意除恶的人民警察。

盛海去世后不久，中央派来的扫黑除恶专案组注意到了轰动一时的康斌毒品大案，认为其中存在很大的疑点，专案组从康斌的案子查起来。公安局的孙局长还企图掩饰，但大厦将倾的时候，一切反抗都是徒劳的，专案组很快便发现康斌案存在违规减刑的问题。专案组顺藤摸瓜，一步步地发现了孙局长存在着诸多严重违法违纪问题，随即要将其双规。被双规前听到风声的孙局长，惶恐地打电话给悠悠，期望悠悠疏通疏通人脉，把他救出来。

悠悠用自信的、不容置疑的口吻说："我们的孙市长还怕这点儿风浪吗？放心吧，不会有问题！你先去陪他们玩玩，记住什么都别说，我很快就能把你捞出来。"孙局长听到悠悠的回复后，带着期望荣升市长的愚蠢幻梦，轻松愉快地挂断了电话。

悠悠虽然表面上对孙局长说着笃定的话，但她也知道这次的专案组来势汹汹，让她心里并不踏实。悠悠开始给她的人脉打电话，一连打了很多电话，但都没有人接听。这种情况从来没有出现过，悠悠开始慌了，她知道事态变得极为险恶严重。悠悠在办公室里开始坐立不安，来办公室汇报工作的秘书还没来得及开口，就被悠悠赶走了。她冷静了下来，坐在办公椅上，心里想着：

“我不能乱了阵脚，这么多年，多少悲苦的难关不也都闯过来了嘛，有什么好担心的？有什么好害怕的？我一个贫困山村来的姑娘，自幼双亲亡故，在老家被奶奶动辄打骂，寄居在大伯家小心苟活。童年时期受尽委屈，多少人会陷入生活的泥淖无法自拔，一辈子浑浑噩噩地也就过去了，可是我不也走出来了嘛！在电子厂的时候，胡卫霸占了我、玷污了我，害得我一辈子都失去了做母亲的机会，也许多少姑娘都会就此寻了短见，可我也挺了过来。这命运的钢鞭一次次地抽打着我，打得我遍体鳞伤，可并没有把我打倒。我唯一感到愧疚的就是失手害死了警察汪正贻，可是也不能全怪我。我找领导打招呼，她不理；我给她钱，她不收，她又何必死死盯着我？我给了她机会，是她没有抓住。我让老金干掉秦颂，一点儿都不后悔，是这个家伙先动手杀了李金龙，秦颂就得偿命。老金已经死了，这事儿肯定不会败露。哎，可惜了老金，他也是个苦命的人。这么多年在黑白两道之间拼杀，人总似乎在飘着，不知道会落在哪里，是飘然而落，还是重重摔下，也都不可知了。事已至此，也由不得想七想八的了，只要我保住了孙局长，他不乱说话，安然无恙，我就能渡过难关。”

悠悠想到这里，刚刚还焦躁不安的眼神，变得笃定。

过了一会儿，悠悠的人脉发来了一条短信：“立刻出国！”

短短几个字，悠悠看后顿感危机深重，她赶忙找到办公室暗格内藏着的保险柜，从中拿出几本护照、新的手机、一个黑色双肩包，她打开双肩包，看了看里面满满的美元。她并不担心自己出国后的生活，她的海外账户里早已有了巨额存款，几辈子都花不完。悠悠舍不得离开祖国，离开熟悉的城市、熟悉的生活和自己的亲人朋友。可事已至此，她不得不先出去躲躲了。悠悠心里想："留得青山在，不怕没柴烧，我以后会回来的，一定会回来的。"

悠悠怕被定位，把手机锁进了保险柜。她用一部全新的手机联系了一个多年来为她提供服务的偷渡老板。这个老板姓何，五十多岁，一米七左右的身高，体重一百六十斤左右，样貌像是一个憨态可掬的老实人，放在人群里，不会引起任何人的注意。何老板有自己的渔船，并经营着海鲜业务。他十分可靠，只为悠悠一个人提供偷渡服务，历史背景极为干净，从来没有任何违法记录，就连个交通违规都没有，专案组是万万不会注意到这个人的。

很快，悠悠到了何老板所在的码头。何老板把她暂时安排在了一座二十二层高的居民楼里，楼看起来很破旧，应该有十多年的楼龄了，楼房紧挨着码头，悠悠暂时住在十八层。何老板等渔船准备好后，立刻就会送悠悠出境。悠悠望着海面上来来往往的渔船，鼻子里充满大海特有的腥味，心里五味杂陈。她感慨："事情怎么会变化得这么快，自己就要离开了。"还没等她细细地琢磨，何老板便匆匆忙忙地赶到了悠悠所在的房间内，一脸焦急地说："老板，可以走了。我安排了几个朋友在码头外放哨，他们跟我说，几辆陌生的车正往这里开呢。我感觉情况可能不对，咱们赶紧走吧！"

悠悠眼神坚定地说："嗯，马上走。"

悠悠背起双肩包，准备往外走，忽然听到窗外"砰"的一声。一个两岁左右的小女孩竟然掉在了窗户旁边布满锈迹的空调室外机上，摇摇欲坠。小女孩被摔得有点儿蒙，身体在蠕动着，她已经在空调室外机的边缘了，如果再乱动的话，便会掉下去。悠悠看到这一幕，心里咯噔一下，心想："这个小女孩，如果从十八楼再掉下去的话，肯定得被摔死！我得赶快把小女孩救下来才行！”

这时，悠悠的手机来了一条短信：“立刻离开，专案组十分钟后上楼！”

慌乱中，悠悠听到小女孩的哭声。

何老板也看到了那个坠落在空调室外机上的小女孩，焦急地在旁边说道：“老板，快走吧！再不走就来不及了。先别管她了。快走，快走！”

此时，悠悠想到了自己未曾见面就已失去的孩子，一股强烈的母爱笼罩着她的心。她心里只想先救下这个孩子。

她用极为坚定的口吻命令何老板：“拉住我的手，我要救这个孩子！”

“老板，咱们一定要快，要快，不然全完了！”何老板无可奈何，只能照做。

悠悠把背包放下，然后打开窗户，踩着窗沿，在窗沿边小心翼翼地挪动着身体。老式楼房的窗沿边很窄，悠悠走起来摇摇晃晃。她尽力靠近那个小女孩，试图伸手抓住小女孩的衣服。她抓住了小女孩的上衣，努力往自己的方向拖了一下，衣服迅速地勒住了小女孩的脖子，小女孩开始痛苦地挣扎着，呼吸急促。悠悠心里一震，她担心孩子窒息，马上松开了手。她想换种方式，她试图去抓住小女孩的手，可是抓了几下，都没有抓住。过了一会儿，好不容易抓稳后，用力一提，悠悠的脚却滑了一下，她差点儿掉下楼去，为了身体平衡，这次不得不放弃。小女孩半个身子已经悬空了，悠悠赶紧调整姿势，稳住后，抓住了小女孩的腿，用尽全力，终于把孩子拉到了房间内，放在地板上。这时候，汗水已经浸透了悠悠的全身，悠悠与何老板也已经累瘫在了地上。

悠悠看着被放在地板上哇哇大哭的小女孩，只见她一双漂亮的黑色双眸、胖嘟嘟的身体，悠悠脸上露出了欣慰和慈母般的笑。

突然，房间的门被撞开了。

悠悠听到一个男人响亮而干脆的命令声："关彩云，你被捕了，我们是扫黑除恶专案组的！"

悠悠愣了下，她立刻从地上站了起来，快步踱到了一扇半开着的落地窗前。专案组的人员看到悠悠的举动，劝说她不要有过激行为，要配合调查。

悠悠看着她眼前的人，心里了然：奋斗半生得到的一切，即将化为乌有。她看着一群身着制服的男人，看着眼前湛蓝的瀚海，她咬了咬嘴唇，眼眶湿润了。她觉得等待她的将是在强光下无休无止地被审讯，她将失去尊严与体面。

悠悠看了看还在地板上坐着的小女孩，犹如在大洋中飞行千里的候鸟，看见一块陆地一般的痴恋。她缓缓地从落地窗前走到了小女孩身边，蹲了下来，双手捧着小女孩粉嫩的小脸蛋，似羽毛般轻柔地在小女孩的额头上吻了下。

然后，悠悠迅速地站了起来，她向着破门而入的专案组凄厉而绝望地大声喊道："你们都不配审判我！谁都没有资格审判我！"她纵身一跳，化成了一朵朵凄美的鲜红的生命之花，散落在厚重的大地。

一只紫蓝色的泛着光泽的蝴蝶，缓缓地飞到了悠悠的身旁，一圈又一圈地飞着、绕着，似乎是与多年不见的老友重逢一般。这只紫蓝色的泛着光泽的蝴蝶，轻柔地停在了悠悠的鼻尖上，翕动着双翅，翅膀犹如两面镜子，把阳光折射到鲜红的血上。数不清的血滴变成了一个个红色的光珠，慢慢地汇成了大地上的一片红色光海。众人围了上来，开始议论纷纷，嘈杂的声音形成了一面无形的墙，在悠悠的身旁轰隆隆地升起。这只泛着紫蓝色光泽的蝴蝶，一瞬间从悠悠的鼻尖上飞走了，地上的红色光海慢慢地失去了光泽，变得殷红。

一首歌谣在悠悠最后的意识中闪现：

大海是我们无私的慈母，
赐予我们生的甘甜味苦，
也必将收殓我们的骸骨。
或是凄惨悲凉后的陨灭，
或者欢喜愉悦后的枯萎。
生生死死的爱恋和倦怠，
命运注定着生死的轮回。
死啊你慢些再慢些饥饿，
让我享用完生命的嘉禾。

悠悠死了。

自此以后，这个世界的繁华与落寞、荣光与卑劣都与她无关。

一个一袭中山装的老者正在独自下中国象棋，突然手机弹出一则消息："一小时前，悠悠已死。"老者看了一眼信息，然后在棋盘上把红色的"仕"支了起来，嘴里念叨了一句："'仕'就走不出那个田字格。"他拄着手杖站起来，看向远方的海，手杖上雕刻的重明鸟，光泽更亮了。

这是一座位于澳大利亚珀斯海岸的别墅，站起来的人是李金龙。他早已知道秦颂会杀害自己，便将计就计，用一具和他相似的老者的尸体作为替身，上演了一出"金蝉脱壳"。这样，李金龙的名字便合理合法地从这个世界上彻底消失了。他知道，自己得罪了太多人，需要一个人来替自己经营，自己好全身而退。而这个人，便是悠悠。李金龙现在的名字叫威廉·史密斯。

重逢

都说家丑不能外扬，可是离婚这么大的事情又怎么能够瞒得住？张启约上了大学时代的景外和子泉这两个好朋友，把离婚的前因后果都和他们说了一通。景外和子泉只能做静静的聆听者，陪张启喝酒。

子泉带着几分悲戚地说："你们还记得悠悠吗？"

景外说道："我知道她，长得特漂亮，咱们班的函授插班生。好多年都没她消息，她怎么了？"

张启虽然前段时间见过悠悠，悠悠还帮他把前小舅子范围给救了出来，但具体情况知道得却不多。

"她死了。"子泉神情中带着些落寞。

"死了，怎么可能！怎么死的？你听谁说的？"张启焦急地问。

子泉叹了一口气回道："一个在省公安厅经侦处工作的学生家长说的。听说专案组要抓捕她，她就从十八楼跳了下去，摔得都没法儿看了。"

三个人在酒桌上都纷纷感叹，世事变化真是说不清楚，刚刚经历过好友盛海的离世，现在又听说悠悠也自杀了，三个人感叹唏嘘。尤其是张启，前段时间刚见过悠悠，这件事情给他的冲击更大。

饭后，张启一个人带着酒气慢慢地往家里走，一路上，他思绪万千。读大学时候的一个温婉漂亮的小姑娘，在这十年间经历了什么，怎么就用如此激烈决绝的方式结束了宝贵的生命？悠悠也许承受了太多常人所无法了解的苦难。想到这里，张启既心痛，又惋惜。

几天后，蒋舒扬给景外介绍了个女朋友，是省爱乐乐团的一个小提琴手，景外起初不抱期望，他本身就排斥相亲，但看到蒋舒扬热情地张罗，就答应了。景外跟小姑娘见面后，双方都觉得对方挺不错的，又能聊得来，就迅速见家长定了婚事。

景外一一联系上大家，本科同学毕业十周年的聚会在沧海举行。张启、周子泉、蒋舒扬，甚至远在香港的王雨菲，都来参加。

聚会结束后，景外提议带着王雨菲去张启的新家看看。在张启的新家，三个人继续闲聊，聊景外的未婚妻，聊王雨菲在香港闯荡，聊张启的前妻生下了一个白人小孩儿。

当王雨菲听到张启的老婆竟然生出了一个白人小孩儿的时候，她把正含在嘴里的一口酒直接喷到了张启的脸上，放肆地大笑。王雨菲对着景外说道："我跟你讲，这可能是我天天诅咒张启，终于灵验了。"说完，捂着自己的肚子，弯着腰笑。似乎张启老婆生了白人小孩儿的这个事儿，把王雨菲大学时代的所有执念都给消弭了。

三个人你一言、我一语地说着。这个时候，景外的电话响了，景外听完电话，脸色马上从刚才的轻松愉快转为严肃而焦急。景外对王雨菲说道："出事儿了，沧海要封城了，单位叫我去帮忙。你走不走？你走的话，我就带你出城。再晚，就走不了了。"

王雨菲和张启都很诧异："为什么封城，出了什么事儿了？"

景外回道:“说沧海有了疫情,得控制人员流动,防止扩散。张启,你赶紧和家里说,囤点儿粮食蔬菜,封控要持续一段时间。”

王雨菲听后,说道:“那我得赶紧回香港了,还有很多工作,真出不了城就麻烦了。景外,你送我出去。”

景外带着王雨菲匆忙下楼,张启看着大学时代曾经的恋人王雨菲,她早已褪去青春的稚嫩,成熟飒爽的容颜下依旧有着纯洁善良的心。王雨菲匆忙下楼时飘动的衣角似乎触动了张启的心,张启快跑两步,一阵冲动之中拉住了王雨菲的手:“能不走吗?”

看着张启慌乱的面孔,与大学时代张启稚嫩的脸庞重合,王雨菲也有些动容。恢复理智后,王雨菲挣脱了张启的手,回道:“不能,我还有工作。”

张启也从冲动中逐渐清醒,却抱着一丝希望尝试着问道:“那我们还能见面吗?”

王雨菲整理了一下衣服,坦坦荡荡地说:“不知道,看缘分吧!”

张启回道:“保重!我的朋友!”

张启把王雨菲和景外送到了楼下,目送两个人的车子离去,然后边打电话通知父母,边走向超市采购。回到家后,张启在电视新闻上得知,果然封城了。张启正想着幸亏王雨菲走得及时,要不然就被困在沧海。

门铃响了。

张启还纳闷儿,现在新闻上都呼吁大家居家隔离,尽量不要外出,怎么还有人在深夜登门?张启慢吞吞地走到门口,通过猫眼看到站在门外的人,正是拖着行李箱的王雨菲。

张启带着诧异的表情给王雨菲打开了门,问道:“你怎么回来了?”

王雨菲推着行李箱就进了门,反问道:“张科长,难道不欢迎?”

张启呵呵地笑着说:“哪儿能呢,欢迎欢迎。不过,景外不是带你走了嘛！”

王雨菲放下行李箱，把外套脱下，一屁股坐在了沙发上。说道：“哎，好累。别提了，景外是带我走了，不过到车站的时候被拦下了，谁都不能出城。外面宾馆都关了，不接待客人了。景外直接把我送到你家楼下，他忙着值班去了。”

张启倒了杯水递给王雨菲，王雨菲接过水喝了一口，说：“我可能得在你家暂住一晚，等明天再看情况，想办法找个住的地方。”

张启看着王雨菲的行李箱，沉思半晌。在安静的氛围中，王雨菲都觉得有些尴尬了。张启穿上外套：“我去我父母家住，开车几分钟就到了。你一个女孩子，咱俩……不方便。”说完，张启拿上车钥匙，匆匆离开了。

张启离开后没多久，王雨菲走到窗前，看着楼下。大学时代初次和张启相识的回忆，似一道光一般闪现在了王雨菲的心中，那时候的张启是那么青春帅气，阳光且自信。而现在的张启，经过岁月的磨砺，眼神中已经略带沧桑。

景外带着一身疲惫回到家中，为了配合疫情防控，第二天他也不用上班。景外住在毗邻海边的高层住宅，放眼望去可以看到大海。景外每天到家后的第一件事，是坐在沙发上、闭着眼睛安静地听听音乐，放松紧绷的神经。此时，许巍的《蓝莲花》萦绕在景外耳边：“没有什么能够阻挡，你对自由的向往。天马行空的生涯，你的心了无牵挂。穿过幽暗的岁月，也曾感到彷徨……”

景外的记忆瞬间回到大学时代，在明月夜的海滩上，盛海、张启、悠悠、子泉、舒扬一起吃烧烤，喝啤酒，唱歌，聊天儿，畅想未来。景外起身走到阳台上，看着窗外悬挂着的明月：“如此的明亮，连海上的游轮都依稀可见，波光粼粼的海面，景色犹如当年，只是沙滩上再也没有当年的人了。”

接着，景外在柜子里翻腾了许久，找到了大学本科毕业时候的大合照。他看着大合照上同学们青涩的面孔，陷入了久久的沉思：

“时光转瞬即逝，曾经意气风发的少年们早已被生活磨砺成了中年大叔。盛海，曾经那么痴迷中国古典诗词歌赋，多年以后反倒成了血洒疆场的警界英雄；张启，曾经流连于风花雪月的校园恋爱，如此浪荡不羁，如今却被婚姻伤害得千疮百孔；本科时代，悠悠说一句话都娇滴滴的不敢大声，多年后却成为商界大佬，有了许多真真假假的江湖传闻，突然香消玉殒。周子泉和蒋舒扬，从校服到婚纱的甜蜜，是否也有着不为人知的苦楚呢？”

时代浪潮下，来自不同社会阶层的年轻人，都在为生活努力奋斗，壮志凌云的信念、踌躇满志的抱负，很多的期待和憧憬，都在生活中找到了答案。

我们从不同的河流出发，终将汇入同一片海。

二十一世纪的第二个十年即将结束，新的时代已经到来。